U0451508

干宝及其《搜神记》研究

张庆民 著

商务印书馆
The Commercial Press

图书在版编目（CIP）数据

干宝及其《搜神记》研究 / 张庆民著． — 北京：商务印书馆，2021
ISBN 978−7−100−20222−0

Ⅰ．①干… Ⅱ．①张… Ⅲ．①笔记小说—小说研究—中国—东晋时代　Ⅳ．① I207.419

中国版本图书馆 CIP 数据核字（2021）第 152914 号

权利保留，侵权必究。

干宝及其《搜神记》研究
张庆民　著

商　务　印　书　馆　出　版
（北京王府井大街36号　邮政编码100710）
商　务　印　书　馆　发　行
北京顶佳世纪印刷有限公司印刷
ISBN 978−7−100−20222−0

2021年10月第1版　　开本 880×1230　1/32
2021年10月北京第1次印刷　印张 15⅛

定价：76.00元

目 录

绪 论 ... 1
第一章 干宝生平事迹考 ... 11
第二章 干宝"性好阴阳术数"考 ... 53
第三章 干宝编撰《搜神记》缘起考 ... 100
第四章 《搜神记》编撰时间、材料来源与分类问题 ... 125
第五章 论"明神道之不诬" ... 185
第六章 "卿可谓鬼之董狐"考 ... 244
第七章 《搜神记序》考论 ... 300
余 论 ... 326

主要参考文献 ... 413
附录一：干宝生平事迹及主要相关资料 ... 420
附录二：《搜神记》著录及主要相关资料 ... 436
附录三：关于《干氏宗谱》 ... 444
后 记 ... 480

绪　论

干宝及其《搜神记》，一向受到学界关注。汪绍楹校注《搜神记》，葛兆光撰《干宝事迹材料稽录》，张可礼著《东晋文艺系年》，李剑国撰《干宝考》《二十卷本〈搜神记〉考》、辑校《新辑搜神记 新辑搜神后记》，曹道衡、沈玉成撰《干宝事迹》，王尽忠著《干宝研究全书》，日本学者小南一郎撰《干宝〈搜神记〉の编纂》等，[1]是四十年来国内外有关干宝及其《搜神记》研究、校注、辑校的重要成果。这些成果，涉及干宝籍贯、仕历、著述，《搜神记》编撰缘起、成书时间、内容分类等问题的考证，也涉及二十卷本《搜神记》之校注、考辨及三十卷本《搜神记》之辑录、校勘等，反映出

---

[1] 干宝撰，汪绍楹校注《搜神记》，中华书局1979年版；葛兆光《干宝事迹材料稽录》，见《文史》第七辑，1979年；张可礼《东晋文艺系年》，山东教育出版社1992年版；李剑国《干宝考》《二十卷本〈搜神记〉考》，收录《古稗斗筲录》，南开大学出版社2004年版；李剑国辑校《新辑搜神记 新辑搜神后记》，中华书局2007年版；曹道衡、沈玉成《干宝事迹》，见《中古文学史料丛考》，中华书局2003年版；王尽忠《干宝研究全书》，中州古籍出版社2009年版；小南一郎《干宝〈搜神记〉の编纂》（上、下），见《东方学报》第69册、第70册，1997年、1998年。

学界对干宝及其《搜神记》研究的不断深化。然因有关干宝史料较少，兼之史家叙事简略，事迹系年多不具体，致使研究者们在对史料的理解、判断方面，产生诸多分歧。现藏于浙江省海盐县博物馆的《干氏宗谱》近年受到关注，其中有涉及干宝的文献，但讹误、疑点颇多。迄今，关于干宝生平事迹、思想，《搜神记》编撰之缘起、目的、内容之分类、撰成后之命运，《搜神记序》之撰述背景、意图等诸多问题，依然未得到较好解决。

本书以马克思主义哲学观、历史观为指导，坚持历史唯物主义的科学态度，在学界研究基础上，主要采用考据学方法，依据文献记载、考古资料及新发现文献，对干宝及其《搜神记》作系统研究，在具体的历史考察中分析、解决相关问题。本书主要内容包括：（一）干宝生平事迹考，（二）干宝"性好阴阳术数"考，（三）干宝编撰《搜神记》缘起考，（四）《搜神记》编撰时间、材料来源与分类问题，（五）论"明神道之不诬"，（六）"卿可谓鬼之董狐"考，（七）《搜神记序》考论，最后为余论部分。综而论之，主要观点如下：

干宝，新蔡人，祖统，吴奋武将军、都亭侯；父莹，字明叔，又号无暇，仕吴为丹阳丞，晋封立节都尉；干宝生年，约在吴末帝天纪四年（280）；晋愍帝建兴元年（313）至三年（315）间，经华谭举荐，任佐著作郎，复以平杜弢功赐爵关内侯；元帝建武元年（317）十一月，由王导举荐，领国史，任著作郎，撰《晋纪》；明帝太宁二年（324），求补山阴令；约太宁三年（325），迁始安太守；成帝咸和二年（327），王导请为司徒右长史；约咸和九年（334），迁散骑常侍，领著作；咸康二年（336）三月卒。

干宝思想，《晋书·干宝传》称"性好阴阳术数"，所谓"阴阳"，即阴阳五行天人感应学说；干宝以阴阳五行天人感应说推阐时政事，《宋书·五行志》《晋书·五行志》载之甚明。干宝性好术数，与术数之士交往，《晋书》载之；而干宝性好术数，也反映到干宝撰《晋纪》中。干宝思想之形成，当大致在元康之末（299）。

干宝编撰《搜神记》始于建武中，依据即《搜神记序》"建武中，有所感起，是用发愤焉"一语。干宝编撰《搜神记》之缘起，《晋书·干宝传》称宝有感于父婢及兄再生事，遂撰《搜神记》，目下研究者或不信从《晋书》之说；本书认为，考察干宝编撰《搜神记》缘起问题，不可脱离当时人的观念，更应从干宝本人思想及其建武中任史官的身份找答案。依据阴阳五行天人感应学说，再生事件属于"非常"之事，此类事件的发生，决非偶然，乃是人君"不极""不建"之征兆，预示着"君乱且弱，人之所叛，天之所去，不有明王之诛，则有篡弑之祸"[1]；人君"乱且弱"，臣下就有了崛起的机会，所以京房《易传》以再生事件为"至阴为阳，下人为上"[2]之征兆；据《汉书·五行志》《后汉书·五行志》，凡王莽之起、曹操之兴，均有再生事件发生。考西晋历史，惠帝朝，人君"不极""不建"局面就已形成，史臣称"权非帝出，政迹宵人。褒姒共叔带并兴，襄后与犬戎俱运"[3]；降及怀帝、愍帝，人主"极弱""不建"达到极点，干宝谓"怀帝承乱之后得位，羁于强臣。

---

[1]《汉书》卷二十七下之上《五行志第七下之上》。
[2] 同上。
[3]《晋书》卷四《惠帝纪》。

愍帝奔播之后,徒厕其虚名……而皇极不建,祸辱及身"[1];因而,本书认为,干宝"建武中,有所感起",乃是对现实政治有感;作为史官,干宝受命撰《晋纪》,必然对西晋衰亡的历史作深刻反思,而依据阴阳五行天人感应学说,上天对西晋之衰亡,其实早有预示:武帝世,尤其惠帝世发生的一系列再生事件,就是上天昭示人君"不极""不建"行将发生;至建武中,征兆、预示,终于一一应验。在干宝看来,现实再次证实了神道的"不诬"!而由此,引发干宝"欲撰记古今怪异非常之事"[2]以"明神道之不诬"。

干宝于建武中始撰《搜神记》,撰《搜神记》期间,曾因乏纸而上表求请;《世说新语·排调》载干宝向刘惔叙其《搜神记》,表明此时《搜神记》已撰成,据此而推,则《搜神记》约于咸和八年(333)撰成。关于《搜神记》材料来源,干宝有明确交代:其一,采自旧籍,所谓"考先志于载籍""承于前载""会聚散逸"者;其二,干宝采访、收集所得,所谓"访行事于故老""采访近世之事""博访知之者""收遗逸于当时"者。而由此亦可见出,干宝编撰《搜神记》之态度是严谨、审慎的。文献表明,《搜神记》原是分篇的,今可确定者有《感应》篇、《神化》篇;学界有些论者推测《搜神记》或有《变化》篇、《妖怪》篇,但这一推测存有疑点,并不足信。至于《搜神记》原来还包括哪些篇,因文献不足,难以遽断。干宝概括《搜神记》内容为"古今怪异非常之事",据此可推《搜神记》之分类,当不复杂。

---

[1] 干宝《晋纪总论》,见《文选》卷四十九。
[2] 《初学记》卷二十一"纸"第七引干宝表语。

干宝撰《搜神记》，意在"明神道之不诬"。"神道"出《易·观》："观天之神道，而四时不忒；圣人以神道设教而天下服矣。"干宝笃信阴阳五行天人感应学说，他认为社会上发生的各种怪异非常之事，其背后均有深刻的社会现实政治原因；因而，干宝往往从现实出发，对于各种怪异非常之事推本溯源，力图找出这些怪异之象发生的社会现实政治原因。干宝相信"天命"，但他不是简单地将社会变迁、盛衰，人事更迭等，都归结到天命；干宝注重考察、探究社会政治兴废背后的"人事"因素，强调"人事"的重要性。所以，干宝"明神道之不诬"，其本旨乃在通过记述各种鬼神怪异之事，让人们了解、认识鬼神怪异之事发生的根本原因，从中见吉凶、察时变，大可以考见国家政治治理之得失，小可以明个人祸福休咎之所起，从而为当时和后来人提供鉴戒。

《世说新语·排调》载干宝向刘惔叙其《搜神记》，刘惔曰"卿可谓鬼之董狐"；《排调》篇所载，乃嘲弄调笑之词；因而，刘惔称干宝为"鬼之董狐"，并不是正面的肯定、赞扬，而是嘲讽、揶揄干宝。然《晋书》载入此事，乃误解刘惔本意，以为"鬼之董狐"是赞美干宝之语；受《晋书》影响，宋元时期一些论者乃将"鬼董狐"视为语怪美称了，以至于现在有的论者还受此影响，认为"鬼董狐"是赞美干宝的话，其实是误解了刘惔本意。刘惔嘲讽干宝，乃有深刻的现实原因：刘惔是名士，谈玄，饮酒，任情，不拘礼法，乃至放达任诞；而干宝性好阴阳术数，且安于礼法，对魏晋时兴的玄学，深为不满，对名士之任情放达，痛加挞伐，甚至将西晋灭亡的原因，也归于谈玄及礼法大坏；干宝对于清谈名士的激烈批评态度，必然招致名士们的反感；因而，刘惔嘲讽干宝，实反映出当时礼法之士与任情放诞名士之间的矛盾、冲突。另一方面，东晋初持续十几年的王、庾之争，复杂而残酷，刘惔、干宝难免涉入这一斗争漩涡；就现存文献看，刘惔亲庾，时有贬抑王导之举；而以理推之，干宝亲王，与庾氏自当疏远，干宝从兄干瓒于庾翼卒后举兵反，从一个侧面说明干氏、庾氏存有难以调和的矛盾；那么，由于处于王、庾不同的利益集团，刘惔借评《搜神记》而嘲讥干宝，也就并不令人感到意外了。田余庆先生论晋人清言，称"清言的后面，存在着与名士风流旨趣大不相同的现实利害的冲突"[1]，刘惔之评《搜神记》，正乃如此。

现存《搜神记序》已非完璧，今可确定者有两部分，残文之一见于《文选集注》卷六二江文通《拟郭弘农游仙诗》注引《文选抄》："建武中，有所（原作'所有'）感起，是用发愤焉。"学界据此推断干宝编撰《搜神记》时间、缘起问题。残文之二见于《晋书·干宝传》，目下学界一些研究者据此残文得出如下结论：（一）认为干宝已经"认识到小说的虚构并加以自觉提倡"，（二）认为干宝认识到小说的娱乐作用，[2]这种阐释存有错误，值得商榷。本书认为，从残存序文流露的信息判断，序当作于《搜神记》书成后，是在干宝及《搜神记》遭人非议、讥谤的情形之下撰成的。序称"幸将来好事之士录其根体，有以游心寓目而无尤焉"，学界一些论者将"游心寓目"阐释为干宝对小说审美、娱乐作用的概括，实是误解了干宝（"寓目"即过目，非"娱目"），所谓"游心

---

[1] 田余庆《东晋门阀政治》，北京大学出版社2005年版，第105页。
[2] 宁宗一主编《中国小说学通论》，安徽教育出版社1995年版，第110、117页。

寓目",即"留心观看";六朝人作志怪小说,未必完全没有供人消遣娱乐的意思,但干宝所谓"游心寓目"却并无此意;干宝之意是,希望将来"好事之士"潜心阅读《搜神记》,了解、认识《搜神记》记载的"古今神祇灵异人物变化"之事发生的根本原因,引为鉴戒,从而修身律己,以顺应天道,便不会有什么过失了。毋庸置疑,现存《搜神记序》残文,是我们理清《搜神记》编纂时间、缘起、方法、目的,了解《搜神记》撰成后之命运等诸多问题最珍贵、最可信赖的资料,是我们进入《搜神记》的津梁。此外,本书认为现存文献中还有属于《搜神记序》的文字,即《法苑珠林》卷第三十一、卷第三十二所谓"干宝记云"两部分文字,这是"《搜神记》的思想基础"[1],是干宝对《搜神记》的内容从理论层面所作的概括、阐发。干宝以为,"天有五气,万物化成","气化说"是干宝关于宇宙万物生成的基本观点,具体言,五气之纯浊,赋予宇宙万物不同的形、性,而"数之至""时之化",可导致物"自无知而化为有知",可导致物"形性变也";若"应变而动",则为顺常,"苟错其方,则为妖眚";妖怪生于气乱,而"本于五行,通于五事","其休咎之征,皆可得域而论"。不难见出,干宝对于《搜神记》内容所作的理论阐发,其中既有魏晋时期社会上流行的天道自然观念,也有阴阳五行天人感应思想;当干宝对现实中发生的自然现象从自然本身去理解时,他就走向天道自然的方向,当干宝从社会政治、人事角度去理解自然现象时,他又陷入阴阳五行天人感

---

[1] 任继愈主编《中国哲学发展史》(魏晋南北朝),人民出版社1988年版,第751页。

应说的泥潭。毫无疑问,干宝思想的核心是阴阳五行天人感应说,干宝称"万物之变,皆有由也",而他对"古今怪异非常之事"之"由"的阐释,不能不深深地烙上唯心主义的印痕!

余论部分首先以马克思主义唯物论为指导,评价干宝所谓"明神道之不诬"及《搜神记》内容。依据马克思主义唯物论的观点看,干宝所谓"明神道之不诬",当然属于唯心主义。历史唯物主义告诉我们,世界上并没有什么鬼神;所谓神、鬼、仙、精魅以及干宝所称"怪异非常之事",要么是人们头脑中不切实际幻想出来的,要么是一些客观存在的事物或者自然现象,因当时科学欠发达、科学与迷信混杂,以及人们思维能力的制约,而对其作出非科学的解释。其次,《搜神记》在中国古代小说史上颇具时代特质,即干宝本人在当时并无"作小说"的意识,接受者们在较长的历史时期也未将《搜神记》视为小说;因而,理解、阐释《搜神记》,应充分考虑当时人的思想意识、信仰观念等。再次,干宝撰《搜神记》意在"明神道之不诬",尤其关注现实政治,这就使《搜神记》在反映社会现实政治方面带着鲜明的时代烙印;我们关注《搜神记》对于鬼神怪异之事的政治阐释,不是相信其唯心主义的说教,而是了解这一时期志怪小说的时代特征,借此认识中国古代小说史、文化史上这一独特的风景线。最后,《搜神记》之叙事,四库馆臣誉之"叙事多古雅",对后世小说叙事影响甚远;尤其值得关注的是,《搜神记》叙事所表现出的异于历史叙事的新方向,直接影响了唐代传奇小说之发展。所以,《搜神记》在中国古代小说发展史上具有重要地位。

附录部分有三:一是干宝生平事迹资料,二是《搜神记》著录资料,三是有关《干氏宗谱》之考察、说明,并对其中涉及干宝生平事迹文献作考辨。

本书是在充分汲取学界研究成果基础上,对干宝及其《搜神记》所作的新的探讨,衷心期待专家学者批评指正。

第一章　干宝生平事迹考

一

干宝生平事迹，主要见于：（一）刘宋何法盛《晋中兴书》，[1]（二）唐房玄龄等撰《晋书》卷八十二《干宝传》，[2]（三）唐许嵩《建康实录》卷七，而以《晋书》所载为详。以下即以《晋书》本传为基本线索展开考证，并参合《干氏宗谱》相关文献予以补充、说明。

关于干宝家世、籍贯，《晋书》卷八十二《干宝传》载：

> 干宝字令升，新蔡人也。祖统，吴奋武将军、都亭侯。父莹，丹杨丞。

---

[1] 据《南史》卷三十三《徐广传》："时有高平郗绍亦作《晋中兴书》，数以示何法盛。法盛有意图之……绍不与。至书成，在斋内厨中，法盛诣绍，绍不在，直入窃书。绍还失之，无复兼本，于是遂行何书。"

[2] 房玄龄等撰《晋书》乃用萧齐臧荣绪《晋书》作蓝本，兼采笔记小说之记载，稍加增饰而成。参见《晋书·出版说明》，中华书局1974年版。

而《世说新语·排调》"干宝向刘真长叙其《搜神记》"条注引《中兴书》(即《晋中兴书》)曰:

> 宝字令升,新蔡人。祖正,吴奋武将军,父莹,丹阳丞。

关于《晋中兴书》称干宝"祖正"而《晋书》称"祖统"问题,前人已经指出,乃因南朝梁刘孝标注《世说新语》时避昭明太子萧统讳而改,干宝祖名,以《晋书》为是。关于干氏之由来及干宝祖、父问题,《干氏宗谱》之"荥(疑当为'荥')阳列仕源流"载述如下:

> 周
> 犨仕宋国为大夫
> 徵师仕陈国为行人
> 汉
> 长仕汉为蜀郡守
> 三国
> 正仕吴为奋武将军(宝之祖)
> 莹仕吴为丹阳丞晋封立节都尉(宝之父)[1]

干犨见《左传》昭公二十一年:

---

[1] 据《干氏宗谱》。《干氏宗谱》现藏于浙江省海盐县博物馆。

干犨御吕封人华豹,张匄为右……[1]

干徵师见《春秋》昭公八年:

楚人执陈行人干徵师杀之。

干徵师乃陈大夫,关于楚杀干徵师事,《左传》如是载述:

陈哀公元妃郑姬,生悼大子偃师,二妃生公子留,下妃生公子胜。二妃嬖,留有宠,属诸司徒招与公子过。哀公有废疾。三月甲申,公子招、公子过杀悼大子偃师,而立公子留。夏四月辛亥,哀公缢。干徵师赴于楚,且告有立君,公子胜愬之于楚,楚人执而杀之。公子留奔郑。书曰,"陈侯之弟招杀陈世子偃师",罪在招也;"楚人执陈行人干徵师杀之",罪不在行人也。[2]

干氏上溯宗族之始,乃追溯至干犨、干徵师等。《干氏宗谱》关于干氏由来之载述,与唐林宝《元和姓纂》所载大致同。《元和姓纂》卷四干姓:

《左传》,宋大夫干犨之后。陈干徵师,汉蜀郡尉干献,

---

[1] 杜预集解《春秋经传集解》,上海古籍出版社1978年版,第1475页。
[2] 同上注,第1312页。

> 吴军师干吉,晋将军干瓉。

"新蔡"下云:

> 干犨之后。晋丹阳丞干莹,生宝,著《晋纪》及《搜神记》。[1]

元代黄溍为干宝三十世孙干文传[2]撰《嘉议大夫礼部尚书致仕干公神道碑》,亦涉干氏得姓之由来,以及干氏代不乏人之情状:

> 干之得姓,始于春秋时宋大夫犨。汉有蜀郡尉献,吴有军师吉,晋有将军瓉,著作郎宝。史氏所纪,代不乏人。[3]

不过,《晋中兴书》《晋书》为干宝立传,记事实自干统始;而《干氏宗谱》以干宝为始祖,可考且连绵不断之干氏宗族谱系也自干统始。关于干莹,据《干氏宗谱》载,莹字明叔,又号无暇;初仕吴

---

[1] 林宝纂,岑仲勉校记《元和姓纂》,中华书局1994年版,第255页。
[2] 《干氏宗谱》之《荣(荥)阳列仕源流》载"三十世文传元祐二年进士,官至礼部尚书";《干氏宗谱》存干宝后裔干钦昊于清康熙丁丑修宗谱时临摹干文传遗像,称"文传字翼经,元仁宗延祐五年中书堂会试十三名进士,同知昌国州,后知吴州。廉平有声,治行为诸州最。召为集贤待制,以礼部尚书致仕"。黄溍撰《嘉议大夫礼部尚书致仕干公神道碑》称"公讳文传,字寿道……延祐二年乙科被旨赐进士出身",《元史》卷一百八十五《干文传传》称"干文传字寿道,平江人。祖宗显,宋承信郎……文传首登延祐二年乙科,授同知昌国州事……"《干氏宗谱》关于干文传登进士年记载有误,详见附录三。
[3] 危素编次《金华黄先生文集》卷第二十七。

为丹阳丞,晋封立节都尉,可补史阙。[1]据《晋书》本传,干宝有兄,而未具名,唐无名氏《文选抄》、唐胡慧超《十二真君传》俱称干庆;《干氏宗谱》载"庆仕晋为长宁县令,又为西安令",注曰"宝之兄"。[2]《干氏宗谱》又载,"松为合城太守""赞为晋将军";[3]干松不见史书载述,干赞见于《晋中兴书》《晋书》。干赞,即干瓒,《晋中兴书》"干录"于干宝后列干瓒,《盐官肇宗纪略》称干瓒为干宝从兄。[4]《晋中兴书》载:

> 干瓒以穆帝时为大将军诛死。[5]

《晋书》卷八《穆帝纪》亦载之,而叙述更详:

> (永和元年)秋七月庚午,持节、都督江荆司梁雍益宁七州诸军事、江州刺史、征西将军、都亭侯庾翼卒。翼部将干瓒、戴羲等杀冠军将军曹据,举兵反,安西司马朱焘讨平之。

干瓒"举兵反"一事,《晋书》卷七十三《庾翼传》亦载,《资治通

---

[1] 见《干氏宗谱》。
[2] 分别见唐无名氏《文选集注》卷六二江文通《拟郭弘农游仙诗》注引、《太平广记》卷第十四"吴真君"。最早记载干庆再生之事的是《幽明录》,但并未言干庆是干宝之兄,见《太平广记》第三七八卷。《干氏宗谱》"荣(荥)阳列仕源流"称:"庆仕晋为长宁县令……"注称"宝之兄"。
[3] 见《干氏宗谱》之《荣(荥)阳列仕源流》。
[4] 见《干氏宗谱》。
[5] 《九家旧晋书辑本》。

鉴》卷第九十七亦载；干瓒举兵反原因，史书未有交代。

《晋中兴书》《晋书》称干宝新蔡人，学界一般认为新蔡是原籍。据《汉书》卷二十八《地理志上》、《后汉书》志第二十《郡国二》，新蔡属汝南郡。干宝祖、父仕吴，说明干氏南迁已久；至于干氏何时、何因南徙，史无记载。[1]唐释道宣《续高僧传》卷一三《唐京师大庄严寺释慧因传》载：

> 释慧因，俗姓于（干）氏，吴郡海盐人也。晋太常宝之后胤。祖朴，梁散骑常侍。父元显，梁中书舍人。并硕学英才，世济其美。[2]

宋王象之《舆地纪胜》卷三《嘉兴府·古迹》载"干莹墓"，注曰：

> 干宝之父也。墓在海盐。

---

[1] 李剑国《干宝考》推测："汉末中原丧乱，灵帝中平元年（184）钜鹿张角起事，汝南为争战之地。……在这种情况下，汝南人纷纷南逃是可想而知的。……干宝祖上当亦于汉末避黄巾而南渡。"汉末汝南沦为争战之地，此情况下干氏南徙是有可能的。《干氏宗谱》存有署名干宝六世孙干朴撰《灵泉乡真如寺碑亭记》，称"永嘉元年，荥阳高皇祖令升公初仕晋为盐官州别驾。明年，胡汉主刘渊起兵称帝。又五年，汉主聪将兵寇洛阳，而河南诸郡皆为分据。荥阳之故里，不可复问矣。遂家于盐之灵泉乡"，此说不见其他载述，而疑点颇多，姑存疑。详见附录三。

[2] 据《干氏宗谱》，干朴为干宝五世孙，干元显为六世孙，与《续高僧传》所载合，而《干氏宗谱》不载释慧因。

称干莹墓在海盐,实与《续高僧传》记载合,则海盐为干氏南徙之居地。[1]从干统、干莹之仕历看,干氏在当时并非高门士族。

干宝生年,史籍未载,学界存有不同看法,影响较大的有二说:其一,干宝生于286年。张忱石先生在《建康实录·点校说明》中依据干宝参加平定杜弢事推断:"干宝参加平定杜弢时年龄至少在二十五岁以上,往上推溯二十五年,干宝生于晋武帝太康七年(二八六)左右。"[2]许逸民先生赞同此说,称干宝约生于晋武帝太康七年(286);[3]曹道衡、沈玉成二先生亦赞同此说,[4]《晋书》卷七十二《郭璞传》载郭璞"性轻易,不修威仪,嗜酒好色,时或过度。著作郎干宝常诫之曰:'此非适性之道也'",曹道衡先

---

[1] 明清时期所撰地方史志有关干氏南徙之记载,存有不少疑点。如徐泰《明一统志》称:"干宝,新蔡人,徙嘉兴。"樊维城、胡震亨等修《海盐县图经》称:"晋干莹,新蔡人。初仕吴为立节都尉,典午南渡,徙家海盐。"战鲁村修《海宁州志》称:"按徐泰《海盐志》称宝自新蔡徙嘉兴,父莹葬海盐,又引《五行记》载宝为海盐人,则南渡徙居实自莹始……"李剑国《干宝考》认为"南渡徙居实自莹始""典午南渡,徙家海盐"之说是错误的。干宝祖、父仕吴,说明干氏南徙已久,故"南渡徙居实自莹始"似不确。《干氏宗谱》存有署名胡震亨撰《盐官肇宗纪略》,其中称"宝之祖宪本新蔡,宝初仕晋为盐官州判。宝之父莹迎养在任,适因刘聪、石勒之乱割据荥阳;新蔡者,荥阳之属邑也;势不可归,遂家于盐",此说大约据署名干朴《灵泉乡真如寺碑亭记》,而《灵泉乡真如寺碑亭记》疑点颇多,姑存疑。详见附录三。

[2] 许嵩撰,张忱石点校《建康实录》,中华书局1986年版,第12页。

[3] 见刘世德主编《中国古代小说百科全书》,中国大百科全书出版社1998年版,第103页。

[4] 《干宝事迹》谓干宝年岁"约略计之,或在五十左右",干宝卒于咸康二年(336),上推生年在太康七年(286)左右。见曹道衡、沈玉成《中古文学史料丛考》,中华书局2003年版,第186页。

生据此分析:"说明两人年辈应该比较接近。否则在封建社会中,一个年轻人去'告诫'长者,并指出其较严重的缺点,是不合礼节的。"[1]曹先生进而推测:"他比郭璞至多小十岁。如果说小十岁的话,那就应生于晋武帝太康七年(286)。"[2]其二,干宝生于276年。《北堂书钞》卷第一百三十六引《搜神记》载:

> 元康之末,江浦城有败屩自聚于道,多者至四五十量。余常亲将人散之,或投林草,或投渊谷。明日视之,悉复聚矣。或云见狸衔而聚之。

元康(291—299)是晋惠帝年号,元康之末,即299年。而《宋书》卷三十《五行志一》载:

> 元康末至太安间,江、淮之域,有败编自聚于道,多者或至四五十量。干宝尝使人散而去之,或投林草,或投坑谷。明日视之,悉复如故。民或云见狸衔而聚之,亦未察也。

沈约所载,与《搜神记》所载当是同一事;不过,沈约所载时间为元康末至太安(299—303)间,稍异于《搜神记》。李剑国先生据此判断:"惠帝元康末至太安间(299—303)干宝在江淮,时

---

[1] 曹道衡《中古文学史论文集》,中华书局1986年版,第287页。
[2] 同上注,第288页。

已成人,故有使人散败属之事。"[1]并进而推测:"干莹仕吴为丹杨丞,……当卒于吴,卒时干宝兄弟年幼,若以干莹卒于吴亡之年,干宝时五岁来计算,则干宝生在天玺元年(276),……但这个估计恐怕还是比较保守的,生年还可以往前提一些时间。"[2]此二说外,关于干宝生年,学界还有另外一些说法,但均没有提出重要的依据。[3]关于干宝生于286年说,其中有合理之处,然此说与干宝元康末已成人这一记载难以相合;而且,干宝初仕时间究竟是以二十五岁为据,还是以三十岁为据,这也是个问题,因为其间相差五年。从文献记载看,晋之诸多制度为宋齐梁陈因袭,宋文帝元嘉中,限年三十而仕,齐"因习宋代限年之制,甲族二十登仕,后门以三十试吏"[4],梁初年二十五方得入仕,天监中制:"凡九流常选,年未三十,不通一经者,不得为官。"[5]陈依梁制,凡年未三十,不得入仕。那么,如果以干宝三十岁初仕,其时间在建兴元年(313)五月至建兴三年(315)二月前(这一点下文详考),即以建兴元年为据,则干宝生年当在太康五年(284);——这自然仅是以常理推

---

[1] 李剑国《干宝考》,见《古稗斗筲录》,南开大学出版社2004年版,第263页。
[2] 同上注,第270页。
[3] 孙俍工编《中国文艺辞典》称306年,李颖科《干宝及其〈晋纪〉》据《晋书·华谭传》称:"建兴初,为公元313年。……若以公元313年干宝二十五岁计,则其当生于晋武帝太康十年(公元289年)。"(《碑林集刊》第七辑,2001年)王尽忠先生在此基础上,结合《干氏宗谱》所收《灵泉乡真如寺碑亭记》关于干宝永嘉元年初仕晋为盐官州别驾的记载,提出干宝生于太康四年(283),见《干宝研究全书》,中州古籍出版社2009年版,第5页。然《灵泉乡真如寺碑亭记》所载,尤其是任盐官州别驾之说,存有疑点。详见附录部分。
[4] 杜佑著,颜品忠等校点《通典》,岳麓书社1995年版,第172页。
[5] 同上注,第173页。

论，若考虑到晋惠帝末年，北方已陷入内乱，而怀帝、愍帝之时，胡虏驰骋中原，干宝即使已到初仕年龄，也未必有入仕机会，所以实际情况要复杂得多，我们不能不考虑当时的具体历史环境。关于干宝生于276年说，也有合理之处，然李剑国先生推断干宝生年的一个重要前提是"干莹卒于吴亡之年"，而据《干氏宗谱》称"莹仕吴为丹阳丞，晋封立节都尉"，意味着干莹未亡于吴，而是受晋封；如此，则干宝生于276年甚或更早的推断，就显得不尽合乎情理了。综上所述，笔者认为，干宝生年须同时满足这三个条件：（1）郭璞生于晋武帝咸宁二年，干宝生年距郭璞不当太远，应较为接近，（2）干宝元康末已成人，（3）干宝之父卒于晋，且干莹去世时干宝兄弟"年小"；那么，综合考虑上述三个条件，笔者认为，将干宝生年定于吴末帝天纪四年（280）左右较为合适。[1]有必要补充说明一点，司马睿渡江以后，在王导辅佐下，欲在东吴废墟上建立新的政权，因而司马睿集团不得不起用吴地高门及士人，干宝当是在这样的特定历史条件下进入司马睿政权体系的。关于这一点，下文再作申述。

干宝起家佐著作郎，《干宝传》载：

> 宝少勤学，博览书记，以才器召为著作郎。平杜弢有功，

---

[1] 王利锁注说《搜神记》之《〈搜神记〉通说》对《北堂书钞》卷一三六引《搜神记》载干宝使人散败虏之事，以及《宋书·五行志》所载此事表示怀疑；其实，干宝所载与沈约所载正可互证，一是自述，一是转述，是可信的。而关于干宝生年，王利锁先生亦认为"当在吴末帝天纪四年即280年左右"。王利锁注说《搜神记》，河南大学出版社2017年版，第11页。

赐爵关内侯。

关于"以才器召为著作郎",《晋书》中华书局标点本校勘记称:"周校'著作'上脱'佐'字。案:下文王导疏可证。"[1]可知干宝起家佐著作郎,对此,学界无异议。那么,干宝何时任佐著作郎?据《晋书》卷五十二《华谭传》载:

> 建兴初,元帝命为镇东军谘祭酒。……转丞相军谘祭酒,领郡大中正。谭荐干宝、范珧于朝,乃上笺求退曰:"……谭无古人之贤,窃有怀远之慕。自登清显,出入二载,执笔无赞事之功,拾遗无补阙之绩;过在纳言,暗于举善;狂寇未宾,复乏谋策。年向七十,志力日衰,素餐无劳,实宜辞退。谨奉还所假左丞相军谘祭酒版。"

华谭荐干宝,当在他为"丞相军谘祭酒,领郡大中正"之后,这是可以确定的。据下文华谭上笺求退称"所假左丞相军谘祭酒版",则史臣所谓"丞相",实为"左丞相"。据《愍帝纪》,建兴元年(313)五月,"以镇东大将军、琅邪王睿为侍中、左丞相、大都督陕东诸军事"[2]。据《资治通鉴》卷第八十八,建兴元年四月,"琅邪王睿以前庐江内史华谭为军谘祭酒";五月,"以琅邪王睿为左

---

[1]《晋书》卷八十二《干宝传》附校勘记,中华书局1974年版,第2160页。
[2] 干宝《晋纪》载:建兴元年,"愍帝诏琅邪王睿曰'今以王为侍中,左丞相,督陕东诸军事。右丞相南阳王督陕右诸军事'"。不载月日。见汤球辑《晋纪辑本》。

丞相、大都督，督陕东诸军事"；在此情形下，华谭自然由"镇东军谘祭酒"转为"（左）丞相军谘祭酒"。华谭上笺求退，是在其任（左）丞相军谘祭酒二年后的建兴三年（315）。因此，华谭荐干宝当在建兴元年五月至建兴三年间（且当在并左、右丞相的二月前）[1]，所荐之职，当为佐著作郎。顺便补充一点，作为郡大中正，华谭不但举荐干宝、范珧，还举荐寒族朱凤、吴震为佐著作郎。《太平御览》卷二三四引《晋中兴书》载：

> 华谭为秘书监，时晋陵朱凤、吴郡吴震等以单族有史才白首衡门。谭荐二人擢补佐著作郎，并皆称职。[2]

可见华谭确有知人之鉴。要言之，华谭于建兴元年五月至建兴三年间荐干宝于朝，所荐之职为佐著作郎，是可以确定的。

不过，据《晋书》卷六十一《华轶传》载：

> 时天子孤危，四方瓦解，轶有匡天下之志，每遣贡献入洛，不失臣节。……轶自以受洛京所遣，而为寿春所督，时洛京尚存，不能祗承元帝教命，郡县多谏之，轶不纳，曰："吾欲见诏书耳。"时帝遣扬烈将军周访率众屯彭泽以备轶，访过姑孰，著作郎干宝见而问之。

---

[1] 据《资治通鉴》卷八十九，愍帝建兴三年二月丙子，进左丞相、琅邪王睿为丞相，右丞相、南阳王保为相国。

[2] 李昉等撰《太平御览》，中华书局1960年版，第1111页。

周访受司马睿之命讨华轶,在怀帝永嘉五年(311),《资治通鉴》卷第八十七载之甚明。许逸民先生据此以为"西晋怀帝时,召为佐著作郎"[1];李剑国先生赞同此说,并进一步考证"干宝永嘉五年已为佐著作郎"[2]。问题是,《华轶传》称"著作郎干宝"是否可信?对此,曹道衡、沈玉成二先生认为,"'著作郎'自是误书"[3]。我以为,曹、沈二先生的说法是有理由的,因为《晋书》中确时有"误书"发生。譬如,《晋书》卷七十《卞敦传》载:

> 苏峻反,温峤、庾亮移檄征镇同赴京师。敦拥兵不下,又不给军粮,唯遣督护荀璲领数百人随大军而已。时朝野莫不怪叹,独(案:衍文)陶侃亦切齿忿之。峻平,侃奏敦阻军顾望,不赴国难,无大臣之节,请槛车收付廷尉。丞相王导以丧乱之后宜加宽宥,转安南将军、广州刺史。病不之职。征为光禄大夫,领少府。敦既不讨苏峻,常怀愧耻,名论自此亏矣。寻以忧卒。

称王导为"丞相",显系误书,因为王导此时为司徒。王导任司徒的时间,史书言之凿凿,据《晋书》卷六《明帝纪》,太宁元年(323)夏四月,"转司空王导为司徒";《晋书》卷七《成帝纪》载,咸康四年(338)六月,"改司徒为丞相,以太傅王导为之";卞敦卒

---

[1] 见刘世德主编《中国古代小说百科全书》"干宝"条,中国大百科全书出版社1998年版,第103页。
[2] 李剑国《干宝考》,见《古稗斗筲录》,南开大学出版社2004年版,第264页。
[3] 曹道衡、沈玉成《中古文学史料丛考》,中华书局2003年版,第186页。

于咸和四年（329），见《资治通鉴》卷第九十四，故不当称王导为"丞相"，《卞敦传》误书无疑。又，《晋书》卷六十二《祖逖传》载：

> （祖逖）年二十四，阳平辟察孝廉，司隶再辟举秀才，皆不行。与司空刘琨俱为司州主簿，情好绸缪，共被同寝。中夜闻荒鸡鸣，蹴琨觉曰："此非恶声也。"因起舞。

史臣清晰地交代，此时祖逖与刘琨俱为"司州主簿"，却又冠刘琨以"司空"官衔，自不相宜。祖逖、刘琨为司州主簿，在武帝太康十年（289）至惠帝元康六年（296）间；[1]刘琨拜司空，在愍帝建兴三年（315），见《晋书》卷五《愍帝纪》、《晋书》卷六十二《刘琨传》；——足见《祖逖传》所载"司空刘琨为司州主簿"之误。甚者，《晋书》还把死后的赠官写到生前，如《晋书》卷九十一《虞喜传》载：

> 元帝初镇江左，上疏荐喜。怀帝即位，公车征拜博士，不就。喜邑人贺循为司空，先达贵显，每诣喜，信宿忘归，自云不能测也。

而据《晋书》卷六十八《贺循传》载：

---

[1] 祖逖卒于太兴四年（321）九月，时年五十六，其生年在武帝泰始二年（266），年二十四在太康十年（289）。刘琨卒于太兴元年（318）五月，时年四十八，其生年在武帝泰始七年（271）；《刘琨传》称"年二十六，为司隶从事"，可推刘琨为司州主簿在二十六岁——即元康六年（296）以前。

> 太兴二年卒，时年六十。帝素服举哀，哭之甚恸。赠司空，谥曰穆。

《建康实录》卷五亦载：

> （太兴二年）秋七月乙丑，开府仪同三司贺循卒。……时年六十，帝哭之恸，赠司空，谥曰穆。

则司空为贺循死后赠官无疑，而《虞喜传》竟书于贺循生前，其误显见。[1]又如，《晋书》卷八十八《孙暠传》载：

> 司空何充为扬州，檄（孙）暠为主簿，司徒蔡谟辟为掾属，并不就。

而《晋书》卷七十七《何充传》载：

> 永和二年卒，时年五十五。赠司空，谥曰文穆。

则司空乃何充卒后赠官，而《孙暠传》书于生前，其误显见。所以，《华轶传》称"著作郎干宝"，不足为据。

---

[1] 这一点，曹道衡、沈玉成二先生已经指出，见《中古文学史料丛考》，中华书局2003年版，第188页。《晋书》所书"贺循为司空"之误，或许受《晋中兴书》影响，汤球辑《晋中兴书》卷七："司空贺循每一诣喜，辄经信宿，云不能测云。"

李剑国先生因据《华轶传》断定"干宝永嘉五年已为佐著作郎",遂对华谭荐干宝一事作如是解释:"华谭之荐干宝,……很可能是代己之职,即丞相府军谘祭酒"[1],这一说法,似难成立。其一,华谭此时领郡大中正,《通典》卷一四载:"魏氏革命,州郡县俱置大小中正,各以本处人任。诸府公卿及台省郎吏有德充才盛者为之。"以现任中央官且"本处人"兼任中正,一方面保留了汉代乡间评议的传统,另一方面则易于政府控制。[2]据《通典》卷一四:

> 晋依魏氏九品之制,内官吏部尚书、司徒、左长史,外官州有大中正,郡国有小中正,皆掌选举。若吏部选用,必下中正,征其人居及父祖官名。

中正官负有"选举"——即考察、举荐地方人才之责;吏部选人,必下中正;"中正所提供的资料有三项,一是家世,二是状,三是品"[3];《华谭传》称"荐干宝、范珧于朝",意味着干宝、范珧此时并不在朝,故荐"于朝"。其二,即使干宝永嘉五年已为佐著作郎,也不可能被荐为丞相府军谘祭酒。考诸《晋书》相关列传、《资治通鉴》卷第八十七、卷第八十八、卷第八十九,自永嘉五年(311)至建兴三年(315)间,任司马睿军谘祭酒者有:周顗(永嘉五年、

---

[1] 李剑国《干宝考》,见《古稗斗筲录》,南开大学出版社2004年版,第265页。
[2] 参阅唐长孺《九品中正制度试释》,见《魏晋南北朝史论丛》,河北教育出版社2000年版。
[3] 同上注,第102页。

建兴元年两次任军谘祭酒）、王澄、华谭、戴邈（华谭女婿）、王廙（王导从弟，司马睿姨弟）、司马祐[1]等，这些人或为佐命之臣，或为宗室，或为世族贵戚子弟；干宝无论就出身还是资历言，都不能和他们相提并论，所以不可能被荐为军谘祭酒。仅就华谭而言，谭祖融，吴左将军、录尚书事；父谞，吴黄门郎。谭以才学为东土所推，太康（280—289）中入洛，除郎中，迁太子舍人、本国中正。永宁初（301），为郏令，再迁庐江内史。华谭为东海王司马越军谘祭酒，陈敏作乱，谭遗书顾荣等，晓以大义，对平定陈敏、稳定江南，起了重要作用；[2]也因此，建兴初（313）司马睿命为镇东军谘祭酒，转丞相军谘祭酒。这就是说，华谭在仕途上奔波约三十年，乃为丞相军谘祭酒。曹道衡、沈玉成二先生考证，华谭建兴中上笺求退，已六十一二岁。[3]因而，即使干宝于永嘉五年（311）任佐著作郎，也不可能在建兴元年至三年间被荐为丞相军谘祭酒。

干宝入仕后，参加了平定杜弢的军事行动。杜弢之乱，始于永嘉五年正月，关于杜弢叛乱起因，《晋书》卷一百《杜弢传》载：

> 时巴蜀流人汝班、蹇硕等数万家，布在荆湘间，而为旧百姓之所侵苦，并怀怨恨。会蜀贼李骧杀县令，屯聚乐乡，众数百人，弢与应詹击骧，破之。蜀人杜畴、蹇抚等复扰湘

---

[1] 司马祐为汝南王亮之孙，《晋书》卷五十九《汝南王亮传》附祐传载："永嘉末，以寇贼充斥，遂南渡江，元帝命为军谘祭酒。建武初，为镇军将军。"
[2] 华谭为司马越军谘祭酒事，《晋书》本传不载，见《晋书》卷一〇〇《陈敏传》。
[3] 曹道衡、沈玉成《中古文学史料丛考》，中华书局2003年版，第177页。

州，参军冯素与汝班不协，言于刺史荀眺曰："流人皆欲反。"眺以为然，欲尽诛流人。班等惧死，聚众以应畴。时弢在湘中，贼众共推弢为主，弢自称梁益二州牧、平难将军、湘州刺史，攻破郡县。

巴蜀流民造反，实因不堪当地土人逼迫而起。杜弢最初与应詹一道，参与了平叛。但因地方官吏不能妥善安抚流人，从而引发更大规模的民变，杜弢因在蜀人中有威望，遂被推为首领。在平定杜弢之乱中，陶侃、周访起到关键作用。建兴元年，荆州刺史周颛屯浔水城，为杜弢所困，陶侃使部将朱伺救之；同年十月，陶侃率周访等入湘，击杜弢。陶侃、周访、甘卓等与杜弢前后数十战，终于平定叛乱。[1]《晋书》卷五《愍帝纪》载：

> （建兴三年）八月……荆州刺史陶侃攻杜弢，弢败走，道死，湘州平。[2]

干宝在平定杜弢之乱中建功扬名，当与周访，乃至陶侃、甘卓等有关。据《华轶传》知干宝与周访关系密切，华谭荐干宝于朝，自然有恩于干宝；《华谭传》载谭"举寒族周访为孝廉，访果立功名，时以谭为知人"，"甘卓尝为东海王越所捕，下令敢有匿者诛之，卓

---

[1] 见《晋书》卷六十六《陶侃传》，《资治通鉴》卷八十八。
[2] 《晋书》卷一〇〇《杜弢传》载："弢乃逃遁，不知所在。"与《愍帝纪》稍异。

投谭而免";是知华谭亦有恩于周访、甘卓。[1]据《晋书》卷六十六《陶侃传》,周访与陶侃乃姻亲。干宝本与周访关系密切,加之干宝、周访、甘卓与华谭的特殊关系,以及周访与陶侃的特殊关系,这就为干宝在平杜弢乱中建立功勋提供有利条件;干宝终立功扬名,赐爵关内侯。

关于干宝入仕时间,尤其是地点问题,学界存有不同认识,兹作进一步说明。据《晋书》卷七十七《诸葛恢传》载:

> 愍帝即位,征用四方贤隽,召恢为尚书郎,元帝以经纬须才,上疏留之,承制调为会稽太守。

所谓"承制",即秉承皇帝旨意。永嘉元年(307)七月,东海王司马越遣司马睿渡江,镇建邺;而《晋书》卷二十七《五行志》(上)载:

> 孝怀帝永嘉四年四月,江东大水。时王导潜怀翼戴之计,阴气盛也。

这说明,司马睿渡江后不足三年,王导的翼戴之计就为时人察知。事实上,司马睿、王导渡江以后,晋室政治中心逐渐南移,并最终

---

[1] 干宝《晋纪》载:永嘉五年,"琅邪王睿逐周馥。华谭依周馥。及琅邪王遣甘卓攻馥,谭先于卓有恩,卓募人入城求谭。入者至舍,问:'华侯在不?吾甘扬威使也。'谭曰:'不知华侯所在。'抽绢二匹授之。使人还以告,卓曰:'是华侯也。'"见汤球辑《晋纪辑本》。

在愍帝司马邺遇害后建立起东晋政权。明白永嘉四年（310）王导等已潜怀翼戴之计，就不难理解司马睿往往"承制"便宜行事，招揽人才，收其贤俊，留用诸葛恢即其一例。那么，干宝也当属同样的情况，在愍帝"征用四方贤隽"之时，作为郡大中正，华谭荐干宝、范珧于朝，[1] 而干宝最终被司马睿留在建邺。曹道衡、沈玉成二先生推断："干宝当以建兴之初入建邺为官，复预平杜弢事而赐爵"[2]，这一推断，是合理的，正确的。关于司马睿"承制"招揽人才，任命官员，甚至委以重任之事，我们不妨再举一例。据《晋书》卷六十七《郗鉴传》载：

> 元帝初镇江左，承制假鉴龙骧将军、兖州刺史，镇邹山。

郗鉴在中原大乱的形势下，被乡里共推为主，举千余家避难于鲁之峄山；司马睿乃承制假郗鉴龙骧将军、兖州刺史，力保一方，郗鉴终成东晋名臣。——那么，明乎西晋末年天下动荡之形势与政治局面之复杂性，乃可理解干宝出仕时间，尤其是地点的特殊性问题。

---

[1] 关于范珧事，《晋书》有记载，《晋书》卷六十六《陶侃传》载："侃命张夔子隐为参军，范逵子珧为湘东太守……"
[2] 曹道衡、沈玉成《中古文学史料考》，中华书局2003年版，第186页。

二

《干宝传》载：

> 中兴草创，未置史官，中书监王导上疏曰："夫帝王之迹，莫不必书，著为令典，垂之无穷。宣皇帝廓定四海，武皇帝受禅于魏，至德大勋，等踪上圣，而纪传不存于王府，德音未被乎管弦。陛下圣明，当中兴之盛，宜建立国史，撰集帝纪，上敷祖宗之烈，下纪佐命之勋，务以实录，为后代之准，厌率土之望，悦人神之心，斯诚雍熙之至美，王者之弘基也。宜备史官，敕佐著作郎干宝等渐就撰集。"元帝纳焉。宝于是始领国史。

则干宝是由中书监王导举荐领国史。干宝本"以才器"召为佐著作郎，所谓"才器"，即才能与器局，包括才、识及度量等方面。对于一位史官而言，才与识都是不可或缺的，干宝兼而有之；所以王导举荐干宝领国史，是相宜的。干宝领国史的时间，据《晋书》卷六《元帝纪》：

> （建武元年）十一月……置史官，立太学。

《建康实录》卷第五载:

> (建武元年)十一月……初置史官,立太学,以干宝、王隐领国史。

建武元年,即317年。《册府元龟》卷五五四《国史部·选任》载:

> 干宝为著作郎。时中兴草创,未置史官,中书监王导上疏曰:"……敕佐著作郎干宝等渐就撰集。"元帝纳焉。宝于是始领国史。

同书卷五五五《国史部·采撰》亦载:

> 干宝为著作郎,始领国史。

可知干宝以著作郎领国史,时间即在建武元年。

而《文选》卷第四十九《晋纪论晋武帝革命》注引何法盛《晋书》(即《晋中兴书》)曰:

> (干宝)始以尚书郎领国史,……撰《晋纪》。

刘知几接受何法盛之载述,《史通·古今正史》曰:

> 时尚书郎领国史,干宝亦撰《晋纪》……

何法盛的载述,存有疑点;对此,李剑国先生称"可能《晋中兴书》记载有误,或者引文有讹脱之处"[1],李先生所指出的可能性,是不应排除的,因为尚书郎并不职掌史任。

那么,干宝何时离任著作郎呢?张可礼先生以为在太宁元年(323),[2]李剑国先生以为在咸和元年(326),[3]我以为在太宁二年(324),依据如下,《晋书》卷七十五《王峤传》载:

> (王)敦将杀周𫖮、戴若思,峤于座谏曰:"济济多士,文王以宁。安可戮诸名士,以自全生!"敦大怒,欲斩峤,赖谢鲲以免。敦犹衔之,出为领军长史。敦平后,除中书侍郎,兼大著作,固辞。

据《晋书》卷二十四《职官志》载:

> 著作郎一人,谓之大著作郎,专掌史任,又置佐著作郎八人。

著作郎既然只有一人,那么王峤"除中书侍郎,兼大著作",显然意味着此时大著作一职空缺。王敦平,在太宁二年七月,见《明帝

---

[1] 李剑国《干宝考》,见《古稗斗筲录》,南开大学出版社2004年版,第267页。
[2] 张可礼先生称干宝求补山阴令"时间未详。本传叙于迁始安太守前。迁始安太守当在明年,姑系于此(指太宁元年)"。见《东晋文艺系年》,山东教育出版社1992年版,第98页。
[3] 李剑国《干宝考》,见《古稗斗筲录》,南开大学出版社2004年版,第268页。

纪》。由此判断，干宝离任著作郎的时间，在太宁二年。

王峤"固辞"大著作，继任者乃虞预。《晋书》卷八十二《虞预传》载：

> 太兴二年，大旱，诏求谠言直谏之士。预上书谏曰……转琅邪国常侍，迁秘书丞、著作郎。
>
> 咸和初，夏旱，诏众官各陈致雨之意。预议曰……

虞预为著作郎的时间，史臣语焉不详，但可确定是在太兴二年（319）之后、咸和初（326）之前。以理推之，虞预转琅邪国常侍，在太兴二年；迁秘书丞，当在太兴二年以后；而任著作郎的时间当更晚，联系《王峤传》所载，我以为在太宁二年。又，《晋书》卷八十二《王隐传》载：

> （王隐）豫平王敦功，赐爵平陵乡侯。时著作郎虞预私撰《晋书》，而生长东南，不知中朝事，数访于隐，并借隐所著书窃写之，所闻渐广。[1]

《王隐传》称平王敦后虞预为著作郎，与《王峤传》《虞预传》记载相合。那么，干宝自建武元年十一月领国史，至太宁二年撰成《晋纪》，前后近八年。《晋书》本传称"其书简略，直而能婉，咸称良

---

[1]《王隐传》载："太兴初，典章稍备，乃召隐及郭璞俱为著作郎，令撰晋史。"称"召隐及郭璞俱为著作郎"，亦属误书，"著作郎"脱"佐"字。

史"。[1]干宝的史才，为世称道。[2]

《干宝传》载：

> 以家贫，求补山阴令，迁始安太守。

干宝补山阴令的时间，当即其离任著作郎的时间，也就是太宁二年。干宝外任，史称因"家贫"；而"家贫"的原因，当与东晋草创之初饥荒不断，政局不稳，经济凋敝，国用不足有关。《晋书》卷二十六《食货志》载太兴二年，"三吴大饥，死者以百数"；王敦两次举兵，无疑加重了这个新建政权政治、经济的危机。《明帝纪》载：

> （太宁元年）冬十一月……以军国饥乏，调刺史以下米各有差。

王敦第一次举兵，加上"大疫"，导致当时出现"死者十二三"的惨剧；由于军国饥乏，太宁元年十一月朝廷不得不"调刺史以下米各有差"；而《晋书》卷六十七《温峤传》亦称"是时天下凋敝，

---

[1] 干宝《晋纪》已佚，今存汤球辑本，辑本有些内容似非《晋纪》原作。
[2] 刘知几对干宝史才，予以称扬。《史通·序例》曰："夫史之有例，犹国之有法。国无法，则上下靡定；史无例，则是非莫准。昔夫子修经，始发凡例；左氏立传，显其区域。科条一辨，彪炳可观。降及战国，迄乎有晋，年逾五百，史才不乏，虽其体屡变，而斯文终绝。唯令升先觉，远述丘明，重立凡例，勒成《晋纪》。邓、孙已下，遂蹑其踪。史例中兴，于斯为盛。"

国用不足"。——这就无怪乎品级不高的官员们"家贫"了!

东晋时期,品级不高的内官,因家贫而求外任,《晋书》记载颇多。对此,李剑国先生推测,"此中缘故也许是地方官俸禄高于同级在都官员"[1];李先生的这一推测是有理由的,严耕望先生对此论述颇详。严先生指出,地方官禄较丰厚原因有三:其一,公田与禄田,晋世,地方有公田,如《晋书》卷九十四《陶潜传》载:

> 以为彭泽令,在县公田悉令种秫谷,曰:"令吾常醉于酒足矣。"妻子固请种秔,乃使一顷五十亩种秫,五十亩种秔。

《宋书·隐逸传·陶潜传》载二顷五十亩种秫,五十亩种秔,与《晋书》稍异。"是县公田之收益归县令个人所有",严先生进一步指出,"公田收入在名义上不属于长官所私有,但长官可自由支用,有如今日机关长官之所谓办公费或特别费,名为办公而用,实际等于长官私人收益也"。公田之外又有禄田,"禄田即秩田,为地方官之正式俸田"。[2] 其二,资给,即官员正式俸禄之外,复有资给。所谓"资给","各因风俗而异,'缓之则莫非通规,澄之则靡不入罪',盖犹后世之陋规也",资给项目多样。[3] 其三,送迎钱,"俸禄资给之外,又有送迎旧典,以为当然之收入"。[4] 关于送迎问题,《晋书》载述颇多。本来,西晋之时,内官重,外官轻,《晋书》

---

[1] 李剑国《干宝考》,见《古稗斗筲录》,南开大学出版社2004年版,第267页。
[2] 严耕望《中国地方行政制度史:秦汉地方行政制度》,上海古籍出版社2007年版,第388—390页。
[3] 同上注,第391—393页。
[4] 同上注,第393页。

卷四十七《傅咸传》载：

> 诏群僚举郡县之职以补内官。咸复上书曰："……内外之任，出处随宜，中间选用，惟内是隆；外举既颓，复多节目，竞内薄外，遂成风俗。此弊诚宜亟革之，当内外通塞无所偏耳……"

傅咸上书请革竞内薄外之弊，在惠帝元康初期（咸卒于元康四年）。《晋书》卷四十六《李重传》亦载：

> 于时内官重，外官轻，兼阶级繁多，重议之……

李重议百官，在元康年间（重卒于永康初）。既内官重、外官轻，遂导致当时官场竞内薄外的风气。据《晋书》卷八十八《李密传》载：

> 密有才能，常望内转，而朝廷无援，乃迁汉中太守，自以失分怀怨。

李密因不得内转而"自以失分怀怨"，正折射出西晋官场"惟内是隆"的心态。而东晋时期，情况发生变化，品级不高的内官，往往因"家贫"而求外任，个中原因，乃如严先生所述，而尤值得注意的是送迎之风。所谓送迎，指地方官赴任时，当地遣吏迎新；离任时，原隶属下之僚佐送故；外任官员借此可获得丰厚的钱财。[1]送迎之风，西晋已有，《傅咸传》称：

> ……而中间以来，长吏到官，未几便迁，百姓困于无定，吏卒疲于送迎。

《虞预传》载虞预为会稽主簿，上记陈时政所失，其一即送迎之风：

> 自顷长吏轻多去来，送故迎新，交错道路。受迎者惟恐船马之不多，见送者惟恨吏卒之常少。穷奢竭费谓之忠义，省烦从简呼为薄俗，转相仿效，流而不反，虽有常防，莫肯遵修。加以王途未夷，所在停滞，送者经年，永失播植。一夫不耕，十夫无食，况转百数，所妨不訾……

虞预上记的时间，在永嘉时期（307—313）。[2]而从史书记载看，东晋时期的送故之资，数额巨大。据《晋书》卷九十《邓攸传》载：

> 时吴郡阙守，人多欲之，帝以授攸。……郡常有送迎钱

---

[1] 关于送故问题，参见周一良《〈晋书〉札记》，见《魏晋南北朝史札记》，中华书局1985年版。

[2] 据《虞预传》，虞预上记陈时政所失，在庾琛为会稽太守时；庾琛之后，继任者是纪瞻。《晋书》卷九十三《庾琛传》载："琛永嘉初为建威将军，过江，为会稽太守，征为丞相军谘祭酒。"而据《晋书》卷六十八《纪瞻传》："石勒入寇，加扬威将军……以距勒。勒退，除会稽太守。"纪瞻为扬威将军，讨石勒，在永嘉六年（312），不久即除会稽太守。据此可断虞预上记在永嘉时期。

数百万，攸去郡，不受一钱。

邓攸被誉为"中兴良守"，他任吴郡太守的时间，在太兴年间（318—321）。尽管邓攸一钱不受，但当时郡中"送迎钱数百万"似乎已是定例了。又，《晋书》卷七十八《孔愉传》载：

> 在郡三年，乃营山阴湖南侯山下数亩地为宅，草屋数间，便弃官居之。送资数百万，悉无所取。

孔愉卒于咸康八年（342），他居会稽的时间，在咸康年间（335—342）。据《孔愉传》，知郡中送资也是"数百万"，与《邓攸传》记载一致。不仅郡太守有送资，县令去任也有送故。《晋书》卷七十五《王述传》载：

> 初，述家贫，求试宛陵令，颇受赠遗，而修家具，为州司所检，有一千三百条。王导使谓之曰："名父之子不患无禄，屈临小县，甚不宜尔。"述答曰："足自当止。"

《世说新语·品藻》"王修龄问王长史"条注引《中兴书》亦载此事，程炎震考王述为宛陵令在咸康间。[1]而《晋书》卷七十五《范宁传》载范宁上疏称：

---

[1] 刘义庆著，刘孝标注，余嘉锡笺疏，周祖谟等整理《世说新语笺疏》，上海古籍出版社1993年版，第525页。

宰守之任，宜得清平之人。顷者选举，惟以恤贫为先，虽制有六年，而富足便退。……又方镇去官，皆割精兵器仗以为送故，米布之属不可称计。……送兵多者至有千余家，少者数十户。既力入私门，复资官廪布……

所谓"制有六年"，乃是强调自西晋以来，官员之任期以六年为限；而毫无疑问，这一制度事实上没能贯彻执行。[1]范宁卒于隆安五年（401），[2]其上疏表明，掌握一方军权的军事长官离任，也有送故。而所谓"顷者选举，惟以恤贫为先"，似表明东晋后期朝廷乃特意安排那些"家贫"的官员到郡县任职，以求取钱财。——这实在意味着，仕宦乃成为敛财、致富的捷径了！傅咸称西晋时期"长吏到官，未几便迁"，范宁称东晋时期"制有六年，而富足便退"，见出内官外任郡县不满期就频频迁调，自然是要创造更多送故的机会，从而获取更多的资财。

西晋、东晋时期送迎之风既盛，送故之资又如此巨大，那么干宝"以家贫"而求外任，也就可以理解了。干宝先补山阴令，据《晋书》卷十五《地理志下》，山阴属会稽郡。会稽山水自然之美，天下闻名；而在当时，会稽还有引人注目处，陈寅恪先生指出：

---

[1]《晋书·傅玄传》载玄上疏曰："……六年之限，日月浅近，不周黜陟。"又，《晋书·杜预传》亦载杜预上疏论及六载考绩之事。而《资治通鉴》卷第七十九载泰始四年（268），诏河南尹杜预为黜陟之课，预奏："……莫若委任达官，各考所统，岁第其人，言其优劣。如此六载，主者总集，采案其言，六优者超擢，六劣者废免，优多劣少者平叙，劣多优少者左迁……"事竟不行。

[2] 参见张可礼《东晋文艺系年》，山东教育出版社1992年版，第647页。

"北来上层社会阶级虽在建业首都作政治之活动,然其殖产兴利为经济之开发,则在会稽临海间之地域。"[1] 王氏、谢氏、郗氏等,先后于此地置田业。干宝在山阴之行迹,不可考。之后,干宝迁始安太守,据《晋书》卷九十四《翟汤传》载:

> 司徒王导辟,不就,隐于县界南山。始安太守干宝与汤通家,遣船饷之,敕吏云:"翟公廉让,卿致书讫,便委船还。"汤无人反致,乃贷易绢物,因寄还宝。宝本以为惠,而更烦之,益愧叹焉。

所谓通家,一谓世代有交谊之家,二谓姻亲;干宝与翟汤之间,究竟属于何种关系,因史料缺乏,难以遽断。不过,从始安遣船饷馈隐居于寻阳的翟汤,足见此时的干宝确已不再"家贫",而是相当富足了!

三

《干宝传》载:

> 王导请为司徒右长史,迁散骑常侍。

---

[1] 陈寅恪《论东晋王导之功业》,见《金明馆丛稿初编》,生活·读书·新知三联书店2001年版,第71页。

干宝任司徒右长史的时间，李剑国先生以为在咸康元年（335）。李先生的依据有二。（一）《成帝纪》载：

> （咸康元年）夏四月癸卯，石季龙寇历阳，加司徒王导大司马、假黄钺、都督征讨诸军事，以御之。癸丑，帝观兵于广莫门，分命诸将，遣将军刘仕救历阳，平西将军赵胤屯慈湖，龙骧将军路永戍牛渚，建武将军王允之戍芜湖。司空郗鉴使广陵相陈光率众卫京师，贼退向襄阳。戊午，解严。

（二）《晋书》卷六十五《王导传》载：

> 石季龙掠骑至历阳，导请出讨之。加大司马、假黄钺、（都督）中外诸军事，置左右长史、司马，给布万匹。俄而贼退，解大司马……

李先生依据上述二条记载，得出"王导于司徒府置左右长史是在咸康元年（335）四月，他请朝廷任命干宝为司徒右长史当在此时"[1]的结论。李先生结论的基点是：王导至咸康元年四月才置司徒左右长史，所以干宝任司徒右长史当在此时。但是，"司徒府置左右长史是在咸康元年四月"的说法，似难成立；王导于太宁元年（323）四月为司徒，似不应到咸康元年才置左右长史，这是不合常理的，下文引《庾冰传》也可证明这一点。我以为，上述《成帝

---

[1] 李剑国《干宝考》，见《古稗斗筲录》，南开大学出版社2004年版，第269页。

纪》《王导传》交代的事实是：咸康元年四月，石季龙寇历阳，加司徒王导大司马，置大司马左右长史、司马。司徒，乃文官；大司马，掌武事。司徒、大司马职责既不相同，则司徒、大司马之官属职责亦自不同。王导加大司马，自然要新置大司马长史，其人为谁，不可考。[1]

据《晋书》卷七十三《庾冰传》载：

> 司徒辟，不就，征秘书郎。预讨华轶功，封都乡侯。王导请为司徒右长史，出补吴国内史。
>
> 会苏峻作逆，遣兵攻冰，冰不能御，便弃郡奔会稽。

《晋书》未交代庾冰由司徒右长史出补吴国内史的具体时间，但显然在苏峻举兵作乱前夕。《资治通鉴》卷第九十三则明确系于咸和二年（327）：

> 峻闻之，遣司马何仍诣亮曰："讨贼外任，远近惟命，至于内辅，实非所堪。"亮不许，召北中郎将郭默为后将军、领屯骑校尉，司徒右长史庾冰为吴国内史，皆将兵以备峻。冰，

---

[1] 据《晋书》卷二十四《职官志》载："诸公及开府位从公者，品秩第一……置长史一人……司徒加置左右长史各一人。"田余庆先生指出，王导于咸康元年四月加大司马，假黄钺，都督中外诸军事，置左右长史，调兵遣将，其间"似乎有些隐情"；田先生分析王导此举乃是王氏、庾氏权力、家族利益之争的一个环节。详见田余庆《庾氏之兴和庾、王江州之争》，《东晋门阀政治》，北京大学出版社1989年版。

亮之弟也。

上述记载，可证李剑国先生关于"司徒府置左右长史是在咸康元年四月"的说法是不正确的。张可礼先生推测干宝任司徒右长史在咸和元年（326），[1]——而从庾冰咸和二年（327）离任司徒右长史之事实判断，则干宝咸和元年任司徒右长史的可能性不大。我以为，干宝任司徒右长史，当在庾冰离任之后，时间即咸和二年。苏峻叛乱，"时京邑大乱，朝士多遣家人入东避难"[2]；而干宝则由始安入建康，可谓勤于王事也。[3]

干宝任司徒右长史期间，与葛洪交往甚密。《晋书》卷七十二《葛洪传》载：

> 咸和初，司徒导召补州主簿，转司徒掾，迁谘议参军。干宝深相亲友，荐洪才堪国史，选为散骑常侍，领大著作，洪固辞不就。

葛洪乃丹杨句容人，祖系，吴大鸿胪；父悌，吴平后入晋，为邵陵太守；洪少好学，"以儒学知名"；太安中，以破石冰有功，迁

---

[1] 张可礼《东晋文艺系年》，山东教育出版社1992年版，第127页。
[2] 《晋书》卷七十《刘超传》。
[3] 《干氏宗谱》载署时间天监三十五年，称干宝六世孙干朴撰《灵泉乡真如寺碑亭记》，其中称"苏峻之乱，兵散为盗寇，掠其第。列祖偕诸昆族徙居于澂湖"；若据此载述，则干宝在苏峻之乱时乃在盐官，然此内容不见其他载述，疑点颇多；天监（502—519）乃梁武帝萧衍年号，仅十八年，未有三十五年。姑存疑。详见附录三。

伏波将军；司马睿为丞相，辟为掾，以平贼有功，赐爵关内侯。[1]葛洪被王导"召补州主簿"的时间，在咸和初（326），这是可以确定的；葛洪转司徒掾，或在咸和二年；迁谘议参军，时间当更晚。李剑国先生依据《葛洪传》上述记载推测"成帝咸和初（326）干宝犹在大著作任"[2]，似不准确。干宝于咸和二年任司徒右长史，与葛洪为同僚；二人同为吴人，思想亦相近（主要在儒学方面），观葛洪"言人间得失，世事臧否"的《抱朴子外篇》，[3]与干宝《晋纪总论》可谓异曲同工，无怪乎干宝"深相亲友"。《葛洪传》称"洪博闻深洽，江左绝伦"，对于葛洪的才学，干宝是很了解的，所以"荐洪才堪国史"。而干宝"荐洪才堪国史"，葛洪"选为散骑常侍，领大著作"的时间，也是可以考察的。如前所述，著作郎只有一人，那么，"咸和初"以后，这一职位何时空缺呢？《虞预传》载：

> （苏）峻平，进爵平康县侯，迁散骑侍郎，著作如故。除散骑常侍，仍领著作。以年老归，卒于家。

苏峻之乱平定，在咸和四年（329），称虞预"著作如故"，是因为他自太宁二年（324）即任此职，现在依然领著作；此后，虞预除

---

[1] 杨明照以为："稚川自序平生业绩，'赐爵关中侯'一语，当是实录。然则《晋书》之'内'字有误，断可知矣。"见杨明照《抱朴子外篇校笺》，中华书局1991年版，第712页。
[2] 李剑国《干宝考》，见《古稗斗筲录》，南开大学出版社2004年版，第268页。
[3] 《抱朴子外篇·自叙》。

散骑常侍,仍领著作。虞预以年老去职的时间,可约略推算;虞预是征士虞喜之弟,《晋书》卷九十一《虞喜传》载喜永和初事迹,史称虞喜卒时年七十六,冯契主编《哲学大辞典·中国哲学史卷》称虞喜生年为太康二年(281),卒于永和十二年(356);[1]以虞预生年晚于虞喜一岁计,则至咸和七年(332)时虞预五十岁,此年"以年老归",是合于事理的。[2]如此,则干宝荐葛洪,葛洪选为散骑常侍,领大著作的时间,约在咸和七年。又,《葛洪传》载:

> 以年老,欲炼丹以祈遐寿,闻交阯出丹,求为句屚令。帝以洪资高,不许。洪曰:"非欲为荣,以有丹耳。"帝从之。洪遂将子侄俱行。至广州,刺史邓岳留不听去,洪乃止罗浮山炼丹。

曹道衡、沈玉成二先生考证,葛洪离开司徒府南下"入罗浮山时约

---

[1] 冯契主编《哲学大辞典·中国哲学史卷》,上海辞书出版社1985年版,第664页。

[2] 残存虞预《晋书》叙事流露的时间,亦与上述推测相合。《世说新语·言语》"刘琨虽隔阂寇戎"条注引虞预《晋书》曰:"(温)峤字太真,太原祁人。……以左长史奉使劝进,累迁骠骑大将军。"据《温峤传》,苏峻反,庾亮败,来奔温峤,"宣太后诏,进峤骠骑大将军、开府仪同三司",时在成帝咸和三年(328),《资治通鉴》卷九十四亦载之。这是现存虞预《晋书》中所叙最晚之事,见汤球辑《九家旧晋书辑本》。那么,虞预于咸和六年(或稍前)撰毕《晋书》,以年老去职归家,是合乎情理的。

五十余岁";[1]葛洪生于太康四年（283），[2]五十余岁当在咸和七年（332）以后；——这与上文考约咸和七年葛洪"选为散骑常侍，领大著作"不悖。

干宝离任司徒右长史的时间，当在咸和八年（333）以后，理由如下。《干宝传》载：

> ……宝以此遂撰集古今神祇灵异人物变化，名为《搜神记》，凡三十卷。以示刘惔，惔曰："卿可谓鬼之董狐。"

据《世说新语·德行》"刘尹在郡"条注引《刘尹别传》：

> 惔字真长，沛国萧人也。汉氏之后。真长有雅裁，虽荜门陋巷，晏如也。历司徒左长史、侍中、丹阳尹。

可知刘惔曾任司徒左长史。刘惔任司徒左长史的时间，亦可考察，《初学记》卷第十"驸马"第七谢万《驸马都尉刘真长诔》曰："弱冠振缨，结婚帝室。绸缪姻娅，连光云日。"《礼记·曲礼上》称："二十曰弱，冠。"谢万所谓"弱冠振缨"，当指刘惔二十岁任司徒左长史（此前为驸马都尉）。刘惔生卒，《晋书》卷七十五《刘惔

---

[1] 葛洪卒年，学界有分歧。《晋书》本传称葛洪卒时八十一，考诸史册则有疑点，曹道衡、沈玉成二先生据袁宏《罗浮记》作"六十一"，推测葛洪"卒于康帝建元二年（344）"；如此，与本传乃不悖。见曹道衡、沈玉成《中古文学史料丛考》，中华书局 2003 年版，第 174 页。

[2] 同上注，第 173 页。

传》未明确交代,仅称"年三十六,卒官"。张可礼、李剑国二先生推测刘惔卒于永和四年(348),[1]曹道衡、沈玉成二先生认为在永和五年(349)。[2]据《世说新语·轻诋》:

  褚太傅南下,孙长乐于船中视之。言次,及刘真长死,孙流涕,因讽咏曰:"人之云亡,邦国殄瘁。"褚大怒曰:"真长平生,何尝相比数,而卿今日作此面向人!"

褚太傅,即褚裒,所谓"南下",指褚裒彭城败后还镇京口。永和五年(349)四月,石虎卒,后赵内乱。六月,征北大将军褚裒上表请伐赵;七月,加裒征讨大都督,督徐、兖、青、扬、豫五州诸军事。裒率众三万,赴彭城,河朔士庶归降者日以千计;时鲁郡山有五百余家附晋,求援褚裒,裒遣部将王龛、李迈领锐卒三千迎之。赵南讨大都督李农率骑二万与王龛战于代陂,王师败绩,龛为李农所执,李迈死之。八月,褚裒退屯广陵。裒上疏乞自贬,诏不许,命还镇京口。[3]孙绰见褚裒,即在此时。孙绰在褚裒船上言及刘惔卒一事,说明刘惔卒不久;因而,将刘惔卒年定于永和五年,较为稳妥。而刘惔生年,也可推知为愍帝建兴二年(314)。刘惔二十岁任司徒左长史,当在咸和八年(333)。如此,则干宝任司

---

[1] 张可礼《东晋文艺系年》,山东教育出版社1992年版,第290页。李剑国《古稗斗筲录》,南开大学出版社2004年版,第281页。
[2] 曹道衡、沈玉成《中古文学史料丛考》,中华书局2003年版,第184页。
[3] 参见《晋书》卷八《穆帝纪》、《晋书》卷九十三《褚裒传》、《资治通鉴》卷第九十八。

徒右长史,刘惔任司徒左长史,二人乃同僚。干宝向刘惔示其《搜神记》,说明此时《搜神记》已经撰成;干宝自建武中"有所感起"而"发愤"撰《搜神记》,[1]至此已有十六七年。

干宝迁散骑常侍,约在咸和九年(334)。[2]《北堂书钞》卷五十七引《晋中兴书·太原》("原"本误作"康",同卷又引《太原孙录》不误)孙录》:

> 干宝以散骑常侍领著作。

干宝领著作的时间,或与迁散骑常侍同;此一点,亦可约略推之。如前所述,葛洪选散骑常侍,领大著作,约在咸和七年,但葛洪"固辞不就",继任者,当是张亢。《晋书》卷五十五《张亢传》:

> 中兴初过江,拜散骑侍郎。秘书监荀崧举亢领佐著作郎,出补乌程令,入为散骑常侍,复领佐著作。述《历赞》一篇……

《晋书》校勘记云:"散骑常侍不当领佐著作,此'佐'字衍。"[3]校

---

[1] 《文选集注》卷六二江文通《拟郭弘农游仙诗》注引《文选抄》录《搜神记序》残文:"建武中,有所(原作'所有')感起,是用发愤焉。"

[2] 关于干宝迁散骑常侍,张可礼先生称:"时间未详,……故系于此(案,指咸和二年)。"见《东晋文艺系年》,第134页;从干宝咸和二年任司徒右长史之事实看,张先生的这一说法似难成立。李剑国先生推断:"干宝迁官散骑常侍约在咸康一二年。"见《古稗斗筲录》,第269页;李先生此推断的前提是咸康元年干宝始为司徒右长史,但这一前提是有误的。

[3] 房玄龄等撰《晋书》,中华书局1974年版,第1527页。

勘记所云是。关于荀崧任秘书监事,《晋书》卷七十五《荀崧传》:

> 后拜金紫光禄大夫、录尚书事,散骑常侍如故。迁右光禄大夫、开府仪同三司,录尚书如故。又领秘书监,给亲兵百二十人。年虽衰老,而孜孜典籍,世以此嘉之。

据《明帝纪》《成帝纪》,荀崧为光禄大夫、录尚书事在太宁三年(325);迁右光禄大夫、开府仪同三司也在此年;荀崧领秘书监当在此年稍后。又,《晋书》卷七十五《王峤传》:

> 敦平后,……转越骑校尉,频迁吏部郎、御史中丞、秘书监,领本州大中正。
>
> 咸和初,朝议欲以为峤为丹阳尹。峤以京尹望重,不宜以疾居之,求补庐陵郡,乃拜峤庐陵太守。以峤家贫,无以上道,赐布百匹,钱十万。寻卒官……

可知王峤于咸和初(326)离任秘书监,继任者正是荀崧,据此可断荀崧举张亢为佐著作郎的时间,在咸和初以后。张亢出补乌程令的时间,张可礼先生推测在咸和四年(329),[1]这一说法,似可商榷。《太平御览》卷一六"历"引王隐《晋书》曰:

> 张载弟前乌程令亢,依蔡邕注明堂月令中台要缀诸说历

---

[1] 张可礼《东晋文艺系年》,山东教育出版社1992年版,第155页。

数，而为历赞。秘书监荀崧见赞异之，亦信该罗历义。

这一记载表明，《历赞》是张亢出补乌程令期间所作，时任秘书监的荀崧是见过的。《荀崧传》载崧卒于"咸和三年"，《晋书》校勘记以为在咸和四年（329）二月后，[1] 校勘记所云是。那么，张亢出补乌程令的时间，当在咸和四年荀崧卒以前。张亢"入为散骑常侍"的时间，张可礼先生推测在咸和五年；[2] 张亢领著作的时间，张先生以为在咸和七年（332）。[3] 我以为，张亢领著作的时间，或许与其入为散骑常侍的时间同，约在咸和七年，乃是接替虞预。张亢领著作以后的事迹，未见记载；而继张亢领著作者当是干宝，时间约在咸和九年（334），此次干宝以散骑常侍领著作郎。

干宝卒于咸康二年（336）三月，见《建康实录》卷七。[4] 唐释道宣《续高僧传》卷一三《唐京师大庄严寺释慧因传》称释慧因乃"晋太常宝之后胤"，道宣《道宣律师感通录》亦称"余昔曾见太常晋于（干）宝撰《搜神录》"；小南一郎、李剑国二先生推测太常

---

[1] 房玄龄等撰《晋书》，中华书局1974年版，第1996页。
[2] 张可礼《东晋文艺系年》，山东教育出版社1992年版，第161页。
[3] 同上注，第170页。
[4] 干宝后人，《晋中兴书》《晋书》《建康实录》均未记载，大约在当时社会上影响力不大。《干氏宗谱》之《荣（荥）阳列仕源流》载干宝子、孙情况，且叙至四十世。《干氏宗谱》载干宝之后六世情况如下："二世琦太学生，署王府行军长史"，"二世璡以孝秀补试授谯王府录事"（注：俱宝子）；"三世星丽为乡举中正"；"四世新沐晋散骑常侍"，"新濯宋举儒学博士"；"五世朴仕梁为散骑常侍"；"六世元显仕梁为中书舍人"，"元炅国学生，署州学教谕"，可供参考。

是干宝卒后赠官，可备一说。[1]

　　综上所论，干宝生平事迹，试述如下：干宝字令升，新蔡人，约生于吴末帝天纪四年；晋愍帝建兴元年至三年间，经华谭举荐，任佐著作郎，以平杜弢功，赐爵关内侯；建武元年十一月，由王导举荐，领国史，任著作郎，撰《晋纪》；明帝太宁二年，求补山阴令；约太宁三年，迁始安太守；成帝咸和二年，王导请为司徒右长史；约咸和九年，迁散骑常侍，领著作；咸康二年三月卒。[2]

---

[1] 详见小南一郎《干宝〈搜神记〉の编纂》，李剑国《干宝考》。《干氏宗谱》载《御制神道碑》，署时间"永和七年九月日"，其中称"前尔原任尚书省散骑侍郎，宜特加尚书令，从祀学宫"，其赠官为"尚书令"，王尽忠先生据此推断干宝卒于永和七年（351）秋。见王尽忠《干宝研究全书》，中州古籍出版社2009年版，第6页。《御制神道碑》存有疑点，详见附录三。

[2] 继干宝领大著作者，或是庾阐。《晋书》卷九十二《庾阐传》载："（苏）峻平，以功赐爵吉阳县男，拜彭城内史。（郗）鉴复请为从事中郎。寻召为散骑侍郎，领大著作。顷之，出补零陵太守，入湘川，吊贾谊。其辞曰：中兴二十三载，余忝守衡南……"中兴二十三载，即成帝咸康五年（339），庾阐此前为散骑侍郎、领大著作，时间或即干宝卒年咸康二年。

第二章　干宝"性好阴阳术数"考

一

《晋书》卷八十二《干宝传》载：

> 性好阴阳术数，留思京房、夏侯胜等传。

所谓"阴阳"，即阴阳五行天人感应神学体系。关于阴阳五行天人感应神学体系，学界论述颇多，梁启超《阴阳五行说之来历》，顾颉刚《汉代学术史略》，侯外庐等《中国思想通史》（第二卷），徐复观《阴阳五行及其有关文献的研究》，李汉三《先秦两汉之阴阳五行学说》，庞朴《帛书五行篇研究》，李泽厚《秦汉思想简议》，冯友兰《中国哲学史新编》（中卷），徐复观《两汉思想史》，任继愈主编《中国哲学发展史》（秦汉）等，[1]均有论析。毋庸置疑，

---

[1] 详见梁启超《阴阳五行说之来历》，《东方杂志》，第二十卷，第十号；顾颉刚《汉代学术史略》，东方出版社1996年版；侯外庐等《中国思想通史》（第二卷），人民出版社1957年版；徐复观《阴阳五行及其有关文献的研究》，见《中国人性论史》附录二；李汉三《先秦两汉之阴阳五行学说》一、（转下页）

阴阳五行天人感应神学体系在中国古代哲学史上占有重要位置，在中国古代文化史上影响深远。

顾颉刚以为，阴阳说"起源于《周易》"，五行说"起源于《洪范》"。[1]《尚书·洪范》载箕子对周武王语，其中言及"天乃赐禹洪范九畴，彝伦攸叙"：

> 初一曰五行，次二曰敬用五事，次三曰农用八政，次四曰协用五纪，次五曰建用皇极，次六曰乂用三德，次七曰明用稽疑，次八曰念用庶征，次九曰向用五福。[2]

何谓五行？何谓五事？《洪范》曰：

> 一，五行：一曰水，二曰火，三曰木，四曰金，五曰土。水曰润下，火曰炎上，木曰曲直，金曰从革，土爰稼穑。润下作咸，炎上作苦，曲直作酸，从革作辛，稼穑作甘。
> 二，五事：一曰貌，二曰言，三曰视，四曰听，五曰思。貌曰恭，言曰从，视曰明，听曰聪，思曰睿。恭作肃，从作

（接上页）二编，钟鼎文化出版公司1967年版；庞朴《帛书五行篇研究》，齐鲁书社1980年版；李泽厚《秦汉思想简议》，见《中国古代思想史论》，人民出版社1986年版；冯友兰《中国哲学史新编》(中卷)第二十七章，人民出版社1998年版；徐复观《两汉思想史》第一至第三卷，华东师范大学出版社2001年版；任继愈主编《中国哲学发展史》(秦汉)，人民出版社1985年版。

[1] 顾颉刚《汉代学术史略》，东方出版社1996年版，第2页。
[2] 孙星衍撰，陈抗、盛冬铃点校《尚书今古文注疏》，中华书局1986年版。下引文同。

乂，明作哲，聪作谋，睿作圣。

对于后世影响深远的，是《洪范》将五行与五事联系在一起，宣称君主的施政态度影响到天象、气候等变化：

> 八，庶征：曰雨，曰旸，曰燠，曰寒，曰风。曰时五者来备，各以其叙，庶草繁庑。一极备，凶。一极无，凶。曰休征：曰肃，时雨若；曰乂，时旸若；曰哲，时燠若；曰谋，时寒若；曰圣，时风若。曰咎征：曰狂，恒雨若；曰僭，恒旸若；曰豫，恒燠若；曰急，恒寒若；曰蒙，恒风若。曰王省惟岁，卿士惟月，师尹惟日。岁月日时无易，百谷用成，乂用明，俊民用章，家用平康。庶民惟星，星有好风，星有好雨。日月之行，则有冬有夏。月之从星，则以风雨。

这种强调天、人感应的思想，为后世所重。《春秋》多记灾异，并将灾异与国君之失德相联系、比附。《春秋公羊传》则进一步言灾异而推阐人事政治，譬如，言隐公三年灾异：

> 春，王二月，己巳，日有食之。何以书？记异也。日食，则曷为或日，或不日？或言朔，或不言朔？曰：某月某日朔，日有食之者，食正朔也。其或日，或不日，或失之前，或失之后。失之前者，朔在前也；失之后者，朔在后也。[1]

---

[1]《春秋公羊传注疏》，《十三经注疏》本。下引文同。

言隐公九年灾异：

　　三月，癸酉，大雨震电。何以书？记异也。何异尔？不时也。庚辰，大雨雪。何以书？记异也。何异尔？俶甚也。

言僖公十五年灾异：

　　己卯，晦。震夷伯之庙。晦者何？冥也。震之者何？雷电击夷伯之庙者也。夷伯者，曷为者也？季氏之孚也。季氏之孚，则微者。其称夷伯何？大之也。曷为大之？天戒之，故大之也。何以书？记异也。

言僖公三十三年灾异：

　　十有二月，公至自齐。己巳，公薨于小寝。陨霜不杀草，李梅实。何以书？记异也。何异尔？不时也。

言文公二年灾异：

　　自十有二月不雨，至于秋七月。何以书？记异也。大旱以灾书，此亦旱也。曷为以异书？大旱之日短而云灾，故以灾书。此不雨之日长而无灾，故以异书也。

言宣公十五年灾异：

冬，蠡生。未有言蠡生者，此其言蠡生何？蠡生不书，此何以书？幸之也。幸之者何？犹曰受之云尔。受之云尔者何？上变古易常，应是而有天灾，其诸则宜于此焉变矣。

言襄公九年灾异：

春，宋火。曷为或言灾，或言火？大者曰灾，小者曰火。然则内何以不言火？内不言火者，甚之也。何以书？记灾也。外灾不书，此何以书？为王者之后记灾也。

言昭公二十五年灾异：

有鸜鹆来巢。何以书？记异也。何异尔？非中国之禽也。宜穴又巢也。

言定公元年灾异：

冬，十月，陨霜杀菽。何以书？记异也。此灾菽也。曷为以异书？异大乎灾也。

言哀公十四年灾异：

春，西狩获麟。何以书？记异也。何异尔？非中国之兽也。然则孰狩之？薪采者也。薪采者，则微者也。曷为以狩言之？大之也。曷为大之？为获麟大之也。曷为为获麟大之？麟者，仁兽也。有王者则至，无王者则不至。

等等，将灾异与现实政治人事相联系、比附，凸显出天人感应之理念。《中庸》则广而论之，明确宣扬：

国家将兴，必有祯祥；国家将亡，必有妖孽。见乎蓍龟，动乎四体。祸福将至，善必先知之，不善必先知之。[1]

将天人感应说提高到理论层面，对后世产生深远影响。

王国良先生认为，"阴阳与五行二说，战国以前犹未合流，邹衍始熔铸二者于一炉，并逐渐传布于世"[2]，——道出邹衍在阴阳五行说发展中的重要作用。《史记》卷七十四《孟子荀卿列传》载：

（邹衍）乃深观阴阳消息而作怪迂之变，《始终》《大圣》之篇十余万言。……因载其禨祥度制，推而远之，至天地未生，窈冥不可考而原也。……称引天地剖判以来，五德转移，治各有宜，而符应若兹。

以邹衍为代表的阴阳五行学派，试图用阴阳五行说明天道与人道

---

[1] 不惟儒家宣扬这种思想观念，墨家也有类似论述。《墨子·法仪》称"爱人利人者，天必福之；恶人贼人者，天必祸之"；《墨子·明鬼》不仅肯定鬼神存在，且宣扬鬼神能对人间善恶予以赏罚。

[2] 王国良《魏晋南北朝志怪小说研究》，文史哲出版社1984年版，第143页。

的变化规律,宣扬天瑞天谴说、五德终始说。其说见于《吕氏春秋·应同》:

> 凡帝王者之将兴也,天必先见祥乎下民。黄帝之时,天先见大螾大蝼。黄帝曰:"土气胜!"土气胜,故其色尚黄,其事则土。及禹之时,天先见草木,秋冬不杀。禹曰:"木气胜!"木气胜,故其色尚青,其事则木。及汤之时,天先见金刃生于水。汤曰:"金气胜!"金气胜,其色尚白,其事则金。及文王之时,天先见火,赤鸟衔丹书,集于周社。文王曰:"火气胜!"火气胜,故其色尚赤,其事则火。代火者必将水,天且先见水气胜。水气胜,故其色尚黑,其事则水。

而《文选》卷第六《魏都赋》注引《七略》亦称:

> 邹子有终始五德,从所不胜,木德继之,金德次之,火德次之,水德次之。

秦代已将五行配合五帝、五神、五祀、天干、音律、时方、政教、明堂位等,《吕氏春秋·十二纪》载之。而"汉代人的思想的骨干,是阴阳五行"[1],汉初陆贾宣称:

> 恶政生于恶气,恶气生于灾异。蝮虫之类,随气而生。

---

[1] 顾颉刚《汉代学术史略》,东方出版社1996年版,第1页。

虹蜺之属，因政而见。治道失于下，则天文度于上。恶政流于民，则虫灾生于地。贤君智则知随变而改，缘类而试……

又言：

《易》曰：天垂象，见吉凶，圣人则之。天出善道，圣人得之，言御占图历之变，下衰风化之失，以匡衰盛，纪物定世，后无不可行之政，无不可治之民。故曰：则天之明，因地之利，观天之化，推演万事之类。[1]

将灾异与现实政治密切联系，以灾异推阐时政。而贾谊思想中亦不乏天人感应色彩，《新书·耳痹》曰：

天之诛伐，不可为广虚幽闲，攸远无人，虽重袭石中而居，其必知之乎！若诛伐顺理而当辜，杀三军而无咎；诛杀不当辜，杀一匹夫，其罪闻皇天。故曰：天之处高，其听卑，其牧芒，其视察。故凡自行，不可不谨慎也。[2]

《新书·六术》亦曰：

阴阳、天地、人尽以六理为内度，内度成业，故谓之六

---

[1]《新语·明诫》。
[2]《贾谊集》校勘记："其牧芒，卢文弨说，此三字疑衍。《诸子平议》说，'牧'乃'状'之误。"见《贾谊集》，上海人民出版社1976年版，第124页。

法。六法藏内,变流而外遂,外遂六术,故谓之六行。是以阴阳各有六月之节,而天地有六合之事,人有仁、义、礼、智、信之行,行和则乐兴,乐兴则六,此之谓六行。阴阳、天地之动也,不失六行,故能合六法;人谨修六行,则亦可合六法矣。

强调天与人相互感应。——董仲舒乃继承这种思想,并经过精心构筑,建立起新型的阴阳五行天人感应神学体系。

《汉书》卷二十七上《五行志第七上》载:

昔殷道弛,文王演《周易》;周道敝,孔子述《春秋》;则《乾》《坤》之阴阳,效《洪范》之咎征,天人之道粲然著矣。汉兴,承秦灭学之后,景、武之世,董仲舒治《公羊春秋》,始推阴阳,为儒者宗……

西汉王朝发展至武帝时期,社会经济、政治等发生了重要变化,统治者为了长治久安,亟须建立一种适应于封建大一统政治的思想体系;正是在这样的历史条件下,董仲舒构筑起具有神秘主义色彩的阴阳五行天人感应神学体系;——这一学说,本质上乃属宗教神学。在董仲舒看来,"天"是有喜怒、司赏罚、有绝对权威的至上神,它既是诸神的主宰——"天者,百神之大君也"(《春秋繁露·郊祭》),又统辖人世,支配人间帝王——"天者,百神之君也,王者之所最尊也"(《春秋繁露·郊义》)。而《春秋繁露·为人者天》云:

唯天子受命于天，天下受命于天子，一国则受命于君。君命顺，则民有顺命；君命逆，则民有逆命。故曰一人有庆，万民赖之，此之谓也。

这样，董仲舒就把天—天子（君）—民纳入一个严密的神学系统中，构成具有严格统属关系的神学系统。董仲舒认为，在这个神学系统中，天和人相互感应。孔繁先生指出："天人感应，是秦汉时期社会上普遍流行的一种思潮。由于当时科学的发展，人们对自然界的观察和认识比过去深刻了、细致了。发现自然界事物之间，人与自然界之间存在着某些相互影响的现象。董仲舒利用了当时流行的这种思想填充到他的神学体系中去。"[1]一般认为，董仲舒天人感应说的理论基础是天人同类——"以类合之，天人一也"（《春秋繁露·阴阳义》），在董仲舒看来，同类事物可相互感应，《春秋繁露·同类相动》称："故气同则会，声比则应，其验皦然也。试调琴瑟而错之，鼓其宫则他宫应之，鼓其商而他商应之，五音比而自鸣。非有神，其数然也。美事召美类，恶事召恶类，类之相应而起也。如马鸣则马应之，牛鸣则牛应之。帝王之将兴也，其美祥亦先见，其将亡也，妖孽亦先见。物固以类相召也。"据董仲舒所论，在天—天子（君）—民之统属关系中，天是宇宙的最高主宰，王道三纲来源于天，君主须依照天意施政，而万民亦须按照封建纲常行事，否则就会受到天的谴罚。董仲舒称：

---

[1] 任继愈主编《中国哲学发展史》（秦汉），孔繁撰写《董仲舒的天人感应神学体系》部分，人民出版社1985年版，第338页。

> 臣谨案《春秋》之中，视前世已行之事，以观天人相与之际，甚可畏也。国家将有失道之败，而天乃先出灾害以谴告之，不知自省，又出怪异以警惧之，尚不知变，而伤败乃至。[1]

所谓"天人相与之际"，乃指"天命靡常"，天任命圣君也惩罚暴君，天命有予有夺，故可畏；若君主逆天而施暴政，且又不警惧知变，"那么，天命就要转移，政权就难保"，改朝换代也就因之发生。[2] 在董仲舒看来，天命之予夺，是通过祥瑞或灾异为其预兆；因而祥瑞、灾异、怪异之事的发生，决非偶然，乃是天之意志的体现。董仲舒称：

> 刑罚不中，则生邪气；邪气积于下，怨恶畜于上。上下不和，则阴阳缪戾而妖孽生矣。此灾异所缘而起也。[3]
>
> 凡灾异之本，尽生于国家之失。国家之失乃萌芽，而天出灾害以谴告之；谴告之而尚不知变，乃见怪异以惊骇之；惊骇之尚不知畏恐，其殃咎乃至。[4]

这表明，"凡是自然界的不正常现象，都是因为当时政治上的某一项措施犯了错误，'天'以不正常的现象对统治者发出警告"[5]。而

---

[1] 《汉书》卷五十六《董仲舒传》。
[2] 任继愈主编《中国哲学发展史》（秦汉），人民出版社1985年版，第323—324页。
[3] 《汉书》卷五十六《董仲舒传》。
[4] 《春秋繁露·必仁且知》。
[5] 冯友兰《中国哲学史新编》（中卷），人民出版社1998年版，第43页。

人君受命，天乃以符瑞昭示之：

> 臣闻天之所大奉使之王者，必有非人力所能致而自至者，此受命之符也。天下之人同心归之，若归父母，故天瑞应诚而至。《书》曰："白鱼入于王舟，有火复于王屋，流为乌。"此盖受命之符也。[1]

董仲舒强调天命非人力所能致，天主宰一切，天子必须以诚感动天，才能获得天佑。——当然，天子既受命于天，其统治天下的合法性也就不证自明。概而言之，在董仲舒看来，天与人总是处在一种相互感应状态，天道无时无刻不在昭示着人事；因而每一怪异、异常之事的发生，其背后总是包蕴着厚重的社会现实政治人事内涵。可以说，董仲舒构建的阴阳五行天人感应神学体系，乃是一种精巧的"神道设教"，它以儒家思想、道德伦理观作为判断、衡量国家政治得失、个人行为对错的准则，以威力无比的天作为后盾，从而将天道与人事联为一体。董仲舒的这一学说，不仅为封建统治者提供统治依据，也交给批评者以口实，成为汉代经学家推阐时政得失的有效工具。

毋庸置疑，董仲舒构筑的阴阳五行天人感应神学体系是唯心主义的。"董仲舒完全将天地运行的自然现象当作封建道德社会现象，完全排除了当时关于天地阴阳的合理的科学的解释，而成为神学呓语了。"[2] 当然，"董仲舒的认识水平，反映了西汉前期中国地

---

[1]《汉书》卷五十六《董仲舒传》。
[2] 任继愈主编《中国哲学发展史》(秦汉)，人民出版社1985年版，第331页。

主阶级为了寻求统一的思想所能达到的一般水平,哲学、宗教、科学混杂不分。今人看来是荒谬的,当时人认为是严肃的、认真的、闳大的理论体系";"董仲舒的学说的价值,就在于它基本符合当时的社会需求"[1]。正因此,"董仲舒的神学思想对于维护和巩固汉王朝的统治至关重要,因而成为汉代的官方哲学"[2]。——而董仲舒的追随者们乃将阴阳五行天人感应神学视为揭示了天人关系的真谛,奉为圭臬,笃信不疑!

关于阴阳五行天人感应神学体系在西汉的发展,《汉书》卷七十五《眭两夏侯京翼李传》赞曰:

> 汉兴推阴阳言灾异者,孝武时有董仲舒、夏侯始昌,昭、宣则眭孟、夏侯胜,元、成则京房、翼奉、刘向、谷永,哀、平则李寻、田终术。此其纳说时君著明者也。察其所言,仿佛一端。假经设谊,依托象类,或不免乎"亿则屡中"。[3]

---

[1] 任继愈主编《中国哲学发展史》(秦汉),人民出版社1985年版,第363、362页。
[2] 同上注,第323页。
[3] 汉代经学家"假经设谊,依托象类",推阐灾异,往往不一;对此,刘知几《史通·书志》批评曰:"且每有叙一灾,推一怪,董、京之说,前后相反;向、歆之解,父子不同。遂乃双载其文,两寸厥理。言无准的,事益烦费,岂所谓撮其机要,收彼菁华者哉!"当然,对于阴阳五行天人感应说,刘知几并不否定,同卷称:"夫灾祥之作,以表吉凶。此理昭昭,不易诬也。""洎汉兴,儒者乃考《洪范》以释阴阳。其事也如江璧传于郑客,远应始皇;卧柳植于上林,近符宣帝。门枢白发,元后之祥;桂树黄雀,新都之谶。举夫一二,良有可称。"

《汉书》分五卷，即卷二十七上、中之上、中之下、下之上、下之下，集中记载了西汉经学家推阴阳言灾异之史实。——而干宝"留思"的京房、夏侯胜，正是西汉时期以阴阳灾异推论时政的经学家，《汉书》卷七十五记载了他们言阴阳灾异推论时政之事。而刘向对于阴阳五行天人感应神学体系的发展，可谓推波助澜。据《汉书》卷三十六《楚元王传》载：

>（刘）向见《尚书·洪范》，箕子为武王陈五行阴阳休咎之应。向乃集合上古以来历春秋六国至秦汉符瑞灾异之记，推迹行事，连传祸福，著其占验，必类相从，各有条目，凡十一篇，号曰《洪范五行传论》……

梁启超指出，《汉书·五行志》所载，"大抵即刘向《洪范五行传》之言也"，"而后此所谓正史者，大率皆列此一篇，千余年莫之易"。[1]——足见其影响之深，之远。[2]

---

[1] 梁启超《阴阳五行说之来历》。
[2] 作为史学家，刘知几据信实原则及修史规范，对《汉书·五行志》所载，表示质疑、不满，《史通·汉书五行志错误》指出："班氏著志，抵牾者多。在于《五行》，芜累尤甚。今辄条其错谬，定为四科：一曰引书失宜，二曰叙事乖理，三曰释灾多滥，四曰古学不精。""释灾多滥者，其流有八：一曰商榷前世，全违故实；二曰影响不接，牵引相会；三曰敷衍多端，准的无主；四曰轻持善政，用配妖祸；五曰但伸解释，不显符应；六曰考核虽谠，义理非精；七曰妖祥可知，寝默无说；八曰不循经典，自任胸怀。"等等。但刘知几对于阴阳五行天人感应说，则并不否定。

一般认为,谶纬起于秦而大盛于东汉,[1]而阴阳五行天人感应神学,对谶纬之发展无疑起到引领的作用。迨西汉末叶,谶纬渐繁。谶纬继承了天人感应说的符瑞、灾异观,而又集中表现出危机时代的社会意识;言灾异,则宣扬汉历中衰,使人们对西汉王朝失去信心,而符瑞思想更成为当时各派政治力量争权夺利的工具。据《后汉书》卷一《光武帝纪》载,刘秀即借图谶起兵,以《赤伏符》登上皇帝宝座。中元元年(56),"宣布图谶于天下"[2]。经明、章二帝大力提倡,谶纬风靡一时,甚者以通七纬为内学,[3]以通诸经为外学。而章帝时班固撰集的具有"法典"和"国宪"性质的《白虎通义》,[4]则充斥着符命祥瑞和灾异谴告之说:

> 天下太平,符瑞所以来至者,以为王者承天统理,调和

---

[1]《史记》卷四十三《赵世家》载:"在昔秦穆公尝如此,七日而寤。寤之日,告公孙支与子舆曰:'我之帝所甚乐。吾所以久者,适有学也。帝告我:晋国将大乱,五世不安;其后将霸,未老而死;霸者之子且令而国男女无别。'公孙支书而藏之,秦谶于是出矣。"

[2]《后汉书》卷一下《光武帝纪》。

[3]《后汉书》卷八十二上《樊英传》注:"七纬者,《易》纬《稽览图》《乾凿度》《坤灵图》《通卦验》《是类谋》《辨终备》也;《书》纬《璇机钤》《考灵耀》《刑德放》《帝命验》《运期授》也;《诗》纬《推度灾》《记历枢》《含神务》也;《礼》纬《含文嘉》《稽命征》《斗威仪》也;《乐》纬《动声仪》《稽耀嘉》《汁图征》也;《孝经》纬《援神契》《钩命决》也;《春秋》纬《演孔图》《元命包》《文耀钩》《运斗枢》《感精符》《合诚图》《考异邮》《保乾图》《汉含孳》《佑助期》《握诚图》《潜潭巴》《说题辞》也。"

[4] 参见侯外庐等《中国思想通史》(第二卷),人民出版社1957年版,第225页。

>阴阳，阴阳和，万物序，休气充塞，故符瑞并臻，皆应德而至。德至天，则斗极明，日月光，甘露降。德至地，则嘉禾生，蓂荚起，秬鬯出，太平感。德至文表，则景星见，五纬顺轨。德至草木，则朱草生，木连理。德至禽兽，则凤凰翔，鸾鸟舞，麒麟臻，白虎到，狐九尾，白雉降，白鹿见，白乌下。德至山陵，则景云出，芝实茂，陵出黑丹，阜出蒌莆，山出器车，泽出神鼎。德至源泉，则黄龙见，醴泉涌，河出龙图，洛出龟书，江出大贝，海出明珠。德至八方，则祥风至，佳气时喜，钟律调，音度施，四夷化，越裳贡。[1]
>
>天所以有灾变何？所以谴告人君，觉悟其行，欲令悔过修德深思虑也。[2]

而《汉书·天文志》亦称：

>凡天文在图籍昭昭可知者，经星常宿中外官凡百一十八名，积数七百八十三星，皆有州国官宫物类之象。其状见早晚，邪正存亡，虚实阔狭，及五星所行，合散犯守，陵历斗食，彗孛飞流，日月薄食，晕适背穴，抱珥虹蜺，迅雷风祆，怪云变气，此皆阴阳之精，其本在地，而上发于天者也。
>
>政失于此，则变见于彼，犹景之象形，响之应声。是以

---

[1]《白虎通义·封禅》。
[2]《白虎通义·灾变》。

> 明君睹之而寤,饬身正事,思其咎谢,明祸除而福至,自然之符也。

等等,统治者把天文学也看作为政治服务的工具!现在看来,流行两汉的阴阳五行天人感应神学以及谶纬神学,无疑充斥着种种荒诞的神话乃至鬼话,但在当时却并非空头神学,而是具有强烈现实政治色彩的"实学"。汉代儒生们言符瑞、说灾异、学谶通纬,孜孜不倦,不是为了学说鬼话、神话,而是为了"经世致用"![1]

关于汉代推阴阳言祯祥灾异之经学家推阐时政之方式,唐人李淳风概括、总结曰:

> 综而为言,凡有三术。其一曰,君治以道,臣辅克忠,万物咸遂其性,则和气应,休征效,国以安。[2]二曰,君违其

---

[1]《汉书》《后汉书》多载通经传者言祯祥灾异事,不胜枚举;论者均以所谓祯祥灾异而言时政得失,阴阳五行天人感应说成为参政议政的强有力工具。

[2] 诗人每咏叹祥瑞,以颂当时。譬如,曹植《魏德论讴》咏谷、禾、鹊、鸠、甘露、连理木:

谷

于穆圣皇,仁畅惠渥。辞献减膳,以服鳏独。和气致祥,时雨洒沃。野草萌芽,变化嘉谷。

禾

猗猗嘉禾,惟谷之精。其洪盈箱,协穗殊茎。昔生周朝,今植魏庭。献之朝堂,以昭祖灵。

鹊

鹊之疆疆,诗人取喻。今存圣世,呈质见素。饥食苕华,渴饮清露。异于畴匹,众鸟是惊。(转下页)

道,小人在位,众庶失常,则乖气应,咎征效,国以亡。三曰,人君大臣见灾异,退而自省,责躬修德,共御补过,则消祸而福至。此其大略也。[1]

干宝继承的,正是上述这样一份精神遗产。干宝注《周易》称:

> 凡国于天地有兴亡焉。故王者之亡其家也,必天示其祥,地出其妖,人反其常。非斯三者亦弗之亡也。[2]

正与董仲舒之论一脉相承。

汉代推阴阳言灾异的经学家如董仲舒、眭孟、京房等,均治

(接上页)

鸠

班班者鸠,爱素其质。昔翔殷邦,今为魏出。朱目丹趾,灵姿诡类。载飞载鸣,彰我皇懿。

甘露

玄德洞幽,飞化上蒸。甘露以降,蜜淳冰凝。观阳弗晞,琼爵是承。献之帝朝,以明圣征。

连理木

皇树嘉德,风靡云披。有木连理,别干同枝。将承大同,应天之规。

又如《上九尾狐表》:"黄初元年十一月二十三日于鄄城县北,见众狐数十首在后,大狐在中央,长七八尺,赤紫色,举头树尾,尾甚长大,林列有枝甚多。然后知九尾狐。斯诚圣王德政和气所应也。"等等。

[1]《晋书》卷二十七《五行志上》。《晋书》之《天文》《律历》《五行》三志,出自李淳风之手,见《晋书》出版说明。

[2]《周易干氏注》,马国翰辑《玉函山房辑佚书》,广陵书社2004年版,第223页。

《春秋》《周易》名世。干宝著述颇丰,[1]其中包括:《周易注》十卷,《隋志》、两《唐志》、《中兴书目》、《遂初堂书目》、《宋志》(《宋志》作《周易传》)等著录;《周易宗途》四卷,《七录》《隋志》著录;《周易爻义》一卷,《隋志》、两《唐志》、《中兴书目》、《遂初堂书目》著录;《周易玄品》二卷,《隋志》《册府元龟》著录;《周易

---

[1] 关于干宝著述,李剑国《干宝考》列干宝著作二十二种,分别是:(1)周易注十卷,(2)周易宗途四卷,(3)周易爻义一卷,(4)周易玄品二卷,(5)周易问难二卷,(6)周官礼注十二卷,(7)周官驳难三卷(一作五卷),(8)七庙议一卷,(9)后养议五卷,(10)春秋左氏义外传(卷数不详),(11)春秋左氏函传义十五卷(一作十六卷,《册府元龟》函作承),(12)春秋序论二卷(一作三卷,一作一卷),(13)毛诗音隐一卷,(14)晋纪二十卷(一作二十一卷,一作二十二卷),(15)干宝司徒仪一卷(一作五卷),(16)杂议五卷,(17)正言十卷,(18)立言十卷,(19)干子十八卷,(20)搜神记三十卷,(21)晋散骑常侍干宝集四卷(一作五卷),(22)百志诗九卷(一作五卷);见《古稗斗筲录》,南开大学出版社2004年版,第274—275页。王尽忠《干宝著作考》列干宝著作二十六种,分别是:(1)《周易注》10卷,(2)《周易宗途》4卷,(3)《周易问难》2卷,(4)《周易爻义》1卷,(5)《周易玄品》2卷,(6)《春秋序论》2卷,(7)《春秋左氏义外传》15卷,(8)《春秋左氏函传义》15卷,(9)《后养议》5卷,(10)《杂议》5卷,(11)《司徒仪》1卷,(12)《周官礼注》12卷,(13)《周官驳难》3卷,(14)《周官音注》1卷,(15)《七庙议》1卷,(16)《毛诗音隐》1卷,(17)《百志诗》9卷,(18)《百志诗集》9卷,(19)《正言》10卷,(20)《立言》10卷,(21)《秦女卖枕记》1卷(《中国丛书综录》有著录,编著按:疑为《搜神记》之第395条《驸马都尉》),(22)《苏娥诉冤记》1卷(《中国丛书综录》有著录,编者按:疑为《搜神记》之384条《苏娥》。因《搜神记》是由短篇汇集而成,每篇均可单独流行。以上两条被列入书目,说明曾单独流行。或是干宝《搜神记》成书以后的作品),(23)《干宝集》4卷,(24)《干子》18卷,(25)《晋纪》23卷,(26)《搜神记》30卷;见《干宝研究全书》,中州古籍出版社2009年版,第43—48页。

问难》二卷,《七录》《册府元龟》著录;《春秋左氏义外传》,《晋书·干宝传》载;《春秋左氏函传义》十五卷,《隋志》、两《唐志》著录;《春秋序论》二卷,《隋志》、两《唐志》著录。这反映出干宝对《周易》《春秋》有专门研究,这种学术上的渊源,正见出干宝思想之由来。

二

干宝以阴阳五行天人感应说推阐祯祥灾异事,史书载之甚明。沈约《宋书》卷二十七《符瑞志》载一则,卷三十《五行一》载十则,卷三十一《五行二》载五则,卷三十二《五行三》载五则,卷三十三《五行四》载二则,卷三十四《五行五》载四则,凡二十七则,分别涉及东吴、曹魏、西晋、东晋初年政事。以下即分别考察之。

汉儒推阴阳言祯祥灾异,乃是"假经设谊,依托象类",干宝自然也如此。《宋书》卷二十七《符瑞上》:

> 愍帝之立也,改毗陵为晋陵,时元帝始霸江、扬,而戎翟称制,西都微弱。干宝以为晋将灭于西而兴于东之符也。

第二章 干宝"性好阴阳术数"考 / 73

东晋之兴，符瑞甚多，[1]此其一端。而《宋书》记载较多的，是干宝推阐灾异事。《五行传》曰：

> 田猎不宿，饮食不享，出入不节，夺民农时，及有奸谋，则木不曲直。[2]

此谓木失其性而为灾。郑玄曰：

> 君行此五者，为逆天东宫之政。东宫于地为木，木性或曲或直，人所用为器也。无故生不畅茂，多折槁，是为木不曲直。木、金、水、火、土谓之五材，《春秋传》曰："天生五材，民并用之。"其政逆则神怒，神怒则材失性，不为民用。其他变异皆属沴，沴亦神怒。凡神怒者，日、月、五星既见适于天矣。[3]

---

[1] 譬如，《晋书》卷六《元帝纪》载司马睿"咸宁二年生于洛阳，有神光之异，一室尽明……惟侍中嵇绍异之，谓人曰：'琅邪王毛骨非常，殆非人臣之相也'"。又曰："始秦时望气者云'五百年后金陵有天子气'，故始皇东游以压之，改其地曰秣陵，堑北山以绝其势……元帝之渡江也，乃五百二十六年，真人之应在于此矣。"而《太平御览》卷一五引王隐《晋书》载："武帝咸宁元年，洛阳太祖庙中有青气。占者云，以为东莞王当有天子。后改封琅邪，江东之应也。"晋武帝咸宁元年，即275年，据王隐载述，则是时即有江东之应了。
[2] 《汉书》卷二十七上，《后汉书》志第十三。
[3] 《后汉书》志第十三注。

《五行传》又曰：

> 貌之不恭，是谓不肃。厥咎狂，厥罚恒雨，厥极恶。时则有服妖，时则有龟孽，时则有鸡祸，时则有下体生上之痾，时则有青眚青祥。惟金沴木。[1]

郑玄曰：

> 凡貌、言、视、听、思、心，一事失，则逆人之心，人心逆则怨，木、金、水、火、土气为之伤。伤则冲胜来乘殄之，于是神怒人怨，将为祸乱。故五行先见变异，以谴告人也。及妖、孽、祸、痾、眚、祥皆其气类，暴作非常，为时怪者也。各以物象为之占也。[2]

《宋书》卷三十《五行一》具体载干宝推阴阳言灾异事，"木不曲直"类：

> 王敦在武昌，铃下仪仗生花如莲花状，五六日而萎落。此木失其性而为变也。干宝曰："铃阁，尊贵者之仪；铃下，主威仪之官。今狂花生于枯木，又在铃阁之间，言威仪之富，荣华之盛，皆如狂花之发，不可久也。"其后终以逆命，没又

---

[1]《汉书》卷二十七中之上，《后汉书》志第十三。
[2]《后汉书》志第十三注。

加戮,是其应也。

"服妖"类：

魏武帝以天下凶荒,资财乏匮,始拟古皮弁,裁缣帛为白帢,以易旧服。……干宝以为缟素,凶丧之象,帢,毁辱之言也。盖革代之后,攻杀之妖也。

孙休后,衣服之制,上长下短,又积领五六而裳居一二。干宝曰:"上饶奢,下俭逼,上有余下不足之妖也。"至孙皓,果奢暴恣情于上,而百姓凋困于下,卒以亡国。是其应也。

晋兴后,衣服上俭下丰,著衣者皆厌褽盖裙。君衰弱,臣放纵,下掩上之象也。陵迟至元康末,妇人出两裆,加乎胫之上,此内出外也。为车乘者,苟贵轻细,又数变易其形,皆以白篾为纯,古丧车之遗象。乘者,君子之器,盖君子立心无恒,事不崇实也。干宝曰:"及晋之祸,天子失柄,权制宠臣,下掩上之应也。永嘉末,六官才人,流徙戎、翟,内出外之应也。及天下乱扰,宰辅方伯,多负其任,又数改易,不崇实之应也。"

晋武帝泰始后,中国相尚用胡床、貊盘,及为羌煮、貊炙。贵人富室,必置其器,吉享嘉会,皆此为先。太康中,天下又以毡为帢头及络带、衿口。百姓相戏曰,中国必为胡所破也。毡产于胡,而天下以为帢头、带身、衿口,胡既三制之矣,能无败乎。干宝曰:"元康中,氐、羌反,至于永嘉,刘渊、石勒遂有中都。自后四夷迭居华土,是其应也。"

晋武帝太康后，天下为家者，移妇人于东方，空莱北庭，以为园囿。干宝曰："夫王朝南向，正阳也；后北宫，位太阴也；世子居东宫，位少阳也。今居内于东，是与外俱南面也。亢阳无阴，妇人失位而于少阳之象也。贾后谗戮愍怀，俄而祸败亦及。"

晋惠帝元康中，妇人之饰有五兵佩，又以金、银、玳瑁之属为斧、钺、戈、戟，以当笄□。干宝曰："男女之别，国之大节，故服物异等，贽币不同。今妇人而以兵器为饰，又妖之大也。遂有贾后之事，终以兵亡天下。"

元康末至太安间，江、淮之域，有败编自聚于道，多者或至四五十量。干宝尝使人散而去之，或投林草，或投坑谷。明日视之，悉复如故。民或云见狸衔而聚之，亦未察也。宝说曰："夫编者，人之贱服，最处于下，而当劳辱，下民之象也。败者，疲毙之象也。道者，地理四方，所以交通王命所由往来也。故今败编聚于道者，象下民疲病，将相聚为乱，绝四方而雍王命之象也。在位者莫察。太安中，发壬午兵，百姓嗟怨。江夏男子张昌遂首乱荆楚，从之者如流。于是兵革岁起，天下因之，遂大破坏。此近服妖也。"

晋司马道子于府北园内为酒垆列肆，使姬人酤鬻酒肴，如神贩者，数游其中，身自买易，因醉寓寝，动连日夜。汉灵帝尝若此。干宝曰："君将失位，降在皂隶之象也。"

据上述记载，知干宝曾论汉灵帝作列肆、著估服事；因司马道子事

与汉灵帝事相类,故后人以干宝之论推之。[1]"鸡祸"类:

> 魏明帝景初二年,廷尉府中有雌鸡变为雄,不鸣不将。干宝曰:"是岁,晋宣帝平辽东,百姓始有与能之议,此其象也。"然晋三后并以人臣终,不鸣不将,又天意也。

则沈约之诠释似又不同于干宝。

《五行传》曰:

> 好战攻,轻百姓,饰城郭,侵边境,则金不从革。[2]

此谓金失其性而为灾。郑玄曰:

> 君行此四者,为逆天西宫之政。西宫于地为金,金性从刑,而革人所用为器者也,无故冶之不销,或入火飞亡,或铸之裂形,是谓不从革。其他变异,皆属沴也。[3]

《五行传》又曰:

> 言之不从,是谓不乂。厥咎僭,厥罚恒阳,厥极忧。时

---

[1]《后汉书》卷八《孝灵帝纪》载光和五年"帝作列肆于后宫,使诸采女贩卖,更相盗窃争斗。帝著商估服,饮宴为乐"。
[2]《汉书》卷二十七上,《后汉书》志第十三。
[3]《后汉书》志第十三注。

则有诗妖,时则有介虫之孽,时则有犬祸,时则有口舌之痾,时则有白眚白祥,惟木沴金。[1]

《宋书》卷三十一《五行二》载干宝推阴阳言灾异五事。"恒旸"类:

> 晋愍帝建武元年六月,扬州旱。去年十二月,淳于伯冤死,其年即旱,而太兴元年六月又旱。干宝曰"杀伯之后旱三年"是也。

称"愍帝建武元年",误,《晋书》卷二十八《五行中》称"元帝建武元年",是。[2] "诗妖"类:

> 孙休永安二年,将守质子群聚嬉戏,有异小子忽来,言曰:"三公锄,司马如。"又曰:"我非人,荧惑星也。"言毕上升,仰视若曳一匹练,有顷没。干宝曰,后四年而蜀亡,六年而魏废,二十一年而吴平,于是九服归晋。魏与吴、蜀,并为战国,"三公锄,司马如"之谓也。

"毛虫之孽"类:

---

[1] 《汉书》卷二十七中之上,《后汉书》志第十三。
[2] 《太平御览》卷八七九引王隐《晋书》曰:"愍帝建兴四年,丞相府督军令史淳于伯刑于建康市,百姓喧哗,咸曰伯冤。于是大旱三年。"王隐所述,与干宝同。

> 晋武帝太康六年，南阳送两足虎，此毛虫之孽也。……干宝曰："虎者阴精，而居于阳。金兽也。南阳，火名也。金精入火，而失其形，王室乱之妖也。六，水数，言水数既极，火愿得作，而金受其败也。至元康九年，始杀太子，距此十四年。二七十四，火始终相乘之数也。自帝受命，至愍怀之废，凡三十五年。"[1]

"白眚白祥"类：

> 吴孙亮五凤二年五月，阳羡县离里山大石自立。按京房《易传》曰："庶士为天子之祥也。"其说曰："石立于山，同姓。平地，异姓。"干宝以为孙皓承废故之家得位，其应也。
>
> 晋惠帝太安元年，丹阳湖熟县夏架湖有大石浮二百步而登岸。民惊噪相告曰："石来！"干宝曰："寻有石冰入建业。"

《五行传》曰：

---

[1] 荆州送两足虎事，在当时反响颇大，王隐《晋书》载："太康六年，荆州送两足虎。时尚书郎索靖议称半虎，博士王铨为文曰：'般般白虎，观衅荆楚。孙吴不逞，金皇赫怒。'"王隐《晋书》又载："中宗诏问王隐曰：'荆州送两足虎，其征何为也？'隐曰：'谨案先臣铨传，太康时两足虎，因作诗以讽，铨意以为晋金行也，金在西方，其兽为虎，虎有四足，犹国有四方，无半势而又见获，将有愍怀之祸也。'"则王隐对于南阳送两足虎之解释，与干宝解释不同。见汤球辑《九家旧晋书辑本》。

> 弃法律，逐功臣，杀太子，以妾为妻，则火不炎上。[1]

此谓火失其性而为灾。郑玄曰：

> 君行此四者，为逆天南宫之政。南宫于地为火，火性炎上，然行人所用烹饪者也，无故因见作热，燔炽为害，是为火不炎上。其他变异，皆属沴。[2]

《五行传》又曰：

> 视之不明，是谓不哲。厥咎舒，厥罚恒燠，厥极疾。时则有草妖，时则有蠃虫之孽，时则有羊祸，时则有目疴，时则有赤眚赤祥。惟水沴火。[3]

《宋书》卷三十二《五行三》载干宝推阴阳言灾异五事。"火不炎上"类：

> 元康八年十一月，高原陵火。是时贾后凶恣，贾谧擅朝，恶积罪稔，宜见诛绝。天戒若曰，臣妾之不可者，虽亲贵莫比，犹宜忍而诛之，如吾燔高原陵也。帝既昏弱，而张华又不纳裴頠、刘卞之谋，故后遂与谧诬杀太子也。干宝云："高

---

[1]《汉书》卷二十七上，《后汉书》志第十四。
[2]《后汉书》志第十四注。
[3]《汉书》卷二十七中之下，《后汉书》志第十四。

原陵火，太子废，其应也。汉武帝世，高园便殿火，董仲舒对与此占同。"

晋元帝太兴中，王敦镇武昌。武昌火起，兴众救之。救于此而发于彼，东西南北数十处俱应，数日不绝……干宝曰："此臣而君行，亢阳失节之灾也。"

"草妖"类：

吴孙皓天纪三年八月，建业有鬼目菜生工黄狗家，依缘枣树，长丈余，茎广四寸，厚三分。又有荬菜生工吴平家，高四尺，如枇杷形，上圆径一尺八寸，下茎广五寸，两边生叶绿色。东观案图，名鬼目作芝草，荬菜作平虑。遂以狗为侍芝郎，平为平虑郎，皆银印青绶。干宝曰："明年晋平吴，王濬止船，正得平渚，姓名显然，指事之征也。黄狗者，吴以土运承汉，故初有黄龙之瑞，及其季年，而有鬼目之妖，托黄狗之家，黄称不改，而贵贱大殊。天道精微之应也。"

"赤眚赤祥"类：

晋惠帝元康五年三月，吕县有流血，东西百余步。此赤祥也。元康末，穷凶极乱，僵尸流血之应也。干宝以为后八载而封云乱徐州，杀伤数万人，是其应也。

晋愍帝建兴四年十二月丙寅，丞相府斩督运令史淳于伯，血逆流上柱二丈三尺。此赤祥也。……于是频旱三年。干宝以为冤气之应也。

《五行传》曰：

简宗庙，不祷祠，废祭祀，逆天时，则水不润下。[1]

此谓水失其性而为灾。郑玄曰：

君行此四者，为逆天北宫之政也。北宫于地为水。水性浸润下流，人所用灌溉者也。无故源流竭绝，川泽以涸，是为不润下。其他变异皆属沴。

《五行传》又曰：

听之不聪，是谓不谋。厥咎急，厥罚恒寒，厥极贫。时则有鼓妖，时则有鱼孽，时则有豕祸，时则有耳疴，时则有黑眚黑祥，惟火沴水。[2]

《宋书》卷三十三《五行四》载干宝推阴阳言灾异二事。"鱼孽"类：

魏齐王嘉平四年五月，有二鱼集于武库屋上，此鱼孽

---

[1]《汉书》卷二十七上，《后汉书》志第十五。
[2]《汉书》卷二十七中之下，《后汉书》志第十五。

也。……干宝又以为高贵乡公兵祸之应。

晋武帝太康中，有鲤鱼二见武库屋上。干宝曰："武库兵府，鱼有鳞甲，亦兵类也。鱼既极阴，屋上太阳，鱼见屋上，象至阴以兵革之祸干太阳也。"至惠帝初，诛杨骏，废太后，矢交馆阁。元康末，贾后谤杀太子，寻以诛废。十年间，母后之难再兴，是其应也。

《五行传》曰：

> 治宫室，饰台榭，内淫乱，犯亲戚，侮父兄，则稼穑不成。[1]

此谓土失其性而为灾也。《五行传》又曰：

> 思心之不睿，是谓不圣，厥咎霿，厥罚恒风，厥极凶短折。时则有脂夜之妖，时则有花孽，时则有牛祸，时则有心腹之疴，时则有黄眚黄祥，时则有金木水火沴土。[2]

《宋书》卷三十四《五行五》之"地震"类：

> 晋元帝太兴元年四月，西平地震，涌水出；十二月，庐陵、豫章、武昌、西陵地震，山崩。干宝曰："王敦陵上之应。"

---

[1]《汉书》卷二十七上，《后汉书》志第十六。
[2]《汉书》卷二十七下之上，《后汉书》志第十六。

《五行传》曰：

皇之不极，是谓不建。厥咎眊，厥罚恒阴，厥极弱。时则有射妖，时则有龙蛇之孽，时则有马祸，时则有下人伐上之疴，时则有日月乱行，星辰逆行。[1]

《宋书》卷三十四《五行五》之"龙蛇之孽"类载干宝推阴阳言灾异一事：

魏明帝青龙元年正月甲申，青龙见郏之摩陂井中。……干宝曰："自明帝终魏世，青龙黄龙见者，皆其主废兴之应也。魏土运，青，木色也，而不胜于金，黄得位，青失位之象也。青龙多见者，君德国运内相剋伐也。故高贵乡公卒败于兵。案刘向说：'龙贵象，而困井中，诸侯将有幽执之祸也。'魏世龙莫不在井，此居上者逼制之应。高贵乡公著《潜龙诗》，即此旨也。"

"人疴"类载干宝推阴阳言祯祥灾异二事：

吴孙休永安四年，安吴民陈焦死七日，复穿冢出。干宝曰："此与汉宣帝同事。乌程侯皓承废故之家，得位之祥也。"
晋惠帝太安元年四月癸酉，有人自云龙门入殿前，北面

---

[1]《汉书》卷二十七下之上，《后汉书》志第十七。

再拜曰:"我当作中书监。"即收斩之。干宝曰:"夫禁庭,尊秘之处,今贱人径入,而门卫不觉者,宫室将虚,而下人逾之之妖也。"是后帝北迁邺,又西迁长安,盗贼蹈藉宫阙,遂亡天下。

沈约所载干宝推阴阳言祯祥灾异二十七事,[1]后为李淳风所采,《晋书》之《五行志》载干宝推阴阳言祯祥灾异事凡二十二则。

此外,以阴阳五行天人感应说推阐祯祥灾异之载述,亦见于干宝《晋纪》佚文。譬如:

>（永康九年）三月,杀太子遹。贾庶人未害愍怀太子时,有谣曰:"南风烈烈吹白沙,千岁髑髅生齿牙。"南风,庶人

---

[1]《宋书》卷三十一《五行二》之"诗妖"类:"晋武帝太康后,江南童谣曰:'局缩肉,数横目,中国当败吴当复。'又曰:'宫门柱,且莫朽,吴当复,在三十年后。'又曰:'鸡鸣不拊翼,吴复不用刀。'于时吴人皆谓在孙氏子孙,故窃发乱者相继。按横目者'四'字,自吴亡至晋元帝兴,几四十年,皆如童谣之言。元帝懦而少断,局缩肉,直斥之也。干宝云'不知所斥',讳之也。"则干宝似推论过有关元帝之兴的谣谶,不过与元帝讳罢了。同卷"言之不从"类:"晋元帝永昌元年,宁州刺史王逊遣子澄入质,将渝、濮杂夷数百人。京邑民忽讹言宁州人大食人家小儿,亲有见其蒸煮满釜甑中者。又云失儿者有主名,妇人寻道,拊心而哭。于是百姓各禁录小儿,不得出门。寻又言己得食人之主,官当大航头大杖考竟。而日有四五百人晨聚航头,以待观行刑。朝廷之士相问者,皆曰信然,或言郡县文书已上。王澄大惧,检测之,事了无形,民家亦未尝有失小儿者,然后知其讹言也。此二事,干宝云'未之能论'。"对于永昌元年发生的怪异之事,干宝不能推阐之。

名。愍怀小名沙门。[1]

怀帝初诞,有嘉禾生于豫章。后竟以豫章为皇太弟,即位。初,望气者言豫章、广陵有天子气。

建兴二年,枹罕伎人产一龙子,色似锦文,常就母乳。望之如见神光在床上,少有就视者。此亦皇之不建,于是帝竟沦没。

中牟县故魏任城王台下池中,有汉时铁锥,长六尺,入地三尺,头西南指不可动,至月朔自正。以为晋氏中兴之瑞。

等等。而其他一些文献中亦存有干宝以阴阳五行天人感应说推阐人事政治之载述,如《后汉书》志第十五《五行三》载:

建安七八年中,长沙醴陵县有大山常大鸣如牛响声,积数年。后豫章贼攻没醴陵县,杀略吏民。

山鸣是"非常"之事,那么,建安七八年中长沙醴陵县大山鸣究竟包蕴着怎样的现实政治内涵?注引干宝对此事的阐释:

干宝曰:"《论语摘辅像》曰:'山(亡)[土]崩,川闭塞,漂沦移,山鼓哭,闭衡夷,庶桀合,兵王作。'时天下尚乱,豪杰并争:曹操事二袁于河北;孙吴创基于江外;刘表阻乱众于襄阳,南招零、桂,北割汉川,又以黄祖为爪牙,

---

[1] 见汤球辑《晋纪辑本》。下引文同。

而祖与孙氏为深仇,兵革岁交。十年,曹操破袁谭于南皮。十一年,走袁尚于辽东。十三年,吴擒黄祖。是岁,刘表死。曹操略荆州,逐刘备于当阳。十四年,吴破曹操于赤壁。是三雄者,卒共参分天下,成帝王之业,是所谓'庶桀合,兵王作'者也。十六年,刘备入蜀,与吴再争荆州,于时战争四分五裂之地,荆州为剧,故山鸣之异作其域也。"

干宝又有《山亡论》,论山亡、山徙之事:

> 夏桀之时,厉山亡。秦始皇之时,三山亡。周显王三十二年,宋大丘社亡。汉昭帝之末,陈留昌邑社亡。京房《易传》曰:"山默然自移,天下兵乱,社稷亡也。"故会稽山阴琅邪中有怪山,世传本琅邪东武海中山也。时天夜,风雨晦冥,旦而见武山在焉。百姓怪之,因名曰怪山。时东武县山亦一夕自亡去,识其形者,乃知其移来。今怪山下见有东武里,盖记山所自来,以为名也。又交州脆山移至青州。凡山徙,皆不极之异也。……《尚书·金縢》曰:"山徙者,人君不用道士,贤者不与。或禄去公室,赏罚不由君,私门成群。不救,当为易世变号。"[1]

在干宝看来,山亡、山徙之发生,绝非偶然,乃有现实政治原因——"人君不用道士,贤者不与。或禄去公室,赏罚不由君,私

---

[1]《全晋文》卷一百二十七。

门成群";而统治者若不改弦更张,则山亡或山徙就可能成为"易世变号"的征兆了!

三

关于"术数",《汉书》卷三十《艺文志》曰:

> 数术者,皆明堂羲和史卜之职也。

数术,亦称术数,《艺文志》列数术六种:天文、历谱、五行、蓍龟、杂占、形法。"天文者,序二十八宿,步五星日月,以纪吉凶之象,圣王所以参政也";"历谱者,序四时之位,正分至之节,会日月五星之辰,以考寒暑杀生之实。……凶厄之患,吉隆之喜,其术皆出焉";"五行者,五常之形气也。……其法亦起五德始终,推其极则无不至";"蓍龟者,圣人之所用也。……《易》曰:'定天下之吉凶,成天下之亹亹者,莫善于蓍龟'";"杂占者,纪百事之象,候善恶之征";"形法者,大举九州之势以立城郭室舍形,人及六畜骨法之度数、器物之形容以求其声气贵贱吉凶"。[1]那么,如何认识、评价中国古代术数之学?李零先生认为,"术数涉及天文、历术、算术、地学和物候学","正像人们很难把原始思维中人与自然

---

[1]《汉书》卷三十《艺文志》。

或人与神的关系截然分开一样,人们也很难把术数方技之学中的这两方面(案:指'科学'与'迷信')截然分开。它既是中国古代科技的源泉,也是中国古代迷信的渊薮","如果从消极的方面讲,你可以叫它'伪科学';但从积极的方面讲,你也可以叫它'原科学'。"[1]

一般认为,阴阳五行说是以术数为基础发展起来的,因而那些以阴阳灾异推论时政的经学家们,往往通晓术数。干宝性好术数,他和当时一些著名术数之士有交往。《晋书》卷九十五《韩友传》载:

> 善占卜,能图宅相冢,亦行京费厌胜之术。
> 友卜占神效甚多,而消殃转祸,无不皆验。干宝问其故,友曰:"筮卦用五行相生杀,如案方投药,以冷热相救。其差与不差,不可必也。"

韩友精通术数的传闻,当时流传颇多,如《太平御览》卷第九百九引王隐《晋书》载:

> 刘世则女病媚积年。韩友令作布囊张着窗间,乃闭户驱逐。须臾,囊大胀,急缚口,悬树间;视之,唯有二三斤狐毛。遂差。

---

[1] 李零《中国方术考》(修订本),东方出版社2001年版,第17—18页。

诸如此类，不一而足。韩友精通术数，是以干宝"问其故"；韩友卒于永嘉末（313），[1]这说明干宝在西晋时期即对术数之学有极大兴致，故请教韩友，与之切磋。又，郭璞在当时是著名的术数家，《世说新语·术解》"郭景纯过江"条注引《郭璞别传》载：

> 璞少好经术，明解卜筮。

王隐《晋书》称：

> 璞消灾转祸，抚厄择胜，时人咸言京、管不及。[2]

京，指京房，管，指管辂，"时人咸言京、管不及"，见出时人对郭璞赞誉之高。据《太平御览》卷二三四引《晋中兴书》载：

> 郭璞太兴元年奏《南郊赋》，中宗见赋嘉其才，以为著作佐郎。

可知郭璞太兴元年（318）为著作佐郎，是时干宝为著作郎，二人为同僚。郭璞亦通阴阳五行天人感应说，且精通术数。《晋书》卷七十二《郭璞传》载：

---

[1]《晋书·韩友传》。
[2]《世说新语·术解》"王丞相令郭璞试作一卦"条注。

元帝初镇建邺，（王）导令璞筮之，遇《咸》之《井》，璞曰："东北郡县有'武'名者，当出铎，以著受命之符。西南郡县有'阳'名者，井当沸。"其后晋陵武进县人于田中得铜铎五枚，历阳县中井沸，经日乃止。及帝为晋王，又使璞筮，遇《豫》之《睽》，璞曰："会稽当出钟，以告成功，上有勒铭，应在人家井泥中得之。繇辞所谓'先王以作乐崇德，殷荐之上帝'者也。"及帝即位，太兴初，会稽剡县人果于井中得一钟，长七寸二分，口径四寸半，上有古文奇书十八字，云"会稽岳命"，余字时人莫识之。璞曰："盖王者之作，必有灵符，塞天人之心，与神物合契，然后可以言受命矣。观五铎启号于晋陵，栈钟告成于会稽，瑞不失类，出皆以方，岂不伟哉！若夫铎发其响，钟征其象，器以数臻，事以实应，天人之际不可不察。"

则干、郭二人平日切磋、交流，也就并不令人意外了。《太平御览》卷七二八引《智琼传》载：

弦超为神女所降。论者以为神仙，或以为鬼魅，不可得正也。著作郎干宝以《周易》筮之，遇《颐》之《益》，以示同寮郎。郭璞曰："《颐》贞吉，正以养身，雷动山下，气性唯新。变而之《益》，延寿永年，乘龙衔风，乃升于天。此仙人之卦也。"

据《太平广记》卷六十一引《集仙录》载：

> 魏济北郡从事掾弦超,字义起。以嘉平中夕独宿,梦有神女来从之,自称天上玉女,东郡人,姓成功,字智琼。早失父母,上帝哀其孤苦,令得下嫁。……驾辎軿车,从八婢,服罗绮之衣,姿颜容色,状若飞仙。自言年七十,视之如十五六。……至太康中犹在……

弦超为神女所降事,在当时引起轰动,论者洋洋,或以为成功智琼是神仙,或以为是鬼魅,故干宝以《周易》"筮之"。干宝"筮之",表明他通卜筮;"以示同寮郎",正见出干、郭平日切磋情形。郭璞精通术数事,干宝是熟知的,并载之于《搜神记》。兹举二则:

> 赵固所乘马忽死。固甚悲惜之。问郭璞,璞曰:"可遣数十人持竹竿,东行三十里,当有丘陵林树,便搅打之。当有一物出,急抱将归。"于是如璞言,果得一物,似猴。入门见死马,跳梁走往死马头,嘘吸其鼻,马即起,亦不复见猴。[1]

此事后载入《晋书》卷七十二《郭璞传》,《晋书》以为此事在"惠怀之际",汪绍楹先生考证在"永嘉中"。[2] 又:

---

[1]《艺文类聚》卷九十三引《搜神记》。
[2] 干宝撰,汪绍楹校注《搜神记》,中华书局1979年版,第37页。汪绍楹先生认为赵固"永嘉中在徐州左右。《郭璞传》云'欲避地东南,抵将军赵固。'当是此时"。而曹道衡先生提出不同意见:"考郭璞生平事迹,似无于此时在徐州见赵固之可能。"详见《〈晋书·郭璞传〉志疑》,收录《中古文学史论文集》,中华书局1986年版。

> 扬州别驾顾球姊，生十年便病。至年五十余，令郭璞筮之。得"大过"之"升"。其辞曰："大过卦者义不嘉，冢墓枯杨无英华。振动游魂见龙车，身被重累婴天邪。法由斩树杀灵蛇，非己之咎先人瑕。案卦论之可奈何。"球乃访迹其家事，先世曾伐大树，得大蛇杀之，女便病。病后有群鸟数千回翔屋上。人皆怪之，不知何故。有县农行过舍边，仰视，见龙牵车，五色晃烂，甚大非常。有顷遂灭。[1]

顾球，乃顾和宗人，见《晋书》卷八十三《顾和传》。《晋书》卷六《元帝纪》：

> （建武元年）七月……尚书郎顾球卒，帝痛之，将为举哀。

可推郭璞筮顾球姊病事，当在建武元年（317）七月以前。上述二事，干宝是否得之于郭璞本人，不可知。《郭璞传》载：

> 然性轻易，不修威仪，嗜酒好色，时或过度。著作郎干宝常诫之曰："此非适性之道也。"璞曰："吾所受有本限，用之恒恐不得尽，卿乃忧酒色之为患乎！"

据此记载可以推知，干宝与郭璞关系密切，——惟其关系密切，干宝才"常诫之"而无忌讳。永昌元年（322），郭璞为王敦记事参

---

[1]《太平广记》卷二一六引《搜神记》。

军,太宁二年(324)因反对王敦谋逆而遇害。[1]郭璞注《穆天子传》《山海经》《楚辞》等,撰《玄中记》,对干宝撰《搜神记》或有一定影响。

干宝性好术数,这一点,自然反映到干宝撰《晋纪》中,——而《晋纪》佚文也足以证明这一点。据《三国志》卷四十七《吴书·吴主传第二》载,孙权黄武三年九月,"魏文帝出广陵,望大江,曰:'彼有人焉,未可图也',乃还"。注引干宝《晋纪》曰:

> 魏文帝之在广陵,吴人大骇,乃临江为疑城,自石头至于江乘,车以木桢,衣以苇席,加采饰焉,一夕而成。魏人自江西望,甚惮之,遂退军。权令赵达算之,曰:"曹丕走矣,虽然,吴衰庚子岁。"权曰:"几何?"达屈指而计之,曰:"五十八年。"权曰:"今日之忧,不暇及远,此子孙事也。"[2]

黄武三年,即224年,岁在甲辰;其后之庚子岁,当在280年,上距黄武三年乃有五十六年,赵达言五十八年,实相近。据《三国志》卷四十八《吴书·三嗣主传》载,吴末帝孙皓天纪四年(280),晋人攻吴,孙皓被迫降,皓遂举家西迁,以太康元年(280)五月丁亥集于京邑。注引干宝《晋纪》曰:

---

[1]《世说新语·术解》载:"陈述为大将军掾,甚见爱重。及亡,郭璞往哭之,甚哀,乃呼曰:'嗣祖(陈述字),焉知非福!'俄而大将军作乱,如其所言。"则郭璞对王敦作乱是预料到的。

[2] 陈寿撰,裴松之注《三国志》,中华书局1959年版,第1131页。

> 王濬治船于蜀，吾彦取其流柹以呈孙皓，曰："晋必有攻吴之计，宜增建平兵。建平不下，终不敢渡江。"皓弗从。陆抗之克步阐，皓意张大，乃使尚广筮并天下，遇《同人》之《颐》，对曰："吉。庚子岁，青盖当入洛阳。"故皓不修其政，而恒有窥上国之志。是岁也实在庚子。[1]

据《后汉书》志第二十九《舆服上》：

> 皇太子、皇子皆安车，朱班轮，青盖，……皇子为王，锡以乘之，故曰王青盖车。[2]

而《晋书》卷第二十五《舆服志》亦载：

> 皇太子安车，……青盖……
> 王青盖车，皇孙绿盖车……

足见青盖车乃皇太子、皇子、王者所乘，因而，尚广筮所谓"庚子岁，青盖当入洛阳"，意味着孙皓庚子岁当入洛阳。——而事实是，吴天纪四年，岁在庚子，孙皓降晋，吴亡；孙皓作为亡国之君，作为俘虏被押解到洛阳！作为吴地人，干宝对于东吴之灭亡，格外关注，这从《晋纪》《搜神记》佚文可以见出。《晋纪》所载赵达、尚

---

[1] 陈寿撰，裴松之注《三国志》，中华书局1959年版，第1178页。
[2] 司马彪撰，刘昭注补《后汉书志》，中华书局1965年版，第3647页。

广辈显然精通蓍龟、杂占等术数之学,干宝对于赵达、尚广辈之所谓"吴衰庚子岁""庚子岁,青盖当入洛阳"之说,是深信不疑的。——因而,《晋纪》所谓"是岁也实在庚子",实是夹杂着天命不可违、术数之学精深微妙的慨叹!

资料表明,干宝当明厌胜之法。《后汉书》志第五《礼仪中》"请雨"曰:

> 自立春至立夏尽立秋,郡国上雨泽。若少,郡县各扫除社稷;其旱也,公卿官长以次行雩礼求雨。闭诸阳,衣皂,兴土龙,立土人舞僮二佾,七日一变如故事。反拘朱索[萦]社,伐朱鼓。

请雨,乃因大旱。在言阴阳灾异者看来,大旱属灾异之事,因而格外关注。《春秋公羊传》桓公五年曰:

> 大雩。大雩者何?旱祭也。……何以书?记灾也。

何休注曰:

> 雩,旱请雨祭名。……君亲之南郊,以六事谢过自责曰:"政不一与?民失职与?宫室荣与?妇谒盛与?苞苴行与?谗夫倡与?"使童男女各八人舞而呼雩,故谓之雩。[1]

---

[1]《春秋公羊传注疏》,《十三经注疏》,中华书局1980年版,第2216页。

足见古人对雩祭之重视，以至于君主亲之南郊谢过自责。对《后汉书·礼仪志》载述的公卿官长以次行雩礼而请雨问题，刘昭引《春秋繁露》注曰：

> 大旱雩祭而请雨，大水鸣鼓而攻社，天地之所为，阴阳之所起也。或请焉，或攻焉，何也？曰：大旱，阳灭阴也。阳灭阴者，尊厌卑也。固其义也，虽大甚，拜请之而已，敢有加也？大水者，阴灭阳也。阴灭阳者，卑胜尊也。以贱陵贵者逆节，故鸣鼓而攻之，朱丝而胁之，为其不义，此亦《春秋》之不畏强御也。变天地之位，正阴阳之序，直行其道而不忌其难，义之至也。[1]

董仲舒的"求雨止雨等雩祭仪式是和他重灾异之变推阴阳五行的理论在宗教活动中的具体运用"[2]，其中掺杂压胜之术；——而汉人请雨、止雨，亦大抵如此。《汉旧仪》称：

> 成帝三年六月，始命诸官止雨，朱绳反萦社，击鼓攻之，是后水旱常不和。[3]

那么，诸官止雨，何以"朱绳反萦社，击鼓攻之"？刘昭引干宝之论曰：

---

[1] 司马彪撰，刘昭注补《后汉书》，中华书局1965年版，第2117页。
[2] 任继愈主编《中国哲学发展史》（秦汉），人民出版社1985年版，第328页。
[3] 司马彪撰，刘昭注补《后汉书》，中华书局1965年版，第3120页。

> 朱丝萦社。社，太阴也。朱，火色也。丝，（维）[离]属。天子伐鼓于社，责群阴也；诸侯用币于社，请上公也；伐鼓于朝，退自攻也。此圣人之厌胜之法也。[1]

显然，干宝是依据阴阳五行天人感应学说而阐释之；而干宝所论厌胜之法，亦承自董仲舒。《春秋繁露·止雨》载止雨仪式、祝辞、方法：

> 雨太多，令县邑以土日，塞水渎。绝道。盖井。禁妇人不得行入市。令县乡里皆扫社下。县邑若丞令史啬夫三人以上，祝一人；乡啬夫若吏三人以上，祝一人；里正父老三人以上，祝一人；皆斋三日，各衣时衣。具豚一，黍盐美酒财足，祭社。击鼓三日而祝。先再拜，乃跪陈，陈已，复再拜，乃起。祝曰："嗟！天生五谷以养人。今淫雨太多，五谷不和。敬进肥牲清酒以请社灵，幸为止雨，除民所苦。无使阴灭阳。阴灭阳，不顺于天。天之常意，在于利人。人愿止雨，敢告于社！"鼓而无歌，至罢乃止。凡止雨之大体，女子欲其藏而匿也，丈夫欲其和而乐也。开阳而闭阴，阖水而开火。以朱丝萦社十周。衣朱衣赤帻。三日罢。

董仲舒的止雨之法，实不乏巫术成分，在当时和后来广为人接

---

[1] 司马彪撰，刘昭注补《后汉书》，中华书局1965年版，第3120页。

受。[1]——干宝继承的,正是董仲舒宣扬的学说体系。

干宝"性好阴阳术数",[2]那么,干宝思想何时形成呢?——笔者以为,从元康之末(299)江浦城有败屩自聚于道,干宝"亲将人散之"之举看,此时其思想已大致形成;因败屩自聚于道,乃是"绝四方而雍王命之象",故干宝将人"或投林草,或投渊谷"。至建武元年(317)十一月,干宝由王导举荐领国史、撰《晋纪》,面对建武中之时政格局,思索西晋衰亡之原因,尤其是考究西晋时期"上天"所示怪异之象,干宝乃"有所感起",并最终"发愤"撰《搜神记》。

---

[1] 张华《博物志》卷八载:"《止雨祝》曰:天生五谷,以养人民,今天雨不止,用伤五谷,如何如何,灵而不幸,杀牲以赛神灵,雨则不止,鸣鼓攻之,朱绿绳萦而协之。"与董仲舒所载稍异而实质相通。见张华撰,范宁校证《博物志校证》,中华书局1980年版,第94页。

[2] 举荐干宝领国史、后请干宝任司徒右长史的王导,世奉五斗米道;司徒府中葛洪、殷融等,世信道教;而魏晋时期,江南道教活跃;这些因素,自当对干宝产生影响。然因史料不足,干宝受道教影响究竟多大,难以遽断。而现存《搜神记》佚文中,有不少关于方士道徒的记载。干宝与佛教之关系,因文献不足,亦难考究。《干氏宗谱》存署名干朴撰《灵泉乡真如寺碑亭记》,其中载干宝"延老僧憨山上人修斋奉佛",舍宅"为僧寮之所",《灵泉乡真如寺碑亭记》存有诸多疑点,详见附录三。据《大清一统志·杭州府二·寺观》载:"真如寺,在海宁州东黄湾菩提山,晋干宝舍宅为寺,宋治平初赐今额。"亦载干宝舍宅为寺之事,则干宝或与佛教有较密切关系。然就现存《搜神记》佚文言,其中并未涉及佛教之说。关于此点,下文有论述。

第三章　干宝编撰《搜神记》缘起考

一

关于干宝编撰《搜神记》缘起，《晋书》卷八十二《干宝传》称：

> 宝父先有所宠侍婢，母甚妒忌，及父亡，母乃生推婢于墓中。宝兄弟年小，不之审也。后十余年，母丧，开墓，而婢伏棺如生，载还，经日乃苏。言其父常取饮食与之，恩情如生。在家中吉凶辄语之，考校悉验，地中亦不觉为恶。既而嫁之，生子。又宝兄尝病气绝，积日不冷，后遂悟，云见天地间鬼神事，如梦觉，不自知死。宝以此遂撰集古今神祇灵异人物变化，名为《搜神记》。

《晋书》所载二事，应具体分析，所谓干宝父婢殉葬十余年后而再生，自然是荒诞的，并不足信；而所谓干宝兄干庆因病气绝，积日不冷，实意味着干庆并未死亡，仅是处于昏迷状态而已，时人误以为干庆已死。《晋书》所载，自非史臣杜撰，而有前代文献为据。干宝父婢再生事，见《世说新语·排调》"干宝向刘真长叙其《搜神记》"条注：

> 《孔氏志怪》曰："宝父有嬖人，宝母至妒，葬宝父时，因推著藏中。经十年而母丧，开墓，其婢伏棺上，就视犹暖，渐有气息。舆还家，终日而苏。说宝父常致饮食，与之接寝，恩情如生。家中吉凶，辄语之，校之悉验。平复数年后方卒。宝因作《搜神记》，中云'有所感起'是也。"

关于《孔氏志怪》，学界一般认为作者是孔约，晚于干宝的东晋人。[1] 那么，《孔氏志怪》反映的事实是：早在东晋时期，人们就已经将《搜神记》编撰之缘起，与干宝父婢再生一事联系起来。成书晚于《晋书》的《建康实录》，[2] 也承袭这一说法：

> 初，父亡有所幸婢，母忌之，乃殉葬。后十余年，母丧，开冢合葬，殉婢仍活，取嫁之。因问幽冥，考校吉凶皆验，遂著《搜神记》三十卷。[3]

---

[1] 《太平广记》卷第二百七十六："晋明时，献马者梦河神请之。及至，与帝梦同，即投河以奉神。始太傅褚裒（原文误作'褚褒'），亦好此马，帝云：'已与河神。'及褚公卒，军人见公乘此马。"注出"孔约《志怪》"，又，《世说新语·方正》"卢志于众座问陆士衡"条注引《孔氏志怪》云："（卢）植子毓，为魏司空。冠盖相承至今也。"学界据此断《孔氏志怪》作者为孔约，褚裒卒于永和五年（349），则孔约自当晚于此年卒。
[2] 张忱石在《建康实录》之"点校说明"中称《建康实录》的作者许嵩"当生活在唐玄、肃宗朝时"。
[3] 许嵩撰，张忱石点校《建康实录》，中华书局1986年版，第188页。

关于干宝兄之名，《干宝传》未载。而最早记载干庆再生的《幽明录》，未说明干庆即干宝之兄。《太平广记》卷第三百七十八"干庆"：

> 晋有干庆者，无疾而终。时有术士吴猛，语庆之子曰："干侯算未穷。我为试请命，未可殡敛。"尸卧静舍，唯心下稍暖。居七日，猛凌晨至，以水激之。日中许，庆苏焉。旋遂张目开口。尚未发声，阖门皆悲喜。猛又令以水含洒，乃起。吐血数声，兼能言语。三日平复。"初见十数人来，执缚桎梏到狱。同辈十余人，以次旋对。次未至，俄见吴君北面陈释，王遂敕脱械令归。所经官府，皆见迎接吴君。而吴君与之抗礼，即不知悉何神也。"

注出《幽明录》。《太平御览》卷八百八十七亦载。《幽明录》并未交代干庆即干宝之兄，也未将干庆再生之事与《搜神记》编撰之缘起联系在一起。而唐无名氏《文选集注》卷六二江文通《拟郭弘农游仙诗》注引《文选抄》载：

> （吴）猛，豫章建宁人。干庆为（原文衍一"为"）豫章建宁令，死已三日。猛曰："明府算历未应尽，似是误耳。今为参之。"乃沐浴衣裳，复死于庆侧。经一宿，果相与俱生。庆云："见猛天曹中论诉之。"庆即干宝之兄。宝因之作《搜神记》。故其序云："建武中，有所（原文作'所有'）感起，是

用发愤焉。"[1]

《文选抄》明确交代干庆乃干宝兄,且称干宝因干庆"再生"(实未死亡)之事而撰《搜神记》;《文选抄》称干庆与干宝乃兄弟关系,与《干氏宗谱》所载相合。而《文选抄》所载干庆"再生"引发干宝撰《搜神记》之说,或为《晋书》所本。《晋书》乃官修史书,具有正统地位,故影响极大。《四库全书总目》卷一四二子部小说家类三曰:"史称宝感父婢再生事,遂撰集古今灵异神祇、人物变化为此书。"虽未言及宝兄再生事,实信从《晋书》之说。鲁迅《中国小说史略》亦从之。

不过,目下学界研究者们多不信从《晋书》之说;而干宝编撰《搜神记》之缘起、原因究竟是什么,研究者们又存在不同认识,观点颇不一致。譬如,侯忠义先生《中国文言小说史稿》称:"关于干宝编纂《搜神记》的具体动机,《晋书·干宝传》说他有感于其父妾死后十余年能起而复生,与宝兄死时'经日不冷,后遂悟'二事……这当然只是一种传闻,而并非实事。干宝编书的真正原因,还是因为他对志怪故事的喜爱和当时世风的影响。"[2]侯先生将干宝撰述《搜神记》的"真正原因",归于干宝个人对志怪故事的喜好与当时的世风。吴志达先生《中国文言小说史》则指出,干宝父婢及兄再生二事,"虽然是正史所载,但实际上当然是不可能

---

[1]《唐钞文选集注汇存》一,上海古籍出版社2000年版,第740页。
[2] 侯忠义《中国文言小说史稿》(上册),北京大学出版社1990年版,第45页。

的事"[1]，否定《晋书》之说。许逸民先生撰《中国古代小说百科全书》"《搜神记》"条则称："《搜神记》的创作动因，历来评论家大都归结为两点：一是'有所感起'；二是'明神道之不诬'。前者见《晋书》本传，先是说干宝父侍婢随葬十余年，后来开墓竟得复生，继又说干宝兄弟因病气绝，数日后复苏，能言天地间鬼神事，干宝由此生感而作《搜神记》。其实墓中死人复活的事早已有之，《晋书》不过张冠李戴而已，殊不可信。后者见于干宝《搜神记序》，所谓'群言百家，不可胜览；耳目所受，不可胜载'，他确实是从前人载籍和近世传闻中接触到许多鬼神灵异人物变化的故事，所以才决定撰集《搜神记》，以证明鬼神的存在。"[2]日本学者小南一郎则认为，干宝编撰《搜神记》，与当时思想界无鬼论和有鬼论之间的论争有关。[3]李剑国先生赞同小南一郎的说法，并据《嘉兴府·陵墓·干莹墓》注关于干宝曾著《无鬼论》的记载推断："干宝撰《搜神记》的直接动因也不是因父婢而起……干宝早年也是无鬼论者，写过《无鬼论》，后来经历了由无鬼论到有鬼论的转变。这个转变，过程可能较长，但建武中干庆复生，'云见天地间鬼神事'，尽管不过是昏迷状态中由于鬼神信仰和心理暗示产生的幻觉而已，但却成了干宝转变的关捩，'感起'而'发愤'，遂撰《搜神记》'明神道之不诬'（序中语），也就是证实有鬼论有神论的正确

---

[1] 吴志达《中国文言小说史》，齐鲁书社1994年版，第145页。
[2] 刘世德主编《中国古代小说百科全书》"《搜神记》"条，中国大百科全书出版社1998年版，第509页。
[3] 小南一郎《干宝〈搜神记〉の编纂》，见《东方学报》第69册，1997年。

和无鬼论无神论的荒谬。"[1]等等。尤其小南一郎、李剑国二先生的观点，影响较大，国内外不少论者信从之。

——应该说，上述有关干宝编撰《搜神记》缘起、原因的探讨，都是有意义的，研究者们试图从不同的角度解决这一问题；但其中又存在不足，即对干宝编撰《搜神记》缘起、原因的阐释，未必合于干宝思想以及当时的撰述背景。

二

干宝编撰《搜神记》始于建武（317—318）中，依据即《搜神记》序所谓"建武中，有所感起，是用发愤焉"；那么，干宝为何"建武中，有所感起"而"发愤"撰《搜神记》？这是我们不得不探讨的问题，因为这涉及干宝编撰《搜神记》的真正原因。而目下学界关于此一问题的探讨，并不令人满意。譬如，将干宝编撰《搜神记》的原因归于个人喜爱志怪故事和当时世风，似过于笼统；因为魏晋南北朝时期的不少志怪小说，似乎都可以如此概而论之，这就淹没了干宝编撰《搜神记》的真正原因及其独特性。而小南一郎、李剑国二先生的观点，也值得商榷；因为小南一郎、李剑国二先生的说法，难与"建武中"这一时间相合。以下试作分析。小南一郎《干宝〈搜神记〉の编纂》第一章《无鬼论》为说明《搜

---

[1] 李剑国《干宝考》，见《古稗斗筲录》，南开大学出版社2004年版，第278页。

神记》产生于无鬼论和有鬼论之间的论争,特列无鬼论者施续门生、宋岱、阮瞻、阮修传闻以为佐证。施续门生持无鬼论传闻,见《搜神记》(《太平广记》卷三二三引):

> 吴兴施续,有门生,常秉无鬼论。忽有一单衣白袷客,与共语,遂及鬼神。移日,客辞曲,乃曰:"君辞巧,理不足。仆即是鬼,何以云无?"问:"鬼何以来?"答曰:"受使来取君,期尽明日食时。"门生请乞酸苦。鬼问:"有人似君者否?"云:"施续帐下都督,与仆相似。"便与俱往。与都督对坐。鬼手中出一铁凿,可尺余,安著都督头,便举椎打之。都督云:"头觉微痛。"向来转剧,食顷便亡。

汪绍楹先生疑"施续"当作"施绩",而施绩乃东吴大将朱然(本姓施)之子,[1]此说是。《三国志》卷五十六《吴书·朱治朱然吕范朱桓传》载绩事迹。而据《三国志》卷四十八《吴书·三嗣主传第三》载:

> (建衡二年)夏四月,左大司马施绩卒。

吴末帝建衡二年,即270年。那么,施绩门生持无鬼论,自当在建衡二年前。干宝作为吴地人,谙熟施绩有关传闻,并不足奇。宋岱持无鬼论,见《语林》(《太平御览》卷八九九引):

---

[1] 干宝撰,汪绍楹校注《搜神记》,中华书局1979年版,第190页。

宋岱为青州刺史，禁淫祀，著《无鬼论》。有一书生，葛巾，修刺诣岱。曰："君绝我辈血食二十余年，君有青牛髯奴，所以未得相困耳。奴已叛，牛已死，今日得相制矣！"言绝而失，明日而岱死。

此事殷芸《小说》卷九亦载。宋岱，又作宗岱，《晋书》之《惠帝纪》《罗尚传》《郭舒传》《孙旂传》《李特传》等，零星载宋岱事。据《晋书》卷四《惠帝纪》载：

（太安二年）三月，李特攻陷益州。荆州刺史宋岱击特，斩之，传首京师。

《晋书》卷一百二十《李特传》同。太安二年，即 303 年。据常璩《华阳国志》卷八《大同志》：

（太安二年）五月，李流降于孙阜，遣子为质不下，乃举兵与李离袭阜。军败绩。宋岱病卒垫江。州军退。雄逼尚，尚保大城中。[1]

可知宋岱卒于太安二年五月。余嘉锡先生指出：

《华阳国志》既称岱以荆州刺史卒于军，则此条（指《小

---

[1] 丛书集成初编本。

说》卷九载宋岱卒于青州刺史事）谓岱卒于青州，已不足信，其果否尝为青州刺史，亦不可知也。[1]

周楞伽先生据《晋书》所载宋岱事迹进一步考证：

> 余氏语殊近理，盖宋岱既卒于蜀垫江军次，自不能更亡于青州，惟因此竟并岱曾否任青州刺史亦怀疑及之，则殊未安。何则？宋岱仕履当有前后之分，兖州刺史、青州刺史当为其前期仕履……其时当在惠帝元康年间，即公元三〇〇以前，惟未亡于青州任上，而调任襄阳太守，承齐王司马冏檄斩孙旂即在此时，时为永宁元年（公元三〇一）。后二年，调任荆州刺史，击斩李特，卒于垫江军次。[2]

周楞伽先生的考证，是可以信从的。宋岱既卒于太安二年，亦见出《语林》《小说》记载之讹误。阮瞻持无鬼论，见《幽明录》：

> 阮瞻素秉无鬼论，世莫能难，每自谓理足可以辨证幽明。忽有一鬼，通姓名，作客诣阮，寒温毕，即谈名理。客甚有才情，末及鬼神事，反覆甚苦，遂屈。乃作色曰："鬼神古今圣贤所共传，君何独言无耶？仆便是鬼！"于是忽变为异形，

---

[1] 余嘉锡《余嘉锡论学杂著》（上册），中华书局1963年版，第323页。
[2] 殷芸编纂，周楞伽辑注《殷芸小说》，上海古籍出版社1984年版，第159页。

须臾消灭。阮嘿然,意色大恶。后年余病死。[1]

阮瞻是西晋名士,史称瞻性清虚寡欲,善清谈,王戎、王衍雅重之,[2]而阮瞻卒于永嘉四年(310)。[3]阮修持无鬼论,见《世说新语·方正》:

> 阮宣子论鬼神有无者,或以人死有鬼,宣子独以为无,曰:"今见鬼者云,著生时衣服,若人死有鬼,衣服复有鬼邪?"

阮宣子即阮修,亦为西晋名士,史载阮修好《易》《老》,善清言,性简任,[4]而阮修卒于永嘉五年(311)。[5]上述事实表明,小南一郎所举施绩门生、宋岱、阮瞻、阮修持无鬼论事,远在建武之前。那么,问题也就出现了:如果说干宝编纂《搜神记》与当时思想界无鬼论有关,那么,干宝何以到"建武中"才"有所感起"而"发愤"?这是存有疑点的。况且,也无资料显示干宝在建武中与无鬼论者之间有何冲突。所以,小南一郎的说法,难以成立。

那么,《搜神记》编纂是否如李剑国先生所说,是因干宝"经

---

[1]《古小说钩沉》本。
[2]《晋书》卷四十九。
[3] 参见冯契主编《哲学大辞典·中国哲学史卷》,上海辞书出版社1985年版,第290页。
[4]《晋书》卷四十九。
[5] 参见冯契主编《哲学大辞典·中国哲学史卷》,上海辞书出版社1985年版,第290页。

历了由无鬼论到有鬼论的转变"而引发？此说也有疑点。明李贤等撰《大明一统志》卷三九《嘉兴府·陵墓·干莹墓》注：

> 莹，吴散骑常侍宝之父也。宝尝著《无鬼论》，莹卒，以幸婢殉。后十年妻死合葬，婢犹存。宝始悟幽冥之理，撰《搜神记》三十卷。

称"吴散骑常侍宝"，显然误。依据李先生的说法，"以干莹卒于吴亡之年"[1]，即天纪四年，[2]那么"后十年妻死合葬"，当在晋武帝太熙元年（290）或惠帝永熙元年（290），下距建武尚有约十七八年之久，这与"建武中，有所感起，是用发愤焉"的记载是难以吻合的。李先生当然意识到这一点，因而说"建武中有所感起应当主要是针对干庆的所谓复生之事而言"[3]，但李先生并没有给出干庆再生之事是发生于建武中的证据（《文选抄》所叙干庆再生事，时间不明，不能确定发生于建武中）。[4]事实上，《嘉兴府·陵墓·干莹

---

[1] 李剑国《干宝考》，见《古稗斗筲录》，南开大学出版社2004年版，第270页。
[2] 据《干氏宗谱》，晋封干莹立节都尉，则说明干莹似未"卒于吴亡之年"。
[3] 李剑国《干宝考》，见《古稗斗筲录》，南开大学出版社2004年版，第277页。
[4] 据《太平御览》卷六六六引《老氏圣纪》载："吴猛，字世云，豫章人也。性纯孝，夏夜在父母侧，不敢驱拂蚊蚋，恐去己而集亲。年三十，邑人丁义士奉道，以术传之。乡人隐铜为设酒，既去，酒在器中，不耗。道士舒道云病虐比年，猛授以三皇诗，使讽之，顿愈。尝还豫章，以白羽画江而渡。县东有石笥，历代未尝开，猛往发之，多得简牒，古字不可识。县南有峻石，时立，千仞，猿狖不能上，猛杖策登。县令新蔡干庆好畋猎，猛屡谏，不听。后庆大猎，四面引火烘天，而猛坐草中自若，鸟兽依附左右，火不能及。庆大骇，因是悔。王敦于座收猛，俄失之。敦大怒，是岁敦败。猛登（转下页）

墓》注明确交代是因为父婢再生事,而不是干庆再生事,"宝始悟幽明之理,撰《搜神记》三十卷"。——而从上述考察已见出,《嘉兴府·陵墓·干莹墓》注之载述,是有疑点,不可尽信的;那么,据此资料推测干宝因由无鬼论向有鬼论转变而编纂《搜神记》的说法,也大可怀疑,并不足信。

笔者认为,要认识、理清干宝编撰《搜神记》缘起、原因问题,不能脱离当时人的思维状态,更应从干宝思想,以及建武中任史官的身份找寻答案,在具体的历史考察中解决问题。

三

论魏晋南北朝志怪小说,不可脱离当时人的思维状态,即"当时以为幽明虽殊途,而人鬼乃皆实有,故其叙述异事,与记载人间常事,自视固无诚妄之别矣"[1],这是我们研究立论的基础。任何以现代人思维、以现代人观念取代古人思维、取代古人观念的做法,除了批评古人思想落后、愚昧外,并无建设性可言。因此,对于《晋书·干宝传》所载,我们不能简单地否定,或弃之不顾,而

(接上页)庐山,见一叟坐树下,以玉杯承甘露,授猛。又有玉房金室,见数人与猛语,若旧相识;设玉膏,终日。猛又乘铁舡于庐山顶。"上述记载,《晋书》卷九十五《吴猛传》不载,亦与《文选抄》不同,学界亦少关注于此。而《老氏圣纪》所载吴猛与干庆事亦难断时间。

[1]《中国小说史略》第五篇《六朝之鬼神志怪书》(上)。

应该具体分析，剔除其荒诞、不实的成分，接受其合理的因子。如前所述，《晋书·干宝传》称干宝父宠婢殉葬十余年而开棺复活且能生子，是断不可能之事，故此事无讨论的意义；而干宝兄干庆"病气绝，积日不冷"，说明干庆其实并未真正死亡，仅是因病处于昏迷状态而已，时人不察，误以为死亡；因而，所谓干庆"遂悟"，只不过是昏迷之后苏醒而已。——那么，拨开历史的迷雾，我们可以见出干宝有感于再生之事而撰《搜神记》这一基本事实。而引发我们进一步深思的问题是：干宝为什么因干庆"再生"之事（实仅为昏迷后苏醒）而"建武中，有所感起"，"发愤"撰《搜神记》？换言之，再生事件究竟包蕴着怎样的社会现实政治内容，从而使"性好阴阳术数"的干宝因为再生之事而"建武中，有所感起"，"发愤"撰《搜神记》？

那么，我们先看再生事件究竟包蕴着怎样的社会现实政治内容。依据阴阳五行天人感应学说，再生事件包蕴着特定的现实政治内容。《五行传》曰：

> 皇之不极，是谓不建。厥咎眊，厥罚恒阴，厥极弱。时则有射妖，时则有龙蛇之孽，时则有马祸，时则有下人伐上之痾，时则有日月乱行，星辰逆行。[1]

皇，君也；极，中也；建，立也。按《五行传》解释，"恒阴""射妖""龙蛇之孽""马祸""下人伐上之痾""日月乱行，星辰逆行"

---

[1]《汉书》卷二十七下之上，《后汉书》志第十七。

等异常之象,[1]乃是人君"不极""不建"之征兆。而再生之事,乃属"下人伐上之疴"之一种。[2]依据阴阳五行天人感应学说,"下人

[1] 关于"恒阴",《汉书》卷二十七下之上《五行志第七下之上》载:"昭帝元平元年四月崩,无嗣,立昌邑王贺。贺即位,天阴,昼夜不见日月。贺欲出,光禄大夫夏侯胜当车谏曰:'天久阴而不雨,臣下有谋上者,陛下欲何之?'贺怒,缚胜以属吏,吏白大将军霍光。光时与车骑将军张安世谋欲废贺。光让安世,以为泄语,安世实不泄,召问胜。胜上《洪范五行传》曰:'"皇之不极,厥罚常阴,时则有下人伐上。"不敢察察言,故云臣下有谋。'光、安世读之,大惊,以此益重经术士。后数日卒共废贺,此常阴之效也。"关于"射妖",《后汉书》志第十七:"灵帝光和中,洛阳男子夜龙以弓箭射北阙,吏收考问,辞'居贫负债,无所聊生,因买弓箭以射。'近射妖也。"应劭注曰:"龙者阳类,君之象也。夜者,不明之应也。此其象类。"关于"龙蛇之孽",《后汉书》志第十七:"桓帝延熹七年六月壬子,河内野王山上有死龙,长可数十丈。襄楷以为夫龙者为帝王瑞,《易》论大人。天凤中,黄山宫有死龙,汉兵诛莽而世祖复兴,此易代之征也。至建安二十五年,魏文帝代汉。"关于"马祸",《后汉书》志第十七:"更始二年二月,发洛阳,欲入长安,司直李松奉引,车奔,触北宫铁柱门,三马皆死。马祸也。时更始失道,将亡。"又,"桓帝延熹五年四月,惊马与逸象突入宫殿。近马祸也。是时桓帝政衰缺"。又,"灵帝光和元年,司徒长史冯巡马生人。京房《易传》曰:'上亡天子,诸侯相伐,厥妖马生人。'后冯巡迁甘陵相,黄巾初起,为所残杀,而国家亦四面受敌。其后关东州郡各举义兵,卒相攻伐,天子西移,王政隔塞。其占与京房同"。等等。

[2] 史家所载"人疴"颇多,如《后汉书》志第十七:"(建安)七年,越巂有男化为女子。时周群上言,哀帝时亦有此异,将有易代之事。至二十五年,献帝封于山阳。"又,"建安中,女子生男,两头共身"。《宋书》卷三十四《五行五》:"吴孙皓宝鼎元年,丹阳宣骞母,年八十,因浴化为鼋。兄弟闭户卫之,掘堂上作大坎,实水其中。鼋入坎戏一二日,恒延颈外望,伺户小开,便轮轮自跃,入于远潭,遂不复还。与汉灵帝时黄氏母事同。吴王之象也。"又,"晋惠帝元康中,安丰有女子周世宁,年八岁,渐化为男,至十七八,而气性成。此刘渊、石勒荡覆晋室之妖也。汉哀帝、献帝时并有此异,皆有易代之兆"。等等。

伐上之疴"之发生，决非偶然：

> 君乱且弱，人之所叛，天之所去，不有明王之诛，则有篡弑之祸，故有下人伐上之疴。[1]

人君"乱且弱"，则臣下就有了崛起的机会，故京房《易传》以再生为"至阴为阳，下人为上"之征兆。[2]《汉书·五行志》着眼点在君，京房《易传》着眼点在臣或曰下人，二者并不矛盾。试看史书之相关载述，《后汉书》志第十七《五行五》载：

> 献帝初平中，长沙有人姓桓氏，死，棺殓月余，其母闻棺中声，发之，遂生。占曰："至阴为阳，下人为上。"其后曹公由庶士起。

司马彪采京房《易传》之说，将桓氏再生事，阐释为曹操兴起之征兆。[3]《后汉书》志第十七《五行五》又载：

> 建安四年二月，武陵充县女子李娥，年六十余，物故，以其家杉木槥殡，瘗于城外数里上，已十四日，有行闻其冢

---

[1]《汉书》卷二十七下之上。
[2] 同上。
[3] 范晔编撰《后汉书》，原定十纪、十志、八十列传，合为百卷；但十志未写成，范晔即被杀害。现在《后汉书》里的《五行》等八志，是后人从司马彪《续汉书》里取出补进去的。见《后汉书》校点说明。

中有声，便语其家。家往视闻声，便发出，遂活。

毫无疑问，发生在建安四年（199）二月的李娥再生之事，与发生在汉献帝初平（190—193）中的长沙桓氏再生之事，同质同构，包蕴着同样的现实政治内容。而《宋书》卷三十四《五行五》载：

> 魏明帝太和三年，曹休部曲兵奚侬女死复生。时人有开周世冢，得殉葬女子，数日而有气，数月而能语。郭太后爱养之。又太原民发冢破棺，棺中有一生妇人，问其本事，不知也，视其墓木，可三十岁。案京房《易传》，至阴为阳，下人为上，晋宣王起之象也。汉平帝、献帝并有此异，占以为王莽、曹操之征。[1]

按照沈约载述，发生在魏明帝（227—239）时期的三件再生事件，均是"晋宣王起之象也"。——可见史官对于此类再生之事的理解、阐释是一致的。当然，这些阐释，均非史官一己之见，而是当时人普遍接受的观念。

"性好阴阳术数"且身为史官的干宝，当然是很清楚再生之

---

[1] 《三国志·魏书·明帝纪》注引《傅子》曰："时太原发冢破棺，棺中有一生妇人，将出与语，生人也。送之京师，问其本事，不知也。视其冢上树木可三十岁，不知此妇人三十岁常生于地中邪？将一朝欻生，偶与发冢者会也？"注又引顾恺之《启蒙注》曰："魏时人有开周王冢者，得殉葬女子，经数日而有气，数月而能语；年可二十。送诣京师，郭太后爱养之。十余年，太后崩，哀思哭泣，一年余而死。"此当系沈约《宋书》所本。

事所包蕴的特定现实政治内涵的。《太平御览》卷八八七引《搜神记》曰：

> 汉平帝元始元年二月，朔方广牧女子赵春病死。既棺敛，六日出棺外。自言见死人及父，曰："年二十七，不当死。"太守谭以闻。说曰："至阴为阳，下人为上。"其后王莽篡位。

此事《汉书》卷二十七下之上《五行志第七下之上》载，干宝当本于《汉书》。干宝对再生事件的阐释，乃依据京房《易传》；这与《干宝传》说他"留思京房、夏侯胜等传"正相合。——而明乎此，则干宝何以因为再生之事而"建武中，有所感起"，"发愤"撰《搜神记》，也就有了答案。

建武，是东晋元帝司马睿的首个年号；建武时期，是东晋草创的关键期。建武元年（317）二月辛巳，平东将军宋哲至建康，宣愍帝诏，令丞相琅邪王司马睿统摄万机；辛卯，司马睿即晋王位，改元，始备百官，立宗庙，建社稷。十一月，置史官，立太学；干宝由中书监王导举荐，领国史，撰《晋纪》。建武二年（318）三月癸丑，愍帝凶问至建康，百官请上尊号；丙辰，司马睿即皇帝位，改元太兴，东晋政权正式拉开帷幕。——干宝正是在这样的特殊历史时期，"有所感起"，"发愤"撰《搜神记》；而《晋纪》之撰述，与《搜神记》之撰述，大致同时进行。

毫无疑问，干宝撰《晋纪》，必然对西晋衰亡的历史作全面思考、总结，这一点，从《晋纪总论》可见一斑。对于西晋衰亡之历史，《晋纪总论》曰：

> 武皇既崩，山陵未干，杨骏被诛，母后废黜，朝士旧臣，夷灭者数十族。寻以二公楚王之变，宗子无维城之助，而阋伯实沈之郄岁构；师尹无具瞻之贵，而颠坠戮辱之祸日有。至乃易天子以太上之号，而有免官之谣，民不见德，唯乱是闻，朝为伊周，夕为桀跖，善恶陷于成败，毁誉协于势利。于是轻薄干纪之士，役奸智以投之，如夜虫之赴火。内外混淆，庶官失才，名实反错，天网解纽。国政迭移于乱人，禁兵外散于四方，方岳无钧石之镇，关门无结草之固。李辰石冰，倾之于荆扬，刘渊王弥，挠之于青冀，二十余年而河洛为墟。戎羯称制，二帝失尊，山陵无所。[1]

八王之乱，是导致西晋王朝走向衰亡的关键一环；因而，上述有关西晋王朝动荡历史的剖析，是合乎史实与情理的。当然，作为史官，干宝并未停留于此，而是从更深层面——晋之立国角度，探讨西晋国祚短促的根本原因：干宝以周、晋立国对比，指出周代国运长久，根本原因乃在"积基树本，经纬礼俗，节理人情，恤隐民事"[2]；西晋国祚短促，既与司马氏"务伐英雄，诛庶桀以便事""不及修公刘太王之仁"有关，也与"二祖逼禅代之期，不暇待叁分八百之会"有关；道出司马氏不行仁政、不修德，"是其创基立本，异于先代者也"，[3]这就把能否行仁政、施德政作为国家兴

---

[1]《文选》卷第四十九。下同。
[2]《晋纪总论》。
[3] 同上。

衰的根本所在。在干宝看来，西晋衰亡，不是偶然的，而有多方面原因："风俗淫僻，耻尚失所"的谈玄士风，"以苟得为贵""以望空为高"的官场之习，"任情而动""不耻淫逸之过"的社会风尚，使干宝发出"礼法刑政，于此大坏"的感慨！因而，西晋走向衰亡，也就并不令人感到意外了！——那么，对于西晋之衰亡，上天是否有预兆、有所警示呢？在笃信阴阳五行天人感应说的干宝看来，西晋时期发生的灾异、怪异之象颇多，而其中之再生事件，就是上天昭告西晋统治者：人君"不极""不建"将发生，预示"至阴为阳，下人为上"行将发生！干宝以此观念审视、比附西晋历史，则西晋政权格局之演变确又如此：考察西晋历史，惠帝朝，人君"不极""不建"局面就已形成。因惠帝不才，贾后弄权，遂引发八王之乱；光熙元年（306），东海王司马越把惠帝从长安夺回洛阳，掌控朝廷大权，八王之乱结束；同年十一月，惠帝崩，史称"因食饼中毒而崩，或云司马越之鸩"[1]。史臣于此评曰：

> 不才之子，则天称大，权非帝出，政迩宵人。褒姒共叔带并兴，襄后与犬戎俱运。[2]

惠帝死后，司马越立武帝第二十五子司马炽为帝，即怀帝，而朝廷权柄仍操司马越手中。干宝《晋纪》称："太傅东海王越总兵辅

---

[1]《晋书》卷四《惠帝纪》。
[2] 同上。

政。"[1]由于八王之乱后期司马颖与司马越在诸胡族中各结党羽以为援，欲借胡人之力以剪除异己，遂引发胡骑驰骋中原。匈奴刘渊、羯人石勒，本为司马颖所联结，司马颖虽于光熙元年十月为范阳王长史刘舆所杀，但刘、石之患未消，且对西晋朝廷构成严重威胁。永嘉四年（310），石勒为乱，怀帝对使者说："为我语诸征镇，若今日，尚可救，后则无逮矣。"[2]时莫有至者。永嘉五年（311）五月，怀帝召群臣会议，将行而警卫不备，怀帝抚手叹"如何曾无车舆！"[3]六月，刘曜、王弥、石勒同寇洛川，王师败绩，怀帝蒙尘于平阳，刘聪以帝为会稽公。永嘉七年（313）春正月，刘聪大会，使怀帝著青衣行酒；丁未，怀帝遇弑，崩于平阳，时年三十。建兴元年（313）四月，吴王司马晏子邺在阎鼎、荀藩、荀组等翼戴下于长安即帝位，即愍帝。"是时长安城中，户不盈百，蒿棘成林，公私有车四乘，百官无章服、印绶，唯桑版署号而已。"[4]而建兴四年（316）七月，刘曜攻北地，王师不战而溃；八月，刘曜逼京师、内外断绝；十月，京师饥甚，人相食，死者太半，逃亡不可制；十一月，愍帝乘羊车，肉袒衔璧，舆榇出降；刘聪假愍帝光禄大夫、怀安侯；刘聪临殿，愍帝稽首于前。建兴五年十月，刘聪出猎，令愍帝行车骑将军，戎服执戟为导，百姓聚观；十二月，愍帝遇弑，崩于平阳。[5]对此，干宝慨叹：

---

[1]《文选》卷第四十九《晋纪总论》注。
[2]《晋书》卷五《孝怀帝纪》。
[3] 同上。
[4]《资治通鉴》卷第八十八。
[5]《晋书》卷五《孝愍帝纪》。

> 怀帝承乱之后得位,羁于强臣。愍帝奔播之后,徒厕其虚名。天下之政,既已去矣……而皇极不建,祸辱及身。[1]

"皇极不建",干宝对于再生事件所包蕴的现实政治内涵何其了解、熟悉! ——那么,联系家中发生的"再生"之事(现在看来,当是其兄干庆因病昏迷之后苏醒一事,其父宠婢死十余年而再生一事,仅是传闻,难以为实,《孔氏志怪》所载仅为附会而已),则干宝如何能不"有所感起"?因为"再生"事件所包蕴的现实政治内容,至建武中,终于应验了!

西晋时期发生的再生事件,当然不止于干庆再生之事。《宋书》卷三十四《五行五》载:

> 晋武帝咸宁二年二月,琅邪人颜畿病死,棺敛已久,家人咸梦畿谓己曰:"我当复生,可急开棺。"遂出之。渐能饮食屈伸视瞻,不能行语也。二年复死。其后刘渊、石勒遂亡晋室。

颜畿在当时是否真的死亡,颇可怀疑;然当时人则以为颜畿已死,开棺出之,遂乃再生。沈约明确交代,发生在晋武帝咸宁二年的颜畿"再生"之事,乃是刘渊、石勒"亡晋室"之征兆!《晋书》卷

---

[1] 干宝《晋纪总论》,见《文选》卷四十九。而干宝《晋纪》载"建兴二年,枹罕伎人产一龙子",干宝对此阐释"此亦皇之不建,于是帝竟沦没"。见汤球辑《晋纪辑本》。

二十九《五行下》亦载：

> 晋武帝咸宁二年十二月，琅邪人颜畿病死，棺敛已久，家人咸梦畿谓己曰："我当复生，可急开棺。"遂出之。渐能饮食屈伸视瞻，不能行语，二年复死。京房《易传》曰："至阴为阳，下人为上，厥妖人死复生。"其后刘元海、石勒僭逆，遂亡晋室，下为上之应也。

李淳风也认为，颜畿病死复生之事，乃是刘渊、石勒亡晋室，下为上之应！又，《宋书》卷三十四《五行五》载：

> 晋惠帝世，杜锡家葬，而婢误不得出。后十余年，开冢祔葬，而婢尚生。其始如瞑，有顷渐觉。问之，自谓当一再宿耳。初婢之埋，年十五六，及开冢更生，犹十五六也。嫁之有子。

杜锡，乃杜预之子，《晋书》卷三十四有传；发生在杜锡家中的侍婢再生事，与干宝父婢再生事何其相似！又，《宋书》卷三十四《五行五》载：

> 晋惠帝世，梁国女子许嫁，已受礼聘，寻而其夫戍长安，经年不归。女家更以适人，女不乐行，其父母逼强，不得已而去，寻得病亡。后其夫还，问女所在，其家具说之。其夫径至女墓，不胜哀情，便发冢开棺，女遂活，因与俱归。后

婿闻之,诣官争之,所在不能决。秘书郎王导议曰:"此是非常事,不得以常理断之,宜还前夫。"朝廷从其议。

此事《晋书》卷二十九《五行下》亦载。无疑,在沈约、李淳风看来,惠帝世发生的梁国女子再生事件,与同时期发生的杜锡家侍婢再生事件包蕴的现实政治内涵是一致的:不外乎人君"不极""不建"之征兆,或"至阴为阳,下人为上"之征兆。不过,从干宝对陈焦再生事件的阐释看,建武中,"承废故之家"而"得位"的"下人",当是司马睿,而未必如沈约、李淳风以为乃刘渊、石勒"下为上之应也";这一点,也可从《晋纪总论》得以佐证:

天下之政,既已去矣,非命世之雄,不能取之矣。然怀帝初载,嘉禾生于南昌。望气者又云豫章有天子气。及国家多难,宗室迭兴,以愍怀之正,淮南之壮,成都之功,长沙之权,皆卒于倾覆。而怀帝以豫章王登天位,刘向之谶云,灭亡之后,有少如水名者得之,起事者据秦川,西南乃得其朋。案愍帝,盖秦王之子也,得位于长安,长安,固秦地也,而西以南阳王为右丞相,东以琅邪王为左丞相。上讳业,故改邺为临漳。漳,水名也。由此推之,亦有征祥,而皇极不建,祸辱及身。岂上帝临我而贰其心,将由人能弘道,非道弘人者乎?淳耀之烈未渝,故大命重集于中宗元皇帝。

在干宝看来,尽管"天下之政,既已去矣",但天命并未转移——所谓"淳耀之烈未渝",只不过晋室中兴的"大命",落到了中宗元皇帝司马睿身上。——由此见出,干宝将再生事件阐释为司马睿得位之征兆。

所以,笔者认为,干宝"建武中,有所感起,是用发愤焉",乃是对现实政治有感,而未必是因为无鬼论与有鬼论者之间的论争,或者干宝个人由无鬼论向有鬼论的转变等。作为史官,干宝受命撰《晋纪》,必然对西晋衰亡的历史作深刻反省、系统考察,而按照阴阳五行天人感应学说,上天对于西晋之衰亡,其实是早有征兆、预示的:武帝世,尤其是惠帝世发生的一系列再生事件,就是上天昭告人君"不极""不建",或"至阴为阳,下人为上"之行将发生!——而至建武中,征兆、预示,终于一一应验!在干宝看来,现实再次证实了神道的"不诬"!^[1]那么,联系家中发生的"再生"之事(实即干庆昏迷后苏醒而已,时人误以为再生),面对建武中的时政格局,干宝如何能不"有所感起"?而由此,引发干宝"欲撰记古今怪异非常之事"^[2]以"明神道之不诬"!当然,干宝编撰《搜神记》"明神道之不诬",不仅仅是"证实有鬼论有神论的正确

---

[1] 史家对于人疴类之认识是一致的,譬如,《建康实录》卷第十晋安帝义熙八年(412)十二月,"东阳人黄氏生女不育,埋之数日,于土中啼,取养之,遂活";晋恭帝元熙元年(419),"建安人阳道无头,正平,本下作女人形体";这些载述,显然是刘裕"至阴为阳,下人为上"之征兆。《资治通鉴》卷第一百二十载,宋文帝元嘉二年(425),"二月,燕有女子化为男。燕主以问群臣,尚书左丞傅权对曰:'西汉之末,雌鸡化为雄,犹有王莽之祸。况今女化为男,臣将为君之兆也'"。又如,《三国志》卷四十八《吴书·三嗣主传》载永安四年,"安吴民陈焦死,埋之,六日更生,传土中出"。等等。

[2] 《初学记》卷二十一"纸第七"引干宝表语。

和无鬼论无神论的荒谬",更是欲借"古今神祇灵异人物变化"以见吉凶、察时变,大可以考见国家政治治理之得失,小可以明个人祸福休咎之所起,从而为治国理政,抑或个人修身、齐家,提供鉴戒。

第四章 《搜神记》编撰时间、材料来源与分类问题

一

唐无名氏《文选集注》卷六二江文通《拟郭弘农游仙诗》注引《文选抄》载《搜神记序》残文：

> 建武中，有所（原文作"所有"）感起，是用发愤焉。[1]

学界研究者们据此推断干宝编撰《搜神记》始于建武（317—318）中，这是可以确定的。

那么，《搜神记》编撰何时完成？——迄今并未发现明确记载《搜神记》撰成时间的文献。不过，现存文献资料透露出《搜神记》编撰过程中的一些情况，有助于我们了解《搜神记》之内容、编撰方式等；而依据相关文献，我们可对《搜神记》撰成时间作出推断。

---

[1]《唐钞文选集注汇存》一，上海古籍出版社2000年版，第740页。

《初学记》卷二十一"纸第七"引干宝表曰：

> 臣前聊欲撰记古今怪异非常之事，会聚散逸，使同一贯，博访知之者。片纸残行，事事各异。

此表《太平御览》卷六〇一亦载。北宋苏易简《文房四谱》亦载此表，又有"又乏纸笔，或书故纸。诏答曰：今赐纸二百枚"语。汪绍楹先生校注《搜神记》，称"原引作'干宝表曰'，今姑为拟定题目"，乃题为"进搜神记表"；[1]李剑国先生认为"颇误"，乃"仿《初学记》卷二一引晋虞预《请秘府纸表》"，题为"干宝撰《搜神记》请纸表"；[2]从表之内容以及"诏答曰"之语看，此时《搜神记》编撰当尚未完成，因而不当进呈《搜神记》，李剑国先生题为"请纸表"更合乎情理。关于干宝上表的时间，李剑国先生推测"大约在明帝朝"（322—325）；[3]从"臣前聊欲撰记……"口吻看，《搜神记》撰述已进行了相当一段时间；"又乏纸笔"，透露出《搜神记》编撰过程中出现了缺少纸笔的问题；若是因"家贫"而"乏纸笔"，则大约应在干宝任始安太守以前，因为任始安太守后，曾"遣船饷"翟汤，[4]说明此时应是比较富足了，那么，此种条件下当

---

［1］干宝撰，汪绍楹校注《搜神记》，中华书局1979年版，第3页。
［2］干宝撰，李剑国辑校《新辑搜神记》，中华书局2007年版，第17页。
［3］李剑国《干宝考》，见《古稗斗筲录》，南开大学出版社2004年版，第280页。
［4］《晋书》卷九十四《翟汤传》。

不会出现乏纸笔的情况。[1]"古今怪异非常之事",是干宝对《搜神记》内容的全面概括;而"会聚散逸""博访知之者",道出《搜神记》之编撰方式;"使同一贯",说明干宝编撰《搜神记》有明确的宗旨,换言之,《搜神记》内容有统一的宗旨贯穿其中。干宝的这一请纸表,是我们目下所知《搜神记序》之外——另一种有关《搜神记》内容、编撰方式等的自述性文献,且是在编撰《搜神记》过程中留下的文献,因而弥足珍贵。

《世说新语·排调》载:

> 干宝向刘真长叙其《搜神记》,刘曰:"卿可谓鬼之董狐。"

干宝向刘真长叙其《搜神记》,意味着此时《搜神记》已经撰成。不过,学界也有论者持不同的意见,如王利锁先生称:

> 关于此条史料,研究者的看法颇不一致。有的论者根据此记载,推断说此时干宝的《搜神记》可能已经完成。我们认为事实恐未必如此。《世说新语》明确记载干宝只是向刘惔"叙"《搜神记》,所谓"叙",未必是将成书拿给刘惔看,很

---

[1]《初学记》卷二十一"砚第八"引萧方等《三十国春秋》载:"王隐始成《晋书》,合八十八卷。家贫无纸,未成其志,遂南游,投陶侃于荆州,又江州投庾亮,乃获其纸墨,始书就焉。"王隐因受虞预排挤不得志,家贫而乏纸墨,后依陶侃、庾亮才得以撰成《晋书》,足见纸墨笔等在当时之不易得。据《语林》载:"王右军为会稽令,谢公就乞笺纸;检校库中,有九万枚,悉以付之。桓宣武曰:'逸少不节。'"谢安所乞"纸",大约是麻纸,纸质地坚韧,耐水浸,可谓当时名纸。谢安乞纸,并非因贫,与干宝乞纸情形似不同。

可能是他们作为同僚，谈到了有关《搜神记》的内容，刘惔针对干宝的"叙"进行评论。……但此条材料向我们传递了一个重要信息，即此时的干宝可能正热衷于《搜神记》故事的搜集和编撰，所以，才会和同僚谈到自己写作《搜神记》的情况并得到刘惔的评论。[1]

这种说法，似太拘泥；《世说新语》非为史书，叙事多片言只语，极为简括，并不完整，往往重在凸显人物的风神韵致；因而，对于《世说新语》叙事之理解，似不可胶柱鼓瑟。《晋书》卷八十二《干宝传》如是载其事：

……宝以此遂撰集古今神祇灵异人物变化，名为《搜神记》，凡三十卷。以示刘惔，惔曰："卿可谓鬼之董狐。"

史官叙事，交代颇为清楚，因果关系亦明晰：刘惔之品评，乃置于《搜神记》成书之后；"以示刘惔"，自然是以《搜神记》示刘惔，而刘惔谓"卿可谓鬼之董狐"，也是品评《搜神记》而发。又，《建康实录》卷第七亦载：

初，父亡有所幸婢，母忌之，乃殉葬。后十余年，母丧，开冢合葬，殉婢仍活，取嫁之。因问幽冥，考校吉凶悉

---

[1] 王利锁注说《搜神记》，河南大学出版社2017年版，第15—16页。关于干宝何以将《搜神记》示刘惔，下文再作论述。

验，遂著《搜神记》三十卷。将示刘惔，惔曰："卿可谓鬼之董狐。"

许嵩亦将刘惔之品评，置于《搜神记》成书之后叙述；而所谓"将示刘惔"，显然也是将《搜神记》示刘惔，与《晋书》所载一致。因而，称"未必是将成书拿给刘惔看"，"很可能是他们作为同僚，谈到了有关《搜神记》的内容，刘惔针对干宝的'叙'进行评论"，"此时的干宝可能正热衷于《搜神记》故事的搜集和编撰"等等，仅是推测之辞，并无文献根据；更重要的是，《晋书》《建康实录》明确记载"以示刘惔""将示刘惔"，即明确交代干宝以《搜神记》示刘惔，这当是立论的依据；因而，不可因《世说新语》叙述中一"叙"字而置史书之载述于不顾。依常理论，此时《搜神记》当成书不久，干宝才会向善于衡文的名士刘惔"叙其《搜神记》"。前文已考证，干宝向刘惔示其《搜神记》的时间，约在刘惔二十岁任司徒左长史的咸和八年（333）。——那么，干宝自"建武中"发愤撰《搜神记》，至此已约十六七年。[1]

就现存《搜神记》佚文看，其中叙事较晚的当推司马祐传闻。据《太平广记》卷二九四引《搜神记》载：

---

[1] 王尽忠先生推断干宝著《搜神记》约成书于永和二年（346），以为"《搜神记》的创作前后历时约30年"。见《干宝研究全书》，中州古籍出版社2009年版，第9页。王先生因据《干氏宗谱》之《御制神道碑》署时间永和七年（351）九月，推断干宝卒于是年。《御制神道碑》所署时间，与干宝卒年不能等同，详见附录三。

散骑侍郎王祐,疾困,与母辞诀。既而闻有通宾者,曰:"某郡某里某人,尝为别驾。"祐亦雅闻其姓字。有顷,奄然来至,曰:"与卿士类,有自然之分,又州里,情便款然。今年国家有大事,出三将军,分布征发。吾等十余人,为赵公明府参佐。至此仓卒,见卿有高门大屋,故特投。与卿相得,大不可言。"祐知其鬼神,曰:"不幸笃疾,死在旦夕。遭卿,以性命相托。"答曰:"人生有死,此必然之事。死者不系生时贵贱。吾今见领兵三千,须卿,得度薄相付。如此地难得,不宜辞之。"祐曰:"老母年高,兄弟皆无,一旦死亡,前无供养。"遂唏嘘不能自胜。其人怆然曰:"卿位为常伯,而家无余财。向闻与尊夫人辞诀,言辞哀苦,然则卿国士也,如何可令死?吾当相为。"因起去:"明日更来。"其明日又来。祐曰:"卿许活吾,当卒恩不?"答曰:"大老子业已许卿,当复相欺耶?"见其从者数百人,皆长二尺许,乌衣军服,赤油为志。祐家击鼓祷祀,诸鬼闻鼓声,皆应节起舞,振袖飒飒有声。祐将为设酒食,辞曰:"不须。"因复起去。谓祐曰:"病在人体中,如火,当以水解之。"因取一杯水,发被灌之。又曰:"为卿留赤笔十余枝,在荐下,可与人使著,出入辟恶灾。"因道曰:"王甲李乙,吾皆与之。"遂执祐手与辞。时祐得安眠,夜中忽觉,忽呼左右,令开被:"神以水灌我,将大沾濡。"开被而信有水,在上被之下,下被之上;不浸,如露之在荷;量之得三升七合。于是疾三分愈二,数日大除。凡其所道当取者,皆死亡,唯王文英半年后乃亡。所道与赤笔人,皆经疾病及兵乱,皆亦无恙。初有妖书云:"上帝以三将军赵公明、钟士季,各督数万鬼下取人。"莫知所在。祐病差,见此书,与所道赵公明合焉。

所谓"散骑侍郎王祐",指汝南王司马亮之孙、司马矩之子司马祐,这一点,汪绍楹先生已经指出。[1]《晋阳秋》载:

太安中,童谣曰:"五马浮渡江,一马化为龙。"永嘉大乱,王室沦覆,唯琅琊、西阳、汝南、南顿、彭城五王获济,至是中宗登祚。[2]

可见汝南王在当时是重要的宗室之一。据《晋书》卷五十九《汝南王亮传》附祐传载:

祐字永猷。永安中,从惠帝北征。帝迁长安,祐返国。及帝还洛,以征南兵八百人给之,特置四部牙门。永兴初,率众依东海王越,讨刘乔有功,拜扬武将军,以江夏云杜益封,并前二万五千户。越征汲桑,表留祐领兵三千守许昌,加鼓吹、麾旗。越还,祐归国。永嘉末,以寇贼充斥,遂南渡江,元帝命为军谘祭酒。建武初,为镇军将军。太兴末,领左军将军。太宁中,进号卫将军,加散骑常侍。咸和元年,薨,赠侍中、特进。

---

[1] 干宝撰,汪绍楹校注《搜神记》,中华书局1979年版,第64页。
[2]《艺文类聚》卷十三。

晋人称散骑常侍为常伯，如《华阳国志》卷十一载晋武帝司马炎止文立辞散骑常侍诏云：

> 常伯之职，简才而授。[1]

那么，从《搜神记》称司马祐"位为常伯"看，所谓"散骑侍郎王祐"，当为散骑常侍司马祐。汪绍楹先生疑"妖书"指《晋书》六"太宁二年，术人李脱造妖书惑众，斩于建康市"事。[2]我以为，所谓"今年国家有大事""上帝以三将军赵公明、钟士季，各督数万鬼下取人"云云，或指王敦第二次举兵一事；若此，则《搜神记》所载赵公明府参佐传闻，可断写于平王敦之后——即太宁二年（324）七月以后，这也与《晋书》称司马祐太宁中"加散骑常侍"相合。考虑到成帝即位之初，庾亮以帝舅之尊，总揽政要，剪除宗室之政治举措，[3]则《搜神记》称司马祐"国士"，为鬼神所佑，似别有意味。[4]

不过，据《世说新语·伤逝》载：

---

[1] 此点汪绍楹先生已指出，见干宝撰，汪绍楹校注《搜神记》，中华书局1979年版，第64页。

[2] 同上。

[3] 《晋书》卷五十九载司马祐之子司马统"以南顿王宗谋反，被废"，指使废司马统者，自然是庾亮。史称"其后成帝哀（司马）亮一门殄绝，诏统复封"，累迁秘书监、侍中。

[4] 从现存文献看，干氏与庾氏之间存有矛盾，因而《搜神记》载述司马祐之事或有用意。关于干氏与庾氏之间矛盾问题，下文详作论述。

第四章 《搜神记》编撰时间、材料来源与分类问题

庾文康亡，何扬州临葬云："埋玉树箸土中，使人情何能已已！"

刘孝标注：

《搜神记》曰："初，庾亮病，术士戴洋曰：'昔苏峻事，公于白石祠中许赛车下牛，从来未解。为此鬼所考，不可救也。'明年，亮果亡。"

据《晋书》卷七《成帝纪》及《晋书》卷七十三《庾亮传》，庾亮卒于咸康六年（340）；据《建康实录》卷七，干宝卒于咸康二年（336）三月。那么，如何理解、解释刘孝标注所引《搜神记》？目下学界有两种不同的观点：其一，认为是"误书"；譬如，李剑国先生《新辑搜神记 新辑搜神后记·前言》称之是"以陶书误为干书"[1]，《新辑搜神后记》卷二"术士戴洋"条称：

本条《世说新语·伤逝篇》注引，作《搜神记》。旧本《搜神记》辑入。案：庾亮卒于咸康六年，咸康二年干宝卒，必非干书，应出《续记》。据辑。[2]

---

[1] 李剑国辑校《新辑搜神记 新辑搜神后记·前言》，中华书局2007年版，第89页。

[2] 陶潜撰，李剑国辑校《新辑搜神后记》，中华书局2007年版，第483页。

其二，认为刘孝标注所引《搜神记》，就是干宝《搜神记》；譬如，王利锁先生注说《搜神记》之《〈搜神记〉通说》论述详尽，颇具代表性：

> 刘孝标生活的年代距干宝的时代不过百余年时间，以他的博学，是应该可以看到干宝《搜神记》原本的。……这至少说明两点：第一，刘孝标注《世说新语》时，不仅见到过《搜神记》，而且也直接引录过《搜神记》；第二，刘孝标引录《搜神记》时，是根据需要对原材料进行过删减的。……刘孝标明确说此材料引自《搜神记》，而今本《搜神记》中又确实有此材料，两相印证，我们可以说，根据刘孝标《世说新语》注，干宝《搜神记》确实记载过庾亮死事。庾亮是东晋前期著名的政治家，《晋书·庾亮传》明确记载他死于晋成帝咸康六年（340）。既然《搜神记》能够记载庾亮死事，那至少说明它的成书时间应该在咸康六年庾亮死之后。如此再来看《建康实录》卷七"（咸康二年）三月，散骑常侍干宝卒"的说法，自然也就不攻自破了。主张干宝卒于咸康二年的学者，没有注意到此条材料的重要性，也没有将此条材料纳入干宝卒年的视野，不能不说是一个遗憾。
>
> 假如干宝《搜神记》成书在庾亮死后两三年，干宝又在《搜神记》成书后两三年去世，那么，干宝去世的时间就已至晋穆帝永和初了。退一步讲，即使干宝在庾亮死后第二年完成《搜神记》并去世，他也不可能死于咸康二年。一句话，只要我们承认刘孝标注引的庾亮死事确实出自《搜神记》，而

不是刘孝标的随意编造或误引他书,那么,干宝去世的时间就应该是在咸康六年之后,而不是咸康二年。蒋方《关于干宝——读〈干宝事迹材料稽录〉后》、卫绍生《〈搜神记〉成书年代考论》均主张干宝去世于穆帝永和初,应该说不是没有道理的。

总之,根据以上辨析,我们认为,干宝《搜神记》的成书至少在咸康六年庾亮去世以后,干宝很可能是在晋穆帝永和二、三年间(346—347)去世的。干宝的一生大概活了六十七八岁。[1]

王利锁先生据刘孝标注,否定了《建康实录》关于干宝卒年的记载,并对《搜神记》的成书时间提出新说。——上述两种观点,目下各行其道,可谓殊途而不同归。

那么,如何看待学界上述两种观点?我以为,目下学界这两种观点,均可商榷。先看李剑国先生观点,李先生所谓"陶书",指《搜神后记》;《搜神后记》作者是否为陶潜?长期以来,或肯定,或否定,争论纷纭,本文不讨论此一问题,为行文方便,姑称之为陶潜《搜神后记》或陶书。一个基本的问题是:刘孝标作注引《搜神记》,是否是"误书"?我以为不是"误书",即刘孝标作注所引书名就是《搜神记》。先看这样一个事实:李剑国先生辑校《新辑

---

[1] 王利锁注说《搜神记》,河南大学出版社2017年版,第18—19页。王尽忠先生据《干氏宗谱》之《御制神道碑》以为干宝卒于永和七年九月,因而认为庾亮之死传闻是《搜神记》之内容,见《干宝研究全书》,中州古籍出版社2009年版,第265页。

搜神后记》，辑录佚文99则，其中：1.武昌山毛人，《艺文类聚》（下文称《类聚》）卷八六引作《搜神记》；2.吴猛，《太平御览》（下文称《御览》）卷二二、卷四一三引作《搜神记》；3.谢允，《北堂书钞》（下文称《书钞》）卷一四五作"谢疣"，引作《搜神记》；4.镜耗，《太平广记》（下文称《广记》）卷三五九"王献"作出《搜神记》；5.郭璞自占，《御览》卷六九三引作《搜神记》；6.术士戴洋，《世说新语·伤逝》注引作《搜神记》；7.蕨蛇，《医心方》卷三〇、《重修政和证类本草》卷二七等作《搜神记》（参见《新辑搜神后记》，491页）；8.沙门昙猷，《广记》卷三五九"荥阳廖氏"作出《灵鬼志》及《搜神记》；9.雷公，《广记》卷四五六"章苟"作出《搜神记》；10.阿香，《御览》卷一三作《搜神记》；11.虹丈夫，《御览》卷一四作《搜神记》；12.无望子，《书钞》卷一四五作《搜神记》；13.掘头舡渔父，《弇州四部稿》卷一五九《宛委余编四》引作《搜神记》（参见《新辑搜神后记》，506页）；14.谢奉，《六帖》卷二三引作《搜神记》；15.宗渊，《广记》卷二七六"宗叔林"作出《搜神记》；16.王蒙，《古今同姓名录》卷上"三王蒙"之一"蔡谟亲"，注《搜神记》（又，参见《新辑搜神后记》，517页）；17.流俗道人，《广记》卷四三九"顾霈"作出《搜神记》；18.石窠三卵，《广记》卷一三一"广州人"作出《搜神记》；19.葛辉夫，《广记》卷四七三"葛辉夫"作出《搜神记》；20.鹿女，《广记》卷四四三"车甲"称"陶潜《搜神记》曰"，作"出《五行记》"；21.伯裘，《广记》卷四四七"陈斐"作出《搜神记》；22.古冢老狐，《古今事文类聚》后集卷三七作《搜神记》；23.白狗变形，《广记》卷四三八"王仲文"作出《搜神记》；24.宋士宗母,《类聚》卷九六作《搜神记》;25. 杨生狗,《韵府群玉》作《搜神记》;26. 乌龙,《初学记》卷二九"乌龙"引作"陶潜《搜神记》","注精"引作"《搜神记》";27. 毛宝军人,《六帖》卷九八、《古本蒙求》注卷中、《事类赋注》卷二八作《搜神记》(参见《新辑搜神后记》,552页);28. 山魈,《广记》卷三六〇"富阳王氏"作出《搜神记》;29. 马势妇,《广记》卷三五八"马势妇"作出《搜神记》;30. 曹公载妓船,《御览》卷九八一、《舆地纪胜》卷四五作《搜神记》;31. 鲁肃墓,《广记》卷三八九、《舆地纪胜》卷七引《祥符图经》引作《搜神记》;32. 远学诸生,《法苑珠林》卷九七作《搜神记》;33. 竺法度,《佛法金汤编》卷二引作"本传并《搜神记》";34. 卢充,《广记》卷三一六"卢充"作出《搜神记》;35. 匹夫匹妇,《广记》卷三五八"无名夫妇"作出《搜神记》;36. 顾恺之,《历代名画记》卷五引,注"亦出《搜神记》也"。那么,上述事实表明,李剑国先生辑录《搜神后记》佚文99则,其中署名《搜神记》者,有36则,占新辑佚文三分之一以上。——对此,我们显然不能用"误书"来解释。我以为,依据上述事实,我们可以得出一个基本判断:《搜神记》,是陶潜《搜神后记》的一个别名。《初学记》卷二十九"兽部""狗"第十:

[叙事]……干宝《搜神记》曰……[事对]……陶潜《搜神记》曰……

同一卷之中,徐坚等既征引干宝《搜神记》,又征引陶潜《搜神记》,说明徐坚等对于二书是分辨得很清楚的;因两书同名,所以特意加作者以示相区别。而《广记》卷四四三"车甲"引《五行记》明确称"陶潜《搜神记》",也足以证明这一点。

南朝梁释慧皎(497—554)《高僧传·序》提到"陶渊明《搜神录》",慧皎晚于刘孝标(462—521)三十余年,"录""记"义同,因而《搜神记》也可称《搜神录》;——《道宣律师感通录》即称干宝《搜神记》为《搜神录》、法琳《破邪论》亦称干宝《搜神记》为《搜神录》,[1]足以说明这一点;因而,慧皎称《搜神录》,与刘孝标称《搜神记》,其实并无二致。六朝时期,搜神、志怪、述异,乃一时风尚;以"搜神""志怪""述异"为书名,亦乃正常:考诸文献,以"志怪"为书名者,有曹毗《志怪》、孔氏(孔约)《志怪》(四卷)、祖台之《志怪》(二卷),又有佚名《志怪集》(《御览》卷五五九引)、殖氏《志怪记》(三卷)(《隋书·经籍志》杂传类著录)等;以"述异"名书者,有祖冲之《述异记》(十卷)、任昉《述异记》(二卷);那么,以"搜神"名书,干宝《搜神记》为始,陶潜《搜神记》继之。现在看来,陶潜《搜神后记》,又称《搜神记》《搜神录》《续搜神记》《搜神异记》;[2]至于书原名究竟是《搜神记》,抑或《搜神录》《搜神后记》《续搜神记》《搜神异记》,难以遽断。不过,从刘孝标、梁元帝萧绎《同姓名录》称

---

[1] 参见汪绍楹校注《搜神记》之《搜神记佚文》"苏韶"条,中华书局1979年版,第247页。
[2] "伯裘"条,《法苑珠林》作《搜神异记》,李剑国先生校语称:"本条前加'宋'者,必是以其出于陶潜《续搜神记》,而书出宋世也。是故《搜神异记》所指实为《续搜神记》,无可疑也。"见《新辑搜神后记》,中华书局2007年版,第533页。

《搜神记》，释慧皎称《搜神录》的情况看，我更倾向陶潜《搜神后记》原名为《搜神记》，在流传中人们为区别干宝《搜神记》，遂称之《搜神后记》或《续搜神记》。

理清刘孝标注所引《搜神记》，乃陶潜《搜神后记》别名——更可能陶潜《搜神后记》原名就是《搜神记》；那么，王利锁先生的推论"也就不攻自破了"；因为并非题名《搜神记》，就是干宝之作。我们不妨再举一例，《太平广记》卷第三百二十五"申翼之"条：

> 广陵盛道儿，元嘉十四年亡。托孤女于妇弟申翼之。服阕，翼之以其女嫁北乡严齐息，寒门也。丰其礼赂始成。道儿忽室中怒曰："吾喘唾乏气，举门户以相托，如何昧利忘义，结婚微族？"翼大惶愧。

作"出《搜神记》"。陶潜卒于元嘉四年（427），元嘉十四年（437），在陶潜身后，更在干宝身后；倘若依据这一载述，推论干宝《搜神记》成书时间，推论干宝卒年，结论无疑是荒谬、不足取的。

综上所述，仅据《世说新语·伤逝》注引《搜神记》一则载述而推断《搜神记》撰述时间，进而否定《建康实录》有关干宝卒年之载述，并不足取。在没有新的、确凿可靠证据的情况下，[1]《建康

---

[1] 近年为人关注的《干氏宗谱》，其中有的载述存有疑点，因而据之推断干宝卒年亦存在问题，故未采纳。

实录》有关干宝卒年之载述，不可轻易否定。[1]

《搜神记》撰成后，在当时以及后来影响颇大，故《晋书》卷八十二《干宝传》载之，《建康实录》卷七亦载之。据《宋书》卷九十八《氐胡·大且渠蒙逊》载：

> （元嘉）三年……世子兴国遣使奉表，请《周易》及子集诸书，太祖并赐之，合四百七十五卷。蒙逊又就司徒王弘求《搜神记》，弘写与之。

太祖，即宋文帝刘义隆；元嘉三年，即426年。王弘父王珣，晋司

---

[1]《世说新语·伤逝》注引《搜神记》之文，别有意味：这一传闻显然是借术士戴洋之口以揭庾亮对鬼神言而无信，故为鬼神所考而殒命。苏峻之乱，乃由庾亮执政举措不当而引发；在平定苏峻之乱中，陶侃功莫大焉；然陶侃卒不久，庾亮即诛杀陶侃之子陶称，后世人犹以为冤。颜之推《还冤志》载："晋时庾亮诛陶称。后咸康五年冬节会，文武数十人忽然悉起向阶拜揖。庾惊问故，并云：'陶公来。'陶公是称父侃也。庾亦起迎。陶公扶两人，悉是旧怨，传诏左右数十人皆操伏戈。陶公谓庾曰：'老仆举君自代，不图此恩；反戮其孤，故来相问。陶称何罪？身已得诉于帝矣。'庾不得一言，遂疾寝。八年一日死。"颜之推所记庾亮卒年有误，《晋书》本传称庾亮咸康六年薨，时年五十二。对此，余嘉锡称："此与《搜神记》不同，虽荒诞之言，无足深论，然使知世无鬼神则已，如犹姑存其说，则与其谓亮死于白石之鬼，不如谓亮死于陶侃。使知嫉功妒能，背恩负义之不可为，亦以见人心世道之公也。"见《世说新语笺疏》，上海古籍出版社1993年版，第640页。而庾氏与干氏之间，似有不可调和之矛盾，故庾亮、庾翼卒后，干宝族兄干瓒举兵反。因而，上述《世说新语·伤逝》注引《搜神记》有关庾亮之死传闻，无论是陶潜所撰，抑或假托干宝撰，似均不可等闲视之。关于庾亮诛陶称、庾氏与干氏之矛盾，详见后文论述。

徒；祖王洽，中领军；曾祖即王导。[1]王导于建武元年十一月荐干宝领国史、撰《晋纪》，后辟干宝为司徒右长史，因而干宝与王导关系非一般。以理推之，干宝撰《搜神记》，王导当是知情的，或当见过《搜神记》。至于王弘所藏《搜神记》，究竟是干宝《搜神记》原稿，还是过录抄本，我们不得而知。蒙逊特意向王弘求《搜神记》，足以说明《搜神记》在当时社会上影响之广；"弘写与之"，说明王弘是抄录《搜神记》交给蒙逊的。正是因为《搜神记》影响较大，故之后以"搜神"名书者络绎不绝，如北魏昙永《搜神论》、唐代句道兴《搜神记》、宋代流传的《搜神总记》等，但这些书在内容上与干宝《搜神记》并无直接的关系。

据《晋书》本传载，《搜神记》"凡三十卷"，《建康实录》卷七、《隋书·经籍志》、《旧唐书·经籍志》、《新唐书·艺文志》以及《册府元龟》卷五五五《国史部·采撰一》、《通志·艺文略》等均载《搜神记》三十卷。王尧臣等编次《崇文总目》小说类著录《搜神总记》十卷，"不著撰人名氏，或题干宝撰，非也"。《中兴馆阁书目》小说家著录《搜神总记》十卷，称"《崇文目》云不著撰人名氏，或题干宝撰，非也"。晁公武《郡斋读书志》、陈振孙《直斋书录解题》均不载《搜神记》，尤袤《遂初堂书目》小说类著录《搜神记》，未有卷数。而《宋史·艺文志》小说类著录"干宝《搜神总记》十卷"，又注"并不知作者"，自相抵牾。周中孚《郑堂读书志》卷六六称"然《读书志》《书录解题》均不载，疑其书宋时已佚"；余嘉锡《四库提要辨证》称"晁、陈书目皆不著录，则宝书

---

[1] 王弘事见《宋书》卷四十二《王弘传》。

在南宋时已佚";李剑国辑校《新辑搜神记·前言》亦称"在宋元间已经散佚,前人疑其南宋已佚,是大体可以成立的";目下学界基本认同周氏、余氏关于《搜神记》佚于南宋的判断。

《搜神记》佚于南宋,意味着南宋以后以《搜神记》之名行世者并非干宝原书。李剑国先生考察,"宋明间冒名《搜神记》的道书也有几种","凡此都不是干宝《搜神记》";"明人书目,或亦可见关于《搜神记》的著录。明英宗正统六年(一四三六)杨士奇登记永乐十九年(一四二一)迁都北京后从南京移贮北京文渊阁的国家藏书为《文渊阁书目》,卷一六道书类有《搜神记》一部一册,叶盛《菉竹堂书目》卷六道书类也曾著录《搜神记》一册。嘉靖中高儒《百川书志》卷一一子部神仙类著录《搜神记》二卷,干宝编。嘉靖中周弘祖《古今书刻·书坊》杂书类著录《搜神记》,表明嘉靖前坊间曾刊行《搜神记》。隆庆万历中《赵定宇书目》著录《稗统续编》,中有《搜神记》一本。这几本《搜神记》,作者卷数大都未加说明,惟有《百川书志》著录二卷,并称干宝编。但须注意的是《百川书志》与《文渊阁书目》、《菉竹堂书目》都隶于道书类或神仙类,而干宝《搜神记》并非神仙道书,可以推断所著录的不是干宝书而是同名的其他书"。而元明时期确有道书类的《搜神记》,李剑国先生具体考察《续道藏》之六卷本《搜神记》、元刊《新编连相搜神广记》前后集、明刻七卷本《绘图三教源流搜神大全》以及《国色天香》卷一《龙会兰池录》中所提及《搜神记》,指出"上述四种《搜神记》都是记载历代诸神,佛道杂糅,兼及民间淫祀,与干宝书风马牛不相及。可以确定,《文渊阁书目》、《菉竹堂书目》著录的道书《搜神记》就是元代所刊这类书。而《百川书志》著录的神仙书《搜神记》二卷，很可能也是元人秦晋《新编连相搜神广记》的明代刻本，此书原分前后集，而改为二卷，并妄加干宝编"。[1]那么，就传世之《搜神记》言，情况不同，大略如下：

《搜神记》八卷本。

有《广汉魏丛书》本、《稗海》本、《增订汉魏丛书》本、《龙威秘书》本、《艺苑捃华》本、《说库》本。

关于八卷本《搜神记》，王谟跋汉魏丛书本《搜神记》称：

> 今丛书本只八卷，固为残缺。毛氏《津逮秘书》乃有二十卷，当为足本。然亦非原书也。盖原书虽统论鬼神事，仍各著篇目，如《水经注》引张公直事云干宝《感应篇》，《荆楚岁时记》又引干宝《变化篇》，必皆原书篇名。而毛本皆不见此体例，故其书前后亦无伦次，特较丛书本为完善。

王谟所谓毛本"当为足本"，八卷本乃为"残缺"的说法，已为现代研究者们否定。范宁撰《八卷本〈搜神记〉考辨》[2]与《关于〈搜神记〉》[3]二文，详论八卷本《搜神记》存在的问题，主要包括：1.八卷本多涉佛家报应，干宝《搜神记》原书当无语称佛。2.唐宋诸家撰集类书如《北堂书钞》《初学记》《艺文类聚》《太平御览》

---

[1] 干宝撰，李剑国辑校《新辑搜神记·前言》，中华书局2007年版。
[2] 原载《天津民国日报》1947年7月18日、25日。后收录范宁《古典文学研究文集》，重庆出版社2006年版。
[3] 原载《文学评论》1964年第1期。

等,其中称引《搜神记》者,多不见八卷本。3.八卷本有后代官制、地名、后世人与事。4.八卷本多改窜唐人书。范宁先生的结论是:"此书不是干宝所撰,实唐宋以后人所撰集,且多处系窜改他书成文。"李剑国赞同范宁观点,并作进一步补充,指出"八卷本肯定是宋以后人杂采包括《搜神记》在内的诸书编纂而成的","它和干宝书的关系其实就是窃用了干宝书的名字和不少内容而已"。[1]范、李二先生之考察,道出了八卷本之底细。

《搜神记》二十卷本。

有《秘册汇函》本、《津逮秘书》本、《四库全书》本、《学津讨原》本、《百子全书》本、《丛书集成初编》本等。[2]

关于二十卷本《搜神记》,文献记载较多。明代万历间,海盐人胡震亨等编纂《秘册汇函》,收书二十四种,其中有二十卷本《搜神记》。《四库全书总目》卷一四二子部小说家类三《搜神记》二十卷提要称:

> 此本为胡震亨《秘册汇函》所刻,后以其版归毛晋,编入《津逮秘书》者。考《太平广记》所引,一一与此本相同。以古书所引证之,……然其书叙事多古雅,而书中诸论亦非六朝人不能作,与他伪书不同。疑其即诸书所引,缀合残文,傅以他说,亦与《博物志》《述异记》等。但辑二书者耳目隘

---

[1] 干宝撰,李剑国辑校《新辑搜神记·前言》,中华书局2007年版。
[2] 王国良《魏晋南北朝志怪小说研究》又载日本《元禄》本,文史哲出版社1984年版,第318页。

陋，故罅漏百出；辑此书者则多见古籍，颇明体例，故其文斐然可观；非细核之，不能辨耳。观书中谢尚无子一条，《太平广记》三百二十二卷引之，注曰"出《志怪录》"，是则据拾之明证。胡震亨跋但称谢尚为镇西将军，在穆帝永和中；宝此书尝示刘惔，惔卒于明帝太宁中，则书在尚加镇西将军之前二十余年，疑为后人所附益，犹未考此条之非本书也。胡应麟《甲乙剩言》曰："姚叔祥见余家藏书目有干宝《搜神记》，大骇，曰：'果有是书耶？'余应之曰：'此不过从《法苑》《御览》《艺文》《初学》《书钞》诸书中录出耳，岂从金函石匮幽岩土窟掘得耶？'大抵后出异书，皆此类也。"斯言允矣。

四库馆臣关于刘惔卒于明帝太宁中的说法显然是谬误，然指出二十卷本《搜神记》是辑本，且有误辑他书的情形，道出《秘册汇函》所刻二十卷本《搜神记》之真面目。鲁迅先生大致沿袭四库馆臣关于二十卷本《搜神记》的看法，《中国小说史略》第五篇《六朝之鬼神志怪书》（上）称：

> 《搜神记》今存者正二十卷，然亦非原书……

《中国小说的历史的变迁》明确指出：

> 但《搜神记》多已佚失，现在所存的，乃是明人辑各书

引用的话，再加别的志怪书而成，是一部半真半假的书籍。[1]

那么，二十卷本《搜神记》究竟由谁辑录？四库馆臣虽引胡应麟对姚叔祥语，却未明确辑录人；鲁迅指出是明人辑录，而未确指何人。范宁先生发表于1957年的《论魏晋志怪小说的传播和知识分子思想分化的关系》一文明确指出："原书佚散，今通行本乃明人胡元瑞（胡应麟字元瑞）辑录。"[2] 中华书局1979年出版汪绍楹先生校注《搜神记》，"出版说明"称：

> 今天我们所看到的二十卷本，据考证，可能是明代胡元瑞从《法苑珠林》及诸类书中辑录而成的。它最初刊行于海盐胡震亨的《秘册汇函》中，后来为毛晋收入《津逮秘书》，至清嘉庆中，又为张海鹏辑入《学津讨原》第十六集。胡元瑞见闻博洽，又很懂得编辑体例，辑本的多数条目大抵出于干宝原书。但胡氏抄撮时亦有阙遗，并有滥收他书而造成的错误……[3]

"出版说明"较为谨慎，一方面称"可能是明代胡元瑞……辑录而成"，另一方面又指出"胡氏抄撮时亦有阙遗，并有滥收他书而造成的错误"。李剑国先生进一步考证，认为"《搜神记》辑成于万历

---

[1] 《鲁迅全集》第九卷，人民文学出版社1981年版，第308页。
[2] 载《北京大学学报（人文科学）》1957年第2期。
[3] 干宝撰，汪绍楹校注《搜神记》，中华书局1979年版。

第四章 《搜神记》编撰时间、材料来源与分类问题

二十二年以前"[1]。不过，王国良、李剑国二先生则疑《秘册汇函》所刊二十卷本《搜神记》未必是胡应麟辑本原貌，王国良先生称：

> 胡震亨等人辑刻《秘册汇函》，开始于万历三十一年，而胡应麟卒于三十年夏天，他所辑成的《搜神记》，会不会被出版界的朋友动了手脚，实在不敢说。[2]

李剑国先生则称：

> 胡应麟定稿的辑本未必就是现在看到的二十卷本的样子，很可能是在他死后由胡、姚等人重新做了增补，大量取入他书文字以充篇帙。
>
> 胡辑本原稿分没分卷，分多少卷，不得而知，但未必就分为二十卷，因为既然增补了大量内容，必然在卷帙分析上有变，故疑二十卷是胡、姚等人增补修订后所分。胡震亨等编刊《盐邑志林》，《搜神记》则合为二卷，这也说明《搜神记》辑本分卷本来就不是早已确定好了的。[3]

关于胡、姚何以将《搜神记》分为二十卷问题，李剑国先生推测：

> 王谟《搜神记跋》引《晋书》本传作二十卷，且以证《隋

---

[1] 干宝撰，李剑国辑校《新辑搜神记·前言》，中华书局2007年版。
[2] 王国良《〈唐前志怪小说史〉评介》，《小说戏曲研究》第一集，第369—370页。
[3] 干宝撰，李剑国辑校《新辑搜神记·前言》，中华书局2007年版。

唐志》三十卷之误，鲁迅《中国小说史略》、余嘉锡《四库提要辨证》亦均称《晋书》干宝本传作二十卷，今本卷数与本传合。而《晋书》武英殿聚珍版本、《四库全书》本等恰均作二十卷。胡震亨、姚士粦等所见《晋书》版本必是作二十卷，所以也编定为二十卷，以充全帙。[1]

王、李二先生的推测，不无道理；然因胡氏辑本原稿不可见，故《秘册汇函》刊刻二十卷本《搜神记》与胡氏辑录定稿《搜神记》之间的异同遂难考知。关于二十卷本《搜神记》存在的问题，李剑国先生归纳如下方面：（1）大量辑入他书内容，（2）正续书误辑，本属干书的辑为陶书（即陶潜撰《搜神后记》），本属陶书的辑为干书，（3）同一条目正续书皆辑，（4）漏辑，（5）校辑资料不全，因此辑文不完备或有误，（6）辑校佚文时缀合他书，也就是依据他书妄作补缀，造成条目文字的半真半假，（7）据他书不据佚文，（8）据他书妄改佚文原文，（9）误辑他文，（10）随意增益文字，（11）随意妄改和误改文字，（12）疏于考辨校勘，造成错误，（13）文字脱衍讹误，（14）条目分合不当。[2]因而，征引二十卷本《搜神记》应格外谨慎，因为首先要考究所引二十卷本《搜神记》之内容是否为干宝原作。

1957年商务印书馆出版胡怀琛先生标点二十卷本《搜神记》，乃据《百子全书》本。1979年中华书局出版汪绍楹先生校注二十

---

[1] 干宝撰，李剑国辑校《新辑搜神记·前言》，中华书局2007年版。
[2] 同上。

卷本《搜神记》，汪校本以《学津讨原》本为底本，考源钩沉，对二十卷本《搜神记》真伪作进一步考证，对底本文字上的脱误，作了必要的校正；二十卷本《搜神记》辑录464条，汪绍楹先生辑补佚文34条，为研究者提供诸多便利。[1]

《搜神记》二卷本。

有《盐邑志林》本，二卷。内容与二十卷本同，有沈士龙、胡震亨《搜神记引》。

《搜神记》一卷本。

有《说郛》（三种）本、《五朝小说大观》本、《鲍红叶丛书》本、《无一是斋丛抄》本、《古今说部丛书》本、《汉魏小说采珍》本等。

录数则至十数则不等，内容不一，情况复杂，姑通称之一卷本。

2007年中华书局出版李剑国先生辑校三十卷本《新辑搜神记》，李先生积多年之力，辑录《搜神记》佚文343条；由于诸书所引《搜神记》佚文大抵陈陈相因，《新辑搜神记》乃以南北朝唐宋为主，元明次之；正文辑校，则以某书所引为本而以他书校补，并出校记，[2]为学界提供了一个较为齐全、可信的《搜神记》辑本。

---

[1] 近年来出版的普及本读物，如黄涤明译注《搜神记全译》，贵州人民出版社1991年版；马银琴译注《搜神记》，中华书局2012年版；王利锁注说《搜神记》，河南大学出版社2017年版，等等。均参考汪绍楹先生校注《搜神记》。台湾地区《搜神记》整理成果，据王国良《魏晋南北朝志怪小说研究》："许建新撰《搜神记校注》，登载于《师范大学国文研究所集刊》第十九期。"文史哲出版社1984年版，第318页。

[2] 干宝撰，李剑国辑校《新辑搜神记·辑校凡例》，中华书局2007年版。

不过，也有一个问题值得注意，陶潜《搜神后记》的别名甚或原名是《搜神记》，这自然导致辑录干宝《搜神记》、陶潜《搜神后记》佚文的工作面临更多挑战：六朝人所提及——尤其唐宋人类书征引称《搜神记》者，如何判断属于干书，还是陶书？一个基本的依据是干宝卒年：凡记载发生于干宝卒后之事，可排除干书，断为陶书。李剑国先生辑校《新辑搜神后记》即坚持这一原则。那么，所载之事发生于干宝卒前，如何判断属于干书，还是陶书？还有一点，是否干书载之，陶书就不再载述？先看一例，《类聚》卷四十四载：

《续搜神记》曰：合肥口有一大白舡，覆在水中，云是曹公白舡。尝有渔人夜宿，以舡系之。闻筝笛弦节之音，渔人梦人驱遣，云："勿近官妓。"此人惊，即移去。相传云，曹公载妓舡覆于此，犹存焉。

《御览》卷九八一载：

《搜神记》曰：渤海史良好一女子，许嫁而未果。良怒，杀之。后梦见曰："还君物。"觉而得昔所与香缨金钗之属。

又曰：初，钩弋夫人有罪，以谴死，殡尸不臭而香。

又曰：合肥有一大白舡，覆在水中。渔人夜宿其旁，闻筝笛之音，又香气非常。相传云，曹公载妓舡覆于此。

显然，《类聚》引《续搜神记》与《御览》引《搜神记》所载曹公载妓船,是同一传闻,文字有差异,旧本二十卷本《搜神记》载之,旧本十卷本《搜神后记》亦载之,称"筝笛浦官船"。从《御览》引《搜神记》"曰""又曰""又曰"之表述,不难判断,"史良""钩弋夫人""曹公载妓船"三事均出干宝《搜神记》,是可以确定的;二十卷本《搜神记》载"钩弋夫人""曹公载妓船"二事,而未载"史良",自是遗漏。李剑国先生《新辑搜神记》载"钩弋夫人""史良"二事,而未载"曹公载妓船";《新辑搜神后记》载"曹公载妓船",校语称:

> 《太平御览》卷九八一、《舆地纪胜》卷四五引作《搜神记》,当误。……案:旧本《后记》据《御览》卷七五等辑入本条,而《搜神记》亦辑之(主要据《广古今五行记》),致一事而两见,甚误。[1]

李先生的这一判断,可商榷。(一)称《御览》《舆地纪胜》作《搜神记》"当误"问题,前文已考察,《搜神记》乃陶潜《搜神后记》的别称甚或原名,因而《御览》作《搜神记》,并无不妥,非"误"。(二)干宝《搜神记》、陶潜《搜神后记》是否可载同一传闻故事?换言之,是否可以"一事而两见"?我以为答案是肯定的。检阅魏晋南北朝志怪小说,可以发现,同一传闻故事,往往不同作家分别载述之——内容先后沿袭,文字或略有差异。关于"曹公载妓船",《御览》卷三九九载:

---

[1] 李剑国辑校《新辑搜神记 新辑搜神后记》,中华书局2007年版,第569页。

《灵魂志》曰：濡须口有一大舶船，覆在水中。水小时便出见。尝有渔人夜宿其傍，以船系之。但闻筝笛弦管之音。梦人驱遣，云："勿近官妓。"此人惊觉，即移船去。传云，是曹公载妓舡覆于此，于今存在。

鲁迅据此辑入《古小说钩沉》之《灵鬼志》，并加按语："案魂当为鬼之讹。"[1]如此，则曹公载妓船传闻，分别被干宝《搜神记》、陶潜《搜神后记》及《灵鬼志》三书载述。再如，《类聚》卷九十六载：

　　《搜神记》曰：清河宋士宗母，黄初中，夏在室中浴。良久，家人于壁穿中窥之，正见木盆中有一大鳖。先著银簪，犹在头上。遂入水去。

干宝性好阴阳术数，宋士宗母化鳖，乃属"非常"之事，具有特定的现实政治意蕴，干宝载之，以"明神道之不诬"，正合其旨意。旧本二十卷本《搜神记》载之，三十卷本《新辑搜神记》未载。《广记》卷四七一亦载：

　　魏清河宋士宗母，以黄初中夏天于浴室里浴，遣家中子女阖户。家人于壁穿中，窥见浴盆水中有一大鳖。遂开户，大小悉入，了不与人相承。尝先著银簪，犹在头上。相与守

---

[1] 鲁迅《古小说钩沉》，《鲁迅辑录古籍丛编》（第一卷），人民文学出版社1999年版，第154页。

之涕泣，无可奈何。出外，去其驶，逐之不可及，便入水。后数日忽还，巡行舍宅如平生，了无所言而去。时人谓士宗应行丧，士宗以母形虽变，而生理尚存，竟不治丧。与江夏黄母相似。

作"出《续搜神记》"。旧本十卷本《搜神后记》载之，十卷本《新辑搜神后记》载之。那么，宋士宗母传闻，旧本二十卷本《搜神记》、旧本十卷本《搜神后记》均载之，是相宜的。此类情形，我们不妨再举一例，《书钞》卷一四五载：

《搜神记》云：会稽鄞县有一女，姓吴字望子，为苏侯神所爱。望子尝思啖鲙，双鲤随至。

旧本二十卷本《搜神记》载之，三十卷本《新辑搜神记》未载。而《御览》卷九三六载：

《续搜神记》又曰：会稽鄞县有女子，姓吴字望子，为苏侯神所爱。望子心有所欲，辄空中下之。望子尝思鲙，一双鲜鲤应心而至。

旧本十卷本《搜神后记》载之，十卷本《新辑搜神后记》载之。干宝生活于吴地，对于蒋山神传说，无疑是谙熟的，旧本二十卷本《搜神记》辑入，是相宜的。而旧本十卷本《搜神后记》亦载，亦自相宜。《广记》卷二九三"蒋子文"亦载吴望子传闻，作"出

《搜神记》《幽明录》《志怪》等",说明《搜神记》《幽明录》《志怪》等均载述蒋子文传说(其中包括吴望子传闻),这是魏晋南北朝小说撰述中常见的现象——也是魏晋南北朝小说不成熟的重要标志。因而,并非干宝《搜神记》载述,陶潜《搜神后记》便不载;换言之,陶潜《搜神后记》载述,亦与干宝《搜神记》载述不抵牾。有些传闻故事,干宝《搜神记》载之,陶潜《搜神后记》亦载之;因而,不必排除"一事而两见"的情况。

此外,还有旧本二十卷本《搜神记》未辑,李剑国先生《新辑搜神记》依然遗漏的佚文。譬如,《御览》卷六九三载:

《搜神记》曰:有谈生者,年四十无妇……谈生具对,呼儿似玉女。

又曰:郭璞每自为卦,知其凶终。尝逢趋走少年,便脱青丝袍与之。此人不解其意,璞曰:"身命卒当在君手,故递相嘱耳。"及当死,果此人行刑。傍人皆为嘱求利,璞曰:"我尝托之久矣。"此人为之唏嘘哽咽,行刑既毕,乃说如此。

从上述征引情况不难判断,"谈生""郭璞自占"均出干宝《搜神记》,这是可以确定的。"郭璞自占",《书钞》卷一二九、《御览》卷九二八亦引,作《续搜神记》,说明陶潜《搜神后记》亦载之。然旧本二十卷本《搜神记》载"谈生",而不载"郭璞自占";《新辑搜神记》载"谈生",亦未载"郭璞自占",不能不说是缺憾。旧本十卷本《搜神后记》载"郭璞自占",《新辑搜神后记》亦载之,李剑国先生校语称:

《御览》卷六九三、《天中记》卷四七作《搜神记》,当误。[1]

李先生上述判断值得商榷,从《御览》卷六九三引《搜神记》载"谈生",又载"郭璞自占"之事实看,两者皆出《搜神记》是无疑的;因而,"郭璞自占",应当收录于宝《搜神记》。

当然,还有一种情况,佚文所涉传闻故事发生时间不能确定。譬如,《广记》卷四五六"章苟"条:

吴兴章苟于田中耕。以饭置菰裹,每晚取食,饭亦已尽。如此非一。后伺之,见一大蛇偷食。苟逐以锻叉之,蛇走,苟逐之,至一穴,但闻啼声云:"斫伤我矣。"或言:"付雷公,令霹雳杀。"须臾,雷雨,霹雳覆苟上。苟乃跳梁大骂曰:"天使我贫穷,展力耕垦,蛇来偷食,罪当在蛇,反更霹雳我耶?乃是无知雷公!雷公若来,吾当以锻斫汝腹。"须臾,云雨渐散,转霹雳于蛇穴中。蛇死者数十。

作"出《搜神记》"。而《御览》卷一三载:

《续搜神记》曰:吴兴人章苟者,五月中于田耕。以饭筥置菰裹,晚于菰中伺之,见一大蛇偷其食。苟即以钚叉之,蛇便走去。苟乘船逐之,至一坂,有穴,蛇便入穴。但闻号哭云:"人斫伤某甲。"或云:"当如何?"或云:"付雷公,令

---

[1] 李剑国辑校《新辑搜神记 新辑搜神后记》,中华书局2007年版,第480页。

霹雳杀奴。"须臾,雷雨冥合,震电伤荀。荀于是跳梁大骂云:"天公!我贫穷,展力耕垦,蛇来偷食我饭,罪在蛇,反来霹雳我,是无知雷公!若来,今当以钹斫汝腹破。"须臾,云雨辄开,乃更霹雳向穴中。诸蛇死者数十。

上述文字,或有错讹。《搜神记》称"章苟",《续搜神记》称"章荀",或是传写之讹;不过,从记载情节看,当是同一事,而叙述略有差异。"章苟"或"章荀"传闻,难以判断其发生的具体时间,因而究竟该归于干书还是陶书,旧本二十卷本《搜神记》未载,《新辑搜神记》亦未载;旧本十卷本《搜神后记》未载,《新辑搜神后记》载之,题曰"雷公"。从《广记》《御览》所载章苟、章荀之事看,两者叙事情节还是有差异的;因而,在难以断定发生时间的情况下,不妨干书、陶书并收。

二

关于《搜神记》材料来源,干宝有明确交代。残存《搜神记序》云"考先志于载籍""收遗逸于当时""访行事于故老""承于前载""采访近世之事",《请纸表》云"会聚散逸""博访知之者";据此可知,《搜神记》材料来源有二:其一,采自旧籍,所谓"考先志于载籍""承于前载""会聚散逸"者,其二,干宝采访、收集所得,所谓"访行事于故老""采访近世之事""博访知之者""收

第四章 《搜神记》编撰时间、材料来源与分类问题

遗逸于当时"者;而由此亦可见出,干宝编撰《搜神记》之态度是严谨、审慎的。

那么,《搜神记》所采旧籍究竟有哪些?王国良先生考察二十卷本《搜神记》,指出其援引旧籍有:

> 《孝经右契》《孝经援神契》《竹书纪年》《史记》《汉书》《续汉书》,谢承《后汉书》《三国志》《华阳国志》《三辅决录》《东观汉记》《孝子传》《列仙传》《吴录》《陈留耆旧传》《益都耆旧传》《魏氏春秋》《吕氏春秋》《淮南子》《说苑》《论衡》《风俗通》《傅子》《古文琐语》《列异传》《博物志》等二十余种。[1]

据此可见出二十卷本《搜神记》采旧籍大概情况。当然,二十卷本《搜神记》乃"是一部半真半假的书籍",因而上述所涉旧籍还不能准确、真实反映《搜神记》所采旧籍问题。据李剑国先生三十卷本《新辑搜神记》辑校说明,干宝所采旧籍大致有刘向《孝子传》、华峤《后汉书》、谢承《后汉书》、京房《易传》以及《列异传》《三国志》《风俗通义》《管辂别传》《帝王世纪》《汉书》《孝经援神契》《孝经右契》《续汉书》《三辅决录》《周礼》《吴越春秋》《广州先贤传》《神女传》《东观汉记》《竹书纪年》《史记》《夏鼎志》《春秋运斗枢》《尸子》《白泽图》《管子》《博物志》《名山记》《山海经》《黄帝书》《新序》《韩诗外传》《列士传》《列仙传》等三十多种,

---

[1] 王国良《魏晋南北朝志怪小说研究》,文史哲出版社 1984 年版,第 55 页。

这自然仅是《搜神记》所采旧籍之一部分而已；干宝称"考先志于载籍""承于前载"云云，是可信的，而非虚语谩辞。

有一个问题似不应回避，即干宝既采自旧籍，那么，《搜神记》之叙述与所采旧籍之间关系如何？是径直抄录，还是有所加工、润色？此一问题，实难有令人满意的答案。因为我们既不可窥得《搜神记》真面目，更不知干宝撰述《搜神记》时哪些内容采自何种典籍，——且其中不少典籍早已散佚，难以对证。同时，我们又不能不考虑，唐宋人编撰类书采录魏晋南北朝志怪之作时又不乏剪裁，或未必全文收录，情况复杂，因而探讨《搜神记》之叙述与所采旧籍之间的关系实颇为棘手。以下即勉为其难，试举数例以见其大略情状。《文选》卷第七《甘泉赋》注引《列仙传》曰：

> 偓佺，槐里采药父也。食松实，形体生毛数寸，能飞行逮走马。

又，《艺文类聚》卷第八十八引《列仙传》载：

> 偓佺好食松实。能飞行逮走马。以松子遗尧，尧不能服。松者，满松也。

显然，《文选》注引《列仙传》与《艺文类聚》所引《列仙传》文字不尽相同，据《法苑珠林》卷第六十二引《搜神记》载：

> 偓佺者，槐山采药父也。好食松实，形体毛长七寸，两

目更方。能飞行逮走马。以松子遗尧,尧不服也。时受服者,皆三百岁也。

则《搜神记》所叙偓佺之事,与《列仙传》有相同处,亦有差异处:《列仙传》称偓佺"槐里采药父""生毛数寸",《搜神记》则称偓佺"槐山采药父也""毛长七寸""两目更方"等;据上述佚文看,《搜神记》所叙偓佺事稍详于《列仙传》。又,《太平御览》卷三四五引《列异传》曰:

有神王方平,降陈节方家。以刀一口长五尺,一长五尺三寸,名泰山环。语节方曰:"此刀不能为余益,然独卧可使无鬼,入军不伤。勿以入厕涸,且不宜久服。三年后求者,急与。"果有戴卓以钱百万请刀。

《太平御览》卷六九五引《列异传》曰:

东海君以织成青襦,遗陈节方。

而《太平御览》卷八一六引《搜神记》曰:

陈节谒诸神。东海君以织成青襦一领遗之。

据上述佚文,《搜神记》关于陈节方之叙述,显然较《列异传》简略得多;当然,《太平御览》所引《搜神记》佚文明显有脱字,所引未必是全文；——这委实使得二者的比较，陷入颇无奈的窘境。又，葛洪《神仙传》建武（317—318）中即成书，以常理推，干宝当见过《神仙传》；《神仙传》中的神仙道化之事，或许对《搜神记》中的"神化篇"有一定影响。[1]那么，且看《神仙传》《搜神记》有关载述，《太平广记》卷第十一引《神仙传》载：

> 左慈，字元放，庐江人也。明五经，兼通星气。见汉祚将衰，天下乱起，乃叹曰："值此衰乱，官高者危，财多者死。当世荣华，不足贪也。"乃学道，尤明六甲，能役使鬼神，坐致行厨。精思于天柱山中，得石室中《九丹金液经》。能变化万端，不可胜记。魏曹公闻而召之。闭一石室中，使人守视，断谷期年，乃出之，颜色如故。曹公自谓生民无不食道，而慈乃如是，必左道也。欲杀之。慈已知，求乞骸骨。曹公曰："何以忽尔？"对曰："欲见杀，故求去耳。"公曰："无有此意。"公却高其志，不苟相留也，乃为设酒，曰："今当远旷，乞分杯饮酒。"公曰："善。"是时天寒，温酒尚热，慈拔道簪以挠酒。须臾，道簪都尽，如人磨墨。初，公闻慈求分

---

[1] 据《晋书》卷七十二《葛洪传》载："元帝为丞相，辟为掾。以平贼功，赐爵关内侯。"据《晋书》卷六《元帝纪》、《资治通鉴》卷八十九，建兴元年（313）司马睿为左丞相，建兴三年（315）二月为丞相；则葛洪被司马睿辟为掾，与干宝被召为佐著作郎，大致同时，二人的交往或自此始；故而后来干宝"荐洪才堪国史"，也就不是偶然、无因了。《搜神记》之编纂始于建武中，而《神仙传》此时已经撰成，一者要"明神道之不诬"，一者证神仙之不虚，二书有相似处，故疑"神化篇"或受《神仙传》影响。因《搜神记》已非完璧，所以二者之间的关系难以定论，只能作推测而已。

杯饮酒，谓当使公先饮，以与慈耳。而拔道簪以画，杯酒中断，其间相去数寸。即饮半，半与公。公不善之，未即为饮。慈乞尽自饮之。饮毕，以杯掷屋栋。杯悬摇动，似飞鸟俯仰之状，若欲落而不落。举坐莫不视杯，良久乃坠。既而已失慈矣。寻问之，还其所居。曹公遂益欲杀慈，试其能免死否。乃敕收慈。慈走入群羊中，而追者不分；乃数本羊，果余一口，乃知是慈化为羊也。追者语主人意："欲得见先生，暂还无怯也。"俄而有大羊前跪而曰："为审而否？"吏相谓曰："此跪羊，慈也。"欲收之，于是群羊咸向吏言曰："为审而否？"由是吏亦不复知慈所在，乃止。后有知慈处者，告公；公又遣吏收之，得慈。慈非不能隐，故示其神化耳。于是受执入狱。狱吏欲拷掠之，户中有一慈，户外亦有一慈，不知孰是。公闻而愈恶之，使引出市而杀之。须臾，忽失慈所在。乃闭市门而索。或不识慈者，问其状，言："眇一目，著青葛巾青单衣，凡见此人便收之。"及尔，一市中人皆眇目，著葛巾青衣。卒不能分。公令普逐之，如见便杀。后有人见知，便斩以献公。公大喜，及至视之，乃一束茅。验其尸，亦亡处所。后有人从荆州来，见慈。刺史刘表，亦以慈为惑众，拟收害之。表出耀兵，慈意知欲见其术，乃徐徐去。因又诣表云："有薄礼，愿以犒军。"表曰："道人单侨，吾军人众，安能为济乎？"慈重道之，表使视之。有酒一斗，器盛，脯一束，而十人共举不胜。慈乃自出取之，以刀削脯投地，请百人奉酒及脯，以赐兵士，酒三杯，脯一片。食之如常脯味。凡万余人，皆周足，而器中酒如故，脯亦不尽。坐上又有宾客千人，皆得大醉。表乃大惊，无复害慈之意。数日，乃委表去。入东吴。有徐坠者，有道术，居丹徒。慈过之，坠门下有宾客，车牛六七乘，欺慈云："徐公不在。"慈知客欺之，便去。客即见牛在杨树杪行，适上树即不见，下即复见行树上。又车毂皆生荆棘，长一尺，斫之不断，推之不动。客大惊，即报徐公："有一老翁眇目，吾见其不急之人，因欺之云：'公不在。'去后须臾，牛皆如此，不知何等意？"公曰："咄咄！此是左公过我，汝曹那得欺之！急追可及。"诸客分布逐之，及慈，罗布叩头谢之。慈意解，即遣还去。及至，车牛等各复如故。慈见吴主孙讨逆，复欲杀之。后出游，请慈俱行，使慈行于马前，欲自后刺杀之。慈在马前，着木履，掛一竹杖，徐徐而行；讨逆着鞭策马，操兵逐之，终不能及。讨逆知其有术，乃止。后慈以意告葛仙公，言当入霍山，合九转丹，遂乃仙去。

《抱朴子内篇·金丹》载："昔左元放于天柱山中精思，而神人授之金丹仙经，会汉末乱，不遑合作，而避地来渡江东，志欲投名山以修斯道。余从祖仙公，又从元放受之。凡受《太清丹经》三卷及《九鼎丹经》一卷《金液丹经》一卷。余师郑君者，则余从祖仙公之弟子也，又于从祖受之，而家贫无用买药。余亲事之，洒扫积久，乃于马迹山中立坛盟受之，并诸口诀诀之不书者。江东先无此书，书出于左元放，元放以授余从祖，从祖以授郑君，郑君以授余，故他道士了无知者也。"由此可知左慈与葛洪之间的传承关系。葛氏对于左慈的道术是谙熟的，对于左氏之修道历程了如指掌；故《神仙传》关于左慈"变化万端"之叙述，详实而生动。而《法苑

第四章 《搜神记》编撰时间、材料来源与分类问题

珠林》卷第三十二引《搜神记》载:

左慈,字元放,庐江人也。有神通。尝在曹公座,公曰:"今日高会,恨不得吴松江鲈鱼为脍。"放云:"可得也。"求铜盘贮水,放以竹竿饵钓盘中,须臾引一鲈出。公大抚掌,会者皆惊。公曰:"一鱼不周座席,得两为佳。"放乃复饵钓之,须臾引出,皆三尺余,生鲜可爱。公便目前脍之,周赐座席。公曰:"今既得鲈,恨不得蜀姜耳。"放曰:"可得也。"公恐其近道买,因曰:"吾昔使人至蜀买锦,可敕人告吾使,使增市二端。"人去,须臾还,得生姜。又云:"于锦肆下见公使,已敕增市二端。"后经岁余,公使还,果增市二端锦。问之,云:"昔某月某日见人于肆下,以公敕敕之,增市二端锦。"后公近郊,士人从者百许人,放乃赍酒一罂,脯一片,手自倾罂,行酒百官。百官皆醉饱。公还验之,酤卖家昨悉亡其酒脯矣。公恶之,阴欲杀元放。元放在公座,将收之。放却入壁中,霍然不见。乃募取之,或见于市,乃捕之,而市人皆放同形。后或见放于阳城山头,行人逐之,放入于群羊。行人知放在羊中,告之曰:"曹公不复相杀,本成君术,既验,但欲与相见。"羊中忽有一大老羝,屈前两膝,人立而言曰:"遽如许。"人即云:"此羊是。"竞往欲取,而羊群数百,皆为羝羊,并屈前膝人立云:"遽如许。"于是莫知所取焉。《老子》曰:"吾之所以为大患者,以吾有身也。及吾无身,吾有何患哉!"若老子之俦,可谓能无身矣。岂不远哉也!

又，敦煌写本类书残卷《方术》引《搜神记》载：

> 左慈，字元放，魏初庐江人也。善有神术，变身为羊。曹操执而煞之，乃见一束茅草。[1]

若说《搜神记》有关左慈叙述来自《神仙传》，似乎令人失望，因为上述《搜神记》佚文仅左慈受曹操迫害化羊之事与《神仙传》相关，——而其中细节又不同。当然，干宝所叙左慈饵钓鲈鱼、蜀地买姜二事，也见于《神仙传》，却不是发生在左慈身上。据《三国志》卷六十三《吴书·吴范刘惇赵达传》注引葛洪《神仙传》载，仙人介象于吴主殿庭中作方坎，汲水满之，饵钓鲻鱼；又书符著青竹杖中，使行人闭目骑杖，往蜀地买姜。不过，《神仙传》所载介象坎中饵鱼、蜀地买姜事，与干宝叙述左慈铜盘贮水饵鲈鱼、蜀地买姜事细节不尽相同。大约当时有关道士神异之术的传闻较多，流传中或不免张冠李戴，或添加一些细枝末节。当然，从本质上讲，这些传闻不过是道教徒自神其教的产物而已；而那些所谓的"变化万端"，细究起来，其实也有一定的套路可循。概而言之，完成于建武中的《神仙传》，干宝当见过，然据上述《搜神记》关于左慈佚文看，《搜神记》"神化篇"有关神仙道化的载述，有的或采自《神仙传》，——然叙述却未必与《神仙传》完全相同。更广而言之，《搜神记》中一些内容采自旧籍，而未必完全录自旧籍原文，上引《搜神记》佚文关于偓佺、陈节方之载述，便与《列仙传》

---

[1] 黄永武主编《敦煌宝藏》第十五册，新文丰出版有限股份公司1986年版。

第四章 《搜神记》编撰时间、材料来源与分类问题

《列异传》不尽相同，或详、或简，均作了润饰。[1]

《搜神记》中更值得关注的，是干宝采访、收集得到的材料。——这些材料，有的可补相关历史文献之阙，以广异闻；有的则有助于我们了解那一时期的风土人情、民间习俗等。须强调一点，吴越之地，巫鬼、淫祀尤重，据《三国志》及其他史籍载述，自吴大帝孙权至末帝孙皓，鬼神怪异之事繁多，甚或巫史之言左右政治决策。如《三国志》卷四十七《吴书·吴主传》载：

> 太元元年夏五月，立皇后潘氏。大赦，改元。初临海罗阳县有神，自称王表。周旋民间，语言饮食，与人无异，然不见其形。又有一婢，名纺绩。是月，遣中书郎李崇赍辅国将军罗阳王印绶迎表。表随崇俱出，与崇及所在郡守令长谈论，崇等无以易。所历山川，辄遣婢与其神相闻。秋七月，崇与表至，权于苍龙门外为立第舍，数使近臣赍酒食往。表说水旱小事，往往有验。

---

[1]《中国小说史略》第七篇《〈世说新语〉与其前后》称"然《世说》文字，间或与裴郭二家书所记相同，殆亦犹《幽明录》《宣验记》然，乃纂辑旧文，非由自造"，指出《世说新语》乃是采辑旧文而编成。《世说新语》因有敬胤注、刘孝标注以及《语林》《郭子》佚文可资比较，便于见出《世说新语》文本与旧籍之间的差异。王能宪《世说新语研究》第一章《〈世说新语〉成书考辨》具体考察《世说新语》文本与旧籍之关系，其结论是："义庆纂辑编撰之法有三：一为简化；二为增添；三是个别字句的润饰。"（江苏古籍出版社1992年版，第61页）——王能宪先生的结论与本文据《搜神记》佚文、干宝之前旧籍佚文比较得出的结论相近，六朝志怪小说陈陈相因，故事梗概实无大的变化，而叙述中细微之差异是存在的。

史家评孙权乃"英人之杰"[1],以孙权之才,尚且如此,不能不说与东吴之风俗有关。而如孙皓者,则更甚之,《三国志》卷四十八《吴书·三嗣主传》注引《汉晋春秋》载:

> 初望气者云荆州有王气破扬州而建业宫不利,故皓徙武昌,遣使者发民掘荆州界大臣名家冢与山冈连者以厌之。既闻(施)但反,自以为徙土得计也。使数百人鼓噪入建业,杀但妻子,云天子使荆州兵来破扬州贼,以厌前气。

《三国志》卷六十五《吴书·王楼贺韦华传》注引《江表传》亦载:

> 皓用巫史之言,谓建业宫不利,乃西巡武昌,仍有迁都之意,恐群臣不从,乃大请会,赐将吏。问(王)蕃"射不主皮,为力不同科,其义云何"?蕃思惟未答,即于殿上斩蕃。出登来山,使亲近将掷蕃首,作虎跳狼争咋啮之,头皆碎坏,欲以示威,使众不敢犯也。

可见孙皓在迁都一事上,听信巫史之言,为达迁都之目的,乃有近乎荒唐之做法。又如,《三嗣主传》注引《江表传》曰:

> 历阳县有石山临水,高百丈,其三十丈所,有七穿骈罗,穿中色赤黄,不与本体相似,俗相传谓之石印。又云,石印

---

[1] 陈寿撰,裴松之注《三国志》,中华书局1959年版,第1149页。

对发，天下当太平。下有祠屋，巫祝言石印神有三郎。时历阳长表上言石印发，皓遣使以太牢祭历山。巫言，石印三郎说"天下方太平"。使者作高梯，上看印文，诈以朱书石作二十字，还以启皓。皓大喜曰："吴当为九州作都、渚乎！从大皇帝逮孤四世矣，太平之主，非孤复谁？"重遣使，以印绶拜三郎为王，又刻石立铭，褒赞灵德，以答休祥。

如是之类，见出吴地统治者对鬼神之崇拜，对巫祝之迷信。而东晋政权，正是在东吴的废墟上建立起来的，因而吴地的信仰与文化氛围，不能不影响东晋志怪书编撰者。——干宝作为吴地人，自然谙熟生活于其间的信仰、文化等，这就使得《搜神记》多有吴地色彩。譬如，《后汉书志》第二十二《郡国四》吴郡下有由拳县，关于由拳县之由来，刘昭注补：

  《左传》曰越败吴于檇李，杜预曰县南醉李城也。干宝《搜神记》曰："秦始皇东巡，望气者云'五百年后，江东有天子气'。始皇至，令囚徒十万人掘污其地，表以恶名，故改之曰由拳县。"[1]

刘注所引《搜神记》，似不完整，据《初学记》卷第七引干宝《搜神记》：

---

[1] 司马彪撰，刘昭注补《后汉书志》，中华书局1965年版，第3490页。

> 由权县，秦时长水县。始皇时，童谣曰："城门有血，城当陷没为湖。"有媪闻之，朝朝往窥。门将欲缚之，媪言其故。后门将以犬血涂门，媪见血走去。忽有大水欲没，县主簿令干入白令，令曰："何忽作鱼？"干曰："明府亦作鱼。"遂沦为湖。

这当是流传于吴地的传说，而其他文献亦载述之，《水经注》卷二九《沔水下》载：

> 《神异传》曰：由权县，秦时长水县也。始皇时，县有童谣曰："城门当有血，城陷没为湖。"有老媪闻之，忧惧，旦往窥城门，门侍欲缚之，媪言其故。媪去后，门侍煞犬，以血涂门。媪又往，见血，走去不敢顾。忽有大水长，欲没县。主簿令干入白令，令见干，曰："何忽作鱼？"干又曰："明府亦作鱼。"遂乃沦陷为谷矣。[1]

比较《搜神记》《神异传》所载，所述基本相同，这也反映出此一时期志怪书陈陈相因的特点，——即传闻故事主干、主要内容大致同，而个别字句稍异。由拳县，即后来的嘉兴，《水经注》载：

> 《吴记》曰：谷中有城，故由拳县治也，即吴之柴辟亭，

---

[1] 郦道元注，杨守敬、熊会贞疏，段熙仲点校，陈桥驿复校《水经注疏》，江苏古籍出版社1989年版，第2447—2448页。

第四章 《搜神记》编撰时间、材料来源与分类问题

故就李乡醉李之地，秦始皇恶其势王，令囚徒十余万人污其土，表以污恶名，改曰囚卷，亦曰由卷也。吴黄龙三年，有嘉禾生卷县，改曰禾兴。后太子讳和改为嘉兴，《春秋》之槜李城也。[1]

作为吴地人，干宝熟知由拳县之神异传说与沿革，遂采入《搜神记》。又如，《太平御览》卷三九一引《搜神记》曰：

> 孙綝杀徐光，而无血。后綝上蒋陵，有大风荡綝车，顾见光在松树上，附（拊）手笑之。俄而綝诛。

徐光是吴地方士，有道术，《太平御览》卷九七八引《搜神记》曰：

> 吴时有徐光，常行幻术于市里。从人乞瓜，其主弗与；便从索瓣，种之。俄而，瓜蔓延生花实，乃取食之，因赐观者。及视所赍，皆亡耗矣。

则徐光之道术可见一斑。孙綝乃孙坚之弟孙静之曾孙，始为偏将军，后迁大将军，假节，封永宁侯；然"富贵倨傲，多行无礼"[2]；景帝孙休诛之，夷三族。关于孙綝杀徐光，《法苑珠林》卷三十一

---

[1] 郦道元注，杨守敬、熊会贞疏，段熙仲点校，陈桥驿复校《水经注疏》，江苏古籍出版社1989年版，第2448—2449页。
[2] 陈寿撰，裴松之注《三国志》，中华书局1959年版，第1447页。

引《冤魂志》载：

> （徐光）常过大将军孙琳（綝）门，褰裳而趋，左右唾溅。或问其故，答曰："流血覆道，臭腥不可。"琳（綝）闻而怒杀之，斩其首无血。

史家称"（孙）峻、（孙）綝凶竖盈溢"[1]，史载孙綝"侮慢民神"，"坏浮屠祠，斩道人"[2]；徐光似已料到孙綝之最终下场，故有"流血覆道"之语，而綝竟杀之。徐光之道术传说流行吴地，干宝乃采而载述之。又，《太平广记》卷四百七十三引《搜神记》：

> 淮南内史朱诞字永长，吴孙皓世为建安太守。诞给使妻有鬼病，其夫疑之为奸。后出行，密穿壁窥之，正见妻在机中织，遥瞻桑树上，向之言笑。给使仰视，树上有年少人，可十四五，衣青衿袖，青幓头，给使以为信人也，张弩射之，化为鸣蝉，其大如箕，翔然飞去。妻亦应声惊曰："嘻！人射汝。"给使怪其故。役久时，给使见二小儿在陌上共语，曰："何以不复见汝？"其一即树上小儿也，答曰："前不谨，为人所射，病疮积时。"彼儿曰："今何如？"曰："赖朱府君梁上膏以傅之，得愈。"给使白诞曰："人盗君膏药，颇知之否？"诞曰："吾膏久置梁上，人安得盗之？"给使曰："不然，府君视

---

[1] 陈寿撰，裴松之注《三国志》，中华书局1959年版，第1452页。
[2] 同上注，第1449页。

之。"诞殊不信,为试视之,封题如旧。诞曰:"小人故妄作,膏自如故。"给使曰:"试开之。"则膏去半焉。所掊刮见有趾迹。诞自惊,乃详问之,给使具道其本末。

汪绍楹先生考证:

> 朱诞为晋淮南内史,见《晋书·陆机传》;为建安太守,见《艺文类聚》八六及《太平御览》九六六引《吴录》。《吴录》称诞为"朱光禄"。据《太平寰宇记》九一称诞为"晋光禄大夫",知朱光禄即诞。是诞于吴时为建安太守,入晋为淮南内史。[1]

按,朱诞为晋淮南内史,见《晋书·陆云传》。据汪先生考证,知朱诞乃是由吴入晋者。朱诞或许与陆机、陆云、陆耽兄弟有交往,故陆氏兄弟遇害后,孙惠与朱诞书称:"不意三陆相携暗朝,一旦湮灭,道业沦丧,痛酷之深,荼毒难言。国丧俊望,悲岂一人!"[2]对陆氏兄弟遇害,深表惋惜、哀痛。陆机、陆云遇害,在吴地士人中引起震动,其时在西晋惠帝太安二年(303),是时朱诞为淮南内史,而干宝已二十多岁。应该说,干宝对朱诞事迹,是熟知的,上述发生于朱诞家中、僚属妻子身上的怪异之事,当在吴亡之前:鸣蝉幻化为十四五岁年轻人,蛊惑给使妻子,被射伤

---

[1] 干宝撰,汪绍楹校注《搜神记》,中华书局1979年版,第210页。
[2] 房玄龄等撰《晋书》,中华书局1974年版,第1486页。

后，竟盗取朱诞置于梁上的膏药以疗伤，而朱诞竟然不知，甚至不信；整个传闻故事娓娓道来，既合乎逻辑，又耐人寻味，引人入胜，展示了作者较高的叙事水平。此传闻故事，当流传于吴地，干宝采集而载述之。——那么，从上述考察不难见出，《搜神记》内容之吴地色彩是鲜明的，这一点不应忽视。

一般而言，史家叙事，重在军国大事与历史上的大人物，无暇顾及下层小人物的命运。而《搜神记》不仅采录与军国大事有关的逸事传闻，也关注不同地域的民间习俗与传说，甚至是下层民众的生活与命运。譬如，《太平广记》卷第二百九十二引《搜神记》载：

> 淮南全椒县有丁新妇者，本丹阳丁氏女，年十六适全椒谢家。其姑严酷，使役有程；不如限者，仍便笞捶。不可堪，九月七日自经死。遂有灵响，闻于民间，发言于巫祝曰："念人家妇女，作息不倦，使避九月七日，勿用作。"见形，著缥衣，戴青盖，从一婢。至牛渚津求渡，有两男子共乘船捕鱼，仍呼求载，两男子笑，共调弄之，言："听我为妇。"言："当相渡也。"丁媪曰："谓汝是佳人，而无所知。汝是人，当使汝入泥死；是鬼，使汝入水。"便却入草中。须臾，有一老翁，乘船载苇，媪从索渡，翁曰："船上无装，岂可露渡？恐不中载耳。"媪言无苦。翁因出苇半许，安处著船中，径渡之，至南岸。临去，语翁曰："吾是鬼神，非人也，自能得过，然宜使民间粗相闻知。翁之厚意。出苇相渡，深有惭感，当有以相谢者。翁速还去，必有所见，亦当有所得也。"翁曰："愧燥湿不至，何敢蒙谢！"翁还西岸，见两少男子覆水中。进前数

里，有鱼千数，跳跃水边，风吹置岸上，翁遂弃苇载鱼以归。于是丁媪遂还丹阳。江南人皆呼为"丁姑"。九月七日不用作事，咸以为息日也。今所在祠之。

九月七日为息日之习俗背后，乃是一个十六岁出嫁的新妇不堪婆婆严酷虐待而自经的悲剧故事；这一悲剧，凸显出当时社会下层劳动妇女日常生活之一个侧面，是难得的社会生活史资料。丁姑传闻，主要流行于江南一带；而《搜神记》重在记其灵异性，这或许是"今所在祠之"的一个重要原因吧！甚者，《搜神记》采录一些反映当时民众琐屑生活的故事、传闻，透出那一历史时期人们的信仰、生存状态等。譬如，《太平御览》卷第九百九十三引《搜神记》曰：

鄱阳赵寿有犬蛊。有陈岑诣寿，忽有大黄犬六七，群出吠岑。后余伯妇与寿妇食，吐血几死；屑桔梗以饮之，乃愈。

此事又载于《太平御览》卷第七百三十五，以屑桔梗治犬蛊，科学、可信与否姑且不论，此一载述实反映出当时民众生存状况之恶劣，生命脆弱，而危及人们生命的因素实在太多了！又，《太平御览》卷第九百八十引《搜神记》曰：

余外妇姊夫蒋士有傭客，得疾下血。医以中蛊，乃密以蘘荷根布席下，不使知。乃狂言曰："食我蛊者，乃张小人也。"乃呼小，小亡去。今世攻蛊，多用蘘荷根，往往验。蘘荷或谓嘉草。

这或是干宝得之于身边的故事传闻,蛊,各式各样,制蛊意在害人,而各种攻蛊传闻随之产生;蘘荷根可攻蛊,干宝是相信的,所谓"往往验"即表述此意。蘘荷根攻蛊、屑桔梗攻犬蛊,实折射出当时民众生存之多艰,亦是难得的社会生活史资料。

要之,《搜神记》之材料,或采自旧籍,或采访、收集所得;《搜神记》之取材方法,类于修史;干宝编纂《搜神记》之态度,可谓严谨而审慎。

三

《搜神记》已佚,其原貌不可知。据文献载述,《搜神记》之内容,原是分类的。[1]佐证之一:《水经注》卷三十九"庐江水"载:

---

[1] 魏晋南北朝志怪小说分门记载,今可知者有《灵鬼志》。《世说新语·方正》"苏子高事平"条注:"《灵鬼志·谣征》曰:明帝初,有谣曰:'高山崩,石自破。'高山,峻也。硕,峻弟也。后诸公诛峻,硕犹据石头。"又,《世说新语·容止》"石头事故"条注:"《灵鬼志·谣征》曰:明帝末有谣歌:'侧侧力,放马出山侧。大马死,小马饿。'后峻迁帝于石头,御膳不具。"又,《世说新语·伤逝》"庾文康亡"条注:"《灵鬼志·谣征》曰:文康初镇武昌,出石头,百姓看者于岸歌曰:'庾公上武昌,翩翩如飞鸟;庾公还扬州,白马牵旒旐。'又曰:'庾公初上时,翩翩如飞鸦;庾公还扬州,白马牵旒车。'后连征不入,寻薨,下都葬焉。"又,《世说新语·忿狷》"王大王恭尝俱在何仆射坐"条注:"《灵鬼志·谣征》曰:初,桓石民为荆州,镇上时,民忽歌《黄昙曲》曰:'黄昙英,扬州大佛来上朋。'少时,石民死,王忱为荆州。"可知《灵鬼志》原有《谣征》篇。

> 昔吴郡太守张公直自守征还，道由庐山。子女观祠，婢指女戏妃像人。其妻夜梦致聘，怖而遽发，明引中流，而船不行。合船惊惧，曰："爱一女而合门受祸也。"公直不忍，遂令妻下女于江。其妻布席水上，以其亡兄女代之，而船得进。公直方知兄女，怒妻曰："吾何面目于当世也。"复下已女于水中。将渡，遥见二女于岸侧。傍有一吏立，曰："吾庐君主簿，敬君之义，悉还二女。"故干宝书之于感应焉。

学界据此而断《搜神记》原有《感应》篇。关于《感应》篇内容，李剑国先生辑校《新辑搜神记》卷四《感应篇之一》称："案：《水经注》卷三九《庐江水》引张公直事，末云：'故干宝书之于《感应》焉。'是则原书有《感应篇》，记神灵感应之事。诸凡符瑞、神灵、孝感、梦徵、报应等事皆系此篇。"[1] 佐证之二：《水经注》卷二十一"汝水"载：

> 河东王乔者，为叶令，每月望，常自县诣台朝，帝怪其来数而不见车骑，密令太史伺望之，言其临至，辄有双凫从东南飞来。于是候凫至，举罗张之，但得一只舄。乃诏尚方诊视，则四年中所赐尚书官属履也。每当朝时，叶门不鼓不击自鸣，闻于京师。后天下玉棺于堂前，吏民推排，终不摇动。乔曰："天帝独欲召我邪？"乃沐浴服饰寝其中。盖便立覆。宿昔，葬于城东，土自成坟。其夕，县中牛皆流汗喘乏，

---

[1] 干宝撰，李剑国辑校《新辑搜神记》，中华书局2007年版，第75页。

而人无知者。百姓为立庙,号叶君祠。牧守每班录,皆先谒拜之。吏民祈祷,无不如应,若有违犯,亦立能为祟。帝乃迎取其鼓,置都亭下,略无复声焉。或云:即古仙人王乔也。是以于氏书之于神化。[1]

"于氏"乃"干氏"之误,学界据此而断《搜神记》原有《神化》篇。关于《神化》篇内容,李剑国先生辑校《新辑搜神记》卷一《神化篇之一》称:"案:《水经注》卷二一《汝水》云:'王乔之为叶令也……或云即古仙人王乔也,是以干氏书之于《神化》'。知本书原有《神化篇》,盖叙神仙道化之事。诸凡神仙、道术、卜筮等事系此篇。"[2]那么,据《水经注》所载,《搜神记》原有《感应》篇、《神化》篇,是可以确定的。

目下学界一些研究者推测,《搜神记》又有《变化》篇、《妖怪》篇。依据如下:(一)《法苑珠林》卷三十二载:

> 故干宝记云:天有五气,万物化成。木清则仁,火清则礼,金清则义,水清则智,土清则思。……圣人理万物之化者,济之以道。其与不然乎!

---

[1] 刘知几对于《搜神记》载述王乔事颇为不满,《史通·杂说中》曰:"夫学未该博,鉴非详正,凡所修撰,多聚异闻,其为足春驳,难以觉悟。案应劭《风俗通》载楚有叶君祠,即叶公诸梁庙也。而俗云孝明帝时有河东王乔为叶令,尝飞凫入朝。及干宝《搜神记》,乃隐应氏所通,而收流俗怪说。"

[2] 干宝撰,李剑国辑校《新辑搜神记》,中华书局2007年版,第21页。

汪绍楹先生据此推断:"本书(《搜神记》)应有《变化》篇,此盖篇首序论。"[1]李剑国先生也持相同的观点,《新辑搜神记》卷一六《变化篇之一》:"案:《荆楚岁时记》注引'干宝《变化论》',《法苑珠林》卷三二《变化篇·感应缘·通叙神化多种之变》云:'故干宝《记》云',是则原书有《变化篇》。诸凡物怪精魅变化之事皆系此篇。"[2]当然,认为《搜神记》存有《变化》篇,并非始于汪绍楹先生,清人王谟在《增订汉魏丛书》之《搜神记序》中称:"盖原书虽统论鬼神事,仍各有篇目。如《水经注》引张公直事,云出干宝《感应篇》,《荆楚岁时记》又引干宝《变化篇》,必皆原书篇名。"[3]按,王谟所据《荆楚岁时记》文字,较为简略,原文为"按干宝变化论云,朽稻成虫,朽麦为蛱蝶,此其验乎",因而并非如王谟所称"干宝《变化篇》"。(二)《法苑珠林》卷三十一:

> 妖怪者,干宝记云:盖是精气之依物者也。……然其休咎之征,皆可得域而论矣。

汪绍楹先生据此推测:"似宝书有《妖怪》篇,此盖篇首叙论。"[4]汪先生的态度较为谨慎,用"似"意在表明仅为推测而已,而如果有《妖怪》篇,那么《法苑珠林》卷三十一所载"盖"为篇首

---

[1] 干宝撰,汪绍楹校注《搜神记》,中华书局1979年版,第147页。
[2] 干宝撰,李剑国辑校《新辑搜神记》,中华书局2007年版,第257页。
[3] 丁锡根编著《中国历代小说序跋集》(上),人民文学出版社1996年版,第53页。
[4] 干宝撰,汪绍楹校注《搜神记》,中华书局1979年版,第67页。

叙论。李剑国先生则肯定这一推测,《新辑搜神记》卷一〇《妖怪篇之一》:"案:《法苑珠林》卷三一《妖怪篇·述意部》:'妖怪者,干宝《记》云……'本书原当有《妖怪篇》。《左传》宣公十五年:'天反时为灾,地反物为妖。'《说文》'虫'部:'衣服歌谣草木之怪谓之妖,禽兽虫蝗之怪谓之孽。'所叙为灾异变怪,吉凶征兆之事。"[1]学界一些研究者也持此观点,如刘世德先生主编《中国古代小说百科全书》"《搜神记》"条即称:

> 《搜神记》干宝原本应是分为若干篇的,如今本卷四《张璞》条,《水经注》卷三十九引,末云:"故干宝书之于《感应》焉。"可证原有《感应篇》。又《水经注》卷二十一引王乔(今本卷一)事,谓出《神化篇》。他如《法苑珠林》所引,亦可证原有《变化篇》《妖怪篇》等。[2]

如前所述,《搜神记》原有《感应》篇、《神化》篇,是可以确定的;那么,《搜神记》原书是否有《变化》篇、《妖怪》篇?——笔者认为,就现存文献而言,存在不少疑点,并不能确认、断定。

事实上,对于《搜神记》是否有《妖怪》篇的问题,汪绍楹先生与李剑国先生、刘世德先生的看法并不一致;汪先生仅表示推测,并未断定,而李剑国、刘世德二先生则完全肯定。那么,学界

---

[1] 干宝撰,李剑国辑校《新辑搜神记》,中华书局2007年版,第165页。
[2] 刘世德主编《中国古代小说百科全书》,中国大百科全书出版社1998年版,第509页。

论者判定《搜神记》原有《变化》篇的依据是什么呢？汪绍楹、李剑国、刘世德三先生均主要采《法苑珠林》卷三十二载述，《法苑珠林》所载述的这些内容，又散见于《荆楚岁时记》[1]、《艺文类聚》卷八十二、《初学记》卷三十、《太平广记》卷四五七、《太平御览》卷八八八等，而以《法苑珠林》所载最完整；《搜神记》若有《变化》篇，其内容是什么？汪绍楹先生、刘世德先生未作推断，李剑国先生推断为"物怪精魅变化之事"；然而，仔细解读《法苑珠林》卷三十二所载内容，则知其并非仅针对"物怪精魅变化之事"而发，而是涉及更广的视阈：关于宇宙万物生成、关于神仙修炼、关于妖怪形成的原因，等等；因而将《法苑珠林》卷三十二所载视为所谓《变化》篇序论，显然是不相宜的。——况且，迄今我们也没有发现《感应》篇、《神化》篇有序论；所以，仅据《法苑珠林》所载内容而推断《搜神记》原有《变化》篇、《妖怪》篇，甚至将《法苑珠林》所载推断为篇首序论，并不足信。

那么，我们换一个角度，从现存《搜神记》佚文看，《搜神记》是否有所谓《变化》篇、《妖怪》篇呢？二十卷本《搜神记》因为"是一部半真半假的书籍"，不足为据。李剑国先生辑校《新辑搜神记》是一个内容较为齐全、可信的辑本，以李先生辑校本为据，其中卷一〇、卷一一、卷一二、卷一三、卷一四、卷一五共六卷计九十则传闻故事，李先生作为《妖怪》篇；然细加推敲，笔者以为这六卷内容中，除却所谓"《妖怪篇》序论"（原书第109则）[2]一

---

[1]《荆楚岁时记》曰："按干宝变化论云：朽稻成虫，朽麦为蛱蝶。"
[2] 干宝撰，李剑国辑校《新辑搜神记》，中华书局2007年版，第165页。

则外，其他内容正是干宝"请纸表"所称"怪异之事"，这些传闻故事，不少见于《汉书·五行志》《后汉书·五行志》，有些则被后来的史官、史家收入《宋书·五行志》《晋书·五行志》等；这些"怪异之事"，恰是天人感应思想的直接产物，笔者以为，就其思想性质而言，理当置于《感应》篇。有必要申述一点，按照阴阳五行天人感应学说，天与人之间的感应，基本有两个层面：一是军国大事层面，主要包括符命、祥瑞之类，其次就是因为统治者施政不当而导致的灾异、怪异之事；二是个人层面，主要包括个人的德或行感动上天，天乃厚报之。李剑国先生谓《感应》篇内容为"符瑞、神灵、孝感、梦徵、报应等事"，其实正包括了笔者所说的两个层面中的相当内容；而灾异、怪异之类，亦当属于《感应》篇的内容，李先生却将其归于《妖怪》篇，这就把思想性质原本相同的内容，割裂分离开来。

再看所谓《变化》篇，《新辑搜神记》卷一六、卷一七、卷一八、卷一九、卷二〇共五卷六十四则，李先生作为《变化》篇；而细加考究，则明显存在疑点，譬如，卷一六之第203则"犀犬"，卷一七之第221则"司徒府二蛇"，卷二〇之第257则"江夏黄母"、第258则"宣骞母"、第259则"玉化蜮"等，均属于"怪异之事"；"犀犬""司徒府二蛇""宣骞母"后均载入《宋书·五行志》《晋书·五行志》；上述所列"犀犬"等诸则内容，与《新辑搜神记》卷一〇（第109则"妖怪"除外）、卷一一、卷一二、卷一三、卷一四、卷一五等所载传闻或事件性质完全相同；那么，何以性质完全相同的传闻或事件，有些就归入所谓《妖怪》篇，有些就归入所谓《变化》篇呢？这样的分类，不免有模糊、混乱之嫌；而个中反映出的问题的实质是：目下一些论者所称的《妖怪》篇、《变化》篇，《搜神记》原本是否存在？这是值得认真反思的。那么，我们再看所谓《变化》篇篇首序的出处，即《法苑珠林》卷三十二所载，释道世为这一部分内容所加的标题是"通叙神化多种之变"[1]，称"神化"而非"变化"，这是颇可注意的问题。有必要强调一点，推究万物之发生、发展、变化，探寻其背后的原因，是不同历史时期人们的共同话题，具有普遍性。譬如，与干宝同时的葛洪在《抱朴子内篇·黄白》称：

> 夫变化之术，何所不为。盖人体本见，而有隐之之法。鬼神本隐，而有见之之方。能为之者往往多焉。水性在天，而取之以诸燧。铅性白也，而赤之以为丹。丹性赤也，而白之而为铅。云雨霜雪，皆天地之气也，而以药作之，与真无异也。至于飞走之属，蠕动之类，禀形造化，既有定矣。及其倏忽而易旧体，改更而为异物者，千端万品，不可胜论。人之为物，贵性最灵，而男女异形，为鹤为石，为虎为猿，为沙为鼋，又不少焉。至于高山为渊，深谷为陵，此亦大物之变化。变化者，乃天地之自然，何为嫌金银之不可以异物作乎？譬诸阳燧所得之火，方诸所得之水，与常水火，岂有别哉？蛇之成龙，茅糁为膏，亦与自生者无异也。

---

[1] 释道世撰，周叔迦、苏晋仁校注《法苑珠林校注》，中华书局2003年版，第1003页。

推究诸物变化及其原因，葛洪与干宝的出发点是一致的，而所论内容亦多相通处；然葛洪之意，本在说明黄白术可以成功，原因在其合于天道自然，故金银可作，神仙可成，——持论之落脚点显然又异于干宝。而张华《博物志》、郭璞《山海经注·序》等均表现出对于诸物产生、变化及其原因的探究精神；可以说，这是当时知识界精英们共同思考的问题，尽管他们各自思考的结果不尽相同，甚或由于立场的不同，而呈现出较大的差异。——因而，干宝论述过万物生成、变化、妖眚或妖怪等及其成因问题，却不等于《搜神记》中就有《变化》篇或者《妖怪》篇了，这是应引起我们注意的。

李剑国先生又因《晋书·干宝传》载干宝感其父婢及兄复生事而撰《搜神记》，"疑原书有《复生篇》（或曰再生、重生）"[1]。《新辑搜神记》卷二一辑复生事十三则，包括：第263则"田无啬儿"、第264则"冯贵人"、第265则"史妠"、第266则"长沙桓氏"、第267则"李娥"、第268则"贾偶"、第269则"柳荣"、第270则"河间男女"、第271则"颜畿"、第272则"杜锡婢"、第273则"贺瑀"、第274则"冯棱妻"、第275则"李通"；这十三则再生之事中，第273则"贺瑀"、第274则"冯棱妻"似难以窥知其现实政治意蕴所在，第275则"李通"显然是佛教徒攻击道教徒的产物；而另外十则再生之事则均包含着相同的政治意蕴：均为人君"不极""不建"之征兆，或"至阴为阳，下人为上"之征兆，因而此类传闻故事似应置于《感应》篇（第274则"冯棱妻"显然反映了天人感应思想）。据此而言，则《搜神记》原书当无《复生》篇。

---

[1] 干宝撰，李剑国辑校《新辑搜神记》，中华书局2007年版，第347页。

《艺文类聚》卷十七引《搜神记》曰：

> 南方有落头民。吴时，将军朱桓一婢，每夜卧后，头辄飞去，或从狗窦，或从天窗中出入，以耳为翼。将晓复还。数数如此，傍人怪之。夜照视，惟有身无头，其体微冷。乃蒙之以被。至晓头还，碍被，不得安，再三坠地，而其体气急疾，若将死者。乃去被，头复起附，得安，复瞑如常人。

此事《酉阳杂俎》前集卷四引作于氏《志怪》。对此，汪绍楹先生推测："《志怪》或亦本书篇名之一。"[1]李剑国先生则认为："案南朝以《志怪》名书者极多，所记皆种种怪异之事，非有专类，以为篇名似非。"[2]李剑国先生的意见，似更合理，《搜神记》名下列《志怪》篇，可能性不大。

关于《搜神记》之内容，干宝本人概括为"古今怪异非常之事"（《请纸表》）。"怪异"，出自董仲舒著名的"天人三策"：

> 国家将有失道之败，而天乃先出灾害以谴告之，不知自省，又出怪异以警惧之，尚不知变，而伤败乃至。
>
> 孔子作《春秋》，上揆之天道，下质诸人情，参之于古，考之于今。故《春秋》之所讥，灾害之所加也；《春秋》之所恶，怪异之所施也。[3]

---

[1] 干宝撰，汪绍楹校注《搜神记》，中华书局1979年版，第152页。
[2] 干宝撰，李剑国辑校《新辑搜神记》，中华书局2007年版，第278页。
[3]《汉书》卷五十六《董仲舒传》。

此乃干宝之所本。因而,"怪异"有特定的含义,犹言变异,乃指奇异反常的现象。[1] 所谓"非常之事",即不同寻常之事。从干宝的表述,可以发现,《搜神记》的内容,当不复杂,却很独特。——由此而推,则《搜神记》之分类,当不会太复杂。

概而言之,干宝建武中(317—318)"有所感起","发愤"撰《搜神记》;干宝撰《搜神记》期间,曾因乏纸而上表求请;《搜神记》撰成之具体时间,不见文献记载;不过,《世说新语·排调》载干宝向刘真长叙其《搜神记》事,表明《搜神记》此时已撰成,据此而推,则《搜神记》约于咸和八年(333)撰成。文献表明,《搜神记》原是分篇的,今可确定者有《感应》篇、《神化》篇;学界有些论者推测《搜神记》或有《变化》篇、《妖怪》篇,但这一推测存有疑点,并不足信。至于《搜神记》原来还包括哪些篇,因为文献不足,难以遽断。干宝概括《搜神记》内容为"古今怪异非常之事",据此可推《搜神记》之分类,当不复杂。

---

[1] 参见《汉语大词典》(7),汉语大词典出版社1991年版,第486页。

第五章　论"明神道之不诬"

一

《晋书》卷八十二《干宝传》载：

（干）宝……因作序以陈其志曰：
……及其著述，亦足以明神道之不诬。

学界研究者据此而断干宝撰《搜神记》目的是"明神道之不诬"。那么，如何理解干宝所谓"明神道之不诬"？学界一些论者认为，"明神道之不诬"就是证明鬼神存在或曰实有。如许逸民先生指出："他（干宝）确实是从前人载籍和近世传闻中接触到许多鬼神灵异人物变化的故事，所以才决定撰集《搜神记》，以证明鬼神的存在。"[1]李剑国先生也指出，"明神道之不诬""就是证实有鬼论有神

---

[1] 见刘世德主编《中国古代小说百科全书》"《搜神记》"条，中国大百科全书出版社1998年版，第509页。

论的正确和无鬼论无神论的荒谬"。[1] 这种说法，自有其合理性，因为干宝的确是一个有鬼论、有神论者。需强调的是，以为人死而神（魂灵）不灭，是当时较为普遍的观念。譬如，《晋书》卷五十九《东海王越传》载：

> 裴妃……太兴中，得渡江，欲招魂葬越。元帝诏有司详议，博士傅淳曰："圣人制礼，以事缘情，设冢椁以藏形，而事之以凶；立庙祧以安神，而奉之以吉。送形而往，迎精而还。此墓庙之大分，形神之异制也。至于室庙寝庙祊祭非一处，所以求广神之道，而独不祭于墓，明非神之所处也。今乱形神之别，错庙墓之宜，违礼制义，莫大于此。"

东海王司马越死后，秘不发丧，拟还葬东海，却于苦县宁平城为石勒追及，越柩被焚；越妃裴氏兵败后为人所掠，卖于吴氏，太兴中始渡江，遂欲招魂葬越。不过，裴妃欲招魂葬越，招致一些人反对，傅淳即其一；而《晋书》卷八十三《袁瑰传》亦载：

> 时东海王越尸既为石勒所焚，妃裴氏求招魂葬越，朝廷疑之。瑰与博士傅淳议，以为招魂葬是谓埋神，不可从也。帝然之，虽许裴氏招魂葬越，遂下诏禁之。

《通典》卷一百三录袁瑰上元帝《禁招魂葬表》。有意味的是，袁

---

[1] 李剑国《干宝考》，见《古稗斗筲录》，南开大学出版社2004年版，第278页。

璪、傅淳等反对招魂葬的理由竟然是"招魂葬是谓埋神",元帝听从袁、傅之议。《太平御览》卷五百五十五、八百八十六引何法盛《晋中兴书》载元帝诏:

夫冢以藏形,庙以安神,今世招魂葬者是埋神也。其禁之。

而裴妃不顾元帝禁令,招魂葬越于广陵。干宝也参与了招魂葬问题的讨论,《通典》卷一百三录干宝《驳招魂葬议》:

时有招魂,考之经传,则无闻焉。近太尉公既属寇乱,尸柩不返,时奕议招魂葬。东海国学官今鲁国周生以为宜尔,盛陈其议,皆多无证。宝以为人死神浮归天,形沉归地,故为宗庙,以宾其神,衣衾以表其形,棺周于衣,椁周于棺。今失形于彼,穿冢于此,知亡者不可以假存,而无者独可以伪有哉!未若之遭祸之地,备迎神之礼,宗庙以安之,哀敬以尽之。周生议云:"魂堂几筵,设于空寝,岂惟敛尸,亦以宁神也。"答者曰:"古人有言:夫礼者,其事可陈也,其义难知也。是以君子重于义礼。夫别嫌明疑,原情得旨者,不亦微乎?故其为制,有以顺鬼神之性,有以达生者之情。然则冢圹之间有馈席,本施骸骨,未为有魂神也。若乃钉魂于棺,闭神于椁,居浮精于沉魄之域,匿游气于壅塞之室,岂顺鬼神之性,而合圣人之意乎?则葬魂之名亦几于迁矣。"周生又云:"昔黄帝体仙登遐,其臣抚微等敛其衣冠,殡而葬焉,则其证也。"答曰:"孔子论黄帝曰:'生而人利其化百年,死而人畏其神百年,亡而人用其教百年。'此黄帝亦死,言仙谬也。就使必仙,何议于葬?"

干宝与袁瓌、傅淳观点一致,反对招魂葬。纵观当时招魂葬问题的争议,可以发现,无论主张招魂葬者或反对招魂葬者,都是相信人死神(魂灵)不灭,即形亡而神存,也就是相信鬼神存在,这是当时人普遍存在的信仰观念。而干宝《晋纪·论晋武帝革命》称:

> 帝王之兴,必俟天命,苟有代谢,非人事也。[1]

相信天命,这也是当时普遍的观念。现存《搜神记》中,确有不少宣扬鬼神实有的传闻故事。如《三国志》卷五十《吴书·妃嫔传》注引《搜神记》载:

> 孙峻杀朱主,埋于石子冈。归命即位,将欲改葬之。冢墓相亚,不可识别,而官人颇识主亡时著衣服,乃使两巫各住一处以伺其灵,使察鉴之,不得相近。久时,二人俱白:见一女人年可三十余,上著青锦束头,紫白裕裳,丹绨丝履,从石子冈上半冈,而以手抑膝长太息,小住须臾,进一冢上便住,徘徊良久,奄然不见。二人之言,不谋而同,于是开冢,衣服如之。

---

[1] 萧统编,李善注《文选》,上海古籍出版社1986年版,第2174页。

第五章 论"明神道之不诬"

《艺文类聚》卷九十四引《搜神记》载:

> 南阳宗定伯夜行,忽逢一鬼。鬼问伯为谁,伯欺之曰:"我亦鬼也。"遂为侣。向宛行倦,因相担。问鬼曰:"鬼何畏?"曰:"鬼唯不喜唾耳。"欲至宛,便担鬼著头上,诣宛市。鬼化为羊,伯恐其变,遂唾之,因卖得钱千五百。买者将还系之,明旦见绳在。时人语曰:"宗定伯卖鬼,得钱千五百。"

等,这无疑是灵魂不灭、有鬼论的绝好诠释。又,《三国志》卷三十八《蜀书·糜竺传》注引《搜神记》载:

> (糜)竺尝从洛归,未达家数十里,路旁见一妇人,从竺求寄载。行可数里,妇谢去,谓竺曰:"我天使也,当往烧东海糜竺家,感君见载,故以相语。"竺因私请之,妇曰:"不可得不烧。如此,君可驰去,我当缓行,日中火当发。"竺乃还家,遽出财物,日中而火大发。

《艺文类聚》卷九十七引《搜神记》载:

> 晋安谢端,侯官人。少孤,年十八,恭谨自守。后于邑下得一大螺,如斗许,取贮瓮中。每早至野还,见有饮饭汤火。端疑之,于篱外窥。见一少女从瓮中出,至灶下燃火。便入问之,女答曰:"妾天汉中白素女。天帝哀卿少孤,使我权相为守舍炊煮。待卿娶妇,当还去。今无故相伺,不宜复

留。今留此壳贮米谷,可得不乏。"忽有风雨而去。

等等。这些载述,无疑是昭示、宣扬天道不爽,神灵不虚。因而,认为"明神道之不诬"乃是证明鬼神之存在、实有,自有其合理性。

但是,如果将"明神道之不诬"仅囿于"证明鬼神的存在",则显然是不全面的——因为现存《搜神记》佚文中,就有不少与鬼神无涉的载述。譬如,《艺文类聚》卷四四引《搜神记》载:

> 吴人有烧桐以爨者,蔡邕闻其爆声曰:"此良桐也。"因请之,削以为琴,而烧不尽,因名焦尾琴。有殊音焉。

这一载述,突出了蔡邕精通音律,他能从桐木燃烧的爆裂声中辨其音质,断其为"良桐",这的确是一般人望尘莫及的!——但此事显然与鬼神之有无无涉。又,《三国志》卷四《魏书·三少帝纪》注:

> 《搜神记》曰:"昆仑之墟,有炎火之山,山上有鸟兽草木,皆生于炎火之中,故有火浣布,非此山草木之皮枲,则其鸟兽之毛也。汉世西域旧献此布,中间久绝;至魏初,时人疑其无有。文帝以为火性酷烈,无含生之气,著之《典论》,明其不然之事,绝知者之听。及明帝立,诏三公曰:'先帝昔著《典论》,不朽之格言,其刊石于庙门之外及太学,与石经并,以永示来世。'至是西域使至而献火浣布焉,于是刊灭此论,而天下笑之。"

火浣布即石棉制成之布，古人因对石棉的性质缺乏了解，所以对火浣布有一种神秘感，托名东方朔的《神异经》如是载：

> 南荒之外有火山，长三十里，广五十里，其中皆生不烬之木，昼夜火烧，得暴风不猛，猛雨不灭。火中有鼠，重百斤，毛长二尺余，细如丝，可以作布。常居火中，色洞赤，时时出外而色白，以水逐而沃之即死，续其毛，织以为布。[1]

足见当时人对火浣布的认识何等荒诞，何等充满想象！因而曹丕在《典论》中论之。显然，《搜神记》有关火浣布的载述，也非关鬼神之事。[2] 不难看出，汉以来人们对火浣布性能的讨论，尽管不免有荒诞之嫌，但本质上体现着那一时期人们对于天道自然的探究精神。又，《太平御览》卷二二引《搜神记》载：

> 夫金锡之性一也。以五月丙午日中铸，为阳燧；以十一月壬子夜半铸，为阴燧。（言丙午日铸为阳燧，可取火；壬子日铸为阴燧，可取水。）

干宝的这一说法，是否科学，姑且不论，但显然不是证明鬼神存在

---

[1]《三国志》卷四《魏书·三少帝纪》注。
[2] 裴松之对于《搜神记》所载，持怀疑态度："臣松之昔从征西至洛阳，历观旧物，见《典论》石在太学者尚存，而庙门外无之，问诸长老，云晋初受禅，即用魏庙，移此石于太学，非两处立也。窃谓此言为不然。"见《三国志·魏书·三少帝纪》注。

问题，在本质上也体现着那一时期人们对于天道自然的探索。——以上征引《搜神记》三则佚文，意在表明：干宝所谓"明神道之不诬"，并不限于"证实有鬼论有神论的正确和无鬼论无神论的荒谬"问题。

更重要的是，"证实有鬼论有神论的正确和无鬼论无神论的荒谬"这种阐释，未必完全合于干宝之本意。

二

《搜神记序》明确提出编纂《搜神记》目的是"明神道之不诬"。"神道"出于《易·观》：

> 观天之神道，而四时不忒；圣人以神道设教，而天下服矣。

干宝通《易》，著有《周易注》《周易宗途》《周易问难》《周易爻义》《周易玄品》等，因而撰《搜神记》以"明神道之不诬"也就并非偶然。关于"神"，干宝注《周易》如是解释：

> 否泰盈虚者，神也；变而周流者，易也。言神之鼓万物无常方，易之应变化无定体也。[1]

---

[1]《周易干氏注》，马国翰辑《玉函山房辑佚书》，广陵书社2004年版，第225页。

第五章 论"明神道之不诬"

关于"神道",孔颖达疏曰:

> 神道者,微妙无方,理不可知,目不可见,不知所以然而然,谓之神道。[1]

那么,究竟如何理解干宝"明神道之不诬"?这自然还要从干宝思想及编撰《搜神记》之缘起言之。

笔者认为,干宝建武中"有所感起",乃是对现实政治有所感,并由此而"发愤"撰《搜神记》。因而,干宝撰《搜神记》"明神道之不诬",不仅是要"证实有鬼论有神论的正确和无鬼论无神论的荒谬",更是要通过撰记"古今怪异非常之事",尤其是破解、寻找"怪异非常之事"发生的根本原因,从而使人们透过这些怪异之象,可以见吉凶、察时变,大可考见国家政治之得失,小可明个人祸福休咎之所起。当然,《搜神记》中还记载了不少神话传说及"非常"之事,这些载述,在干宝看来,往往表现出超自然的神秘力量,同样证明着"神道之不诬"。以下即具体考察之。

依据阴阳五行天人感应说,"天之所大奉使之王者,必有非人力所能致而自至者,此受命之符也"[2]。凡帝王之兴,受命于天,天乃以符命、祥瑞等昭告天下。从《搜神记》佚文可以看出,秦、西汉、东汉、曹魏、晋之兴,均有所谓符命、祥瑞出现。《史记》卷五《秦本纪》载:

---

[1] 阮元校刻《十三经注疏》,中华书局1980年版,第36页。
[2] 《汉书》卷五十六《董仲舒传》。

> （文公）十九年，得陈宝。

那么，陈宝为何？《太平御览》卷九一七：

> 《列异传》曰：秦穆公时，陈仓人掘地得物；若羊非羊，若猪非猪。牵以献诸公。道逢二童子，童子曰："此名为媪，常在地食死人脑；若欲杀之，以柏捶其首。"媪复曰："彼二童子名为陈宝，得雄者王，得雌者霸。"陈仓人舍媪逐二童子。童化为雉，飞入乎林。陈仓人告穆公，穆公发徒大猎，果得其雌。又化为石，置之汧渭之间。至文公，为立祠，名陈宝。

是知秦霸天下，乃天命所在，得陈宝即是明证。《史记》卷五《秦本纪》注：

> 《搜神记》云：其雄者飞至南阳，其后光武起于南阳，皆如其言也。

依据《搜神记》载述，则光武帝刘秀起于南阳"王"天下，建立东汉政权，也是天命所在。此事沈约载于《宋书》之《符瑞志上》。刘邦建西汉，亦有符命，《搜神记》载：

> 《孝经右契》曰：鲁哀公十四年，孔子夜梦三槐之间，丰、沛之邦，有赤烟气起，乃呼颜回、子夏侣往观之。驱车到楚西北范氏之庙，见刍儿捶麟，伤其前左足，束薪而覆之。孔

子曰:"儿来,汝姓为谁?"儿曰:"吾姓为赤松,字时侨,名受纪。"孔子曰:"汝岂有所见乎?"儿曰:"吾所见一兽,如麇,羊头,头上有角,其末有肉,方以是西走。"孔子曰:"天下已有主也,为赤刘,陈、项为辅,五星入井,从岁星。"儿发薪下麟示孔子,孔子趋而往,麟蒙其耳,吐三卷书,广三寸,长八寸。每卷二十四字,其言赤刘当起,曰:"周亡,赤气起,大燿兴,玄丘制命,帝卯金。"孔子精而读之。[1]

又载:

孔子作《春秋》,制《孝经》,既成,使七十二弟子向北辰星磬折而立,使曾子抱《河》、《洛》事北向。孔子斋戒,向北辰而拜,告备于天,曰:"《孝经》四卷,《春秋》、《河》、《洛》凡八十一卷,谨已备。"天乃洪郁起白雾,摩地,赤虹自上而下,化为黄玉,长三尺,上有刻文,孔子跪受而读之曰:"宝文出,刘季握。卯金刀,在轸北。字禾子,天下服。"[2]

据此而言,则孔子之时,上天已昭告刘邦受命王天下了(这自然是后世造神运动的产物,附会之辞而已)。而曹魏之兴,天命亦早有所示。《三国志》卷二《魏书·文帝纪》注:

---

[1] 干宝撰,李剑国辑校《新辑搜神记》,中华书局2007年版,第78页。
[2] 同上注,第80页。

《搜神记》曰：宋大夫邢史子臣明于天道，周敬王之三十七年，景公问曰："天道其何祥？"对曰："后五（十）年五月丁亥，臣将死；死后五年五月丁卯，吴将亡；亡后五年，君将终；终后四百年，邾王天下。"俄而皆如其言。所云邾王天下者，谓魏之兴也。邾，曹姓，魏亦曹姓，皆邾之后。其年数则错，未知邢史失其数耶，将年代久远，注记者传而有谬也？

干宝并不怀疑天道，只是因邢史子臣所言"邾王天下"的时间，与曹魏兴起之时间不尽相符而质疑；——这种质疑，恰恰来自对天道的深信不疑！那么，依据《搜神记》所载邢史子臣所言天命，则意味着在周敬王之时，曹魏之兴就已注定了！此事沈约载于《宋书》之《符瑞志上》。再看晋之兴，符瑞之所在。《三国志》卷三《魏书·明帝纪》注：

《搜神记》曰：初，汉元、成之世，先识之士有言曰，魏年有和，当有开石于西三千余里，系五马，文曰"大讨曹"。及魏之初兴也，张掖之柳谷，有开石焉，始见于建安，形成于黄初，文备于太和，周围七寻，中高一仞，苍质素章，龙马、麟鹿、凤凰、仙人之象，粲然咸著，此一事者，魏、晋代兴之符也。至晋泰始三年，张掖太守焦胜上言，以留郡本国图校今石文，文字多少不同，谨具图上。按其文有五马象，其一有人平上帻，执戟而乘之，其一有若马形而不成，其字有"金"，有"中"，有"大司马"，有"王"，有"大吉"，有"正"，有"开寿"，其一成行，曰"金当取之"。

此乃晋代魏之符瑞,沈约亦载于《宋书》之《符瑞之上》。据此载述,则晋代曹魏,早在汉之元、成之世就已昭示天下了。[1]观《搜神记》所载,则秦之霸、刘邦之受命、刘秀之王天下、魏之兴、晋之起,各有符瑞,足见天道不爽,神道不诬!

而帝王之生,天亦示之祥瑞,笼罩着神异光环。譬如,黄帝之生,《搜神记》载:

> 黄帝有熊氏,少典之子,姬姓也。母曰附宝,其先即炎帝母家有蟜氏之女,世与少典氏婚。及神农之末,少典氏又娶附宝。见大电光绕北斗枢星,照郊野,感附宝。孕二十五月,而生黄帝于寿丘。[2]

孕二十五月而生黄帝,其神异自不待言,而尧之生亦类似,《搜神记》载:

> 尧母曰庆都,观河,遇赤龙,暗然阴风,感而有孕,十四

---

[1]《三国志·魏书·武帝纪》注引张璠《汉纪》曰:"初,天子败于曹阳,欲浮河东下。侍中太史令王立曰:'自去春太白犯镇星于牛斗,过天津,荧惑又逆行守北河,不可犯也。'由是天子遂不北渡河,将自轵关东出。立又谓宗正刘艾曰:'前太白守天关,与荧惑会;金火交会,革命之象也。汉祚终矣,晋、魏必有兴者。'立后数言于帝曰:'天命有去就,五行不常盛,代火者土也,承汉者魏也,能安天下者,曹姓也,唯委任曹氏而已。'公闻之,使人语立曰:'知公忠于朝廷,然天道深远,行勿多言。'"诸如此类,则史书所载,与《搜神记》所载相表里。

[2] 干宝撰,李剑国辑校《新辑搜神记》,中华书局2007年版,第75页。

月而生尧。[1]

又如，颛顼之生，《搜神记》如是载：

> 帝颛顼高阳氏，黄帝之孙，昌意之子，姬姓也。母曰景仆，蜀山氏女，为昌意正妃，谓之女枢。金天氏之末，瑶光之星，贯月如虹，感女枢幽房之宫，生颛顼于若水。[2]

如是等等。这种感生神话后世不绝，乃至正史中亦不乏见；大凡历史上称王称帝者，其出生，甚或出生之地，无不带有神话色彩。试看曹丕之生，据《三国志》卷二《魏书·文帝纪》注引《魏书》载：

> 帝生时，有云气青色而圆如车盖当其上，终日，望气者以为至贵之证，非人臣之气。

再看刘备之异，据《三国志》卷三十二《蜀书·先主传》载：

> 先主少孤，……舍东南角篱上有桑树生高五丈余，遥望见童童如小车盖，往来者皆怪此树非凡，或谓当出贵人。

---

[1] 干宝撰，李剑国辑校《新辑搜神记》，中华书局2007年版，第77页。而尧母庆都，生而神异，《太平御览》卷八引《春秋合诚图》曰："帝尧之母曰庆都，生而神异，常有黄云覆上。"

[2] 同上注，第76页。

裴松之注引《汉晋春秋》曰：

> 涿人李定云："此家必出贵人。"

生长于吴地的干宝，对江东孙氏之兴起传闻，自然谙熟；《搜神记》乃载述孙策、孙权出生之神异之象。据《三国志》卷五十《吴书·妃嫔传》注：

> 《搜神记》曰：初，夫人孕而梦月入其怀，既而生策。及权在孕，又梦日入其怀，以告坚曰："昔妊策，梦月入我怀，今也又梦日入我怀，何也？"坚曰："日月者阴阳之精，极贵之象，吾子孙其兴乎！"

梦日月入怀而孕，与汉儒宣扬的感生说一脉相承。[1]日月既为阴阳之精，梦日月入怀自是吉兆，预示着孙策、孙权将位至"极贵"。[2]——这自然凸显着"神道之不诬"！

---

[1] 此类载述，汉代亦不乏见。如《太平御览》卷四载："《史记》曰：汉景帝王夫人妊娠，梦日入怀以生武帝。"同卷又载《汉书》曰："元后母梦月入怀而生元后。"

[2] 孙氏之祥，干宝载述之，而其他载籍亦述之。譬如，《三国志》卷四十六《吴书·孙破虏讨逆传》注引《吴历》曰："坚世仕吴，家于富春，葬于城东。冢上数有光怪，云气五色，上属于天，曼延数里。众皆往观视。父老相谓曰：'是非凡气，孙氏其兴矣！'及母怀妊坚，梦肠出绕吴昌门，窹而惧之，以告邻母。邻母曰：'安知非吉征也。'坚生，容貌不凡，性阔达，好奇节。"其中流露出的信仰观念，与《搜神记》正乃一致。此种观念，后世依然流行。《太平御览》卷一四引《华阳国志》曰："李特生长子荡，字仲平；少子雄，（转下页）

三

依据阴阳五行天人感应说,"凡灾异之本,尽生于国家之失。国家之失乃萌芽,而天出灾害以谴告之;谴告之而尚不知变,乃见怪异以惊骇之;惊骇之尚不知畏恐,其殃咎乃至"[1]。可见灾异、妖怪、妖眚之发生,乃是国家之失之表征;每一灾异、妖眚之事背后,往往蕴含着厚重的社会现实政治内容。譬如,《法苑珠林》卷三十一引《搜神记》载:

> 汉武帝太始四年十月,赵有蛇从郭外入,与邑中蛇斗孝文庙下,邑中蛇死。后二年秋有卫太子事,自赵人江充起。

此事《汉书》卷六《武帝纪》载,《汉书》卷二十七下之上《五行

(接上页)字仲隽。初,特妻罗氏妊雄,梦双虹自地升天,一虹中断。罗曰:'吾二儿有先亡者,有贵者。'后雄王蜀。"足见李雄王蜀亦非偶然。《太平御览》卷四引《续晋阳秋》曰:"桓玄庶母马氏,本袁真之妓也,与同列薛氏、郭氏夏夜同出月下;有铜瓮,水在其侧,见一流星坠瓮中,惊喜共视,见星如二寸火珠,于水底冏然明净。乃相谓曰:'此吉祥也。谁当应之?'于是薛、郭更以瓢接取,并不得。马最后取星,正入瓢中,便饮之。既而若有感焉,俄而怀玄。玄虽篡位不终,而数年之中,荣贵极矣。"《晋书》卷九十九《桓玄传》亦载此事,意在说明桓玄荣贵显赫,亦非偶然,乃天命使然。

[1]《春秋繁露·必仁且知》。

志第七下之上》亦载,《搜神记》当本于《汉书》。两蛇相斗,本不足为奇,但在言阴阳灾异者看来,此乃"蛇孽"。在干宝看来,太始四年(前93)发生的"蛇孽",自非偶然,而与二年后发生的卫太子巫蛊事件密切相关;"邑中蛇死",乃是后来卫太子自杀之征兆。又,《法苑珠林》卷三十二引《搜神记》载:

汉宣帝黄龙元年,未央殿辂軨厩中,雌鸡化为雄鸡,毛衣亦变,不鸣不将无距。元帝初元中,丞相府史家雌鸡化为雄鸡,冠距鸣将。至永光年中,有献雄鸡生角者。《五行志》以为王氏之应也。

上述鸡祸之事,当采自《汉书》卷二十七中之上《五行志第七中之上》,干宝赞同班固之论,认为鸡祸乃是王莽篡汉之征兆。又,《法苑珠林》卷三十二引《搜神记》载:

汉灵帝时江夏黄氏之母浴,伏盘水中,久而不起,变为鼋矣。婢惊走告。比家人来,鼋转入深渊,其后时时出现。初浴簪一银钗,犹在其首。

此事《后汉书》志第十七《五行五》载,《搜神记》或本于此。那么,灵帝时发生的人化鼋事,原因何在?刘昭解释曰:

黄者,代汉之色。女人,臣妾之体。化为鼋,鼋者元也。入于深渊,水实制火。夫君德尊阳,利见九五,飞在于天,

> 乃备光盛。俯等龟鼋，有愧潜跃；首从戴钗，卑弱未尽。后帝者（三）[王]，不专权极，天德虽谢，蜀犹傍缵。推求斯异，女为晓著矣。[1]

按照刘昭解释，江夏黄氏化鼋，乃是汉室将亡而又"卑弱未尽"之征兆。刘昭之解释，可补干宝之意。又，《法苑珠林》卷三十二引《搜神记》载：

> 晋太康……六年，南阳获两足虎。虎者阴精而居乎阳，金兽也。南阳，火名也。金精入火而失其形，王室乱之妖也。

两足虎，言阴阳灾异者视为"毛虫之孽"。太康六年（285）南阳获两足虎所蕴含的现实政治内容，《宋书》卷三十一《五行二》载干宝推阐之，前文亦引，兹不赘述。对于干宝所论，沈约、李淳风深信不疑，故均载之史册。从上引《搜神记》佚文可以见出，在干宝看来，变不空生，每一灾异、怪异之象的发生，总是与当时的现实政治密切相关。——而这正见出：神道不诬！

怪异之事的发生，不惟系乎军国大事，也涉及个人——尤其是历史上大人物之命运，预示个人之祸殃。[2] 譬如，《太平广记》卷

---

[1] 《后汉书》志第十七注。
[2] 此类怪异之事，史籍载之甚多，如《后汉书》志第十四《五行志之二》注引《魏志》："建安二十五年正月，曹公在洛阳，起建始殿，伐濯龙树而血出。又掘徙梨，根伤而血出。曹公恶之，遂寝疾，是月薨。"在当时人看来，树"血出"，乃是恶兆，预示着曹操将亡。——此类记载，正史多有。

三五九引《搜神记》载：

> 王莽居摄，东郡太守翟义，知其将篡也。谋举兵。兄宣，教授诸生满堂。群雁数十中庭，有狗从而啮之，皆惊。比救之，皆断头。狗走出门，求不知处。宣大恶之。数日，莽夷其三族。

翟义乃翟方进少子，方进"身为儒宗，致位宰相"[1]，显赫一时。上述《搜神记》所载，或本自《汉书》卷八十四《翟方进传》：

> 始，义兄宣居长安，先义未发，家数有怪，夜闻哭声，听之不知所在。宣教授诸生满堂，有狗从外入，啮其中庭群雁数十，比惊救之，已皆断头。狗走出门，求不知处。宣大恶之……后数月败。

翟义因不满王莽居摄，遂举兵，终失败。《翟方进传》载：

> 莽尽坏义第宅，汙池之。发父方进及先祖冢在汝南者，烧其棺柩，夷灭三族，诛及种嗣，至皆同坑，以棘五毒并葬之。

值得注意的是，与干宝"通家"的翟汤，乃是翟方进之后，[2]因而

---

[1]《汉书》卷八十四《翟方进传》引班彪语。
[2]《世说新语·栖逸》"南阳翟道渊与汝南周子南少相友"条注引《晋阳秋》曰："翟汤字道渊，南阳人，汉方进之后也。"

《搜神记》所载翟义败前之恶兆传闻，亦有可能得自翟家。又，《后汉书》志第十七《五行志之五》注：

> 干宝《搜神记》曰：桓帝即位，有大蛇见德阳殿上，洛阳市令淳于翼曰："蛇有鳞，甲兵之象也。见于省中，将有椒房大臣受甲兵之诛也。"乃弃官遁去。到延熹二年，诛大将军梁冀，捕治宗属，扬兵京师也。

在干宝看来，龙蛇孽的出现，决非偶然，乃是"椒房大臣"——大将军梁冀被诛之征兆。又，《后汉书》志第十三《五行志之一》注：

> 干宝《搜神记》曰：是时华容有女子忽啼呼云："[荆州将]有大丧！"言语过差，县以为妖言，系狱百余日，忽于狱中哭曰："刘荆州今日死。"华容去州数（日）[百里]，即遣马吏验视，[而刘]表果死。县乃出之。

华容女子啼呼"荆州将有大丧"，乃是预言当时的荆州牧刘表将亡。至于华容女子何以有预言能力，似乎就"不知所以然而然"，只能归之于"神道"了！又，《三国志》卷六十四《吴书·诸葛恪传》注：

> 《搜神记》曰：恪入，已被杀，其妻在室，[语]使婢（语）曰："汝何故血臭？"婢曰："不也。"有顷愈剧，又问婢曰："汝眼目视瞻，何以不常？"婢蹶然而跃，头至于栋，攘臂切齿而言曰："诸葛公乃为孙峻所杀！"于是大小知恪死矣，

而吏兵寻至。

诸葛恪是东吴名臣,弱冠拜骑都尉,孙权不豫,征恪以大将军领太子少傅,嘱以后事,后被孙峻杀害。上述《搜神记》所载,乃是诸葛恪被诛之妖眚。[1]又据《三国志》卷四十八《吴书·三嗣主传》,天纪四年,晋人攻吴,吴丞相张悌死难。关于张悌死之恶兆,《搜神记》载:

> 临海松阳人柳荣从悌至杨府,荣病死船中二日,时军已上岸,无有埋之者,忽然大呼,言"人缚军师!人缚军师!"声激扬,遂活。人问之,荣曰:"上天北斗门下卒见人缚张悌,意中大愕,不觉大呼,言'何以缚张军师。'门下人怒荣,叱逐使去。荣便去,怖惧,口余声发扬耳。"其日,悌战死。荣

---

[1] 诸葛恪死前凶兆,《吴书·诸葛恪传》载述颇多:"严毕趋出,犬衔引其衣,恪曰:'犬不欲我行乎?'还坐,顷刻乃复起,犬又衔其衣,恪令从者逐犬,遂升车。"又,"初,恪将征淮南,有孝子著缞衣入其阁中,从者白之,令外诘问,孝子曰:'不自觉入。'时中外守备,亦悉不见,众皆异之。出行之后,所坐厅事屋栋中折。自新城出住东兴,有白虹见其船;还拜蒋陵,白虹复绕其车"。又,"孙峻因民之多怨,众之所嫌,构恪欲为变,与亮谋,置酒请恪。恪将见之夜,精爽扰动,通夕不寐。明将盥漱,闻水腥臭,侍者授衣,衣服亦臭。恪怪其故,易衣易水,其臭如初,意惆怅不悦"。又,"先是,童谣曰:'诸葛恪,芦苇单衣篾钩落,于何相求成子阁。'成子阁者,反语石子冈也。建业南有长陵,名曰石子冈,葬者依焉。钩落者,校饰革带,世谓之钩络带。恪果以苇席裹其身而篾束其腰,投之于此冈"。——这些怪异之事的发生,自然体现着"神道之不诬"。对此,《宋书》卷三十二《五行三》亦载:"吴诸葛恪将见诛,盥洗水血臭,侍者授衣,衣亦臭。此近赤祥也。"

至晋元帝时犹在。[1]

诸葛恪被诛之妖眚、张悌死之恶兆，很可能是流传于吴地的传闻，干宝搜集、载述之。

上述所引《搜神记》佚文表明：凡两汉三国迄于晋，不同历史时期均有怪异之事发生。——而这些怪异之事，或是国家之失之征兆，或是个人命途多舛之征候，均证明着"神道之不诬"！[2]

四

依据阴阳五行天人感应说，"言出于己，不可塞也；行发于身，不可掩也。言行，治之大者，君子之所以动天地也"[3]；天与人既处于相互感应状态，则人之行为可以感动上天（以至天地间神灵）。《水经注》卷三十九载张公直事，据郦道元注知其系于《搜神记》之《感应》篇。值得关注的是，现存《搜神记》佚文中，孝行感天类传闻颇多，而由施政所引发的感应传闻亦不少。先看孝感类传闻

---

[1]《三国志》卷四十八《吴书·三嗣主传》注。
[2] 而汉晋之间此类载述不胜枚举，如《三国志·魏书·武帝纪》注引《世语》曰："太祖自汉中至洛阳，起建始殿，伐濯龙祠而树出血。"又引《曹瞒传》曰："王使工苏越徙美梨，掘之，根伤尽出血。越白状，王躬自视而恶之，以为不祥，还遂寝疾。"诸如此类，实与《搜神记》所明"神道"完全一致。
[3]《汉书》卷五十六《董仲舒传》。

故事,《太平御览》卷三七〇引《搜神记》曰:

> 曾子从仲尼,在楚,而心动。辞归,问母,曰:"思之啮指。"孔子闻之,曰:"曾之至诚也,精感万里。"

曾子乃孔子弟子之一,以孝著称;上述传闻中曾母啮指而曾子心动,"精感万里",自是平日曾子孝行所致,由此可见曾子孝行之一端。而后世孝子亦有与曾子类似传闻,如《太平御览》卷三七〇引《搜神记》曰:

> 周畅,少孝,独与母居。每出入,母欲呼之,常自啮其手,畅即应手痛而至。治中从事未之信,候畅时在田,母啮手,而畅即归。

周畅至孝,母啮手而感知,与曾子传闻同构同质。又,《艺文类聚》卷八十三引《搜神记》载:

> 郭巨兄弟三人,早丧父。礼毕,二弟求分。以钱二千万,二弟各取千万。巨独与母除居客舍,夫妇佣赁,以给供养。居有顷,妻产男。巨念与儿妨事亲,一也;老人得食,喜分儿孙,减馔,二也。乃于野凿地,欲埋儿。得石盖,下有金一釜,中有丹书曰:"孝子郭巨,黄金一釜,以用赐汝。"于是名震天下。

为养亲而埋儿，郭巨孝感上天，故天赐黄金一釜，以示褒奖；这样的感应故事，自然凸现出天道酬孝，神道不诬！又，《搜神记》载：

> 张嵩者，陇西人也。有至孝之心。年始八岁，母患卧在床。其母忽思堇菜而食，嵩忽闻此语，苍忙而走，向地觅堇菜，全无所得。遂乃发声大哭云："哀哀父母，生我劬劳。母今得患，何时得差？天若怜我，愿堇菜化生。"从旦至午，哭声不绝。天感至孝，非时为生堇菜。遂将归家，奉母食之。因食堇菜，母患得痊愈。张嵩后长大成人，母患命终。家中所造棺椁坟墓，并自手作，不使奴婢之力。葬送亦不用车牛人力，唯夫妇二人推之。葬讫，三年亲自负土培坟，哭声不绝，头发落尽。天知至孝，于墓所直北起雷之声。忽有一道风云而至嵩边，抱嵩至墓东八十步；然后霹雳，冢开，出其棺。棺额上云："张嵩至孝，通于神明。今日天感至诚，放却活延命，更得三十二年，将归侍养。"闻者无不嗟叹，自古至今，未闻斯事。天子遂拜嵩为金城太守，后迁为尚书左仆射。[1]

张嵩孝感上天，遂使母亲起死回生，延寿三十二载，确是天下奇闻。凡此之类，其意无不在昭示孝行感天之不诬。干宝关注、载述孝感类传闻故事，当与魏晋以来统治者倡导以孝治天下有关，《晋书》中即不乏孝感事迹。譬如，《晋书》卷三十三《王祥传》载：

---

[1] 干宝撰，李剑国辑校《新辑搜神记》，中华书局2007年版，第146页。

> 祥性至孝。早丧亲，继母朱氏不慈，数谮之，由是失爱于父。每使扫除牛下，祥愈恭谨。父母有疾，衣不解带，汤药必亲尝。母常欲生鱼，时天寒冰冻，祥解衣将剖冰求之，冰忽自解，双鲤跃出，持之而归。母又思黄雀炙，复有黄雀数十飞入其幕，复以供母。乡里惊叹，以为孝感所致焉。有丹柰结实，母命守之，每风雨，祥辄抱树而泣。其笃孝纯至如此。[1]

正史之载述如此，与《搜神记》之孝感传闻实无二致。而且，史臣于《晋书》中特立《孝友传》，以示此一时代之流风，其序曰：

> 大矣哉，孝之为德也。分浑元而立体，道贯三灵；姿品汇以顺名，功苞万象。用之于国，动天地而降休征；行之于家，感鬼神而昭景福。若乃博施备物，尊仁安义，柔色承颜，怡怡尽乐，击鲜就食，亹亹劬劳，集苞思艺黍之勤，循陔有采兰之咏，事亲之道也。属属如在，哀哀罔极，聚薪流恸，衔索兴嗟，晒风树以陨心，俯寒泉而沫泣，追远之情也……[2]

---

[1]《晋书》关于王祥卧冰传闻，或采孙盛《杂语》，《三国志》卷十八《魏书·二李臧文吕许典二庞阎传》注引孙盛《杂语》曰："祥字休征。性至孝，后母苛虐，每欲危害祥，祥色养无怠。盛寒之月，后母曰：'吾思食生鱼。'祥脱衣，将剖冰求之，少顷，坚冰解，下有鱼跃出，因奉以供，时人以为孝感之所致也。供养三十余年，母终乃仕，以淳诚贞粹见重于时。"

[2] 房玄龄等撰《晋书》，中华书局1974年版，第2273页。

而观《孝友传》所载,其中孝感之事颇耸动视听。譬如,《盛彦传》载:

> 母王氏因疾失明,彦每言及,未尝不流涕。于是不应辟召,躬自侍养,母食必自哺之。母既疾久,至于婢使数见捶挞。婢忿恨,伺彦暂行,取蛴螬炙饴之。母食以为美,然疑是异物,密藏以示彦。彦见之,抱母恸哭,绝而复苏。母目豁然即开,从此遂愈。

盛彦卒于太康(280—289)中,其事母至孝而感天,母失明而愈事发生于吴平之前。[1]又,《王裒传》载:

> 裒少立操尚,行己以礼……痛父非命,未尝西向而坐,示不臣朝廷也。于是隐居教授,三征七辟皆不就。庐于墓侧,旦夕常至墓所拜跪,攀柏悲号,涕泪著树,树为之枯。母性畏雷,母没,每雷,辄到墓曰:"裒在此。"及读《诗》至"哀哀父母,生我劬劳",未尝不三复流涕……

王裒父王仪,为魏文帝所杀,故"不臣朝廷";洛京倾覆,寇盗蜂起,亲族悉欲移渡江东,而裒"恋坟垄不去",遂为贼所害。[2]那

---

[1] 按,吴地孝感传闻亦不少,如《三国志》卷四十八《吴书·三嗣主传》注引《楚国先贤传》载:"(孟)宗母嗜笋,冬节将至。时笋尚未生,宗入竹林哀叹,而笋为之出,得以供母,皆以为孝之所致感。累迁光禄勋,遂至公矣。"

[2] 《晋书》卷八十八《王裒传》。

么，王裒"庐于墓侧""树为之枯"事，当在曹魏时期；母性畏雷，母死之后，每雷，辄到墓曰"裒在此"事，难以遽断，而至晚在西晋。[1] 又，《何琦传》载：

> 琦年十四丧父，哀毁过礼。……事母孜孜，朝夕色养。……及丁母忧，居丧泣血，杖而后起。停柩在殡，为邻火所逼，烟焰已交，家乏僮使，计无从出，乃匍匐抚棺号哭。俄而风止火息，堂屋一间免烧，其精诚所感如此。

何琦乃何充从兄，其孝心至诚，感"风止火息"事，当发生于东晋时。那么，从上引《孝友传》有关载述，可见魏晋世风之一斑。因而，《搜神记》佚文中多有孝感类传闻，也就易于理解了。

《搜神记》佚文中有不少与施政举措有关的感应传闻，这类传闻故事中，或者因德政而感天，或者因刑罚妄加而致冤狱，天乃示异常之象或灾异之象以昭告世人。譬如，《太平御览》卷二六八引《搜神记》曰：

> 徐栩字敬卿，吴曲（案：当为由）拳人。少为狱吏，执法详平。为小黄令。时属县大蝗，野无生草；至小黄界，飞过不集。

---

[1] 父母生时畏雷，死后孝子伏坟故事颇多，如《太平御览》卷一三引周斐《汝南先贤传》曰："蔡顺母平生畏雷。自亡后，每有雷震，顺辄环冢，泣曰：'顺在此。'"又王歆《孝子传》曰："竺弥字道纶。父生时畏雷，每至天阴，辄驰至墓，伏坟哭。有白兔在其左右。"等等。——亦见出史书及《搜神记》所载此类故事，汉晋以来颇流行于世。

蝗虫何以独"飞过不集"小黄界？在干宝看来，当然是因徐栩德化之，故蝗不入界。此类载述，正史中亦不乏见，如《后汉书》卷二十五《鲁恭传》载鲁恭为中牟令：

> 恭专以德化为理，不任刑罚。讼人许伯等争田，累守令不能决，恭为评理曲直，皆退而自责，辍耕相让。亭长从人借牛而不肯还之，牛主讼于恭。恭召亭长，敕令归牛者再三，犹不从。恭叹曰："是教化不行也。"欲解印绶去。掾史泣涕共留之，亭长乃惭悔，还牛，诣狱受罪，恭贳不问。于是吏人信服。建初七年，郡国螟伤稼，犬牙缘界，不入中牟。河南尹袁安闻之，疑其不实，使仁恕掾肥亲往廉之。恭随行阡陌，俱坐桑下，有雉过，止其傍。傍有童儿，亲曰："儿何不捕之？"儿言"雉方将雏"。亲瞿然而起，与恭诀曰："所以来者，欲察君之政迹耳。今虫不犯境，此一异也；化及鸟兽，此二异也；竖子有仁心，此三异也。久留，徒扰贤者耳。"还府，具以状白安。是岁，嘉禾生恭便坐廷中……

在范晔看来，鲁恭为政以德，教化大行，故有诸多感应之事发生。[1]作为史官，干宝持有同样的观念，因而蝗虫飞过不集小黄界与螟不入中牟界，性质完全相同。又，《艺文类聚》卷一百引《搜神记》载：

---

[1]《太平御览》卷一二引谢承《后汉书》曰："吴郡沈丰为零陵太守。至，官一年，甘露降，膏润草木。"谢承之意，与范晔同，也是强调德感上天，遂降甘露。

> 谅辅，字汉儒，广汉新都人。少给佐史，浆水不交。为从事，大小毕举，郡县敛手。夏枯旱，时以五官掾出祷山川，曰："辅为郡股肱，不能进谏纳忠，荐贤退恶，和调阴阳，至令天下否溺，万物燋枯，百姓喁喁，无所告诉，咎尽在辅。太守内省责己，自曝中庭，使辅谢罪，为民祈福，日无效，令（疑当作今）敢自誓：至日中雨不降，请以身塞无状。"乃积薪柴，将自焚焉。至禺中时，山气转起，雷雨大作，一郡沾润也。以称其至诚。[1]

以身祈雨，典籍早有载述，如《艺文类聚》卷一百引《吕氏春秋》载：

> 昔者殷汤，克夏而王天下。五年不雨，汤乃以身祷于桑林。于是翦其发，割其爪，以为牺，用祈福于上帝。

《搜神记》亦载此事，《太平御览》卷一一引《搜神记》曰：

---

[1] 谅辅祈雨事，范晔《后汉书》亦载之，而与《搜神记》稍异。《太平御览》卷一一引范晔《后汉书》曰："谅辅仕郡为五官掾。时夏大旱，太守自出祷山川，连日而无所降。辅乃自暴庭中，慷慨咒曰：'辅为股肱，不能进谏纳忠，和调阴阳，至令天地否隔，万物焦枯，咎尽在辅。今敢自祈请，若至日中不雨，乞以身塞无状。'于是积薪聚艾茅以自环，构火将自焚。未及中时，天云晦合，须臾澍雨。"范晔将此事写入史书，正见出当时人观念如此。又，谢承《后汉书》载："戴封，字平仲，迁西华令。其年大旱，祷请无获，乃积薪坐其上以自焚。火起而大雨。远迩叹服，迁中山相。"（见《太平御览》卷一一）等等，不一而足。此类事件之所以为史家所关注，正乃观念使然。

汤既克夏，大旱七年，洛川竭。汤乃以身祷于桑林，剪其发。自以为牺牲，祈福于上帝。于是大雨惚至，洽于四海。

一般认为，商汤"以身祷于桑林"，剪发、割爪，"自以为牺牲，祈福于上帝"，乃是远古的一种献祭方式，其中不乏巫术成分。而谅辅、汤以身祈雨，则鲜明地体现着天人感应思想：辅、汤为民祈福，德感上天，故天降大雨。当然，《搜神记》佚文中也有一些因施政不当，乃至无道而引发的感应故事。譬如，《法苑珠林》卷四十九引《搜神记》载：

《汉书》载：东海孝妇养姑甚谨，姑曰："妇养我勤苦，我已老，何惜余年，久累年少。"遂自缢死。其女告官云："妇杀我母。"官收系之，拷掠治毒。孝妇不堪楚毒，自诬伏之。时于公为狱吏，曰："此妇养姑十余年，以孝闻彻，必不杀也。"太守不听。于公争不得理，抱其狱辞，哭于府而去。自后郡中枯旱三年。后太守至，思求其所咎。于公曰："孝妇不当死，前太守枉杀之，咎当在此。"太守即时祭孝妇之墓，未返而大雨焉。长老传云：孝妇名周青。青将死，车载十丈竹竿，以悬五幡，立誓于众曰："青若有罪，愿杀，血当顺下。青若枉死，血当逆流。"既行刑已，其血青黄，缘幡竹而上极标，又缘幡而下云尔。

周青枉死事，《汉书》卷七十一《于定国传》载之。干宝又加入

"长老传云"一节,颇具神异性;这一内容,当是干宝采访所得。[1]《淮南子》曰:"杀不辜则国赤地。"《春秋考异邮》曰:"国大旱,冤狱结。"[2]因而在当时和后来的人们看来,周青死后东海郡亢旱三年,乃是其冤情感动上天,故上天以枯旱昭告之。有意味的是,东海孝妇周青式的悲剧在干宝身边上演了。《晋书》卷七十二《郭璞传》载郭璞上疏曰:

>……往建兴四年十二月中,行丞相令史淳于伯刑于市,而血逆流长摽。伯者小人,虽罪在未允,何足感动灵变,致若斯之怪邪!明皇天所以保佑晋家,子爱陛下,屡见灾异,殷勤无已……

而《晋书》卷六十九《刘隗传》载之更详:

>建兴中,丞相府斩督运令史淳于伯而血逆流,隗又奏曰:"古之为狱必察五听,三槐九棘以求民情。虽明庶政,不敢折狱。死者不得复生,刑者不可复续,是以明王哀矜用刑。曹参去齐,以市狱为寄。自顷蒸荒,杀戮无度,罪同断异,刑罚失宜。谨按行督运令史淳于伯刑血著柱,遂逆上终极柱末二丈三寸,旋复下流四尺五寸。百姓喧哗,士女纵观,咸曰其冤。……而令伯柱同周青,冤魂哭于幽都,诉灵恨于黄泉,

---

[1] 关汉卿直接采周青冤情感动上天,三年亢旱情节入《窦娥冤》,详见拙作《窦娥三桩誓愿的文化意蕴》,《语文建设》2011年第12期。
[2] 《后汉书》志第十三《五行志之一》注。

> 嗟叹甚于杞梁，血妖过于崩城，故有陨霜之人，夜哭之鬼。伯有昼见，彭生为豕，刑杀失中，妖眚并见，以古况今，其揆一也……

淳于伯枉死事，发生于建兴四年（316）十二月，是时干宝为佐著作郎。那么，干宝对此事态度如何？《晋书》卷二十八《五行志中》载：

> 元帝建武元年六月，扬州旱。去年十二月，淳于伯冤死，其年即旱，而太兴元年六月又旱。干宝曰"杀淳于伯之后旱三年"是也。刑罚妄加，群阴不附，则阳气胜之罚也。

在干宝看来，扬州大旱三年，决非偶然，乃是淳于伯冤死所致。——而这正昭示"神道之不诬"！

毋庸置疑，阴阳五行天人感应学说属于宗教神学，据此对各种怪异之象所作出的推演、阐释，也并无科学性可言。然正如孔繁先生所指出，阴阳五行天人感应学说的出现，"并得以畅行无阻，行久及远，这个历史事实并不荒谬，而且有他的历史必然性、合理性"；"正像宗教的说教和它炮制的一系列神学理论是荒谬的，但它的出现和它的蔓延，确实有它的坚实的社会基础"。[1]因而，对于干宝以阴阳五行天人感应说推阐时政，我们要作辩证分析，一方面要看到其荒谬性，另一方面又要看到干宝关注社会政治与民生疾苦的现实精神，他对于社会治乱乃至个人祸福原因的探求，运用的工具

---

[1] 任继愈主编《中国哲学发展史》（秦汉），人民出版社1985年版，第363页。

是不科学的，但他的本意以及关注现实的精神，又是值得肯定的，不可一笔抹杀。

五

《水经注》卷二十一载王乔事，据郦道元注知此事原属《神化》篇。而现存《搜神记》佚文，多有神仙、道化及术数之士事。譬如，《法苑珠林》卷六十二引《搜神记》载：

> 彭祖者，殷时大夫也。历夏而至商末，号七百。常食桂芝。历阳有彭祖仙室。前世云：祷请风云，莫不辄应。常有两虎在祠左右。今日祠之讫，地则有两虎迹也。

彭祖之事，典籍早已载之。干宝所载，或本于《列仙传》。从《搜神记》佚文看，赤松子、宁封子、偓佺、葛由、王子乔、崔文子、钩弋夫人事，显然受《列仙传》影响，——而有些内容则受《神仙传》影响。干宝自然是相信神仙说的，在他看来，这些神仙道化之事，显然体现着"神道之不诬"。

对于前代及当代术数之士，干宝格外关注。《太平御览》卷七二八引《搜神记》载：

> 桥玄字公祖，梁国人也。初为司徒长史。五月末，夜卧，

见东壁正白,如门。呼左右,左右莫见。因起自往,手扪摸之,壁如故。还床,又见。心大恐。其旦,应劭往候之,玄告。劭曰:"乡人有童彦兴者,许季山外孙也。其探颐索隐,穷神知化,然天性褊狭,羞于卜筮者。"玄闻,往请之。公祖虚礼盛馔,下席行觞。彦兴辞公祖让再三,尔乃应之曰:"府君怖见白光如门明者,然不为害也。六月上旬鸡鸣时,闻南家哭,即吉。到秋节,迁北行郡,以金为名。位至将军三公。"到六月九日,太尉杨秉薨。七月拜钜鹿太守。"钜"边有金焉。复为度辽将军,遂登三事。

童彦兴为许峻(字季山)外孙,而许峻是东汉有名的术数家。《后汉书》卷八十二下《许曼传》载:

> 许曼者,汝南平舆人也。祖父峻,字季山,善占卜之术,多有显验,时人方之前世京房。

干宝也记载了许峻卜筮灵验之事,《太平广记》卷三五九引《搜神记》:

> 扶风臧仲英为侍御史。家人作食,有尘垢在焉。炊熟,不知釜处。兵弩自行。火从箧中起,衣尽烧而箧簏如故。儿妇女婢使,一旦尽亡其镜;数日后,从堂下投庭中,言:"还汝镜!"女孙年四岁,亡之,求之不知处;二三日,乃于圂中粪下啼。若此非一。许季山上之曰:"家当有青狗,内中御者名盖喜,与共为之。诚欲绝之,杀此狗,遣盖喜归故里。"从之遂绝。

第五章 论"明神道之不诬"

那么，在上述传闻中，童彦兴何以能从桥玄家"白光如门明者"而推演出"六月上旬鸡鸣时""南家哭"？进而推演出桥玄"到秋节，迁北行郡，以金为名。位至将军三公"？许峻何以推知臧仲英家有青狗、"内中御者名盖喜"？——事不可解，理不可推，而事实又证明其不妄。

现存《搜神记》中，如童彦兴这样"探颐索隐，穷神知化"的术数之士委实不少，如管辂、左慈、淳于智、郭璞等。《太平广记》卷三五九引《搜神记》载：

> 安平太守王基，家数有怪。使管辂筮之。卦成，辂曰："君之卦，当有一贱人生一男，坠地，便走入灶中死。又床上当有一大蛇衔笔，大小共视，须臾便去。又鸟来入室（按《三国志》卷二十九《魏书·管辂传》鸟为乌），与燕斗，燕死鸟去。有此三卦。"王基大惊曰："精义之致，乃至于此！幸为处其吉凶。"辂曰："非有他祸。直以官舍久远，魑魅魍魉，共为妖耳。儿生入灶，宋无忌之为也。大蛇者，老书佐也。鸟与燕斗者，老铃下也。夫神明之正者，非妖能乱也。万物之变，非道所止也。久远之浮精，必能之定数也。今卦中不见其凶，故知假托之类，非咎妖之征。昔高宗之鼎，非雉所雊；太戊之阶，非桑所生；然而妖并至，二年俱兴。安知三事不为吉祥？愿府君安神养道，勿恐于神奸也。"后卒无他。迁为安南将军。

管辂，字公明，平原人，《三国志》卷二十九有传。《魏书·管辂传》多载管辂精于卜筮事,其中就包括《搜神记》所载王基家怪事,干宝或本于此。关于淳于智事,《太平广记》卷四四〇引《搜神记》载:

> 淳于智字叔平,济北人。性深沉,有恩义。少为书生,善《易》。高平刘柔夜卧,鼠啮其左手中指,意甚恶之。以问智,智为筮之曰:"鼠本欲杀君而不能,当相为,使之反死。"乃以朱书其手腕横文后为田字,可方一寸,使夜露手以卧。有大鼠伏死于前。

同书卷四四七引《搜神记》载:

> 夏侯藻母病困,将诣淳于智卜。有一狐当门向之嗥叫。藻愕惧,遂驰诣智。智曰:"祸甚急。君速归,在嗥处拊心啼哭,令家人惊怪,大小毕出。一人不惧,啼哭勿休,然其祸仅可救也。"藻如之,母亦扶病而出。家人既集,堂屋五间,拉然而崩。

《搜神记》所载淳于智二事,后载入《晋书》卷九十五《淳于智传》。郭璞明术数事,《搜神记》载其三事,第二章已举其二,左慈事前文亦论及,兹不赘述。

《搜神记》不惟载述术士之奇行异能,甚或博物之士之逸事传闻亦载述之。譬如,张华以博学多识知名于世,《晋书》卷三十六《张华传》称"华学业优博,辞藻温丽,朗赡多通,图谶方伎之书莫不详览";"尝徙居,载书三十乘。秘书监挚虞撰定官书,皆资华之本以取正焉。天下奇秘,世所希有者,悉在华所。由是博物洽闻,世无与比"。而《张华传》即载其博物多识之传闻:

> 惠帝中,人有得鸟毛长三丈,以示华。华见,惨然曰:"此谓海凫毛也,出则天下乱矣。"陆机尝饷华鲊,于时宾客满座,华发器,便曰:"此龙肉也。"众未之信,华曰:"试以苦酒濯之,必有异。"既而五色光起。机还问鲊主,果云:"园中茅积下得一白鱼,质状殊常,以作鲊,过美,故以相献。"武库封闭甚密,其中忽有雉雏。华曰:"此必蛇化为雉也。"开视,雉侧果有蛇蜕焉。吴郡临平岸崩,出一石鼓,槌之无声。帝以问华,华曰:"可取蜀中铜材,刻为鱼形,扣之则鸣矣。"于是如其言,果声闻数里。[1]

如是等等。因而有关张华的各种奇异传闻颇传于世,而《搜神记》亦载述之:

> 张华字茂先,范阳人也。惠帝时为司空。于时燕昭王墓前,有一斑狐,积年能为幻化。乃变作一书生,欲诣张公。过问墓前华表曰:"以我才貌,可得见张司空否?"华表曰:"子之妙解,无为不可。但张司空智度,恐难笼络,出必遇辱,殆不得返。非但丧子千年之质,亦当深误老表。"书生

---

[1] 房玄龄等撰《晋书》,中华书局1974年版,第1074—1075页。

不从，遂诣华。华见其总角风流，洁白如玉，举动容止，顾盼生姿，雅重之。于是论及文章，辨校声实，华未尝闻此。复商略三史，探赜百家，谈老庄之奥曲，被风雅之绝旨，包十圣，贯三才，箴八儒，擿五礼，华无不应声屈滞。乃叹曰："天下岂有此年少！若非鬼怪，则是狐狸。"书生乃曰："明公当尊贤容众，嘉善而矜不能，奈何憎人学问？墨子兼爱，其若是耶？"言卒便请退。华以使人防门，不得出。既而又谓华曰："公门置甲兵兰锜，当是疑于仆也。将恐天下之人卷舌而不言，智谋之士望门而不进，深为明公惜之。"华不应，而使人预防甚严。时有丰城令雷焕，字孔章，博物士也。华谓孔章曰："今有男子，少美高论。"孔章谓华曰："当是老精。闻魑魅忌狗，可试之。"华曰："狗所别者数百年物耳，千年老精不复能别。唯有千年枯木，照之则形见。闻燕昭王墓前有华表柱，向千年，可取照之，当见。"乃遣人伐之。使人既至，闻华表叹曰："老狐自不自知，果误我事。"于华表穴中得青衣小儿，长二尺余。将还，未至洛阳，而变成枯木。遂燃以照之，书生乃是一斑狐。茂先叹曰："此二物不值我，千年不复可得。"[1]

此传闻集物老成精观念与张氏博物洽闻于一体，颇耸动视听；然而我们不得不说，如此传闻，实在意味着历史上博学多识的张华，其逸闻在流传中已渐次变质了。

---

[1] 干宝撰，李剑国辑校《新辑搜神记》，中华书局2007年版，第315—316页。

汤用彤先生指出："佛教在汉世，本视为道术之一种。"[1]早期佛徒，不乏方士化色彩，这一现象，魏晋人载述颇多。《搜神记》即载述了善为幻术、带有方士色彩的天竺胡人：

> 永嘉年中，有天竺胡人来渡江南，言语译道而后通。其人有术数，能断舌续断，吐火变化，所在士女聚共观视。其将断舌，先吐以示宾客，然后刀截，流血覆地。乃取置器中，传以示人。视之，舌头半舌，观其口内，唯半舌在。既而还取含之，坐有顷，吐已示人，坐人见舌还如故，不知其实断不也。其续断，取绢布与人，各执一头，对剪一断之。已而取两段，合持祝之，则复还连，绢与旧无异，故一体也。时人多疑以为幻作，乃阴而试之，犹是所续故绢也。其吐火者，先有药在器中，取一片，与黍糖含之，再三吹呵，已而张口，火满口中。因就热处取以爇之，则便火炽也。又取书纸及绳缕之属投火中，众详共视，见其燃烧，消糜了尽。乃拨灰中，举而出之，故是向物。如此幻术，作者非一。时天下方乱，云建安霍山可以避世，乃入东冶，不知所在也。[2]

---

[1] 汤用彤《汉魏两晋南北朝佛教史》，北京大学出版社1997年版，第81页。
[2] 干宝撰，李剑国辑校《新辑搜神记》，中华书局2007年版，第58—59页。此类载述六朝志怪书中颇多，如《灵鬼志》载："太元十二年，有道人外国来，能吞刀吐火，吐珠宝金银……"而尤奇者是此道人口中吐女子，与之共食；而女子口中又出年少丈夫，与其共食。而《幽明录》载："桓温内怀无君之心，时比丘尼从远来，夏五月，尼在别室浴，温窃窥之，见尼裸身，先以刀自破腹，出五脏，次断两足，及斩头手。有顷浴竟，温问：（转下页）

关于幻术，《西京杂记》亦有载述：

> 余所知有鞠道龙，善为幻术，向余说古时事：有东海人黄公，少时为术，能制蛇（龙）御虎，佩赤金刀，以绛缯束发，立兴云雾，坐成山河……
>
> 又说：淮南王好方士，方士皆以术见。遂有画地成山河，撮土为山岩，嘘吸为寒暑，喷漱为雨雾。[1]

这似乎表明幻术与方士有千丝万缕的关系。而《旧唐书》卷二九《音乐二》称：

> 大抵散乐杂戏多幻术，幻术皆出西域，天竺尤甚。汉武帝通西域，始以善幻人至中国。安帝时，天竺献伎，能自断手足，刳剔肠胃，自是历代有之。

则史家以为幻术本出于西域，——而早期佛徒带有方士色彩也就可以理解了，因为他们中有些人不但善幻术，还有不少人懂医术。那么，《搜神记》载述之天竺胡人，实与魏晋时期的方士相似；换言之，干宝乃将天竺胡人之善为幻术之举，与魏晋时期术数之士的行为并举了。——顺便补充一点，即《搜神记》是否有称佛问题？

（接上页）'何得自残毁如此？'尼曰：'公作天子，亦当如是。'温惆怅不悦。"此亦似与佛教幻术有关。而吴均《续齐谐记》所载"阳羡书生"传闻，显然与《灵鬼志》所载外国道人事有关，亦乃佛教域外幻术传闻。

[1]《西京杂记》卷三。

《弘明集》卷二载宗炳《明佛论》称：

> 所以不说于三传者，亦犹干宝、孙盛之史无语称佛，而妙化实彰有晋，而盛于江左也。

对此，范宁先生分析：

> 案干宝有《晋纪》一书，《隋书·经籍志》著录。书没有流传下来，今天所能见到的只是从别的书上引用到的佚文。至于他著的《搜神记》……隋志及《旧唐书·经籍志》都收入史部杂传类。宋黄山谷《廖袁州次韵见答并寄黄靖国再生传次韵寄之》诗云："史笔纵横窥宝铉"，自注说："干宝作《搜神记》，徐铉作《稽神录》。"不知宗炳所谓"无语称佛"，是否包括《搜神记》在内？……又梁会稽嘉祥寺沙门释慧皎撰《高僧传》，序录中说："宋临川王义庆《宣验记》及《幽明录》，太原王琰《冥祥记》，彭城刘俊《益都寺记》，（中略）陶渊明《搜神录》，并傍出诸僧，叙其风素，而皆附见，亟多疏阙。"案干宝《搜神记》二十卷，唐人修《晋书》既著录，刘知几《史通》也说唐修《晋书》，很多地方采用了其中材料。足证这部书在唐时尚未散失。梁僧慧皎应当见到此书。他的序文提陶渊明而不提干宝，也反证干宝《搜神记》本无语称佛。[1]

---

[1] 范宁《关于〈搜神记〉》，《文学评论》1964年第1期。

范宁先生的这一分析是有道理的，现存《搜神记》佚文也可证明这一点。[1]当然，尽管《搜神记》"无语称佛"，但其中的一些传闻故事依然被佛教徒视为"妙化实彰"，从而成为阐释佛教教义的证据，或曰例证。

显然，干宝记载前代及当代术数之士事迹，是要用事实说明术数之学的正确。[2]在一定意义上讲，术数之学乃是探究"天道""神道"的学问；术数之学的正确，也就证明着"神道之不诬"！

六

当然，《搜神记》佚文中还包括一些神话传说，这些神话传说自然带有天命观念，个中亦体现着"神道之不诬"。

《法苑珠林》卷六引《搜神记》载：

> 高辛氏有老妇人，居于王宫，得耳疾历时。医为挑治，出顶虫，大如茧。妇人去后，置以瓠蒌，覆之以盘。俄而顶虫乃化为犬，其文五色，因名盘瓠，遂畜之。时戎吴盛强，数侵边境。遣将征讨，不能擒胜。乃募天下有能得戎吴将军

---

[1]《干氏宗谱》存《灵泉乡真如寺碑亭记》，其中载干宝延僧人，修斋奉佛事，然此载述疑点颇多，姑存疑。而现存《搜神记》佚文则无语称佛。

[2] 术数之学之正确，不惟体现于《搜神记》，亦见于干宝所撰《晋纪》。参见第二章《干宝"性好阴阳术数"考》。

首者，购金千斤，封邑万户，又赐以少女。后盘瓠衔得一头，将造王阙。王诊视之，即是戎吴。为之奈何？群臣皆曰："盘瓠是畜，不可官秩，又不可妻。虽有功，无施也。"少女闻之，启王曰："大王既以我许天下矣。盘瓠衔首而来，为国除害，此天命使然，岂狗之智力哉。王者重言，霸者重信。不可以子女微躯，而负明约于天下，国之祸也。"王惧而从之，令少女随盘瓠。盘瓠将女上南山，草木茂盛，无人行迹。于是女解去上衣，为仆竖之扮，著独力之衣，随盘瓠升山入谷，止于石室之中。王悲思之，遣使视觅，天辄风雨，岭震云晦，往者莫至。盖经三年，产六男六女。盘瓠死后，自相配偶，因为夫妻。织绩木皮，染以草实，好五色衣服，裁制著用。经后母归，以语王。王遣追之男女，天不复雨。衣服褊裢，言语侏离，饮食蹲踞，好山恶都。王顺其意，有诏赐以名山广泽，号曰蛮夷……

这显然是有关蛮夷起源的神话，干宝《晋纪》称：

  武陵、长沙、庐江郡夷，盘瓠之后也。杂处五溪之内。盘瓠凭山阻险，每每常为害。糅杂鱼肉，叩槽而号，以祭盘瓠。俗称"赤髀横裙"，即其子孙。[1]

---

[1]《后汉书》卷八十六《南蛮西南夷列传》注引，范晔撰，李贤等注《后汉书》，中华书局 1965 年版，第 2830 页。

而郭璞《玄中记》亦载之,见《太平御览》卷九百五;范晔《后汉书》卷八十六《南蛮西南夷列传》亦载述之,并称"今长沙武陵蛮是也"[1]。古人对部落、民族之起源,怀有神秘感,并因之而创造出种种神话传说。《诗经·玄鸟》曰:

> 天命玄鸟,降而生商。

所谓玄鸟,就是燕子;这表明,殷人认为他们是玄鸟的后代。对此,《史记》卷三《殷本纪》载:

> 殷契,母曰简狄,有娀氏之女,为帝喾次妃。三人行浴,见玄鸟坠其卵,简狄取吞之,因孕生契。

据司马迁载述,殷之始祖契,乃是其母简狄洗浴之际,见玄鸟坠卵,吞玄鸟卵而生。说殷人乃是燕子的后代,在今人看来是何等不可思议!而在先民眼中,这并无不妥之处。又,《史记》卷四《周本纪》载:

> 周后稷,名弃。其母有邰氏女,曰姜原。姜原为帝喾元妃。姜原出野,见巨人迹,心忻然悦,欲践之,践之而身动如孕者。居期而生子……

---

[1] 范晔撰,李贤等注《后汉书》,中华书局1965年版,第2830页。

据上述记载,周的始祖后稷,乃是其母姜原践巨人之迹感而诞生。践巨人迹而孕,以现代科学观而言,当然是不可能的;但在当时的周人看来,却并无不可之处。[1]据《诗经·生民》载,后稷初生时也与一般人不同:

> 先生如达。

朱熹注称:"达,小羊也;羊子易生,无留难也。"[2]所谓羊子易生,是指其胞衣完具,形如肉球,坠地之后,母始为破之。据此而论,后稷初生时乃一肉球而已。而后稷出生后之情形,更显神奇,《诗经·生民》曰:

> 诞置之隘巷,牛羊腓字之;诞置之平林,会伐平林;诞置之寒冰,鸟覆翼之;鸟乃去矣,后稷呱矣。

后稷得到牛、羊、鸟等异类的庇护,——当然应该说是得到上天、神灵的庇护而生存下来,并最终繁衍了周部落。——而上述关于蛮夷起源的神话,与殷、周起源神话在性质上是相同的:那就是该部族之兴起、繁盛,乃是"天命使然",是神意的体现。[3]而性质

---

[1] 后世文人每歌咏之,如曹植《姜嫄简狄赞》:"鲁有四妃,子皆为王。帝挚早崩,尧承天纲。玄鸟大迹,殷周美祥。稷契既生,朔化虞唐。"等等。
[2] 朱熹注《诗经集解》。宋元人注《四书五经》(中册),中国书店1985年版,第129页。
[3] 范晔撰《后汉书》之《南蛮西南夷列传》,有关蛮夷民族之源起或采《搜神记》。

相同的传说,也曾流行于北方少数民族部落中。《太平御览》卷第九百九引《后周书·四夷传》载:

> 突厥之先,匈奴之别种也。为邻国所破。其族有一小儿弃草泽中,有牝狼以肉饲之。及长,与狼交合,遂有孕焉。彼王闻此儿尚在,重遣杀之。使者见狼在侧,并欲杀狼,狼遂逃于高昌国之北山。山有洞穴,穴内有平壤茂草,周回数百里,四面俱山。狼匿其中,遂生十男。其后各为一姓,阿史那即其一也。

又曰:

> 突厥旗纛之上施金狼头。侍卫之士皆谓附离,夏言亦狼也。盖本狼生,志不忘本耳。

突厥自视为狼之后,与蛮夷自视为犬之后、殷人自视为玄鸟之后一样,是人类发展进程之特定历史阶段的产物。毋庸置疑,蛮夷以犬为图腾,殷人以玄鸟为图腾,突厥以狼为图腾,而其中均交织着天命观与神话因素,带着特定时代、地域的烙印。[1]

---

[1]《太平御览》卷九一〇引《博物志》曰:"蜀中南高山上,有物似猕猴,长七尺,能行,健走,名曰猴玃,一名马化,或曰猳玃。同行道妇人有好者,辄盗之以去,人不得知。行者每经过其旁,皆以其长绳相引,然故不免。此能别男女气臭,故取女不取男。取去而为家室,其无子者终身不得还。十年之后,形类之,意亦迷惑,不复思归。有子者辄拘送还其家,产子皆(转下页)

《搜神记》不惟载述一个部落、民族兴起的神话，也记载一个家族兴起的神话。譬如，弘农杨氏乃东汉名族，史称"杨氏载德，仍世柱国"，"自（杨）震至（杨）彪，四世太尉，德业相继"。[1]那么，杨氏何以"仍世柱国"呢？《搜神记》载：

> 弘农杨宝，年七岁，行于华山中。见黄雀，被鸱枭所困。宝收养之，疮愈而飞去。后数年，黄雀为黄衣童子，持玉环来，以赠杨宝："我华岳山使者，为人所伤，劳子恩养，今来报衔。子之世代，皆为三公。"言讫不见。后汉时。[2]

这是弘农杨氏兴起的神话，此神话表明：杨氏之兴，得由神助。又，《太平御览》卷五三二引《搜神记》载：

> 中兴初，有应媪者，生四子而寡。而昼见神光照社，试探之，得黄金。自是诸子宦学，并有才名，至场七世显。

此事被范晔载入《后汉书》卷四十八《杨李翟应霍爰徐传》。汝南

（接上页）如人，有不食养者，母辄死，故无敢不养也。及长与人不异，皆以扬为姓，故今蜀中西界多谓扬，率皆猳貜、马化之子孙，时时有貜爪者。"我疑此一传闻或与盘瓠、突厥之属相似，本是关于蜀地某一少数民族起源的神话传说，这一传说在流入中原地区过程中渐次风化变质，遂至如此。

[1] 范晔撰，李贤等注《后汉书》卷五十四《杨震传》，中华书局1965年版，第1789、1788页。

[2] 干宝撰，李剑国辑校《新辑搜神记》，中华书局2007年版，第458页。

应氏,"七世才闻"[1];"应顺,将作大匠;子叠,江夏太守;叠生郴,武陵太守;郴生奉,从事中郎;奉生劭,车骑将军掾;劭弟珣,司空掾;珣子玚,曹操辟为丞相掾"[2];干宝所记"神光照社"之神异之象,也是昭告应氏之兴,乃上天之意。又,《后汉书·孝灵帝纪》载:

(光和元年)太常张颢为太尉。

注曰:

《搜神记》曰:颢为梁相,新雨后,有鹊飞翔近地,令人摛之,坠地化为圆石,颢命椎破,得一金印,文曰"忠孝侯印"。

鹊坠地化为圆石,捶破而得金印,自是神异,何况金印还有"忠孝侯印"之文!张颢得之,自然意味着天命所在;因而,他位居太尉,也就并非偶然了。

显然,弘农杨氏、汝南应氏等兴起神话,均包蕴着天命观,昭示此一家族之兴得由神助,乃天命所在。需强调的是,这种观念,在当时较为普遍,干宝自然是相信的,并欲借此"明神道之不诬"。而谈到家族兴起问题,不能不涉范阳卢氏传闻。《太平广记》

---

[1] 范晔撰,李贤等注《后汉书》卷四十八《杨李翟应霍爰徐传》史家之论,中华书局1965年版,第1622页。

[2] 范晔撰,李贤等注《后汉书》卷四十八《杨李翟应霍爰徐传》注,中华书局1965年版,第1615页。

卷第三百一十六引《搜神记》载：

卢充，范阳人。家西三十里，有崔少府墓。充年二十，充冬至一日，出宅西猎。射獐中之，獐倒而复起，充逐之；不觉忽见道北一里许，高门瓦屋，四周有如府舍。不复见獐，门中一铃下，唱："客前。"有一人投一襆新衣，曰："府君以遗郎。"充着讫进见，少府语充曰："尊府君不以仆门鄙陋，近得书，为君索小女婚，故相迎耳。"便以书示充。父亡时，充虽小，然已识父手迹，便欷歔无复辞免。便敕内："卢郎已来，便可使女妆严，既就东廊。"至黄昏，内白："女郎妆严毕。"崔语充："君可至东廊。"既至，妇已下车，立席头，却共拜。时为三日，给食三日毕，崔谓充曰："君可归。女生男，当以相还，无相疑；生女，当留养。"敕内严车送客。充便辞出，崔送至中门，执手涕零。出门见一犊车，驾青衣，又见本所着衣及弓箭，故在门前。寻遣传教将一人捉襆衣与充，相问曰："姻缘始尔，别甚怅恨！今故致衣一袭，被褥自副。"充上车，去如电逝，须臾至家。母见，问其故，充悉以状对。别后四年三月，充临水戏，忽见旁有犊车，乍浮乍没。既而上岸，同坐皆见。而充往开其车后户，见崔氏女与三岁男儿共载。女抱儿以还充，又与金碗，并赠诗曰："煌煌灵芝质，光丽何猗猗！华艳当时显，嘉异表神奇。含英未及秀，中夏罹霜萎。荣曜长幽灭，世路永无施。不悟阴阳运，哲人忽来仪。今时一别后，何得重会时！"充取儿碗及诗，忽然不见。充后乘车入市卖碗，冀有识者。有一婢识此，还白大家曰："市中见一人乘车,卖崔氏女郎棺中碗。"大家即崔氏亲姨母也,遣儿视之,果如婢言。乃上车叙姓名,语充曰:"昔我姨嫁少府,女未出而亡,家亲痛之,赠一金碗著棺中,可说得碗本末。"充以事对,此儿亦为悲咽,赍还白母。母即令诣充家迎儿还,诸亲悉集,儿有崔氏之状,又复似充貌。儿碗俱验,姨母曰:"我外甥也,即字温休,温休者,是幽婚也。"遂成令器,历郡守,子孙冠盖相承至今。其后植字(子)干,有名天下。

范阳卢氏传闻在当时大约颇为流行,《世说新语·方正》载:

> 卢志于众坐问陆士衡:"陆逊、陆抗,是君何物?"答曰:"如卿与卢毓、卢珽。"士龙失色。既出户,谓兄曰:"何至如此,彼容不相知也?"士衡正色曰:"我父祖名播海内,宁有不知,鬼子敢尔!"

陆机何以称卢志为"鬼子",刘孝标引孔氏《志怪》作注,亦载述与《搜神记》相同的传闻,而字句稍异;如赠诗曰:"煌煌灵芝质,光丽何猗猗!华艳当时显,嘉异表神奇。含英未及秀,中夏耀霜萎。荣曜长幽灭,世路永无施。不悟阴阳运,哲人忽来仪。今时一别后,何得重会时!会浅离别速,皆由灵与祇。何以赠余亲,金碗可颐儿。爱恩从此别,断绝伤肝脾。"[1] 又如结尾叙曰:"儿遂成为

---

[1] 刘义庆著,刘孝标注,余嘉锡笺疏,周祖谟等整理《世说新语笺疏》,上海古籍出版社1993年版,第299页。

令器。历数郡二千石，皆著绩。其后生植，为汉尚书。植子毓，为魏司空。冠盖相承至今也。"[1]较之《搜神记》内容更详细，信息量更大。范阳卢氏，本寒微，《后汉书》卷六十四《吴延史卢赵列传》仅称"卢植字子干，涿郡涿人也"，又称"植虽布衣"，[2]实意味着卢植出身卑微，并无显赫的门第家世可叙。关于卢氏传闻产生的原因，余嘉锡先生称："六朝人最重谱学，若植父果为时令器，仕历数郡二千石，乌有不知其名字者乎？盖卢氏在汉本自寒微，至植始大，故其子孙虽冠盖相承，为时著姓，亦不能退数先代之典矣。流俗相传，乃有幽婚之说，并为植祖杜撰名字，疑是魏、晋之间有不快于卢氏者之所为。"[3]依余先生之意，这一传闻似乎是攻讦、诋毁卢氏的产物。余先生的见解，某种程度上代表了现代人对这类传闻故事的看法，——但却未必达于此类传闻故事之本旨。钱钟书先生称：

天欤、神欤、鬼欤、怪欤，皆非人非物、亦显亦幽之异属，初民视此等为同质一体……[4]

关于卢充幽婚传闻之解读，有一点须格外注意，即这一幽婚传闻，

---

[1] 刘义庆著，刘孝标注，余嘉锡笺疏，周祖谟等整理《世说新语笺疏》，上海古籍出版社 1993 年版，第 300 页。
[2] 范晔撰，李贤等注《后汉书》，中华书局 1965 年版，第 2113 页。
[3] 刘义庆著，刘孝标注，余嘉锡笺疏，周祖谟等整理《世说新语笺疏》，上海古籍出版社 1993 年版，第 301—302 页。
[4] 钱钟书《管锥编》（第一册），中华书局 1996 年版，第 184 页。

实与天命观有关;所谓"皆由灵与祇",即道出此乃灵祇——亦即神灵之意,这自然也就是天命所在。"人与具有神性的异类建立起血缘关系,其后代子孙必然会得到神灵的庇护,从而繁衍兴盛。这种观念,是古老的万物有灵思想的残留与延伸"[1],一个家族一旦与神类发生关系,与"天""神"有了联系,则意味着天命所加,天意所在。譬如,《史记》卷八《高祖本纪》载:

> 高祖,沛丰邑中阳里人,姓刘氏,字季。父曰太公,母曰刘媪。其先刘媪尝息大泽之陂,梦与神遇。是时雷电晦冥,太公往视,则见蛟龙于其上。已而有身,遂产高祖。

《汉书》卷一《高祖纪第一》亦载:

> 高祖,沛丰邑中阳里人也。姓刘氏。母媪尝息大泽之陂,梦与神遇。是时雷电晦冥,父太公往视,则见交龙于上。已而有娠,遂产高祖。

则关于刘邦之出生,班固之载述,与司马迁之载述完全一致。我们自然不会认为"蛟龙于其上""已而有身,遂产高祖"是诋毁刘邦,这一神话无疑向世人表明,刘邦非凡庸俗子辈,而是真龙天子;刘邦的出身,与凡俗之人相异,乃是"蛟龙"——即"神"

---

[1] 参见拙作《魏晋南北朝幽婚故事研究》,载于《首都师范大学学报》(社会科学版)2004年第1期。

与刘媪结合的产物;这样说来,刘邦身上乃流淌着"异类"的血液。史家们的这种载述,当然不是他们的一己之见,更不是他们个人的臆造,而是当时人们共同的信仰观念的结晶。[1]这种观念,后世北方少数民族中也曾流行,如《太平御览》卷一引《后魏书》载:

> 圣武田于野,见辒辌自天而下,至,则见美女曰:"天使我偶君。"遂寝宿。旦乃还。期周年复会于此。既而以所生男授帝,曰:"善养之,世为帝王。"子即始祖也。

是知人与神有了血缘关系,得天庇佑,其族必昌。——而"卢充的幽婚传说,显然是上古观念的遗留,其中的崔氏女并无后世女鬼的可怕,相反却显现出神异性。卢充与崔氏女结合,使得卢氏一门的血缘中加入了神类的成分,因而其子孙后代冠盖相承"[2]。简言之,卢充幽婚传闻,在当时人看来,乃是夸耀卢氏之富贵得由神助,是

---

[1] 对于文献记载尧、刘邦出生之异,王充有独特的见解,《论衡·奇怪篇》称:"'感于龙','梦与神遇',犹此率也。尧、高祖之母,适欲怀妊,遭逢雷龙载云雨而行,人见其形,遂谓之然。梦与神遇,得圣子之象也。……'野出感龙',及'蛟龙居上',或尧、高祖受富贵之命,龙为吉物,遭加其上,吉祥之瑞,受命之证也。光武皇帝产于济阳宫,凤凰集于地,嘉禾生于屋。圣人之生,奇鸟吉物之为瑞应。必以奇吉之物见而子生,谓之物之子,是则光武皇帝嘉禾之精,凤凰之气欤?"(黄晖撰《论衡校释》,中华书局1990年版,第164页。)则王充依然未能摆脱天命论之观念。

[2] 参见拙文《魏晋南北朝幽婚故事研究》,载于《首都师范大学学报》(社会科学版)2004年第1期。

对卢氏一门"冠盖相承至今"的一种合理解释。

七

干宝撰记"古今怪异非常之事",意在"明神道之不诬",上述分析亦见出一斑。自然,现存《搜神记》一些佚文——主要是历史传说、民间传闻,不惟昭示"神道之不诬",亦暴露出统治者之残暴、荒淫,有些佚文则反映出青年男女对爱情之渴望、追求,等等。譬如,韩冯(或作韩凭)故事,《搜神记》载:

宋时大夫韩冯,娶妻而美,康王夺之。冯怒,王囚之,论为城旦。妻密遗冯书,缪其辞曰:"其雨淫淫,河大水深,日出当心。"既而王得其书,以示左右,左右莫解其意。臣苏贺对曰:"'其雨淫淫',言愁且思也;'河大水深',不得往来也;'日出当心',心有死志也。"俄而冯乃自杀。其妻乃阴腐其衣。王与之登台,妻遂自投台下,左右揽之,衣不中手而死。遗书于带曰:"王利其生,妾利其死,愿以尸骨,赐冯合葬。"王怒弗听,使里人埋之,冢相望也。王曰:"尔夫妇相爱不已,若能使冢合,则吾弗阻也。"宿昔之间,便有文梓木生于二冢之端,旬日而大盈抱,屈体以相就,根交于下,枝错于上。又有鸳鸯鸟,雌雄各一,恒栖树上,晨夜不去,交颈悲鸣,音声感人。宋人哀之,遂号其木曰"相思树"。相思之名,起于此也。今睢阳有韩冯城,其歌谣至今存焉。[1]

梓木生于二冢之端,旬日而大盈抱,无疑是悖于常理的;而二树屈体以相就,根交于下,枝错于上,亦属罕见;——这似乎是上天以此"非常"之事昭示韩冯夫妇之冤吧!而宋康王之残暴、荒淫,韩冯妇之坚贞、不屈,亦跃然纸上。"宋人哀之"一语,道出世人对韩冯夫妇遭遇之深切同情,以及对统治者无耻行径之愤慨、鞭挞。再如,《搜神记》所载"三王墓"传说:

> 楚干将、莫邪为楚王作剑,三年乃成。王怒,欲杀之。剑有雄雌。其妻重身当产,夫语妻曰:"吾为王作剑,三年乃成。王怒,往必杀我。汝若生子是男,大,告之曰:'出户望南山,松生石上,剑在其背。'"于是即将雌剑,往见楚王。王大怒,使相之:"剑有二,一雄一雌。雌来,雄不来。"王怒,即杀之。莫邪子名赤比,后壮,乃问其母曰:"吾父所在?"母曰:"汝父为楚王作剑,三年乃成。王怒,杀之。去时嘱我:'语汝子:出户望南山,松生石上,剑在其背。'"于是子出户南望,不见有山,但睹堂前松柱下,石低之上,即以斧破其背,得剑。日夜思欲报楚王。王梦见一儿,眉间广尺,言:"欲报仇。"王即购之千金。儿闻之,亡去。入山行歌。客有逢者,谓:"子年少,何哭之甚悲耶?"曰:"吾干将、莫邪子也。楚王杀吾父,吾欲报之!"客曰:"闻王购子头千金,将子头

---

[1] 干宝撰,李剑国辑校《新辑搜神记》,中华书局2007年版,第415—416页。

与剑来，为子报之。"儿曰："幸甚！"即自刎，两手捧头及剑奉之，立僵。客曰："不负子也。"于是尸乃仆。客持头往见楚王，王大喜。客曰："此乃是勇士头也。当于汤镬煮之。"王如其言，煮头三日三夕，不烂。头踔出汤中，踬目大怒。客曰："此儿头不烂，愿王自临视之，是必烂也。"王即临之。客以剑拟王，王头随坠汤中。客亦自拟己头，头复坠汤中。三首俱烂，不可识别。乃分其汤肉葬之，故通名"三王墓"。今在汝南北宜春县界。[1]

干将、莫邪之子头煮三日三夕不烂，且踔出汤中，踬目大怒，自属"非常"之事；个中缘由，在干宝看来，大约也要归之于"神道"了。然此一传说反映出的干将之睿智、楚王之残暴、赤比之坚忍、山中客之侠义，个性分明；而字里行间流露出的对于干将、莫邪及其儿子命运之同情、关注，似乎胜过对于"神道"之关注了！

现存《搜神记》佚文中，有些传闻故事反映出青年男女对爱情的渴望与追求，凄婉动人。譬如，《搜神记》载：

吴王夫差小女，名紫玉。童子韩重有道术，紫玉悦之，许与韩重为婚。韩重乃学于齐鲁之间，临去，属其父求婚。王怒，不与女，紫玉结气亡，葬于阊门之外。重三年归，闻其死哀恸，至紫玉墓所哭祭之。紫玉忽魂出冢傍，见重流涕。重与言，乃左顾宛颈而歌曰："南山有鸟，北山张罗。鸟既高

---

[1] 干宝撰，汪绍楹校注《搜神记》，中华书局1979年版，第128—129页。

飞,罗将奈何。志欲从君,谗言孔多。悲结生疾,没命黄垆。命之不造,冤如之何!""羽族之长,名为凤凰。一日失雄,三年感伤。虽有众鸟,不为匹双。故见鄙姿,逢君辉光。身远心近,何尝暂忘!"遂邀重入冢。三日三夜,重请还。临去,紫玉取径寸明珠并昆仑玉壶以送重。重赍二物诣夫差,夫差大怒,按其发冢。紫玉见梦于父,以明重之事。夫差异之,悲咽流涕,因舍重,以子婿之礼待之。[1]

紫玉悦韩重,许为婚,却为父夫差所阻,遂气结、抑郁而死;韩重游学三年归来,面对的是紫玉沉寂的坟茔,悲伤、哀恸之情自不待言,遂哭祭之;紫玉虽亡,而痴情依旧,于是魂出冢傍,与重相聚;阴阳相隔,心近身远,紫玉的"鬼歌"催人泪下……虽夫差终以子婿之礼待韩重,然紫玉、韩重的幸福不再,而徒然留下千古不尽的遗恨……

仔细体悟,《搜神记》佚文中有些传闻故事,似乎溢出了"神道"问题,而难以说是"明神道之不诬"了。譬如,李寄故事,《搜神记》载:

> 东越闽中有庸岭,高数十里。其下北隙中有大蛇,长七八丈,围一丈。土俗常病,东冶都尉及属城长吏多有死者。祭以牛羊,故不得福。或与人梦,或下喻巫祝,欲得啖童女年十二三者。都尉令长并共患之,然气厉不息。共请求人家

---

[1] 干宝撰,李剑国辑校《新辑搜神记》,中华书局2007年版,第389—390页。

生婢子,兼有罪家女养之,至八月朝,祭送蛇穴口。蛇辄夜出,吞啮之。累年如此,前后已用九女。一岁,将祀之,复预募索,未得其女。将乐县李诞家有六女,无男,其小女名寄,应募欲行,父母不听。寄曰:"父母无相,唯生六女,无有一男,虽有如无。女无缇萦济父母之功,既不能供养,徒费衣食。生无所益,不如早死。卖寄之身,可得少钱,以供父母,岂不善耶?"父母慈怜,终不听去。寄自潜严,不可禁止。寄乃行告贵,请好剑及咋蛇犬。至八月朝,便诣庙中坐,怀剑将犬。先作数石米糍,用蜜灌之,以置穴口。蛇夜便出,头大如囷,目如二尺镜。闻糍香气,先啖食之。寄便放犬,犬就啮咋,寄从后斫,得数创。创痛急,蛇因踊出,至庭而死。寄入视穴,得其九女骷髅,悉举出,咤言曰:"汝曹怯弱,为蛇所食,甚可哀愍。"于是寄女缓步而归。越王闻之,聘寄女为后,拜其父为将乐令,母及姊皆有赐赏。自是东冶无复妖邪之物。其歌谣至今存焉。[1]

李寄生活于社会下层,对现实与生活有清醒的认识,父母生育六女,在重男轻女的时代,"虽有如无";李寄自卖其身,得少钱以供父母,孝行可嘉;然李寄卖身并非等死,而是精心策划,最终机智除去蛇害,不仅自救,也使得闽中庸岭地方的少女不再葬身蛇腹,从而造福地方。无疑,这一故事表现了少女李寄的有胆有识,机智勇敢;李寄为民除恶,干宝当持赞扬的态度;——而在有条不紊的

---

[1] 干宝撰,李剑国辑校《新辑搜神记》,中华书局2007年版,第289—290页。

叙述中，我们似乎已看不到所谓"神道"问题了！

　　要而言之，干宝是一位关注现实，颇具使命感的史学家；建武元年，他受命撰《晋纪》，有感于西晋之衰亡及司马睿崛起于江东之现实，遂"发愤"撰《搜神记》，欲通过"撰记古今怪异非常之事"以"明神道之不诬"。干宝笃信阴阳五行天人感应学说，他认为社会上发生的各种怪异非常之事，其背后均有深刻的社会现实政治原因；因而，干宝往往从现实出发，对于各种怪异非常之事推本溯源，力图找出这些怪异之象发生的社会现实政治原因。干宝相信所谓"天命"，但他不是简单地将社会变迁、盛衰，人事更迭等，都归结到天命；干宝注重考察、探究社会政治兴废背后的"人事"因素，强调"人事"的重要性。所以，干宝"明神道之不诬"，其本旨乃在通过记述各种鬼神怪异之事，让人们了解、认识鬼神怪异之事发生的根本原因，从中见吉凶、察时变，大可以考见国家政治治理之得失，小可以明个人祸福休咎之所起，从而为当时和后来人提供鉴戒。

第六章 "卿可谓鬼之董狐"考

一

《晋书》卷八十二《干宝传》载:

> 宝以此遂撰集古今神祇人物变化,名为《搜神记》……以示刘惔,惔曰:"卿可谓鬼之董狐。"

此一载述当本自《世说新语·排调》:

> 干宝向刘真长叙其《搜神记》,刘曰:"卿可谓鬼之董狐。"

刘惔称干宝"卿可谓鬼之董狐"事,看来颇受世人关注,故刘义庆载之,正史亦载之,许嵩《建康实录》卷七亦载之。关于董狐事,刘孝标注称:

> 《春秋传》曰:"赵穿攻晋灵公于桃园,赵宣子未出境而复。太史书:'赵盾弑其君。'宣子曰:'不然。'对曰:'子为正

卿，亡不越境，返不讨贼，非子而谁？'孔子曰：'董狐，古之良史也，书法不隐。赵盾，古之贤大夫也，为法受恶。'"[1]

事见《左传·宣公二年》。也许因为董狐"书法不隐"，被孔子誉为"古之良史"，所以现在有论者认为"卿可谓鬼之董狐"一语，是赞扬干宝的话，其实是误解了刘惔。《世说新语》之《排调》篇，所记乃嘲弄调笑之词；因而，刘惔称干宝为"鬼之董狐"，决不是正面的肯定、赞扬，小南一郎先生认为是微含恶意的揶揄，是有相当道理的。[2]

那么，干宝为什么要将《搜神记》示刘惔？刘惔为什么要恶意揶揄干宝呢？撩开历史的面纱，这两个看似轻淡的问题，实涉及东晋初期思想风尚、政治斗争等诸多重大问题，因而有必要作深入考察、剖析。

先看第一个问题，干宝为什么要将《搜神记》示刘惔？关于这一问题，李剑国先生认为，"当然因为他是名流，品藻为世所重"[3]。的确，名流的一言褒贬，在社会上影响力极大，而刘惔在当时乃是名士。《世说新语·品藻》"抚军问孙兴公"条注引徐广《晋纪》载：

凡称风流者，皆举王、刘为宗焉。

---

[1] 刘义庆著，刘孝标注，余嘉锡笺疏，周祖谟等整理《世说新语笺疏》，上海古籍出版社1993年版，第798页。
[2] 小南一郎《干宝〈搜神记〉の编纂》（上），见《东方学报》第69册，1997年。
[3] 李剑国《干宝考》，见《古稗斗筲录》，南开大学出版社2004年版，第282页。

刘即刘惔，王指王濛。《晋书》卷九十三《王濛传》亦称：

> 与沛国刘惔齐名友善。……凡称风流者，举濛、惔为宗焉。

那么，风流之士何以"举濛、惔为宗"？[1]就刘惔而言，至少有这样一些原因：其一，刘惔是北方士族，出身名门。《刘尹别传》载刘惔为"汉氏之后"[2]，《晋书》卷七十五《刘惔传》称：

> 祖宏，字终嘏，光禄勋。宏兄粹，字纯嘏，侍中。宏弟潢，字冲嘏，吏部尚书。并有名中朝。时人语曰："洛中雅雅有三嘏。"父耽，晋陵太守，亦知名。

其二，刘惔的婚姻非一般。《刘惔传》称：

> 尚明帝女庐陵公主。

刘惔尚庐陵公主的时间不详，据《晋书》卷七十五《荀羡传》称荀

---

[1]《晋诸公别传》载"（王）濛神气清韶。年十余岁，放迈不群。弱冠检尚，风流雅正。外绝荣竞，内寡私欲。辟司徒掾，中书郎，以后父赠光禄大夫"；"濛之交物，虚善纳善，恕而后行，稀见其喜愠之色。凡与一面，莫不敬而爱之。然少孤，事诸母甚谨。笃义穆焉，不修小洁。以清贫见称"；"濛与沛国刘惔齐名，时以濛比袁曜卿，惔比荀奉倩，而共交甚相知赏也"。见汤球辑《九家旧晋书辑本》。

[2]《世说新语·德行》"刘尹在郡"条注。

羡"年十五,将尚寻阳公主"之记载,可推刘惔尚庐陵公主的时间或在十五岁至十八岁之间,即咸和三年(328)至六年(331)之间。[1]据《晋书》卷二十四《职官志》:"……驸马都尉奉朝请,诸尚公主者刘惔、桓温皆为之。"则刘惔尚庐陵公主拜驸马都尉,不久任司徒左长史。结婚帝室,意味着刘惔在政治上具有得天独厚的条件,《世说新语·赏誉》"王右军道谢万石"条注引《刘尹别传》曰:

> 惔既令望,姻娅帝室,故屡居达官。

因而,刘惔后来拜侍中、任丹阳尹,既因个人有才干,也与国婚有关。据《建康实录》卷八,永和三年(347),"冬十二月,以侍中刘惔为丹杨尹";《通典》卷三十七《职官十九》"晋官品"载,"诸卿、尹"为第三品;则刘惔为丹杨尹时年三十四(之前任侍中),可见"屡居达官"之语不妄。其三,刘惔善清谈。清谈乃一时之风气,《宋书》卷六十七《谢灵运传》称:

> 有晋中兴,玄风独振,为学穷于柱下,博物止乎七篇,驰骋文辞,义单乎此。自建武暨乎义熙,历载将百,虽缀响联辞,波属云委,莫不寄言上德,托意玄珠,遒丽之辞,无闻焉尔。

---

[1] 刘惔尚明帝女庐陵公主的时间约在咸和三年至咸和六年,还有一个参照系,即明帝司马绍崩于太兴三年(325),年二十七,据此可推庐陵公主之大致生年。张可礼先生将刘惔尚庐陵公主的时间系于咸和五年(330),见《东晋文艺系年》,山东教育出版社1992年版,第162页。

《晋书》卷九十一《儒林传序》称：

> 有晋始自中朝，迄于江左，莫不崇饰华竞，祖述玄虚，摈阙里之典经，习正始之余论……

玄风独振，当然与最高统治者的喜好有关，《世说新语·方正》"后来年少多有道深公者"条注引《高逸沙门传》载：

> 晋元、明二帝，游心玄虚，托情道味……

而《晋中兴书》载：

> 温峤拜太子中庶子。峤在东宫，特见嘉宠，僚属莫与为比。峤与阮放等共劝太子游谈《老》《庄》，不教以经史，太子甚爱之，数规谏讽议。[1]

是知元帝、明帝、温峤、阮放等人皆善清谈；而渡江名臣如王承、王导、卫玠、王敦、庾亮等，也均善清言。[2]那么，在这样的社会

---

[1]《太平御览》卷二四五。
[2] 王承、王导、卫玠、周颉、庾亮清谈，文献载之颇多。《晋书》卷七十五《王承传》载："承字安期……言理辩物，但明其指要而不饰文辞，有识者服其约而能通。弱冠知名。太尉王衍雅贵异之，比南阳乐广焉。"《世说新语·文学》曰："王丞相过江左，止道《声无哀乐》、《养生》、《言尽意》，三理而已。"又曰："殷中军为庾公长史，下都，王丞相为之集，桓公、王长史、王蓝田、谢镇西并在。丞相自起解帐带麈尾，语殷曰：'身今日当与（转下页）

环境中，刘惔清谈，也就不足为怪了。其四，刘惔有知人之鉴。司徒左长史一职，掌铨衡人伦，《太平御览》卷二六五引《晋起居注》载：

> 仆射诸葛恢各称：州都大中正，为吏部尚书及郎。司徒左长史属掾，皆为中正。

《通典》卷二十"总叙三师三公以下官属"亦载：

> 而司徒加置左长史，掌察次九品，铨衡人伦。

据《世说新语·文学》载：

> 张凭举孝廉出都，负其才气，谓必参时彦。欲诣刘尹，乡里及同举者共笑之。张遂诣刘。刘洗濯料事，处之下座，

（接上页）君共谈析理。'既共清言，遂达五更。丞相与殷共相往反，其余诸贤，略无所关。既彼我相尽，丞相乃叹曰：'向来语，乃竟未知理源所归，至于辞喻不相负。正始之音，正当尔耳！'"《世说新语·企羡》曰："王丞相过江，自说昔在洛水边，数与裴成公、阮千里诸贤共谈道。"《世说新语·赏誉》注引《卫玠别传》曰："玠至武昌，见王敦，敦与之谈论，弥日信宿。敦顾谓僚属曰：'昔王辅嗣吐金声于中朝，此子今复玉振于江表，微言之绪，绝而复续。不悟永嘉之中，复闻正始之音。'"《晋书》卷三十六《卫玠传》载："好言玄理……亲友时请一言，无不咨嗟，以为入微。琅邪王澄有高名，少所推服，每闻玠言，辄叹息绝倒。"《晋书》卷九十八《王敦传》载："敦眉目疏朗，性简脱，有鉴裁，学通《左氏》，口不言财利，尤好清谈。"《晋书》卷七十二《庾亮传》载："亮美姿容，善谈论，性好《庄》《老》，风格峻整。"

唯通寒暑，神意不接。张欲自发无端。顷之，长史诸贤来清言。客主有不通处，张乃遥于末座判之，言约旨远，足畅彼我之怀，一座皆惊。真长延之上座，清言弥日，因留宿至晓。张退，刘曰："卿且去，正当取卿共诣抚军。"张还船，同侣问何处宿？张笑而不答。须臾，真长遣传教觅张孝廉船，同侣惋愕。即同载诣抚军。至门，刘前进谓抚军曰："下官今日为公得一太常博士妙选！"既前，抚军与之话言，咨嗟称善曰："张凭勃窣为理窟。"即用为太常博士。

刘惔举张凭，当在其任司徒左长史期间。而名士戴逵、许玄度等，也均为刘惔所知。桓温于时知名，刘惔评温曰："鬓如反猬皮，眉如紫石棱，自是孙仲谋、司马宣王一流人。"[1]刘惔虽"每奇温才"，"而知其有不臣之迹"，故劝简文帝采取预防措施，可惜简文帝未纳，终致桓温专权；[2]——而刘惔之知人之鉴，于此可见一斑。

上述考察表明，刘惔为风流者所宗，既与其门第、国婚有关，又确因其有才干。刘惔为世所重，文献载述颇多。譬如，《世说新语·排调》载：

明帝问周伯仁："真长何如人？"答曰："故是千斤犗特。"

周伯仁，即周顗，安东将军周浚之子。周顗少有重名，中兴建，补

---

[1]《世说新语·容止》"刘尹道桓公"条。
[2]《晋书》卷七十五《刘惔传》。

吏部尚书；太兴初，拜太子少傅，尚书如故；转尚书左仆射，领吏部如故。王敦为逆，周𫖮遇害，时年五十四。见《晋书》卷六十九《周𫖮传》。周𫖮卒于永昌元年（322），时刘惔九岁。周𫖮称刘惔"千斤犗特"，何谓"犗"？《玉篇》谓："犗之言割也，割去其势，故谓之犗。"余嘉锡先生解释周𫖮之语："真长年少有才，故伯仁比之骟牛，言其驯扰而有千斤之力也。"[1]周𫖮语自不乏调侃意味，却真实反映出时人对刘惔的推重。[2]又，《世说新语·赏誉》称：

> 谢车骑问谢公："真长性至峭，何足乃重？"答曰："是不见耳！阿见子敬，尚使人不能已。"

---

[1] 刘义庆著，刘孝标注，余嘉锡笺疏，周祖谟等整理《世说新语笺疏》，上海古籍出版社1993年版，第797页。

[2] 我初疑周𫖮是否真的说过此话，因为𫖮死时，惔方九岁。然观《谢安传》："安四岁时，谯郡桓彝见而叹曰：'此儿风神秀彻，后当不减王东海。'及总角，神识沉敏，风宇条畅……"《晋书》卷四十三《王戎传》："戎幼而颖悟，神采秀彻。视日不眩，裴楷见而目之曰：'戎眼烂烂，如岩下电。'年六七岁，于宣武场观戏，猛兽从槛中虓吼震地，众皆奔走，戎独立不动，神色自若。魏明帝于阁上见而奇之……"《晋书》卷七十九《谢尚传》称谢尚"幼有至性……八岁，神悟夙成"。《晋书》卷三十六《卫玠传》："年五岁，风神秀异。祖父瓘曰：'此儿有异于众，顾吾年老，不见其成长耳！'总角乘羊车入市，见者皆以为玉人，观之者倾都。骠骑将军王济……尝语人曰：'与玠同游，冏若明珠之在侧，朗然照人。'"《晋书》卷八十三《顾和传》："（和）总角便有清操，族叔荣雅重之，曰：'此吾家麒麟，兴吾宗者，必此子也！'"《世说新语·夙惠》："桓宣武薨，桓南郡年五岁，服始除，桓车骑与送故文武别，因指与南郡：'此皆汝家故吏佐。'玄应声恸哭，酸感傍人。车骑每自目己座曰：'灵宝成人，当以此座还之。'鞠爱过于所生。"周𫖮赞刘惔之语当是可信的。据《三国志》卷十三《魏书·钟繇华歆王朗传》载钟繇之子钟毓："年十四为散骑侍郎，机捷谈笑，有父风。"亦可供参考。

谢车骑即谢玄，刘惔卒时，谢玄尚小，故不了解刘惔；谢公即谢安（刘惔妹嫁谢安），子敬即王献之。关于谢安语之意，刘孝标解释曰："推此言意，则安以玄不见真长，故不重耳。见子敬尚重之，况真长乎？"[1]足见谢安对刘惔之推重！《晋书》卷七十九《谢安传》附谢混传载：

> 孝武帝为晋陵公主求婿，谓王珣曰："主婿但如刘真长、王子敬便足。如王处仲、桓元子诚可，才小富贵，便豫人家事。"珣对曰："谢混虽不及真长，不减子敬。"帝曰："如此便足。"

见出孝武帝对刘惔有才干而不乱朝廷之赞许（而在王珣看来，刘真长又胜过王子敬）。《晋书》卷八十四《王恭传》载王恭"少有美誉，清操过人"，"自负才地高华，恒有宰辅之望"，而"慕刘惔之为人"。这些载述，均反映出刘惔在当时和稍后为人推重、仰慕之事实。所以，干宝将《搜神记》示刘惔，决非偶然，乃因刘惔名重一时，为风流者所宗。

不过，干宝以所撰《搜神记》示刘惔，还有一个原因不容忽视，那就是刘惔确实善于评诗衡文。《世说新语·文学》载：

> 王敬仁年十三，作《贤人论》。长史送示真长，真长答云：

---

[1] 刘义庆著，刘孝标注，余嘉锡笺疏，周祖谟等整理《世说新语笺疏》，上海古籍出版社1993年版，第492页。

"见敬仁所作论，便足参微言。"

王敬仁即王修，王濛之子。《世说新语·赏誉》载支道林赞王修是"超悟人"，注引《文字志》称修"少有秀令之称"，而谢尚称王修"文学镞镞，无能不新"。[1] 对于王修所作《贤人论》，刘惔是很欣赏的。此事《晋书》卷九十三《王修传》亦载。又，《刘惔传》载：

> 郗愔有伧奴善知文章，羲之爱之，每称奴于惔。惔曰："何如方回邪？"羲之曰："小人耳，何比郗公！"惔曰："若不如方回，故常奴耳。"

郗愔字方回，司空郗鉴长子；王羲之，乃郗鉴女婿，与刘惔雅相友善；王羲之向刘惔称道郗愔家奴善知文章，而刘惔的眼界似乎更高，认为如果不如方回，还是常奴罢了。那么，王羲之何以向刘惔提及"伧奴善知文章"一事？当然是因为刘惔善品评文章，而从刘惔"何如方回"的问话，可知他对郗愔的文章是很了解的。又，《世说新语·排调》载：

> 殷洪远答孙兴公诗云："聊复放一曲。"刘真长笑其语拙，问曰："君欲云哪放？"殷曰："榻腊亦放，何必其铨铃邪？"

---

[1] 刘义庆著，刘孝标注，余嘉锡笺疏，周祖谟等整理《世说新语笺疏》，上海古籍出版社1993年版，第487页。

殷洪远即殷融,《世说新语·文学》"江左殷太常父子并能言理"条注引《中兴书》曰:

> (殷融)著《象不尽意》《大贤须易论》,理义精微,谈者称焉。兄子浩亦能清言,每与浩谈,有时而屈,退而著论,融更居长。

据此可知殷融是善于著述的,而非凡庸之辈。但刘惔对殷洪远的诗句,显然看不上眼——因其"语拙",故嘲其"欲云哪放",关于殷融的对答,余嘉锡先生解释:"此云'榻腊亦放,何必铨铃'者,谓己诗虽不工,亦足以达意,何必雕章绘句,然后为诗?犹之鼓虽无当于五声,亦足以应节,何必金石铿铨,然后为乐也?"[1]殷融之意,强调作诗辞达而已,不必雕绘。而刘惔显然不满足于诗歌限于"辞达"的层面,"语拙"是他不能容忍的,这从一个方面反映出刘惔对于诗歌创作的要求是较高的。《太平御览》卷二〇九引《晋中兴书》载:

> 殷融字洪远,司徒王导以为左西属。融饮酒善舞,终日啸咏,未尝以事务自婴。导甚相亲悦焉。

据此可知殷融也曾在司徒府任职,刘惔嘲殷融,或许是惔、融同在

---

[1] 刘义庆著,刘孝标注,余嘉锡笺疏,周祖谟等整理《世说新语笺疏》,上海古籍出版社1993年版,第807页。

司徒府任职期间的事。

所以,干宝以所撰《搜神记》示刘惔,不仅因为刘惔是名士,为风流者所宗,还因刘惔确实善于评诗衡文。

二

第二个问题,刘惔为什么要恶意揶揄干宝?

干宝以所撰《搜神记》示刘惔,刘惔曰"卿可谓鬼之董狐"。对于刘惔之语,小南一郎先生认为,"鬼董狐"不是对干宝《搜神记》正面的肯定评价,而是微含恶意的揶揄,[1]但小南一郎并未深究刘惔揶揄干宝的原因。李剑国先生也认为,"鬼之董狐"其实是讥讽干宝,并具体分析:

> 刘惔对干宝书的评价是以春秋晋国秉笔直书的良史董狐为喻,似乎是称赞,其实是讥讽干宝以史家实录态度对待鬼神荒渺之事,所以《世说新语》以此事入于《排调门》。《世说·品藻》载刘惔自视极高,自许"第一流"人物,未必对年长于他三四十岁的干宝佩服。而且《世说·言语》载,刘惔曾说"吉凶由人"。又载:"刘尹在郡,临终绵惙,闻阁下祠神鼓舞,正色曰:'莫得淫祀。'外请杀车牛祭神,真长答曰:

---

[1] 小南一郎《干宝〈搜神记〉の編纂》(上),见《东方学报》第69册,1997年。

'丘之祷久已，勿复为烦。'"看来他颇不信鬼神之事，属无鬼论一派，所以拿干宝来调侃，意思是做董狐可做鬼董狐则不可，《晋纪》固为良史，《搜神记》则为妖妄。"鬼董狐"之评明扬暗抑，这是刘惔的品藻之妙。《晋书》从《世说》采入，则未解其意，以为称赏，从此后世也就以"鬼董狐"为语怪美称了。[1]

李先生指出，刘惔所谓"鬼董狐"，本意乃在讥讽干宝；而对刘惔本意产生误解，则始自《晋书》，以为是称赏之语了；这一剖析，是符合历史事实的。由于《晋书》是正史，影响甚大，因而后人往往径以《晋书》所载为据，认为"鬼董狐"是称赏干宝的话，而不再推求《世说新语·排调》所载刘惔之语的本意了。以"鬼董狐"为语怪美称，后世常见，李剑国先生列举数例：

> 宋黄庭坚《山谷外集》卷一〇《廖袁州次韵见答并寄黄靖国再生传次韵寄之》："史笔纵横窥宝铉。"自注："干宝作《搜神记》，徐铉作《稽神录》，当时谓宝鬼之董狐。"南宋沈氏有小说集名《鬼董狐》（一名《鬼董》）。元末杨维桢《说郛序》："其搜神怪，可谓鬼董狐。"[2]

可见宋元时期一些诗人、学者对"鬼之董狐""鬼董狐"的理解，

---

[1] 李剑国《干宝考》，见《古稗斗筲录》，南开大学出版社2004年版，第282页。
[2] 《干宝考》注，见《古稗斗筲录》，南开大学出版社2004年版，第282页。

显然是受了《晋书》的影响，认为是褒扬之语。也正因如此，目下学界一些论者依然认为"鬼董狐"是刘惔赞美干宝的话，——其实是误解了刘惔之本意。李先生对于刘惔称干宝为"鬼董狐"本意的分析，自有合理之处。据《刘惔传》载："疾笃，百姓欲为之祈祷，家人又请祭神，惔曰：'丘之祷久矣。'"可见刘惔对于死的达观态度，的确与流俗不同；考虑到干宝曾经是无鬼论者，且著有《无鬼论》，则刘惔称他为"鬼之董狐"，无疑是在揭他的疮疤，嘲讥、揶揄的意味也就愈加强烈。考诸文献，西晋时期的一些谈玄者，如阮修、阮瞻等，也是当时著名的无鬼论者。但是，刘惔是否"属无鬼论一派"，文献并无明确记载。"丘之祷久矣"，出自《论语·述而》，孔子重病，子路为之祈祷，孔子说了这句话，——但孔子并非无鬼论者；笔者以为，刘惔也大致如此。而从"家人又请祭神"之记载，似乎反倒见出其家信鬼神的氛围。如此说来，则认为刘惔因"属无鬼论一派"，故嘲讥笃信鬼神的干宝为"鬼董狐"的说法，似乎未中肯綮。

那么，刘惔何以讥讽、揶揄干宝？笔者认为更应该从刘惔、干宝思想、志趣之差异入手，——而对鬼神的态度，仅属其中的一个方面。如前所述，刘惔是名士，以清谈、有知人之鉴而为时人称道；非止乎此，刘惔又饮酒、任情、不拘礼法，乃至放达任诞！以下即作具体考察。

关于刘惔清谈及为人称誉事，文献载述颇多。刘惔在司徒府任左长史，而王导本人就是著名的清谈人物，且司徒府中荟萃了不少知名的清谈家。据《资治通鉴》卷九十五载，王导于咸康元年（335）辟王濛为掾，王述为中兵属，"当时称风流者，以惔、濛为首"[1]。据《世说新语·品藻》"刘尹至王长史许清言"条注引《刘惔别传》载：

> 惔有俊才，其谈咏虚胜，理会所归，王濛略同，而叙致过之，其词当也。

刘惔、王濛不久又深得司马昱赏识；《晋书》卷九《简文帝纪》称昱"清虚寡欲，尤善玄言"，因为同调，趣尚一致，所以司马昱待王、刘以上宾礼。据《刘惔传》载：

> 以惔雅善言理，简文帝初作相，与王濛并为谈客，俱蒙上宾礼。
> 尤好《老》《庄》，任自然趣。

刘惔清谈之妙，不乏载述，如《世说新语·文学》载：

> 殷中军问："自然无心于禀受，何以正善人少，恶人多？"诸人莫有言者。刘尹答曰："譬如泻水著地，正自纵横流漫，略无正方圆者。"一时绝叹，以为名通。

殷中军，即殷浩，《世说新语·赏誉》"王仲祖、刘真长造殷中军谈"条注引《中兴书》曰："浩能言理，谈论精微，长于《老》

---

[1] 司马光编撰《资治通鉴》（附考异），上海古籍出版社1997年版，第843页。

《易》,故风流者皆宗归之。"《晋书》卷七十七《殷浩传》亦称:"浩识度清远,弱冠有美名,尤善玄言……为风流谈论者所宗。"而上述记载表明,刘惔清谈,时胜殷浩。又,《世说新语·文学》载:

> 殷中军、孙安国、王、谢能言诸贤,悉在会稽王许。殷与孙共论《易》象,妙于见形。孙语道合,意气干云。一座咸不安孙理,而辞不能屈。会稽王慨然叹曰:"使真长来,故应有以制彼。"既迎真长,孙意已不如。真长既至,先令孙自叙本理。孙粗说己语,亦觉殊不及向。刘便作二百许语,辞难简切,孙理遂屈。一座同时抃掌而笑,称美良久。

孙安国,即孙盛,《晋书》卷八十二《孙盛传》称孙盛"博学,善言名理。于时殷浩擅名一时,与抗论者,惟盛而已"。但上述记载表明,刘惔清谈乃胜孙盛。刘惔亦高自标置,《世说新语·品藻》载:

> 桓大司马下都,问真长曰:"闻会稽王语奇进,尔邪?"刘曰:"极进,然故是第二流中人耳!"桓曰:"第一流复是谁?"刘曰:"正是我辈耳!"

可见刘惔对自己的清谈水平甚为自负,而时人对刘惔清谈也确实评价很高,孙绰《惔谏(当作"诔")叙》称:

神犹渊镜,言必珠玉。[1]

《世说新语·赏誉》载:

> 许玄度言:"《琴赋》所谓'非至精者,不能与之析理',刘尹其人。"

道出刘惔清谈之精微、精当,以及超越时流之卓越见解。

关于刘惔之酣饮,记述文字不多,却传神写照。《世说新语·赏誉》载:

> 刘尹云:"见何次道饮酒,使人欲倾家酿。"

此事《晋书》卷七十七《何充传》亦载。所谓"倾家酿"者,乃"倾倒其家酿"而饮也,一语道出刘惔之豪饮!《世说新语·赏誉》载:

> 简文曰:"刘尹茗柯有实理。"

所谓"茗柯有实理",乃言刘惔醉中亦无妄语,故简文帝称赏之。[2]

---

[1] 刘义庆著,刘孝标注,余嘉锡笺疏,周祖谟等整理《世说新语笺疏》,上海古籍出版社1993年版,第482页。

[2] 《初学记》卷二十六"酒第十一"载刘惔《酒箴》:"爰建上业,曰康曰狄。作酒于社,献之明辟。仰郊昊天,俯祭后土。歆祷灵祇,辨定宾主。啐酒成礼,则彝伦攸叙,此酒之用也。"观此确与刘伶《酒德颂》迥异。

而刘惔又是一个任情而不拘于礼法的人,在当时被方之荀粲。《刘惔传》曰:

> 及惔年德转升,论者遂比之荀粲。

《晋书》卷九十三《王濛传》也称:

> 时人以惔方荀奉倩,濛比袁曜卿。

荀粲是正始名士,善清谈,《世说新语·文学》"傅嘏善言虚胜"条注引《(荀)粲别传》称"粲能言玄远""粲尚玄远"[1]。而荀粲又以任情而不拘于礼名噪一时,为礼法之士所讥。《世说新语·惑溺》载:

> 荀奉倩与妇至笃,冬月妇病热,乃出中庭自取冷,还以身熨之。妇亡,奉倩后少时亦卒,以是获讥于世。

则荀粲对其妻之痴情、钟爱可见一斑!那么,时人将刘惔方之荀粲,正说明刘惔也是任情而动、不拘礼法之人。《世说新语·任诞》载:

> 王、刘共在杭南,酣宴于桓子野家。谢镇西往尚书墓还,

---

[1]《三国志·荀彧传》注引《晋阳秋》载:"太和初,到京邑与傅嘏谈。嘏善名理而粲尚玄远……"

葬后三日返哭。诸人欲邀之，初遣一信，犹未许，然已停车。重邀，便回驾。诸人门外迎之，把臂便下，才得脱帻，著帽酣宴。半坐，乃觉未脱衰。

谢镇西，即谢尚，此一记载，正见出刘惔、王濛、谢尚辈之不拘礼法、放达任诞。[1]

据《刘惔传》，刘惔卒，孙绰为之诔云"居官无官官之事，处事无事事之心"，"时人以为名言"。体味孙绰诔文，可以发现，这其实是说刘惔不婴世务，厌烦政事。当时不少名士以口谈玄虚为高，以勤恪为俗吏，故仕不事事，刘惔正属此列。《世说新语·排调》"桓大司马乘雪欲猎"条注引《语林》曰：

---

[1] 关于王濛、谢尚任情放达、率性而行事，文献载之颇多。如《晋书》卷九十三《王濛传》："濛少时放纵不羁，不为乡曲所齿……"《晋书》卷七十九《谢尚传》："司徒王导深器之，比之王戎，常呼为'小安丰'，求为掾。……始到府通谒，导以其有胜会，谓曰：'闻君能作《鸲鹆舞》，一座倾想，宁有此理不？'尚曰：'佳。'便著衣帻而舞。导令坐者抚掌击节，尚俯仰在中，傍若无人，其率诸如此。"而谢尚之放达，显然受其父谢鲲影响。谢鲲是中朝名士，其任诞、通达文献多载，如《世说新语·赏誉》"谢公道豫章"条注引《江左名士传》曰："鲲通简有识，不修威仪。好迹逸而心整，形浊而言清。居身若秽，动不累高。邻家有女，尝往调之。女方织，以梭投折其两齿。既归，傲然长啸曰：'犹不废我啸歌。'其不事形骸如此。"《世说新语·品藻》"明帝问谢鲲"条注引邓粲《晋纪》曰："鲲与王澄之徒，慕竹林诸人，散首披发，裸袒箕踞，谓之八达。故邻家之女，折其两齿。世为谣曰：'任达不已，幼舆折齿。'"《晋书》卷四十九《光逸传》载："……辅之与谢鲲、阮放毕卓、羊曼、桓彝、阮孚散发裸裎，闭室酣饮已累日。逸将排户入，守者不听，逸便于户外脱衣露头于狗窦中窥之而大叫。辅之惊曰：'他人决不能尔，必我孟祖也。'遽呼入，遂与饮，不舍昼夜。时人谓之八达。"

> 宣武征还，刘尹数十里迎之，桓都不语，直云："垂长衣，谈清言，竟是谁功？"刘答曰："今得灵长，功岂在尔？"

桓温征伐回来，自知征战之苦，故对前来迎接自己的刘惔——这位口谈玄虚而不事事的大名士，不免有怨言。桓温重事功，他对不事事的清谈家，颇为不满，《世说新语·轻诋》载："桓公入洛，过淮、泗，践北境，与诸僚属登平乘楼，眺瞩中原，慨然曰：'遂使神州陆沉，百年丘墟，王夷甫诸人，不得不任其责！'"桓温将"神州陆沉"的责任，推到清谈名士领袖王衍身上。桓温的话，当然有其道理，《八王故事》载："夷甫虽居台司，不以事物自婴，当世化之，羞言名教。自台郎以下，皆雅崇拱默，以遗事为高。四海尚宁，而识者知其将乱。"[1]因而西晋之衰亡，与王衍等辈不恤民，尚空谈，不勤政不无关系。所以，桓温指责刘惔"垂长衣，谈清言"，是有所感而发。而《世说新语·政事》载：

> 王、刘与林公共看何骠骑，骠骑看文书不顾之。王谓何曰："我今故与林公来相看，望卿摆拨常务，应对玄言，哪得方低头看此邪？"何曰："我不看此，卿等何以得存？"[2]

---

[1] 刘义庆著，刘孝标注，余嘉锡笺疏，周祖谟等整理《世说新语笺疏》，上海古籍出版社1993年版，第834页。

[2] 余嘉锡笺疏引程炎震语："康帝初，充以骠骑辅政，时支遁未尝至都。此林公字必是深公之误。《高僧传》四云：'竺道潜字法深，司空何次道尊以师资之敬'，是其证也。浅人见林公，罕见深公，故辄改耳。"见《世说新语笺疏》，上海古籍出版社1993年版，第182页。

何骠骑即何充,《晋书》卷七十七《何充传》称充"临朝正色,以社稷为己任",何充对"无官官之事""无事事之心"的刘惔,显然也是不满的。而《世说新语·言语》载:

> 刘真长为丹阳尹,许玄度出都就刘宿。床帷新丽,饮食丰甘。许曰:"若保全此处,殊胜东山。"刘曰:"卿若知吉凶由人,吾安得不保此!"王逸少在坐曰:"令巢、许遇稷、契,当无此言。"二人并有愧色。

刘惔为丹阳尹,在永和三年(347)冬十二月,见《建康实录》卷八。从许玄度与刘惔的谈话,可见刘惔是重恬适而轻事功的人。刘惔"居官无官官之事,处事无事事之心",又非偶然,《世说新语·品藻》载:

> 抚军问孙兴公:"刘真长何如?"曰:"清蔚简令。""王仲祖何如?"曰:"温润恬和。""桓温何如?"曰:"高爽迈出。""谢仁祖何如?"曰:"清易令达。""阮思旷何如?"曰:"弘润通长。""袁羊何如?"曰:"洮洮清便。""殷洪远何如?"曰:"远有致思。""卿自谓何如?"曰:"下官才能所经,悉不如诸贤;至于斟酌时宜,笼罩当世,亦多所不及。然以不才,时复托怀玄胜,远咏《老》《庄》,萧条高寄,不与时务经怀,自谓此心无所与让也。"

孙绰所谓"不与时务经怀",亦即不以事务自婴,以谈玄为高,以勤恪为俗之意。对于此风，余嘉锡先生分析：

> 盖自中朝名士王衍之徒，祖尚浮虚，不以物务自婴，转相仿效，习成风尚。以遗事为高，以任职为俗，江左偏安，此弊未改。[1]

余先生之剖析，道出东晋初社会风尚之实情，利于我们认识、判断当时的政治生态与思想风尚，也利于我们认识不拘礼法的清谈名士与礼法之士之间矛盾、冲突产生的社会现实根源。

那么，谈玄理、善人伦、饮酒、不拘礼法、任情放诞、不婴世务[2]，乃构成刘惔思想、志趣的主要方面，——这就是所谓名士风流！史称"凡称风流者，皆举王、刘为宗焉"，正道出王濛、刘惔乃渐次成为东晋新一代名士的领袖人物。

---

[1] 刘义庆著，刘孝标注，余嘉锡笺疏，周祖谟等整理《世说新语笺疏》，上海古籍出版社1993年版，第324页。

[2] 《太平御览》卷三五六引干宝《百志诗》曰："壮士禀杰姿，气烈有自然。俯仰群众中，胡能救世艰。阅巩代缝掖，兜鍪易进贤。"《隋书·经籍志》著录干宝《百志诗》九卷，下注"梁五卷"，入总集类。关于干宝《百志诗》，姚振宗《隋书经籍志考证》称："大抵集古来言志之诗，如张茂先《励志诗》三类，存录百家或百篇，以为是集欤？"目下学界也有论者持此观点。我以为，《百志诗》即使为"集古来言志之诗"，也不影响此诗表现出干宝"救世艰"的愿望。观干宝《晋纪总论》，其忧天下之心可见。所以，干宝为官之道乃与刘惔不同。

三

而干宝之思想、志趣，迥异于刘惔。

干宝"性好阴阳术数"，而又安于礼法。据《郭璞别传》载，郭璞"不持仪检，形质颓索，纵情嫚惰，时有醉饱之失。友人干令升戒之曰：'此伐性之斧也。'"[1]此事《晋书》卷七十二《郭璞传》亦载。此一细事，见出干宝日常修身之严谨。对于魏晋时兴的玄学，干宝深表不满；对名士之不拘礼法、任情放诞，干宝痛加挞伐；乃至西晋灭亡的原因，干宝也归于谈玄及破坏礼法。《文选》卷第四十九引干宝《晋纪总论》曰：

> 风俗淫僻，耻尚失所，学者以《庄》、《老》为宗，而黜《六经》，谈者以虚薄为辩，而贱名俭，行身者以放浊为通，而狭节信，进仕者以苟得为贵，而鄙居正，当官者以望空为高，而笑勤恪。是以目三公以萧杌之称，标上议以虚谈之名，刘颂屡言治道，傅咸每纠邪正，皆谓之俗吏。其依仗虚旷，依阿无心者，皆名重海内。若夫文王日昃不暇食，仲山甫夙夜匪懈者，盖共嗤点以为灰尘，而相诟病矣。……礼法刑政，

---

[1] 刘义庆著，刘孝标注，余嘉锡笺疏，周祖谟等整理《世说新语笺疏》，上海古籍出版社1993年版，第257页。

> 于此大坏……故观阮籍之行,而觉礼教崩弛之所由……

干宝《晋纪》载:

> 何曾尝谓阮籍曰:"卿恣情任性,败俗之人也。今忠贤执政,综核名实,若卿之徒,何可长也!"复言之于太祖,籍饮啖不辍。故魏、晋之间,有披发夷傲之事,背死忘生之人,反谓行礼者,籍为之也。[1]

足见干宝对玄学、对鄙弃礼法的名士如阮籍辈,可谓深恶痛绝!而由干宝对不拘礼法、任情放诞名士之挞伐——刘惔显然在此被挞伐之列,我们不难推知那些任情放诞的名士对于干宝的态度了。所以,干宝以所撰《搜神记》示刘惔,刘惔乃以"卿可谓鬼之董狐"加以嘲戏、讥讽,决非偶然;个中缘故,非仅因为干宝笃信鬼神,更有深层的现实原因,那就是礼法之士与任情放达的名士之间的矛盾、冲突!

事实上,西晋以来,礼法之士对谈玄者、不拘礼法者的批评、挞伐从未间断。武帝世,何曾为代表的礼法之士对"宏达不羁,不拘礼俗"[2]的阮籍予以抨击。惠帝朝,裴頠"深患时俗放荡,不尊儒术,何晏、阮籍素有高名于世,口谈浮虚,不遵礼法,尸禄耽

---

[1] 刘义庆著,刘孝标注,余嘉锡笺疏,周祖谟等整理《世说新语笺疏》,上海古籍出版社1993年版,第727页。

[2] 《世说新语·德行》"晋文王称阮嗣宗至慎"条注引《魏书》。

宠，仕不事事；至王衍之徒，声誉太盛，位高势重，不以物务自婴，遂相放效，风教陵迟，乃著崇有之论以释其蔽……"[1]而陈𬱖遗王导书称"中华所以倾弊者，正以取才失所，先白望而后实事，浮竞驱驰……加有庄、老之俗，倾惑朝廷，养望者为弘雅，政事者为俗人，王职不恤，法物坠丧"[2]，等等。永嘉之乱，促使士人们对西晋之衰亡作深层反思，一些士人乃将西晋灭亡的原因归于名士之清谈及破坏礼法。太兴元年（318），御史中丞熊远上疏，陈政三失，其三曰：

> 今当官者以理事为俗吏，奉法为苛刻，尽礼为谄谀，从容为高妙，放荡为达士，骄蹇为简雅，此三失也。[3]

《晋书》卷七十《应詹传》载应詹太兴二年（319）上疏：

> 元康以来，贱经尚道，以玄虚宏放为夷达，以儒术清俭为鄙俗。永嘉之弊，未必不由此也。[4]

《世说新语·赏誉》"王丞相云刁玄亮之察察"条注引邓粲《晋纪》载：

---

[1]《晋书》卷三十五《裴𫖳传》。
[2]《资治通鉴》将陈𬱖遗王导书系于永嘉五年（311），见司马光编撰《资治通鉴》（附考异），上海古籍出版社1997年版，第772页。
[3]《晋书》卷七十一《熊远传》。
[4] 应詹上疏时间，参见《资治通鉴》卷九十一。

咸和中，贵游子弟能谈嘲者，慕王平子、谢幼舆等为达。壶厉色于朝曰："悖礼伤教，罪莫斯甚！中朝倾覆，实由于此。"欲奏治之，王导、庾亮不从……[1]

而《世说新语·政事》"陶公性检厉"条注引《晋阳秋》载陶侃语：

《老》《庄》浮华，非先王之法言而不敢行。君子当正其衣冠，摄以威仪，何有乱头养望，自谓宏达邪？

又，《晋书》卷八十二《虞预传》载：

预雅好经史，憎疾玄虚，其论阮籍裸袒，比之伊川被发，所以胡虏遍于中国，以为过衰周之时。

而《晋书》卷七十五《范宁传》载：

时以浮虚相扇，儒雅日替，宁以为其源始于王弼、何晏，二人之罪深于桀纣，乃著论曰："……王、何蔑弃典文，不遵礼度，游辞浮说，波荡后生，饰华言以翳实，骋繁文以惑世。缙绅之徒，翻然改辙，洙泗之风，缅焉将坠。遂令仁义幽沦，儒雅蒙尘，礼坏乐崩，中原倾覆。古之所谓言伪为辩、行僻而坚者，其斯人之徒欤！……王、何叨海内之浮誉，资膏粱

---

[1]《资治通鉴》卷第九十三系此于咸和元年（326）。

之傲诞，画魑魅以为巧，扇无检以为俗。郑声之乱乐，利口之覆邦，信矣哉！"

范宁作《王弼何晏论》时间，不可考，或在废帝司马奕太和元年（366）。[1] 从上述考察可以看出：对谈玄者、不拘礼法者的声讨、挞伐之声，从未间断过。而由此导致任情放达名士与礼法之士之间产生矛盾、冲突，也就很自然了。据《晋书》卷七十《卞壶传》载：

> 壶干实当官，以褒贬为己任，勤于吏事，欲规正督世，不肯苟同时好……故为诸名士所少，而无卓尔优誉。

史臣称卞壶"束带立朝，以匡正为己任"，但在当时却受到诸名士的轻视、非难；原因很清楚，那就是卞壶对于诸名士"悖礼伤教"、任情放达之批评、攻击，招致名士们的责难，乃至敌视。《资治通鉴》卷第九十三载：

> 壶俭素廉絜，裁断切直，当官干实，性不弘裕，不肯苟同时好，故为名士所少。阮孚谓之曰："卿常无闲泰，如含瓦石，不亦劳乎？"壶曰："诸君子以道德恢弘，风流相尚，执鄙吝者，非壶而谁！"

---

[1] 参见张可礼《东晋文艺系年》，山东教育出版社1992年版，第421页。

阮孚是当时重要的清谈家，任情放诞，不拘礼法，故对卞壸之论不满，责难卞壸。《资治通鉴》将阮孚责难卞壸事，系于咸和元年（326），下距刘惔嘲讥、揶揄干宝仅数年。卞壸对于放达"谈嘲""贵游子弟"，"欲奏治之"，然执政者如王导、庾亮皆不从，原因之一即王、庾本人均是当时清谈界的重要人物，这就是当时的社会现实状况；因而，卞壸之言，非但不能为执政者所用，反而招致名士们的反感，为诸名士"所少"，遂"无卓尔优誉"。——那么，刘惔之嘲讥、揶揄干宝，与诸名士责难卞壸，当属同样的情形。

文献表明，刘惔在当时确实存在标同伐异问题。据《世说新语·轻诋》载：

> 谢镇西书与殷扬州，为真长求会稽。殷答曰："真长标同伐异，侠之大者。常谓使君降阶为甚，乃复为之驱驰邪？"

殷扬州即殷浩，据《晋书》卷七十七《殷浩传》，殷浩"识度清远，弱冠有美名，尤善玄言"，"为风流谈论者所宗"。《世说新语·赏誉》"王司州与殷中军语"条注引徐广《晋纪》曰："浩清言妙辩玄致，当时名流，皆为其美誉。"殷浩在当时也是著名的清谈家，与刘惔同朝共事，他说刘惔"标同伐异"，应当是有据的。王敬仁作《贤人论》，刘孝标为《世说新语》作注引之：

> 或问："《易》称贤人，黄裳元吉，苟未能暗与理会，何得不求通？求通则有损，有损则元吉之称将虚设乎？"答

曰:"贤人诚未能暗与理会,当居然人从,比之理尽,犹一豪之领一梁。一豪之领一梁,虽于理有损,不足以挠梁。贤有情之至寡,豪有形之至小,豪不至挠梁,于贤人何有损之者哉!"[1]

对此,刘惔评曰"足参微言",余嘉锡先生则认为"此论所言,浅薄无取"[2];这其中固然有因时代久远而导致的评判标准不同的问题,但笔者以为个中不乏"标同"之嫌,因为王敬仁乃是王濛之子,而非其他人。《世说新语·政事》"王刘与林公共看何骠骑"条注引《晋阳秋》载:

何充与王濛、刘惔好尚不同,由此见讥于当世。

所谓好尚,乃爱好崇尚也。据《晋书》卷七十七《何充传》,何充"性好释典,崇修佛寺,供给沙门以百数,靡费巨亿而不吝也"。何充佞佛,与王濛、刘惔之谈玄不同,遂被讥刺。——那么,"性好阴阳术数"的干宝,与口谈玄虚、任情放诞的刘惔,自然"异"于泾渭,刘惔"伐"之、"讥"之,何足怪也?

---

[1] 刘义庆著,刘孝标注,余嘉锡笺疏,周祖谟等整理《世说新语笺疏》,上海古籍出版社1993年版,第260页。
[2] 同上注,第261页。

四

　　寻绎史家所载,稗官所述,笔者认为,刘惔嘲讥干宝为"鬼之董狐",还有一个较为隐讳的原因,即刘惔与干宝难免涉入当时门阀士族之间争权夺利的斗争漩涡有关。——而此事较为复杂,实涉及东晋初期朝廷权力斗争及门阀士族之间权力格局之变化问题。

　　在干宝的仕宦生涯中,王导是一个关键人物,他荐干宝领国史,请干宝为司徒右长史;以常理而论,干宝与琅邪王氏之间的关系,当比较密切。元嘉三年(426),蒙逊就刘宋司徒王弘求《搜神记》,也从一个侧面说明王氏与干氏关系不一般,其家中乃藏有《搜神记》,而王弘曾祖即王导。刘惔嘲讥干宝的时间,约在咸和八年(333),而此时王氏与庾氏之间争权夺利的斗争已渐趋激烈;忖度时势,则刘惔、干宝在当时恐怕很难置身其外。关于王氏势力之盛衰以及王氏与庾氏之间权力斗争格局之演变,所涉较广,以下即不惮烦琐,加以考察、说明。

　　据血统关系言,司马睿乃司马懿曾孙、琅邪恭王司马觐之子,于武帝、惠帝皇统已相当疏远。然因两京陷落,怀帝、愍帝先后被虏,武帝、惠帝嫡属尽死于难,历史遂将司马睿推到了前台。永嘉初,东海王司马越遣司马睿渡江;对此,田余庆先生分析:

　　　　司马睿、王导受命过江,从军事、政治上说,是为了填补陈敏被消灭后江左的真空，使之同江淮、荆楚呼应，保障徐州，并为中原犄角。……从经济上说，很可能有替坚守中原的司马越、王衍搜括江南财富，特别是漕运江南粮食的目的。[1]

但司马睿、王导既已渡江，就未必按着司马越的意图行事了。《晋书》卷二十七《五行志》（上）载：

> 孝怀帝永嘉四年四月，江东大水。时王导潜怀翼戴之计，阴气盛也。

可见司马睿过江后不足三载，王导的翼戴之计就为时人察知。事实上，司马睿渡江后，晋室政治中心逐渐南移，并终于愍帝司马邺遇害后建立起东晋政权。

东晋草创，其政权格局颇独特，时人谓之"王与马，共天下"[2]。这一格局的形成，自有其现实原因。据《元帝纪》，司马睿生于咸宁二年（276），十五岁嗣位琅邪王；惠皇之际，王室多故，司马睿恭俭退让，"时人未之识焉"[3]；因而司马睿初镇建康，"吴人不附，居月余，士庶莫有至者"[4]。据《王导传》载：

> 导患之。会敦来朝，导谓之曰："琅邪王仁德虽厚，而名

---

[1] 田余庆《东晋门阀政治》，北京大学出版社2005年版，第11页。
[2] 《晋书》卷九十八《王敦传》。
[3] 《晋书》卷六《元帝纪》。
[4] 《晋书》卷六十五《王导传》。

论犹轻。兄威风已振，宜有以匡济者。"会三月上巳，帝亲观禊，乘肩舆，具威仪，敦、导及诸名胜皆骑从。吴人纪瞻、顾荣，皆江南之望，窃觇之，见其如此，咸惊惧，乃相率拜于道左。……自此之后，渐相崇举，君臣之礼始定。[1]

显然，没有王氏这样的高门"匡济"，司马睿难以立足江左。《世说新语·言语》"顾司空未知名"条引邓粲《晋纪》载：

> 导与元帝有布衣之好，知中国将乱，劝帝渡江，求为安东司马，政皆决之，号仲父。晋中兴之功，导实居其首。

是知晋中兴之功，无人可及王导。邓粲《晋纪》又载：

> 王导协赞中兴，（王）敦有方面之功。[2]

指出王敦在安外方面，亦非他人可比肩。《世说新语·宠礼》"元帝正会"条引《中兴书》载：

> 元帝登尊号，百官陪位，诏王导升御座，固辞然后止。

---

[1] 田余庆先生对"帝亲观禊"及骑从率拜情节的真实性提出质疑，但他也认为："其中所反映的王、马关系和敦、导地位，以及南土尚存的猜疑心理，应当是近实的。"见《东晋门阀政治》，北京大学出版社2005年版，第20页。
[2] 《世说新语·言语》"王敦兄含为光禄勋"条引。

此事《王导传》亦载：

> 及帝登尊号，百官陪列，命导升御床共坐。导固辞，至于三四，曰："若太阳下同万物，苍生何由仰照！"帝乃止。[1]

司马睿之所以能登上大位，受尊号，王氏之功莫大焉；对此，司马睿是很清楚的，而"诏王导升御座"，乃是司马睿愿与王氏"共天下"的象征之举。

不过，东晋初年的"王与马，共天下"政权格局，在权力的实际运作中，并非马辖王，也非马王均权，而是司马睿几乎成了政权的装饰品。[2]永嘉南渡后，王导居内、处机枢之地，王敦居外、总征讨之事，主弱臣强局面形成，此格局至东晋建立而未变。史称司马睿"懦而少断"[3]，但他还是不甘于、不安于这种权力格局；而要改变此一局面，司马睿必须另有所倚，于是他信赖刘隗、刁协等，欲倚之以与王氏相抗衡。[4]据《晋书》卷六十九《刘隗传》载：

---

[1] 对此，《资治通鉴》载之时间更具体，卷第九十载："丙辰，王即皇帝位，百官皆陪列。帝命王导升御床共坐，导固辞曰：'若太阳下同万物，苍生何由仰照！'帝乃止。"

[2] 关于东晋政权之特点、司马氏皇权与门阀士族之关系问题，田余庆《东晋门阀政治》论之甚详，本文多有参考。

[3] 《宋书》卷三十一《五行二》。

[4] 《宋书》卷三十四《五行五》载："晋元帝太兴四年十二月，郊牛死。按刘向说《春秋》郊牛死曰，宣公区霿昏乱，故天不飨其祀。元帝中兴之业，实王导之谋也。刘隗探会主意，以得亲幸，导见疏外。此区霿不睿之祸也。"此或一定程度上反映出当时人对王导被排斥的看法。

> 太兴初，长兼侍中，赐爵都乡侯，寻代薛兼为丹阳尹，与尚书令刁协并为元帝所宠，欲排抑豪强。诸刻碎之政，皆云隗、协所建。隗虽在外（指为丹阳尹），万机秘密皆豫闻之。拜镇北将军、都督青徐幽平四州军事、假节，加散骑常侍，率万人镇泗口。
>
> 初，隗以王敦威权太盛，终不可制，劝帝出腹心以镇方隅，故以谯王承为湘州，续用隗及戴若思为都督……

司马睿太兴元年（318）三月即位，六月甲申即以刁协为尚书令。而《晋书》卷六十九《刁协传》载：

> 协性刚悍，于物多忤，每崇上抑下，故为王氏所疾。又使酒放肆，侵毁公卿，见者莫不侧目。然悉力尽心，志在匡救，帝甚信任之。

对元帝之举措，王氏颇感不平，《晋书》卷九十八《王敦传》载：

> 时刘隗用事，颇疏间王氏，导等甚不平之。……（敦）既素有重名，又立大功于江左，专任阃外，手控强兵，群从显贵，威权莫贰，遂欲专制朝廷，有问鼎之心。帝畏而恶之，遂引刘隗、刁协等以为心膂。敦益不能平，于是嫌疑始构矣。……及湘州刺史甘卓迁梁州，敦欲以从事中郎陈颁

代卓,帝不从,更以谯王承镇湘州。[1]敦复上表陈古今忠臣见疑于君,而苍蝇之人交构其间,欲以感动天子。帝愈忌惮之。……帝以刘隗为镇北将军,戴若思为征西将军,悉发扬州奴为兵,外以讨胡,实御敦也。

事态发展至此,元帝与王敦之间已无回旋的余地。永昌元年(322)春正月,王敦以诛刘隗为名,于武昌举兵,东晋政权建立后朝廷与藩镇之间的第一次内战爆发。

王敦起兵,乃是元帝司马睿与门阀士族之间权力斗争、利益冲突的必然结果。由于刘隗、刁协"排抑豪强"、推行"刻碎之政",损害了南北士族豪门的利益,所以当时不少士族豪门是支持王敦举兵的。《王敦传》载:

> 敦至石头,欲攻刘隗,其将杜弘曰:"刘隗死士众多,未易可克,不如攻石头。周札少恩,兵不为用,攻之必败。札败,则隗自走。"敦从之。札果开城门纳弘。诸将与敦战,王师败绩。

周札乃周处之子,而周氏乃义兴豪族。[2]周札献城迎降,是王师败

---

[1]《晋书》卷三十七《谯刚王逊传》附子《闵王承传》:"帝欲树藩屏,会敦表以宣城内史沈充为湘州。"与《王敦传》不同,《资治通鉴》卷九十一采《闵王承传》。

[2]《三国志》卷六十《吴书·贺全吕周钟离传》注引虞预《晋书》曰:"处子玘、札,皆有才力,中兴之初,并见宠任。其诸子侄悉处列位,为扬土豪右。"

绩的直接原因。那么，周札何以"开门应敦"？当然还是因为不满刘隗、刁协"排抑豪强"及"刻碎之政"。对此，唐长孺先生分析：

> 我们当然不是说所有士族豪门都赞同王敦的军事行动，像周顗就是强烈反对王敦举兵作乱的，我们只是说士族豪门多数反对刘、刁奉行的"崇上抑下"政策即所谓的"刻碎之政"，其中一部分对于王敦举兵认为是他们的希望，有的是持默许的态度，在舆论上王敦不可能获得绝对的优势，但他获得必要的支持……[1]

因而，六军败绩，也就并非是出人意料的结果了。王师败绩，司马睿遣使谓王敦曰：

> 公若不忘本朝，于此息兵，则天下尚可共安也。如其不然，朕当归于琅邪，以避贤路。[2]

司马睿遣使传达的意思很清楚，那就是屈辱的妥协：如果王敦心存朝廷，此时息兵，天下还可以"共安"，即依然回到原来"王与马，共天下"的格局；如果王敦不息兵，则元帝只有退位了。——司马睿本欲改变君弱臣强的局面，但他所有的努力，至此均付诸东流。

---

[1] 唐长孺《王敦之乱与所谓刻碎之政》，见《魏晋南北朝史论拾遗》，中华书局1983年版，第165页。
[2] 《晋书》卷六《元帝纪》。

永昌元年（322）十一月（闰月）己丑，司马睿忧愤成疾而崩。[1]

元帝崩，太子司马绍于永昌元年闰月庚寅即皇帝位。据《明帝纪》载：

> 敦素以帝神武明略，朝野之所钦信，欲诬以不孝而废焉。大会百官而问温峤曰："皇太子以何德称？"声色俱厉，必欲使有言。峤对曰："钩深致远，盖非浅局所量。以礼观之，可称为孝矣。"众皆以为信然，敦谋遂止。

显然，在王敦看来，司马绍难以驾驭，故有废之意图；因温峤等坚持拥戴，王敦遂止。明帝太宁元年（323）三月，王敦将谋篡逆，讽朝廷征己，明帝手诏征之；夏四月，王敦移镇姑孰，屯于湖，自领扬州牧。明帝畏王敦之逼，欲以郗鉴为外援。《晋书》卷六十七《郗鉴传》载：

> 时明帝初即位，王敦专制，内外危逼，谋杖鉴为外援，由是拜安西将军、兖州刺史、都督扬州江西诸军、假节，镇合肥。敦忌之，表为尚书令，征还。道经姑孰，与敦相

---

[1] 言阴阳五行天人感应者将自然天象与人事政治联系起来。《太平御览》卷一〇引《西京杂记》曰："董仲舒曰：太平之时，雨不破块，津茎润叶而已。"关于司马睿之死，亦多异象，《太平御览》卷九引《晋书》曰："永和元年，大风拔柳树百余枚，若风从八方来者。时王敦害刁协周顗等，故风纵横拔树非一处也。"永和，乃"永昌"之误，史官将是年发生的自然灾害与政治动荡联系一体。《晋书》卷六《元帝纪》载永昌元年冬十月，"京师大雾，黑气蔽天，日月无光"；十一月（闰月）己丑，司马睿崩于内殿。

见,……乃放还台。鉴遂与帝谋灭敦。

郗鉴与明帝所谋灭王敦之计,史书未有交代,田余庆先生分析:

> 郗鉴所谋主要是用流民帅的兵力以制王敦。其时门阀士族虽不支持王敦篡夺,也还没有坚决站在朝廷一边。朝廷对王敦尚不具备明显优势。所以明帝只能筹之于较低的士族人物郗鉴、桓彝,而郗、桓筹兵,也只能求之于门阀士族以外的流民。[1]

田先生的分析,颇有见地,因为王敦永昌元年起兵时,士族豪门的态度已经很清楚了。王敦篡逆,并不符合其他士族豪门的利益;但是,士族豪门究竟在多大程度上支持朝廷,则难以估算。因而,起用南来的流民,借流民帅之力,以对付王敦,就显得格外关键了。太宁二年(324)六月,王敦将举兵内向,明帝乃加王导大都督、假节,领扬州刺史,以丹阳尹温峤为中垒将军,与右将军卞敦守石头,以光禄勋应詹为护军将军、假节、督朱雀桥南诸军事,以尚书令郗鉴行卫将军、都督从驾诸军事,以中书监庾亮领左卫将军,以尚书卞壸行中军将军。征北平将军、徐州刺史王邃,平西将军、豫州刺史祖约,北中郎将、兖州刺史刘遐,奋武将军、临淮太守苏峻,奋威将军、广陵太守陶瞻等还卫京师。七月,王敦遣其兄王含及钱凤、周抚、邓岳等水陆五万,指向朝廷,此乃王敦第二次举

---

[1] 田余庆《东晋门阀政治》,北京大学出版社2005年版,第36页。

兵。此时，王敦病笃，不能御众；又闻王含军败，寻愤惋而死。由于流民帅苏峻、刘遐等入援建康，战局很快扭转，王敦之乱平息。

毋容置疑，王敦之乱平定，琅邪王氏在朝中的势力顿减。——而随着王氏势力的消减，庾氏乃坐大。据《庾亮传》载：

> 亮美姿容，善谈论，性好《庄》《老》，风格峻整，动由礼节，闺门之内不肃而成，时人或以为夏侯太初、陈长文之伦也。……元帝为镇东时，闻其名，辟西曹掾。及引见，风情都雅，过于所望，甚器重之。由是聘庾亮妹为皇太子妃……

由于联姻帝室，加之庾亮个人出入儒玄的素质，使他在东晋初年的政治舞台上脱颖而出。据《世说新语·方正》"元皇帝既登阼"条引《中兴书》载："元皇以明帝及琅邪王裒并非敬后所生，而谓裒有大成之度，胜于明帝，因从容问王导曰：'立子以德不以年，今二子孰贤？'导曰：'世子、宣城俱有爽明之德，莫能优劣。如此，故当以年。'于是更封裒为琅邪王。"是知王导在立明帝一事上起到关键作用。然王敦之乱后，明帝对王氏产生戒心；因而在对王、庾之关系上，表现出亲庾疏王的倾向。《太平御览》卷五九三引《语林》载：

> 明帝函封诏与庾公，信误致与王公。王公开诏，末云："勿使冶城公知。"导既视，表答曰："伏读明诏，似不在臣；臣开臣闭，无有见者。"明帝甚愧，数日不能见王公。

冶城公即王导（导宅在冶城），《语林》成书于哀帝隆和中（362—

363），上距明帝朝并不久远；虽或有传闻异辞杂其间，要之非空穴来风。明帝享国日浅，太宁三年（325）八月闰月崩，年二十七。太子司马衍即位，即成帝，年仅五岁，尊皇后庾氏为皇太后。《成帝纪》载："秋九月癸卯，皇太后临朝称制。司徒王导录尚书事，与中书令庾亮参辅朝政。"[1]而《庾亮传》载："太后临朝，政事一决于亮。"可见庾亮以帝舅之尊，总揽政要，王导在朝中的权力显然被削弱。庾氏地位迅速上升，王氏势力消减，庾、王之间的矛盾因之而起，并逐渐公开化。为抗衡庾氏，维系王敦之乱后王氏家族势力于不坠，王导不得不于朝臣中寻求帮助，而联姻是选项之一；在此背景下，王氏、郗氏联姻，王导侄羲之娶郗鉴女，王氏、郗氏成为政治上之联盟。[2]

关于庾亮主政后之举措，《庾亮传》载：

> 先是，王导辅政，以宽和得众，亮任法裁物，颇以此失人心。……会南顿王宗复谋废执政，亮杀宗而废宗兄羕。……天下咸以为亮翦削宗室。

---

[1]《宋书》卷三十一《五行二》载："晋成帝咸和元年秋，旱。是时庾太后临朝称制，群臣奏事称'皇太后陛下'。是妇人专王事，言不从而僭逾之罚也。"对于庾太后临朝称制不无微辞，或许是时人之意见。

[2] 王氏后来与谢氏联姻，也有维系各自政治权势、家族利益之意图。又，《世说新语·方正》载："王丞相初在江左，欲结援吴人，请婚陆太尉。对曰：'培塿无松柏，薰莸不同器。玩虽不才，义不为乱伦之始。'"陆太尉即陆玩，陆氏为吴地高门；王导初在江左，为立足江东，遂有联姻吴地大姓之意，足见婚姻与政治之密切关系。

排抑、翦削宗室,是庾亮采取的措施之一,这自然是利于维护门阀士族利益。[1]其二,为消除流民帅对朝廷的威胁,庾亮强征苏峻入朝,终引发苏峻、祖约叛乱。据《晋阳秋》载:

> 苏峻拥兵近甸,为逋逃薮。亮图召峻,王导、卞壸皆不欲。亮曰:"苏峻豺狼,终为祸乱。晁错所谓削亦反,不削亦反。"遂下优诏以大司农征之。峻怒曰:"庾亮欲诱杀我也!"[2]

而《庾亮传》载:

> 琅邪人卞咸,宗之党也,与宗俱诛。咸兄阐亡奔苏峻,亮符峻送阐,而峻保匿之。峻又多纳亡命,专用威刑,亮知峻必为祸乱,征为大司农。举朝谓之不可,平南将军温峤亦累书止之,皆不纳。峻遂与祖约俱举兵反。

苏峻、祖约之乱,是东晋政权建立后继王敦之乱的又一次大动乱,庾亮对此负有不可推卸的责任。苏峻之乱,始于咸和二年(327)

---

[1] 关于庾亮、王导与司马宗等宗室之间的矛盾,《晋书》卷五十九《汝南王亮传》附宗传载:"宗与王导、庾亮志趣不同,连结轻侠,以为腹心,导、亮并以为言。帝以宗戚属,每容之。及帝疾笃,宗、胤密谋为乱,亮排闼入,升御床,流涕言之,帝始悟。转为骠骑将军。胤为大宗正。宗遂怨望形于辞色。咸和初,御史中丞钟雅劾宗谋反,庾亮使右卫将军赵胤收之。宗以兵距战,为胤所杀,贬其族为马氏,徙妻子于晋安,既而原之。"是知司马宗、司马胤等对王氏、庾氏等门阀士族不满,意欲以非常方式使政归司马氏。

[2] 丛书集成初编《晋阳秋辑本》,中华书局1985年版。

十一月；至咸和四年（329）二月，苏峻之乱平；这场动乱，长达一年多，给东晋朝野带来巨大的灾难。苏峻之乱平定后，庾亮引咎出都，外镇自效，出为持节、都督豫州扬州之江西宣城诸军事、平西将军、假节、豫州刺史，领宣城内史，镇芜湖。对此，田余庆先生指出：

> 庾亮都督范围包括侨立的豫州，也包括扬州的江西诸郡以及扬州江东的宣城郡。这样我们可以清楚地看到，建康上游，紧迫建康，长江两岸的郡县全在庾亮手中，庾亮的军队朝发而夕可至建康。所以庾亮名为藩镇，实际上却能够掌握朝权。王导则被庾亮困死都下，无法动弹，只有等待时机，徐谋生计。[1]

田先生的这一分析，道出实情，庾亮以退为进，名义上是引咎外镇，实际上则凭借军事势力遥控朝廷。咸和九年（334）六月，陶侃卒，庾亮加都督江、荆、豫、益、梁、雍六州诸军事，领江、荆、豫三州刺史，徙镇武昌，进号征西将军、开府仪同三司、假节，庾氏势力进一步扩大，对王氏家族之挤压也进一步升级。据《晋书》卷七十六《王允之传》载：

> 舒卒，去职。既葬，除义兴太守，以忧哀不拜。从伯导与其书曰："太保、安丰侯以孝闻天下，不得辞司隶；和长舆海内名士，不免作中书令。吾群从死亡略尽，子弟零落，遇

---

[1] 田余庆《东晋门阀政治》，北京大学出版社2005年版，第96页。

汝如亲，如其不尔，吾复何言！"允之固不肯就。咸和末，除宣城内史、监扬州江西四郡事、建武将军，镇于湖。

王允之乃王舒之子，王导从侄；王舒卒于咸和八年（333）六月，见《成帝纪》，王允之遂去职守制。王导书称"群从死亡略尽，子弟零落"，见出此时王氏家族衰落之境况。王导动之以情，劝王允之不必拘泥礼制，而允之不肯。然不久（咸和末）王允之态度转变，夺情起复，出任宣城内史、监扬州江西四郡诸军事。对于这一反常之举，田余庆先生推测：

> 王允之出镇于湖，当是趁庾亮徙官之际，踵迹而来，占领紧逼建康的长江两岸之地，以图纾解琅邪王氏在建康的困境。[1]

看来王导的主张王允之最终还是听从了，出于家族利益考量，王允之改变初衷，夺情起复。当然，王允之出镇于湖，乃是王导抓住时机对庾氏采取的果断反击措施之一；嗣后，王导联合郗鉴，又采取了一系列反制庾氏的行动，以图扩大王氏家族的生存空间。《成帝纪》载：

> （咸康元年）夏四月癸卯，石季龙寇历阳，加司徒王导大司马、假黄钺、都督征讨诸军事，以御之。癸丑，帝观兵于广莫门，分命诸将，遣将军刘仕救历阳，平西将军赵胤屯慈

---

[1] 田余庆《东晋门阀政治》，北京大学出版社2005年版，第97页。

湖，龙骧将军路永戍牛渚，建武将军王允之戍芜湖。司空郗鉴使广陵相陈光帅众卫京师，贼退向襄阳。戊午，解严。

王导的这次军事行动，颇有令人费解处，据《晋书》卷八十三《袁耽传》载：

> 咸康初，石季龙游骑十余匹至历阳，耽上列不言骑少。时胡虏强盛，朝野危惧，王导以宰辅之重请自讨之。既而贼骑不多，又已退散，导止不行。朝廷以耽失于轻妄，黜之。寻复为导从事中郎，方加大任，会卒。

石季龙游骑十余匹至历阳，竟导致王导、郗鉴联合采取大规模军事行动，的确不同寻常；历阳太守袁耽原为王导参军，系导心腹，事后也仅以"失于轻妄"而"黜之"；不久即出任王导从事中郎，并准备委以重任，这种处理也耐人寻味。对于王导导演的这次军事行动，田余庆先生分析：

> 以干支计，自所谓石虎入侵至解严，共十五日，在这十五日中，王导利用机会调兵遣将，完成了对豫州治所周围要地的占领，并使前一年已占据建康上游两岸之地并出镇于湖的王允之，改镇豫州旧治芜湖。看来，当年庾亮出都时所统"豫州、扬州之江西、宣城诸郡"，统统归于琅邪王氏势力范围。[1]

---

[1] 田余庆《东晋门阀政治》，北京大学出版社2005年版，第97页。

可见王导处心积虑、等待时机,力图扭转被庾氏困死都下的局面。王导的这一系列举措,无疑促使王、庾之争趋于白热化。而随着王、庾之争愈演愈烈,庾亮遂有起兵废王导之谋。《庾亮传》载:

> 时王导辅政,主幼时艰,务存大纲,不拘细目,委任赵胤、贾宁等诸将,并不奉法,大臣患之。陶侃尝欲起兵废导,而郗鉴不从,乃止。至是,亮又欲率众黜导,又以谘鉴,而鉴又不许。亮与鉴笺曰:"……主上自八九岁以及成人,入则在宫人之手,出则唯武官小人,读书无从受音句,顾问未尝遇君子。侍臣虽非俊士,皆时之良也,知今古顾问,岂与殿中将军、司马督同年而语哉!不云当高选侍臣,而云高选将军、司马督,岂合贾生愿人主之美,习以成德之意乎!秦政欲愚其黔首,天下犹知不可,况乃愚其主哉!主之少也,不登进贤哲以辅导圣躬。春秋既盛,宜复子明辟。不稽首归政,甫居师傅之尊;成人之主,乃受师臣之悖。主上知君臣之道不可以然,而不得不行殊礼之事。万乘之君,寄坐上九,亢龙之爻,有位无人。挟震主之威以临制百官,百官莫之敢忤。是先帝无顾命之臣,势屈于骄奸而遵养之也。赵贾之徒有无君之心,是而可忍,孰不可忍!"

王敦之乱后,琅邪王氏势力渐弱;王导乃笼络武将如赵胤、贾宁、刘仕、路永等为心腹,庾亮指斥之"武官""无君之心"者,正此一类。庾亮指责王导重用武将,愚弄人主,不归政于成帝等,并非随意捏造，而实有原委。[1]庾亮欲起兵废王导事，《资治通鉴》系于咸康四年（338），[2]此事终因郗鉴反对而作罢，——这也见出王导联姻郗氏以为政治同盟在关键时起到重要作用。《世说新语·轻诋》载：

> 庾公权重，足倾王公。庾在石头，王在冶城坐，大风扬尘，王以扇拂尘，曰："元规尘污人。"

若据庾亮"在石头"之载述，此事当在苏峻之乱以前。而《资治通鉴》将此事系于咸康四年：

> 是时亮虽居外镇，而遥执朝廷之权，既据上流，拥强兵，趣势者多归之。导内不能平，常遇西风尘起，举扇自蔽，徐曰："元规尘污人。"

当以《资治通鉴》为是。田余庆先生对此评论：

---

[1]《宋书》卷三十一《五行二》载："晋成帝咸康元年六月，旱。是岁成帝冲弱，不亲万机，内外之政，委之将相。此僭逾之罚，故连岁旱也。"史家如此载述，实反映出时人对于将相弄权的不满。而《建康实录》卷第八载："王导将以赵胤为护军，（孔）愉谓导曰：'中兴以来，处此官者周伯仁、应思远耳。今诚乏才，岂宜以赵胤居之耶！'导不从。"孔愉是东晋名臣，他对王导重用赵胤，表示不满，然王导并不听从孔愉之言，竟用赵胤。不难看出，王导重用赵胤等武人，意在笼络，个中不乏为我之用之意。

[2]见《资治通鉴》卷第九十六。

王导以尘埃喻庾亮而以扇拂尘，对政敌庾亮则字而不名，使人感到王、庾处理嫌隙，大概也同清言一样含蓄隽永。其实不然。在清言的后面，存在着与名士风流旨趣大不相同的现实利害的冲突。阴谋诡计，刀光剑影，充斥于这两个门户，也就是两大势力之间，其残酷性并不亚于其他朝代统治者内部的斗争。[1]

是知清言背后，不乏争权夺利、相互倾轧之残酷！——而揣度时势，则刘惔、干宝难以置身于王氏、庾氏之争之外，尽管介入的程度有不同；而刘惔嘲讥、揶揄干宝，也不能说与此全然无关。

五

刘惔嘲讥干宝的时间，约在咸和八年（333），此时正是王导书称"群从死亡略尽，子弟零落"，而王氏、庾氏矛盾趋于激化的时期。那么，在王氏与庾氏之间，刘惔当倾向于庾氏一边，个中主要原因是：刘惔尚明帝庐陵公主，既为主婿，乃庾氏甥婿；因而在王、庾之间，刘惔当如明帝一般，亲庾而疏王。关于刘惔疏王，乃至贬王问题，不乏文献载述。据《世说新语·品藻》载：

---

[1] 田余庆《东晋门阀政治》，北京大学出版社2005年版，第105页。

> 刘尹抚王长史背曰:"阿奴比丞相,但有都长。"

丞相,指王导。所谓"都长","谓体貌都闲而雅,性长厚也"[1]。阿奴,刘孝标注称:"濛小字也。"[2]余嘉锡先生认为"阿奴,非濛字"[3];因《世说新语·方正》"周叔治作晋陵太守"条注"阿奴,谟小字也"[4],谟,即周谟,周顗之弟;余嘉锡引汪师韩《谈书录》谓"阿奴为尊呼其卑,无论男女,皆有之矣",余先生认为刘惔"放诞自恣,且示亲昵于濛,故亦以此呼之"[5];余先生的这一分析,是有见地的。刘惔谓王濛比王导"但有都长",显然是扬濛而贬导;《王濛传》载:"濛每云:'刘君知我,胜我自知。'"反映出刘惔、王濛关系密切,惺惺相惜。那么,刘惔何以借扬王濛而贬王导呢?《语林》所载,道出个中原委,《语林》曰:

> 刘真长与丞相不相得,每曰:"阿奴比丞相,条达清长。"[6]

---

[1] 余嘉锡笺疏转引《文选》注,见刘义庆著,刘孝标注,余嘉锡笺疏,周祖谟等整理《世说新语笺疏》,上海古籍出版社1993年版,第523页。
[2] 同上。
[3] 同上。
[4] 同上注,第308页。
[5] 同上注,第310页。按,余嘉锡笺疏以为"刘尹"指"刘惔",曹道衡、沈玉成以为刘惔、刘恢为二人,而非一人,详见曹道衡、沈玉成《中古文学史料丛考》之"刘惔、刘恢为二人"条,中华书局2003年版。
[6] 同上注,第523页。

所谓"刘真长与丞相不相得",道出刘惔与王导关系不融洽,这当是刘惔贬王导之内情;至于刘惔与王导何以"不相得",《语林》未有交代。笔者认为,刘惔在当时难免涉入王、庾之间的斗争;而既亲庾,则必然导致与王导"不相得"。据《刘惔传》载:

> 惔少清远,有标奇,……人未之识,惟王导深器之。

王导有知人之鉴,"惟王导深器之"一语,道出王导颇器重、赏识年轻有才干的刘惔。依常理论,刘惔应怀感激之情才对,然事实是刘惔时有贬损王导之辞,且二人"不相得"。那么,除却刘惔因卷入复杂、残酷的王、庾之争而导致贬损王导外,我们找不出其他更合理的解释、理由。

检阅文献,未见王导抑刘惔之载述;不过,一些载述又透出刘惔被抑之事实,其中可洞见王、庾之争之影响。据《世说新语·方正》载:

> 阮光禄赴山陵,至都,不往殷、刘许,过事便还。诸人相与追之,阮亦知时流必当逐己,乃遄疾而去,至方山不相及。刘尹时为会稽,乃叹曰:"我入,当泊安石渚下耳,不敢复近思旷傍。伊便能捉杖打人,不易。"

程炎震云:

> "刘尹时为会稽",为宋本作案,是也。我入云云,是自

揣到官后之词，若已为会稽，则不作是语矣。康帝之初，何充当国，与惔好尚不同，或求而不得，故《晋书》惔传不言为会稽也。[1]

程氏之剖析，发史书所未言；然此事是否在康帝初，可再商榷。刘惔索会稽而不得，当然与何充有关，"好尚不同"固然是其中一个原因；而刘惔、何充分属王、庾不同集团，亦不容忽视。据《何充传》载：

> 充即王导妻之姊子，充妻，明穆皇后之妹也，故少与导善，早历显官。尝诣导，导以麈尾指床呼充共坐，曰："此是君坐也。"导缮扬州廨舍，顾而言曰："正为次道耳。"

次道，乃何充字，据此可见何充与王导之间的密切关系。何充妻乃明穆皇后之妹，则何充与庾氏有姻亲关系；这种特殊关系，使得何充能为王、庾双方所接受；而在王、庾之间，何充实亲王。也正因此，王导将何充作为自己政治上之接班人。据《何充传》载：

> 王导、庾亮并言于帝曰："何充器局方概，有万夫之望，必能总录朝端，为老臣之副。臣死之日，愿引充内侍，则外誉唯缉，社稷无虞矣。"

---

[1] 刘义庆著，刘孝标注，余嘉锡笺疏，周祖谟等整理《世说新语笺疏》，上海古籍出版社1993年版，第329页。

上述所言，当主要是王导之意，庾亮亦不反对。咸康五年（339）七月，王导卒，以何充为护军将军，庾冰为中书监、扬州刺史，参录尚书事。咸康六年（340）正月，庾亮卒，以何充为中书令，庾亮弟庾翼为都督江、荆、司、雍、梁、益六州诸军事，安西将军，荆州刺史，代亮镇武昌。庾冰执政于内，庾翼坐镇于外，庾氏势力进一步壮大，对王氏之挤压进一步升级。《晋书》卷七十三《庾怿传》载：

> 尝以毒酒饷江州刺史王允之。王允之觉其有毒，饮犬，犬毙，乃密奏之。帝曰："大舅已乱天下，小舅复欲尔邪！"怿闻，遂饮鸩而卒。

庾怿乃庾亮弟，所谓"大舅已乱天下"，指庾亮激起苏峻之乱，几至朝廷倾覆事。王导卒后，王允之是企图以军事势力维系王氏家族利益的代表人物，故庾怿不择手段欲除之；庾怿饮鸩卒，《资治通鉴》系于咸康八年（342）二月，而王允之卒于此年十月。王允之卒，王氏在朝中势力愈加式微，据《晋书》卷七十七《殷浩传》载庾翼遗浩书："当今江东社稷安危，内委何、褚诸君，外托庾、桓数族，恐不得百年无忧，亦朝夕而弊……"庾翼以为，当时能够左右社稷安危的仅有何充、褚裒诸君及庾氏、桓温数族，王氏与郗氏已被排除在外；庾翼作书的时间，在咸康、建元之际，可见此时琅邪王氏在内外政局中影响力有限，似不足道了。而庾氏之势力，也发生急剧变化。咸康八年六月，成帝卒，何充主张立嫡，庾冰主张立弟，《何充传》称"庾冰兄弟以舅氏辅王室，权侔人主，虑易世之后，戚属转疏，将为外物所攻，谋立康帝，即帝母弟也"；康帝立，"委政于庾冰、何充"；[1]据《何充传》载，因何充和庾冰在立康帝问题上存在分歧，故建元初何充"出为骠骑将军、都督徐州扬州之晋陵诸军事、假节，领徐州刺史，镇京口，以避诸庾"[2]。康帝在位仅两年即病死，《何充传》载"庾冰、庾翼意在简文帝，而充建议立皇太子，奏可。及帝崩，充奉遗旨，便立太子，是为穆帝，冰、翼甚恨之"；可见立穆帝，何充起了关键作用。穆帝立，年仅二岁，太后临朝称制；何充加中书监，复加侍中。为抗衡庾氏，何充上疏荐太后父褚裒参录尚书，裒上疏固请居藩，授都督徐、兖、青三州、扬州之二郡诸军事，卫将军，徐、兖二州刺史，镇京口，褚氏势力遂大。建元二年（344）十一月，庾冰卒；永和元年（345），庾翼疽发于背，表其子爱之行辅国将军、荆州刺史，委以后任；七月，庾翼卒。《何充传》载：

> 冰、翼等寻卒，充专辅幼主。翼临终，表以后任委息爱之。于是论者并以诸庾世在西藩，人情所归，宜依翼所请，以安物情。充曰："荆楚国之西门，户口百万，北带强胡，西邻劲蜀，经略险阻，周旋万里。得贤则中原可定，势弱则社稷同忧，所谓陆抗存则吴存，抗亡则吴亡者，岂可以白面年少猥当此任哉！桓温英略过人，有文武识度，西夏之任，无出温者。"……乃使温西。爱之果不敢争。

---

[1]《资治通鉴》卷第九十七。
[2]《晋书·何充传》。

《资治通鉴》卷第九十七载：

> （八月）庚辰，以徐州刺史桓温为安西将军、持节、都督荆、司、雍、益、梁、宁六州诸军事、领护南蛮校尉、荆州刺史，爱之果不敢争。又以刘惔监沔中诸军事，领义成太守，代庾方之。徙方之、爱之于豫章。

刘惔，当为刘恢之误。[1]庾方之，乃翼长子；庾爱之、庾方之被徙豫章，说明庾氏此时已无力维系其家族利益；换言之，庾亮、庾冰、庾翼卒后，庾氏势力骤衰，以至史臣慨叹"再世之后，三阳仅存"[2]！——因此，笔者以为，刘恢索会稽的时间，当在建元二年、永和元年间，此时庾氏势力衰微，何充当政；刘恢、何充本"好尚不同"，兼之何充亲王、刘恢亲庾，故刘恢索会稽而不得。——这可视为持续十几年的王、庾之争的余响了！

关于干宝与庾氏之间的直接冲突、矛盾，未见文献载述；然

---

[1]《资治通鉴》所载，当本自《晋书》卷七十三《庾翼传》："爱之有翼风，寻为桓温所废。温既废爱之，又以征虏将军刘惔监沔中军事，领义成太守，代（庾）方之。"曹道衡、沈玉成撰《刘惔、刘恢为二人》，认为《晋书》所载误，《晋书·庾翼传》所载刘惔实为刘恢，并据《晋书·刘惔传》予以辨析；见《中古文学史料丛考》，中华书局2003年版，第181—184页。《初学记》十一引王隐《晋书》载："刘恢字长升，为尚书左丞。正色在朝，三台清肃。出兼中丞。"于此可见刘恢一斑。

[2]《庾冰传》载："初，郭璞筮冰云：'子孙必有大祸，唯用三阳可以有后。'故希求镇山阳，友为东阳，家于暨阳。"桓温崛起，对庾氏予以打击、剪除，冰七子：希、袭、友、蕴、倩、邈、柔，"唯友及蕴诸子获全"，故史臣如此慨叹。

干氏与庾氏之冲突,则见诸史书。据《干氏宗谱》,干瓒乃干宝从兄,而《晋中兴书》载:

> 干瓒以穆帝时为大将军诛死。[1]

此"大将军"当指庾翼,然此一载述又与其他史书所载不尽相合。据《晋书》卷八《穆帝纪》载:

> 秋七月庚午,持节、都督江荆司梁雍益宁七州诸军事、江州刺史、征西将军、都亭侯庾翼卒。翼部将干瓒、戴羲等杀冠军将军曹据,举兵反,安西司马朱焘讨平之。

庾翼卒于永和元年(345)七月,关于干瓒"举兵反"一事,《晋书》卷七十三《庾翼传》亦载:

> 翼卒未几,部将干瓒、戴羲等作乱,杀将军曹据。翼长史江虨、司马朱焘、将军袁真等共诛之。

《资治通鉴》卷第九十七亦载:

> 翼部将干瓒等作乱,杀冠军将军曹据。朱焘与安西长史江虨、建武司马毛穆之、将军袁真等共诛之。

---

[1]《九家旧晋书辑本》。

那么，干瓚何以"举兵反"？何以"作乱"？《晋中兴书》《晋书》《建康实录》《资治通鉴》等均未有交代，因而我们无从知晓其中的原因。不过，有一点是可以确定的，那就是干瓚当不满庾翼或者庾氏，遂趁庾翼卒而"作乱"、而"举兵反"，——由此可推干氏、庾氏之间，似存在难以调和的矛盾。

那么，干氏与庾氏之间，矛盾起因究竟是什么？由于文献不足，我们不得而知。不过，考虑到东晋初期门阀士族之间——尤其是王氏、庾氏之间复杂而残酷的斗争，则干氏涉入其中的可能性极大。——干瓚于庾翼卒后"举兵反"，或许可以作为佐证。

概而言之，《世说新语·排调》载干宝向刘惔叙其《搜神记》，刘惔曰"卿可谓鬼之董狐"；《排调》篇所载，乃嘲弄调笑之词；因而，刘惔称干宝为"鬼之董狐"，并不是正面的肯定、赞扬，而是嘲讥、揶揄干宝。然《晋书》载入此事，乃误解刘惔本意，以为"鬼之董狐"是赞美干宝之语；受《晋书》影响，宋元时期一些论者乃将"鬼董狐"视为语怪美称了，以至于现在有的论者还受此影响，认为"鬼董狐"是赞美干宝的话，其实是误解了刘惔本意。刘惔嘲讥干宝，乃有深刻的现实原因：刘惔是名士，谈玄，饮酒，任情，不拘礼法，乃至放达任诞；而干宝性好阴阳术数，且安于礼法，对魏晋时兴的玄学，深为不满，对名士之任情放达，痛加挞伐，甚至将西晋灭亡的原因，也归于谈玄及礼法大坏；干宝对于清谈名士的这种激烈批评态度，必然招致名士们的反感；正如"以褒贬为己任""不肯苟同时好"的卞壸为诸名士"所少"，为放达名士阮孚责难一样，干宝为刘惔所嘲讥，乃是现实使然。而另一方面，东晋初持续十几年的王、庾之争，复杂而残酷，刘惔、干宝难免涉入这一斗争漩涡；就现存文献看，刘惔亲庾，时有贬抑王导之举；而以理推之，干宝亲王，与庾氏自当疏远，干宝从兄干瓒于庾翼卒后举兵反，从一个侧面说明干氏、庾氏存有难以调和的矛盾；那么，由于处于王、庾不同的利益集团，刘惔乃借评《搜神记》而嘲讥干宝，这种可能性不能完全排除。田余庆先生论晋人之清言，称"清言的后面，存在着与名士风流旨趣大不相同的现实利害的冲突"[1]，刘惔之评《搜神记》，正乃如此。

---

[1] 田余庆《东晋门阀政治》，北京大学出版社 2005 年版，第 105 页。

第七章 《搜神记序》考论

《搜神记序》是研究干宝思想及其《搜神记》的珍贵资料。然现存《搜神记序》已非完璧，不能不说是一大憾事；而目下学界一些论者对其理解、阐释，明显存在误解、错误，因而有必要作进一步研究。同时，笔者认为，现存文献中可能还有属于《搜神记序》的文字。以下即作具体探讨。

一

现存《搜神记序》残文，最早见于《世说新语·排调》"干宝向刘真长叙其《搜神记》"条注引《孔氏志怪》：

> 宝父有嬖人，宝母至妒，葬宝父时，因推著藏中。经十年而母丧，开墓，其婢伏棺上，就视犹暖，渐有气息。舆还家，终日而苏。……宝因作《搜神记》，中云"有所感起"是也。

仅从"宝因作《搜神记》，中云'有所感起'是也"一语的表述，很容易得出"有所感起"出于《搜神记》，是《搜神记》中文字的结论。——这反映出《搜神记》传世后，当时一些人并未严格区分《搜神记》与《搜神记序》中文字，换言之，他们乃将《搜神记序》文字也视为《搜神记》内容，这是需引起我们注意的。又据《文选集注》卷六二江文通《拟郭弘农游仙诗》注引《文选抄》：

> 干庆为豫章建宁令，死已三日。猛曰："明府算历未应尽，似是误耳。今为参之。"乃沐浴衣裳，复死于庆侧。经一宿，果相与俱生。……庆即干宝之兄。宝因之作《搜神记》。故其序云："建武中，有所（原作'所有'）感起，是用发愤焉。"

其中"建武中，有所感起，是用发愤焉"，明确交代是《搜神记序》中文字，而比《孔氏志怪》所引"有所感起"一语更完整，这是现存可确定的《搜神记序》残文之一。

显然，"建武中，有所感起，是用发愤焉"交代了干宝编纂《搜神记》的时间、缘起问题，学界据此断定《搜神记》编纂始于建武中（317—318）。至于干宝何以"建武中，有所感起"，"发愤"撰《搜神记》，《孔氏志怪》称因干宝父婢再生，《文选抄》称因干宝兄干庆再生，《晋书·干宝传》称有感于干宝父婢及兄再生，"遂撰集古今神祇灵异人物变化，名为《搜神记》"。《四库全书总目》卷一四二子部小说家类三称："史称宝感父婢再生事，遂撰集古今灵异神祇、人物变化为此书。"虽未言及干庆再生事，实信从《晋书》之说。鲁迅《中国小说史略》亦从之。而目下学界研究者多不信从上述说法，如侯忠义先生《中国文言小说史稿》认为《晋书》

所载干宝父婢及兄再生事"当然只是一种传闻,而并非实事。干宝编书的真正原因,还是因为他对志怪故事的喜爱和当时世风的影响"[1]。日本学者小南一郎先生认为,《搜神记》编纂与魏晋时期"无鬼论"思潮有关,产生于无鬼论和有鬼论论争的思想背景下;[2]李剑国先生则据《明一统志》卷三九《嘉兴府·陵墓·干莹墓》注关于干宝曾著《无鬼论》的记载推断:"干宝早年也是无鬼论者……但建武中干庆复生,'云见天地间鬼神事'……却成了干宝转变的关捩,'感起'而'发愤',遂撰《搜神记》'明神道之不诬'(序中语),也就是证实有鬼论有神论的正确和无鬼论无神论的荒谬。"[3]等等。

应该说,目下学界研究者们力图从不同角度阐释干宝编纂《搜神记》缘起问题,这些探讨,对于深化干宝及《搜神记》研究,都是有意义的,但这些探讨又明显存在不足。譬如,以影响较大的小南一郎、李剑国二先生观点为例,小南一郎先生为说明《搜神记》编纂与思想界无鬼论思潮有关,以无鬼论者施续门生、宋岱、阮瞻、阮修传闻为佐证;"施续"当作"施绩",[4]而施绩卒于建衡二年(270)四月;据《华阳国志·大同志》载,宋岱卒于太安二年(303)五月;而阮瞻卒于永嘉四年(310),阮修卒于永嘉五年(311);这些事实表明,小南一郎所举施绩门生、宋岱、阮瞻、阮修持无鬼论事,远在建武之前;那么,干宝何以到"建武中"才

---

[1] 侯忠义《中国文言小说史稿》(上册),北京大学出版社1990年版,第45页。
[2] 见小南一郎《干宝〈搜神记〉の编纂》,载《东方学报》第69册,1997年。
[3] 李剑国《干宝考》,见《古稗斗筲录》,南开大学出版社2004年版,第278页。
[4] 干宝撰,汪绍楹校注《搜神记》,中华书局1979年版,第190页。

"有所感起"而"发愤"？这显然是存有疑点的，况且，也无资料证明干宝在建武中与无鬼论者之间有何冲突。李剑国先生推断建武中干庆复生"成了干宝转变的关捩"，但干庆再生事是否发生于建武中，不能断定；且《嘉兴府·陵墓·干莹墓》注明确交代是因为父婢再生事，而不是干庆再生事，"宝始悟幽明之理，撰《搜神记》三十卷"，——而干宝父婢再生事则远在建武之前，因而李剑国先生的推论也是大可怀疑的。

对于《孔氏志怪》《文选抄》《晋书·干宝传》所载干宝因父婢及兄再生而"有所感起"，"遂撰"《搜神记》之说，应作具体分析，而不可轻易否定；拨开历史的迷雾，可以见出干宝有感于再生之事而撰《搜神记》这一基本事实。那么，干宝为何建武中因为再生之事而"有所感起"？晋、唐人为何均将干宝编纂《搜神记》缘起归之于再生之事？这是值得深思的。而考诸干宝思想以及建武中任史官的身份，这一问题是可以理清的。

干宝"性好阴阳术数"，按照阴阳五行天人感应学说，再生之事乃是人君"不极""不建"之征兆，或者"至阴为阳，下人为上"之征兆。[1] 干宝建武中受命撰《晋纪》，必然对西晋衰亡的历史作深刻反省，而按照阴阳五行天人感应学说，上天对于西晋之衰亡，其实早有征兆、预示：武帝世，尤其是惠帝世发生的一系列再生事件，就是上天昭告人君"不极""不建"，或"至阴为阳，下人为上"之行将发生！——而至建武中，征兆、预示，终于一一应

---

[1]《汉书·五行志第七下之上》，中华书局1962年版，第1473页。

验！[1]那么，联系家中发生的"再生"之事（现在看来，干宝父婢殉葬十余年而复生，绝无可能；因而只能是干庆复生事，而所谓干庆复生，实即干庆昏迷后苏醒而已，时人不察，误以为再生），面对建武中之时政格局，干宝如何能不"有所感起"？而由此，引发干宝编纂《搜神记》以"明神道之不诬"。具体论述详见第三章《干宝编撰〈搜神记〉缘起考》，兹不赘述。

二

现存《搜神记序》残文之二，见于《晋书·干宝传》，序云：

> 虽考先志于载籍，收遗逸于当时，盖非一耳一目之所亲闻睹也，亦安敢谓无失实者哉！卫朔失国，二传互其所闻；吕望事周，子长存其两说，若此比类，往往有焉。从此观之，闻见之难一，由来尚矣。夫书赴告之定辞，据国史之方策，

---

[1] 史家对于人痾类之认识是一致的，譬如，《建康实录》卷第十晋安帝义熙八年（412）十二月，"东阳人黄氏生女不育，埋之数日，于土中啼，取养之，遂活"；晋恭帝元熙元年（419），"建安人阳道无头，正平，本下作女人形体"；这些载述，显然是刘裕"至阴为阳，下人为上"之征兆。《资治通鉴》卷第一百二十载，宋文帝元嘉二年（425），"二月，燕有女子化为男。燕主以问群臣，尚书左丞傅权对曰：'西汉之末，雌鸡化为雄，犹有王莽之祸。况今女化为男，臣将为君之兆也'"。又如，《三国志》卷四十八《吴书·三嗣主传》载永安四年，"安吴民陈焦死，埋之，六日更生，穿土中出"。等等。

犹尚若兹，况仰述千载之前，记殊俗之表，缀片言于残缺，访行事于故老，将使事不二迹，言无异途，然后为信者，固亦前史之所病。然而国家不废注记之官，学士不绝诵览之业，岂不以其所失者小，所存者大乎！今之所集，设有承于前载者，则非余之罪也。若使采访近世之事，苟有虚错，愿与先贤前儒分其讥谤。及其著述，亦足以明神道之不诬也。

群言百家不可胜览，耳目所受不可胜载，今粗取足以演八略之旨，成其微说而已。幸将来好事之士录其根体，有以游心寓目而无尤焉。

上述序文，干宝明确交代了《搜神记》的编撰方法、材料来源、编撰《搜神记》目的等问题，是我们认识、评价《搜神记》的最重要依据。然而目下学界一些论者对上述序文之理解、阐释，存在不尽如人意之处，甚至有明显的错误。譬如，以影响较大的宁宗一先生主编《中国小说学通论》而言，编撰者据上述序文得出如下结论：（一）认为干宝已经"认识到小说的虚构并加以自觉提倡"，《中国小说学通论》称：

> 魏晋时期最早认识到小说的虚构并加以自觉提倡的当属干宝。……以甘愿"分其讥谤"的勇气为小说的虚错辩解，显然不仅是一种宽容大度的态度，而是在认识到虚错不可避免的基础上对虚构原则的自觉提倡。[1]

---

[1] 宁宗一主编《中国小说学通论》，安徽教育出版社1995年版，第110—111页。

（二）认为干宝认识到小说的娱乐作用，《中国小说学通论》称：

> 干宝对小说娱乐作用的认识比前人更明确。多数研究者都注意到《搜神记序》中"发明神道之不诬"的主张，认为这才是干宝小说理论的中心，其实这是非常片面的，或者说是完全误解了干宝的原意。事实上他在这篇序里用了绝大部分篇幅不是为写实论张目，而是为虚构论辩护，进而又进一步道出小说的另一重要特质"游心寓目"。……"游心寓目"，是干宝对《搜神记》以及同类小说娱乐作用的准确概括，也是对魏晋小说何以称一时之盛的最好解释。为什么小说一出现就受到歧视却又不断地得以发展，而最终蔚然成文学之大观呢？……关键原因是小说的娱乐审美作用，它是小说生命力的核心。正是因为小说中的奇人异事能"游心寓目"，给人以美感，所以读者才热烈地欢迎它们……[1]

学界不少论者信从《中国小说学通论》的说法，而"游心寓目"也几乎成为小说娱乐作用的代称了。[2]

显然，《中国小说学通论》关于《晋书》所载《搜神记序》的认识、阐释，是值得商榷的。其一，关于干宝"认识到小说的虚构

---

[1] 宁宗一主编《中国小说学通论》，安徽教育出版社1995年版，第117页。
[2] 笔者以前也认同这一观点，然进一步思考，发现一些抵牾之处：譬如，既然《搜神记》是干宝"发愤"之作，则与"娱乐"之类说法相矛盾；而虚构说也与"明神道之不诬"相背离；等等。关于"游心寓目"认识问题，承蒙业师袁世硕教授指点，谨致诚挚感谢。

并加以自觉提倡"的说法,是否符合历史实际状况呢?一个最基本的事实是:干宝在当时是否有"作小说"的意识?答案显然是否定的。鲁迅论六朝鬼神志怪书称:"其书有出于文人者,有出于教徒者。文人之作,虽非如释道二家,意在自神其教,然亦非有意为小说。"[1]这一论断,是符合当时志怪书编纂实际情况的。干宝既"非有意为小说",自然也就难以说他"认识到小说的虚构并加以自觉提倡"问题。而另一个事实是,干宝笃信鬼神,《驳招魂葬议》称:"宝以为人死神浮归天,形沉归地……"[2]承认形骸可腐而魂灵不灭,即形亡而神存;同时,干宝笃信天命,《晋纪论晋武帝革命》称:"帝王之兴,必俟天命,苟有代谢,非人事也。"[3]因而,干宝决不可能"认识到"《搜神记》中载述的鬼神怪异之事是"虚构"的。况且,《搜神记》编纂目的明确,那就是"明神道之不诬";而欲"明神道之不诬",则必求内容信实,这是显而易见的;倘若以《中国小说学通论》的观点推论,说干宝是在强调虚构,那无疑是说《搜神记》的内容虚妄不实、读者不要信以为真,则干宝何以"明神道之不诬"?这显然是有悖常理,不合逻辑的。其二,《中国小说学通论》对"游心寓目"的理解、阐释,是错误的。"游心",出于《庄子》,一见于《德充符》:

---

[1] 《中国小说史略》第五篇,《鲁迅全集》第九卷,人民文学出版社1981年版,第43页。
[2] 《全晋文》卷一百二十七,见严可均校辑《全上古三代秦汉三国六朝文》,中华书局1958年版,第2190页。
[3] 《文选》第四十九卷,上海古籍出版社1986年版,第2174页。

> 夫若然者,且不知耳目之所宜,而游心乎德之和……

二见于《骈拇》:

> 骈于辩者,累瓦结绳窜句,游心于坚白同异之间……

"游心",乃潜心、留心、专心思考的意思。"寓目",乃过目、观看、看到的意思,如《左传·僖公二十八年》载:

> 子玉使门勃请战,曰:"请与君之士戏,君凭轼而观之,得臣与寓目焉。"

又如《三国志·蜀书·郤正传》载:

> 性澹于荣利,而尤耽意文章,自司马、王、扬、班、傅、张、蔡之俦遗文篇赋,及当世美书善论,益部有者,则钻凿推求,略皆寓目。

须强调的是,"寓目"并非"娱目"之意,因而"游心寓目"也就并非"是干宝对《搜神记》以及同类小说娱乐作用的准确概括"。罗竹风主编《汉语大词典》(5)解释"游心寓目"为"留心观看",释之甚明。《北史·常爽传》载常爽为其《六经略注》作序曰:

> 由是言之,六经者,先王之遗烈,圣人之盛事也,安可

不游心寓目习性文身哉。

常爽序之"游心寓目",与干宝序之"游心寓目"意思完全相同,也是"留心观看"之意。应该说,六朝人作志怪小说,未必完全没有供人消遣娱乐的意思,但干宝所谓"游心寓目"却并无此意。

因而,对《晋书》所载《搜神记序》,有进一步探讨的必要。而最基本的问题,是理清干宝此一序文的意思。

笔者认为,要理清《晋书》所载《搜神记序》之意思,不能不考究《搜神记序》的撰述背景,而文献也给我们留下了些许蛛丝马迹。《世说新语·排调》载:

> 干宝向刘真长叙其《搜神记》,刘曰:"卿可谓鬼之董狐。"

干宝向刘惔叙其《搜神记》的时间,约在成帝咸和八年(333),"鬼董狐"不是对《搜神记》正面的肯定评价,而是微含恶意的揶揄;刘义庆将此事置于《世说新语》之《排调》篇,即是明证。据《嘉兴府·陵墓·干莹墓》注,可知干宝曾著有《无鬼论》;因而刘惔称干宝为"鬼之董狐",无疑是在揭他的疮疤,嘲讥、揶揄的意味也就愈加强烈。当然,刘惔嘲讥、揶揄干宝,乃有深层的社会现实原因:一方面,刘惔是清谈家,谈玄,饮酒,不拘礼法,不婴世务;而干宝"性好阴阳术数",秉持礼法;对于玄学,干宝深表不满;对于名士之任情放诞,干宝痛加挞伐;甚至将西晋灭亡的原因,也归于谈玄及礼法大坏(见《晋纪总论》)。由干宝对任情放诞名士的挞伐,我们不难推知那些不拘礼法的名士对于干宝的态度。所以，刘惔借评《搜神记》嘲讥、揶揄干宝，实反映出当时礼法之士与任情放诞名士之间的矛盾、冲突。另一方面，据现存文献推测，干宝、刘惔难免涉入东晋初期长达十几年的复杂而残酷的王氏、庾氏之争；以理推之，干宝亲王，而刘惔亲庾；刘惔对王导尚且时有贬损之辞，那么，借评《搜神记》而嘲讥干宝，也就不足为怪了。

须强调的是，刘惔乃高门士族，尚明帝女庐陵公主，在当时是名流；而名流的一言褒贬，在社会上影响极大。《世说新语·轻诋》载：

> 庾道季诧谢公曰："裴郎云：'谢安谓裴郎乃可不恶，何得为复饮酒？'裴郎又云：'谢安目支道林，如九方皋之相马，略其玄黄，取其俊逸。'"谢公云："都无此二语，裴自为此辞耳！"庾意甚不以为好，因陈东亭《经酒垆下赋》。读毕，都不下赏裁，直云："君乃复作裴氏学！"于此《语林》遂废。

流行一时的《语林》，仅因名流谢安（刘惔妹嫁谢安）指责其中有不实成分，竟致"遂废"。裴启撰《语林》的时间，在哀帝隆和中（362—363），上距咸和八年约三十年，并不久远。无疑，刘惔对《搜神记》的品评，在当时及后来影响颇大，所以《世说新语》《晋书》及《建康实录》均载之。刘惔之嘲讥、揶揄，对干宝及《搜神记》当是不小的打击；——笔者以为，《搜神记序》当是在这样的情形下撰成的（至于干宝在当时是否还受到其他人打击，我们不得而知；不过，干宝维护皇权的政治态度，以及对诸清谈名士不满的激烈言辞，使他在当时很容易为豪门士族、不拘礼法之名士所抑），《晋书·干宝传》将《搜神记序》置于刘惔品评之后叙述，并非偶然；史臣称干宝"因作序以陈其志"，也非泛泛之笔，个中乃透出《搜神记序》撰述缘起、背景问题；而干宝强调《搜神记》是"发愤"之作，乃是对"鬼董狐"之类嘲讥、揶揄的回应。

体味序文，所谓"虽考先志于载籍……安敢谓无失实者哉"，当不是无的放矢，而是有针对性——针对有人可能指责《搜神记》存有"失实"成分而发的。从隆和中《语林》因谢安指责其"不实"而"遂废"的命运，可知"不实"在当时对一部作品意味着什么，所以干宝不能不对《搜神记》存有"失实"问题作申辩。干宝宣称，《搜神记》之编纂，乃"考先志于载籍""收遗逸于当时"，编纂方法类于修撰史书，因而编纂态度是严谨的；但干宝也声明，这些资料，"非一耳一目之所亲闻睹也"，因此不敢说其中就没有"失实"之处。不过，干宝又强调，即使如解释《春秋》的传文，号称信史的《史记》，尚且免不了载有传闻异辞。譬如，《春秋》载，桓公十六年十一月，"卫侯朔出奔齐"；对此，《左传》如是解释：

> 初，卫宣公烝于夷姜，生急子，属诸右公子。为之娶于齐而美，公取之，生寿及朔，属寿于左公子。夷姜缢。宣姜与公子朔构急子。公使诸齐，使盗待诸莘，将杀之。寿子告之，使行。不可，曰："弃父之命，恶用子矣！有无父之国则可也。"及行，饮以酒。寿子载其旌以先，盗杀之。急子至，曰："我之求也。此何罪？请杀我乎！"又杀之。二公子故怨惠

公。十一月，左公子洩、右公子职立公子黔牟。惠公奔齐。[1]

按《左传》解释，卫惠公杀兄谋位，故为左公子洩、右公子职所逐。而《公羊传》如是解释：

> 卫侯朔何以名？绝。曷为绝之？得罪于天子也。其得罪于天子奈何？见使守卫朔，而不能使卫小众，越在岱阴齐，属负兹舍，不即罪尔。[2]

按《公羊传》解释，卫惠公失国，乃是因天子使他主持卫国政事，他不能得百姓爱戴，所以逃奔到泰山之北的齐国，托辞有病，不向天子请罪。而《谷梁传》如是解释：

> 朔之名，恶也。天子召而不往也。[3]

按《谷梁传》解释，卫惠公因抗违天子之命、不应召，乃为恶之大者，故称"朔之名，恶也"，是以失国。可见卫朔失国，《春秋》传文互不相同，自然不可能全为信实，其中只有一种说法是可信者，其余二种说法乃"失实"者。再如，"吕望事周"事，《史记·齐太公世家》载：

---

[1] 阮元校刻《十三经注疏》，中华书局1980年版，第1758页。
[2] 同上注，第2222页。
[3] 同上注，第2378页。

或曰，太公博闻，尝事纣。纣无道，去之。游说诸侯，无所遇，而卒西归周西伯。或曰，吕尚处士，隐海滨。周西伯拘羑里，散宜生、闳夭素知而招吕尚。吕尚亦曰"吾闻西伯贤，又善养老，盍往焉"。三人者为西伯求美女奇物，献之于纣，以赎西伯。西伯得以出，返国。言吕尚所以事周虽异，然要之为文武师。

上述有关吕尚事周的两种说法，自然只能有一种说法是可信的，另外一种必然是"失实"者；至于哪一种说法可信，司马迁并未作出判断，或者说司马迁难以判断孰是孰非，于是两说法并存。这说明，"闻见之难一"，由来已久。"夫书赴告之定辞""据国史之方策"，尚且免不了出现"失实"问题；那么，"仰述千载之前，记殊俗之表，缀片言于残缺，访行事于故老"的《搜神记》存有"失实"载述，当是可以理解，也是可以见谅的。干宝进一步指出，要"使事不二迹，言无异途，然后为信"，这是"前史""所病"、所不取的；况且，并未因史、传中存有失实成分，国家就弃置"注记之官"，学者就废弃"诵览之业"，为什么呢？因为总起来讲，毕竟是"所失者小"，而"所存者大"。——这实在是为《搜神记》中存有"失实"载述而申辩。"今之所集，设有承于前载者，则非余之罪也"，显然是在为自己开脱，说明《搜神记》中若存有"失实"载述，而这些载述又承自前代典籍，则"失实"之责不在干宝。"若使采访近世之事，苟有虚错，愿与先贤前儒分其讥谤"一语，表明《搜神记》中那些由干宝"采访"得来的"近世之事"，若有"虚错"成分，干宝是甘愿承受"讥谤"的。尽管《搜神记》中难免存有"失实"载述，但干宝还是很自信，认为《搜神记》"足以明神道之不诬"，"足以演八略之旨"。而"幸将来好事之士录其根体，有以游心寓目而无尤"的意思也就大致清楚了：干宝认为，社会上发生的各种神祇灵异变化之事，各种怪异非常之事，其背后均有深刻的社会现实原因；干宝希望将来"好事之士"潜心阅读《搜神记》，了解、认识《搜神记》记载的"古今神祇灵异人物变化"之事发生的根本原因，透过《搜神记》记载的这些鬼神怪异之事，从中见吉凶、察时变，大可以考见国家政治治理之得失，小可以明个人祸福休咎之所起，引为鉴戒，从而修身律己，以顺应天道，便不会有什么过失了。[1]

干宝自建武中（317—318）"有所感起"而"发愤"撰《搜神记》，至咸和八年（333）已有十六七年；对于耗费自己大量心血的这样一部作品，书成后遭人嘲讽、讥谤，干宝内心是不平的，所以"作序以陈其志"。毋庸置疑，现存《搜神记序》残文，是我们理清《搜神记》编纂时间、缘起、方法、目的，了解《搜神记》撰成后之命运等诸多问题最珍贵、最可信赖的资料，是我们进入《搜神记》的津梁！

---

[1] 袁世硕主编《中国古代文学史》（上）第六章《魏晋南北朝小说》第二节《〈搜神记〉与志怪小说》称："干宝所谓'游心寓目，而无尤焉'，意谓潜心阅读，可以发人深思，修身律己就不会做后悔不该做的事了。"高等教育出版社2016年版，第428页。

三

上文讨论的，是可确定的《搜神记序》文字。除此之外，笔者以为，现存文献中还有属于《搜神记序》的文字，即《法苑珠林》卷第三十一、卷第三十二所谓"干宝记云"部分。以下试作分析、考察。

先看（一）《法苑珠林》卷第三十二载：

> 故干宝记云：天有五气，万物化成。木精则仁，火精则礼，金精则义，水精则智，土精则恩。五气尽纯，圣德备也。木浊则弱，火浊则淫，金浊则暴，水浊则贪，土浊则顽。五气尽浊，民之下也。中土多圣人，和气所交也；绝域多怪物，异气所产也。苟禀此气，必有此形；苟有此形，必生此性。故食谷者智慧而文，食草者多力而愚，食桑者有丝而蛾，食肉者勇憨而悍，食土者无心而不息，食气者神明而长寿，不食者不死而神。大腰无雄，细腰无雌。无雄外接，无雌外育。三化之虫，先孕后交；兼爱之兽，自为牝牡。寄生因夫高木，女萝托乎茯苓。木株于土，萍植于水。鸟排虚而飞，兽蹠实而走，虫土闭而蛰，鱼渊潜而处。本乎天者亲上，本乎地者亲下，本乎时者亲旁，则各从其类也。千岁之雉，入海为蜃。百年之雀，入江为蛤。千岁龟鼍，能与人语。千岁之狐，起

为美女。千岁之蛇,断而复续。百年之鼠,而能相卜,数之至也。春分之日,鹰变为鸠。秋分之日,鸠变为鹰,时之化也。故腐草之为萤也,朽苇之为蚕也,稻之为蟹也,麦之为蛱蝶也,羽翼生焉,眼目成焉,心智存焉。此自无知而化为有知,而气易也。鹤之为獐也,蛇之为鳖也,蚕之为蝦也,不失其血气,而形性变也。若此之类,不可胜论。应变而动,是为顺常。苟错其方,则为妖眚。故下体生于上,气之反者也。人生兽,兽生人,气之乱者也。男化为女,女化为男,气之贰者也。鲁牛哀得疾,七日化而为虎。形体变易,爪牙施张。其兄将入,搏而食之。当其为人,不知将为虎。当其为虎,不知当为人。故晋太康中陈留阮士瑀伤于虺,不忍其痛,数嗅其疮,已而双虺成于鼻中。元康中历阳纪元载客食道龟,已而成瘕。医以药攻之,下龟子数升,大如小钱,头足骰备,文甲皆具,唯中药已死。夫妻非化育之气,鼻非胎孕之所,享道非物之具。从此观之,万物之生死也,与其变化也,非通神之思,虽求诸己,恶识所自来。然朽草之为萤,由乎腐也;麦之为蛱蝶,由乎湿也。尔则万物之变,皆有由也。农夫止麦之化者,沤之以夜;圣人理万物之化者,济之以道。其与不然乎![1]

---

[1]《四部丛刊初编》本。此部分个别字句有讹误,汪绍楹校注《搜神记》有关校注,李剑国《新辑搜神记》有关辑校可参考。

汪绍楹先生据此推断:"本书应有《变化》篇,此盖篇首序论。"[1]李剑国先生赞同汪先生的观点,《新辑搜神记》卷一六《变化篇之一》称"是则原书有《变化篇》",将此部分文字置于篇首,推测《变化篇》内容为"诸凡物怪精魅变化之事"。[2]再看(二)《法苑珠林》卷第三十一载:

> 妖怪者,干宝记云:盖是精气之依物者也。气乱于中,物变于外。形神气质,表里之用也。本于五行,通于五事。虽消息升降,化动万端。然其休咎之征,皆可得域而论矣。

汪绍楹先生据此推测:"似宝书有《妖怪》篇,此盖篇首叙论。"[3]汪先生对《搜神记》是否存在《妖怪》篇,实持怀疑态度;李剑国先生则肯定这一推测,《新辑搜神记》卷一〇《妖怪篇之一》称"本书原当有《妖怪篇》",将该部分文字置于篇首,并推测《妖怪篇》内容:"所叙为灾异变怪,吉凶征兆之事。"[4]目下学界也有一些论者,信从李先生的说法。对于学界的这种观点,笔者表示怀疑。第四章《〈搜神记〉编撰时间、材料来源与分类问题》已就学界一些论者依据《法苑珠林》卷第三十二、卷第三十一所载"干宝记云"而推断《搜神记》存在《变化》篇、《妖怪》篇问题作分析,指出这种说法并不足信。兹对《法苑珠林》所谓"干宝记云"作进

---

[1] 干宝撰,汪绍楹校注《搜神记》,中华书局1979年版,第147页。
[2] 干宝撰,李剑国辑校《新辑搜神记》,中华书局2007年版,第257页。
[3] 干宝撰,汪绍楹校注《搜神记》,中华书局1979年版,第67页。
[4] 干宝撰,李剑国辑校《新辑搜神记》,中华书局2007年版,第165页。

一步申述。

那么，如何认识《法苑珠林》卷三十二所载"干宝记云：天有五气，万物化成"部分？任继愈主编《中国哲学发展史》（魏晋南北朝）之《魏晋南北朝时期的哲学和自然科学》指出："崇尚自然，是魏晋南北朝时代普遍的社会思潮。"[1]并将《搜神记》置于这一时期天道自然观念思潮考察，认为：

> 《搜神记》的思想基础，见于该书卷第十二"五气变化"条：
> 天有五气，万物化成。
> 绝域多怪物，异气所产也。苟禀此气，必有此形。
> 他列举了种种鬼狐变人，腐草化萤之类的事例后说：
> 若此之类，不可胜论（卷十二）。
> 今本卷十二第302条讲掘地得犬、得豚、得人，说：
> 此物之自然，无谓鬼神而怪之。
> 直到明末毛晋《搜神记跋》还说：
> 顾宇宙之大，何所不有……囿于耳目之常者，请作是观。
> 这就是说，《搜神记》和《博物志》、《山海经注》都是同一思潮的产物。区别在于，《博物志》多记自然现象，《搜神记》多记社会现象。[2]

---

[1] 任继愈主编《中国哲学发展史》（魏晋南北朝），人民出版社1988年版，第699页。

[2] 同上注，第751页。

《中国哲学发展史》认为"《搜神记》的思想基础"是"该书卷第十二'五气变化'条",——也就是《法苑珠林》卷第三十二所载"干宝记云:天有五气,万物化成"部分;这一说法,是很有见地的,它第一次从哲学层面揭示出"天有五气,万物化成"部分在《搜神记》一书中的重要性;——而如此重要、纲领性的文字,理应出现在《搜神记》一书总序中,而不是《搜神记》某一篇篇首序论中。因而,学界那种认为"天有五气,万物化成"部分仅为《搜神记》中一篇之篇首序论的推测,是不相宜的;而由"天有五气,万物化成"部分为篇首序论进而推出《搜神记》存在《变化》篇的说法,也是不相宜的。而由此,我们不难见出,干宝笃信阴阳五行天人感应学说,他生活于两晋,不能不受到当时社会上流行的天道自然观的影响,但《搜神记》要发明的,是"神道",而不是天道自然,这就使得《搜神记》之内容在思想观念方面不免出现矛盾。——当然,正如干宝一方面相信"天命",一方面又强调"人事"的重要性一样,他在考察历史问题时有时也难免陷入两难境地。

那么,如何理解《法苑珠林》卷第三十二、卷第三十一所谓"干宝记云"两部分文字?——笔者认为,此两部分内容当是《搜神记序》中文字。从《孔氏志怪》称"宝因作《搜神记》,中云'有所感起'是也"一语看,当时人并未严格将《搜神记》与《搜神记序》文字分开,而是看作一体;所以,所谓"干宝记云",笔者以为当属于同样的情况,也就是把它们看作《搜神记》的内容,而实际上当是《搜神记序》的文字。清人马国翰《玉函山房辑佚书》将《荆楚岁时记》所引干宝变化论"稻成蚕,麦成蛱蝶"

残文辑入《干子》，题"阴阳自然变化论"[1]，但并未辑录《法苑珠林》所载更完整的文字；认为"稻成䖝，麦成蛺蝶"等语出自《干子》，这种可能性不应完全排除；但笔者认为，从《法苑珠林》所谓"干宝记云"之称看，所谓"记"，当指《搜神记》更为合理，而《搜神记》也就是《搜神记序》。以下试作具体分析。

先看《法苑珠林》卷第三十二所引"天有五气，万物化成"部分。这一部分文字，反映了干宝对宇宙万物生成、演化问题的认识，自然涉及神仙修炼问题，也涉及妖眚或者妖怪形成问题；其中既有当时流行的天道自然观念，也有天人感应思想，因而较为复杂。何谓"五气"？司马贞解释："谓春甲乙木气，夏丙丁火气之属，是五气也。"[2]干宝以为，万物由五气化成，即"气化说"。所谓"木精则仁，火精则礼，金精则义，水精则智，土精则恩"，当本自《礼记·中庸》郑玄注：

> 天命谓天所命生人者也，是谓性命。木神则仁，金神则义，火神则礼，水神则信，土神则智。[3]

两相比较，可以发现，干宝之论，与郑注又有些许差异。在干宝看来，万物由五气化成，气有纯浊之分，气之不同，从而赋予宇宙万物千差万别的形、性："五气尽纯，圣德备也。木浊则弱，火

---

[1] 马国翰辑《玉函山房辑佚书》子编儒家类《干子》，广陵书社2004年版，第2572页。
[2] 《史记》卷一《五帝纪》，中华书局1959年版，第4页。
[3] 阮元校刻《十三经注疏》，中华书局1980年版，第1625页。

浊则淫，金浊则暴，水浊则贪，土浊则顽。五气尽浊，民之下也。中土多圣人，和气所交也；绝域多怪物，异气所产也。苟禀此气，必有此形；苟有此形，必生此性。"所谓"食谷者智慧而文，食草者多力而愚，食桑者有丝而蛾，食肉者勇憨而悍，食土者无心而不息，食气者神明而长寿，不食者不死而神"；当来自《淮南鸿烈·地形训》：

> 食土者无心而慧，食木者多力而奰，食草者善走而愚，食叶者有丝而蛾，食肉者勇敢而悍，食气者神明而寿，食谷者智慧而夭，不食者不死而神。[1]

据东汉高诱注，食土者，"蚯蚓之属是也"；食草者，"麋鹿之属是也"；食肉者，"虎豹鹯鹰之属是也"；食气者，"仙人松、乔之属是也"；食谷者，"人是也"。[2]——松、乔乃传说中得道仙人赤松子、王乔，《淮南鸿烈·齐俗训》载：

> 今夫王乔、赤诵子（即赤松子），吹呕呼吸，吐故纳新，遗形去智，抱素反真，以游玄眇，上通云天。

因而，所谓"食气者神明而长寿"，实已涉及神仙修炼问题了。葛洪《抱朴子内篇·释滞》对于食气（或称行气、服气）有详细论

---

[1] 此段文字亦见于《大戴礼记·易本命》，《孔子家语·执辔》。
[2] 刘文典《淮南鸿烈集解》，中华书局1989年版，第142—143页。

述,称"仙人服六气",《抱朴子内篇·对俗》称得道成仙者"餐朝霞之沆瀣,吸玄黄之醇精",《抱朴子内篇·遐览》著录《食六气经》,见出食气一途在道教修炼中的重要性。需强调的是,葛洪论证神仙可成的理论基础,乃是天道自然,《抱朴子内篇·黄白》曰:"然其根源之所缘由,皆自然之感致,非穷理尽性者,不能知其指归,非原始见终者,不能得其情状也。"《晋书·葛洪传》称"干宝深相亲友",说明干宝与葛洪关系密切;对于葛洪宣讲的仙人行气理论,干宝当不陌生,那么,《搜神记》之《神化》篇当涉及仙人食气问题,而现存《搜神记》佚文中有王乔、赤松子得道成仙事,也从一个侧面证明这一点。在干宝看来,万物之形、性既多种多样,却又各从其类,所谓"大腰无雄,细腰无雌……本乎天者亲上,本乎地者亲下,本乎时者亲旁",即阐发此意;而物之类属是可以改变的,"数之至","时之化",可导致物"自无知而化为有知",也可导致物"形性变也"。干宝举例,"千岁之狐,起为美女。千岁之蛇,断而复续。百年之鼠,而能相卜",这是"数之至也";而"春分之日,鹰变为鸠。秋分之日,鸠变为鹰",则是"时之化也"。物之变化,又可导致其"气易""形性变也";干宝举例,"腐草之为萤也,朽苇之为蚕也,稻之为䵹也,麦之为蛺蝶也",这是"自无知而化为有知,而气易也";"鹤之为獐也,蛇之为鳖也,蚕之为蝦也",这是"形性变也"。干宝认为,"应变而动,是为顺常",也就是合于常理,常态。——这就是说,无论是由"数之至"或"时之化"所导致的物之外在形态或内在属性发生变化、变异,"它们的存在都是合理的、可能的、不可怪的","实际上,它们都是自然界的产物",这就是天道自然![1]

但是,干宝又强调阴阳五行天人感应的存在,认为现实中发生的"下体生于上,气之反者也。人生兽,兽生人,气之乱者也。男化为女,女化为男,气之质者也";所谓"气之反""气之乱""气之质",在干宝看来,乃"为妖眚",也就是妖怪;妖眚发生的原因何在呢?——在于"错其方"。那么,如何理解"错其方"?"天有五气,万物化成"这一部分文字并未作充分解释,而《法苑珠林》卷第三十一所引"妖怪者,干宝记云"部分有较具体的说明,即"气乱于中,物变于外。形神气质,表里之用也。本于五行,通于五事。虽消息升降,化动万端。然其休咎之征,皆可得域而论"。在干宝看来,气乱出妖怪,而"本于五行,通于五事";五行,即水、火、木、金、土,五事,即貌、言、视、听、思;在言阴阳五行天人感应说者看来,五行与五事相连。郑玄曰:

> 凡貌、言、视、听、思、心,一事失,则逆人之心,人心逆则怨,木、金、水、火、土气为之伤。伤则冲胜来乘珍之,于是神怒人怨,将为祸乱。故五行先见变异,以谴告人也。及妖、孽、祸、痾、眚、祥皆其气类,暴作非常,为时怪者也。各以物象为之占也。[2]

---

[1] 任继愈主编《中国哲学发展史》(魏晋南北朝),人民出版社1988年版,第751页。
[2] 《后汉书》志第十三注引郑玄语,中华书局1965年版,第3267页。

这就是干宝所谓"虽消息升降,化动万端。然其休咎之征,皆可得域而论"的由来。在这里,干宝将妖眚,或曰妖怪产生的根本原因,又归结到"五事",也就是社会之政治、人事上,这就又陷入唯心主义的泥潭。

整体而言,《法苑珠林》卷第三十二、卷第三十一所谓"干宝记云"两部分文字,是"《搜神记》的思想基础",是干宝对《搜神记》的内容从理论层面所作的概括、阐发。干宝以为,"天有五气,万物化成","气化说"是干宝关于宇宙万物生成的基本观点,具体言,五气之纯浊,赋予宇宙万物不同的形、性,而"数之至""时之化",可导致物"自无知而化为有知",可导致物"形性变也";若"应变而动",则为顺常,"苟错其方,则为妖眚";妖怪生于气乱,而"本于五行,通于五事","其休咎之征,皆可得域而论"。不难见出,干宝对于《搜神记》内容所作的理论阐发,其中既有魏晋时期社会上流行的天道自然观念,也有阴阳五行天人感应思想;当干宝对现实中发生的自然现象从自然本身去理解时,他就走向天道自然的方向,当干宝从社会政治、人事角度去理解自然现象时,他又陷入阴阳五行天人感应说的泥潭;毫无疑问,干宝思想的核心是阴阳五行天人感应说,干宝称"万物之变,皆有由也",而他对"古今怪异非常之事"之"由"的阐释,不能不深深地烙上唯心主义的印痕!

综上所述,《孔氏志怪》《文选抄》所存《搜神记序》残文,交代了《搜神记》编撰时间、缘起问题;《晋书·干宝传》所存《搜神记序》残文,交代了《搜神记》编撰方法、目的,以及《搜神记》撰成后之命运等问题;而《法苑珠林》卷第三十二、卷第三十一所谓"干宝记云"两部分文字,是"《搜神记》的思想基础",是干宝对《搜神记》内容所作的理论阐发,理应视为《搜神记序》的有机组成部分。

余 论

《搜神记》诞生后，在当时和后世产生了较大影响，在中国古代小说发展史上具有重要地位。那么，如何评价干宝所谓"明神道之不诬"？如何认识《搜神记》所载"古今神祇灵异人物变化"？如何解析《搜神记》在古代小说史上的独特性？如何理解《搜神记》所叙怪异之谈与现实政治的密切关系？如何看待《搜神记》在中国古代小说发展中的作用？这些问题，是难以回避的。以下即作简要申述。

一

《搜神记》撰成、传世后，在当时和后世产生了较大影响。南朝宋文帝元嘉三年（426），大且渠蒙逊"就司徒王弘求《搜神记》，弘写与之"[1]，可知《搜神记》此时在异域、异族已声名卓著。元嘉十年（433）前后，思想界发生了著名的"白黑论之争"，笃信佛

---

[1]《宋书》卷九十八《氐胡·大且渠蒙逊》。

法的宗炳在《明佛论》中称:"所以不说于三传者,亦犹干宝、孙盛之史无语称佛,而妙化实彰有晋,而盛于江左也。"[1]宗炳所称干宝之史,李剑国先生认为"恐怕不单指《晋纪》,实际也兼指《搜神记》"[2],从《隋书·经籍志》《旧唐书·经籍志》等将《搜神记》置于史部杂传类的情形看,李先生的看法是有理由的;这就说明,《搜神记》在当时不仅为人们所熟知,且已成为佛教徒证明佛存在的重要依据了。北宋黄山谷《廖袁州次韵见答并寄黄靖国再生传次韵寄之》诗云:"史笔纵横窥宝铉",自注曰:"干宝作《搜神记》,徐铉作《稽神录》。"可见《搜神记》在宋代文人中之影响力。正因为《搜神记》声名卓著,所以出现了一系列的续书:如题名陶潜的《续搜神记》或《搜神后记》(也作《搜神续记》或《搜神录》),北魏昙永的《搜神论》,唐代句道兴的《搜神记》、焦璐的《搜神录》,宋代徐铉的《稽神录》、章炳文的《搜神秘览》,等等。而后世重要的志怪小说作家,则广泛受到《搜神记》的熏陶、影响。洪迈《夷坚乙志序》称:"逮干宝之《搜神》,奇章公之《玄怪》……皆不能无寓言于其间。"[3]说明洪氏对《搜神记》之内容,颇为谙熟,这自然影响到《夷坚志》的撰述。蒲松龄《聊斋自志》称:"才非干宝,雅爱搜神;情类黄州,喜人谈鬼。"[4]自谦才不如干宝,而对鬼神

---

[1]《弘明集》卷第二,《四部丛刊》本。
[2] 干宝撰,李剑国辑校《新辑搜神记·前言》,中华书局2007年版。
[3] 丁锡根编著《中国历代小说序跋集》(上),人民文学出版社1996年版,第94页。
[4] 蒲松龄著,张友鹤辑校《聊斋志异》(会校会注会评本),上海古籍出版社1986年版,第1页。

怪异之类故事的喜爱，使他不能割舍，难以辍笔；从《聊斋志异》创作看，有些小说如《种梨》，明显模拟《搜神记》所载徐光种瓜；《种梨》为蒲松龄早期之作，据此可以洞见蒲氏在从模拟前人小说到独立构撰小说过程中，《搜神记》的重要作用（当然，蒲氏模拟前人之作并不限于《搜神记》，还有其他重要作品，尤其是唐代传奇小说）。纪昀《阅微草堂笔记》在写法上复归六朝志怪小说笔法，仿效的重要对象之一即《搜神记》。[1]《四库全书总目》评《搜神记》称"其书叙事多古雅""其文斐然可观"，[2]评价甚高，足见其为四库馆臣所推重。

依据马克思主义唯物论的观点看，干宝所谓"明神道之不诬"，当然属于唯心主义。对于干宝所言"神道"，宗炳《明佛论》称："鲁阳、耿恭，远祖九江，所以能回日飞泉，虫虎避德者，皆以烈诚动乎神道。神道之感，即佛之感也。"又称："若都无神明，唯人而已，则谁命玄鸟，降而生商？孰遗巨迹，感而生弃哉？汉、魏、晋、宋，咸有瑞命，知视听之表，神道炳焉。有神理必有妙极，得一以灵，非佛而何？"[3]宗炳径直将干宝所谓"神道"与"佛"联系起来，视为一体，正说明了阴阳五行天人感应神学的宗教性质。历史唯物主义告诉我们，世界上并没有什么鬼神；所谓神、鬼、仙、精魅以及干宝所称"怪异非常之事"（《请纸表》），要么是人们头脑中不切实际幻想出来的，要么是一些客观存在的事物

---

[1] 参见吴志达著《中国文言小说史》第四章之"《阅微草堂笔记》与六朝笔法的复归"部分，齐鲁书社1994年版。

[2] 永瑢等撰《四库全书总目》，中华书局1965年版，第1207—1208页。

[3]《弘明集》卷第二，《四部丛刊》本。

或者自然现象,因当时科学欠发达、科学与迷信混杂,以及人们思维能力的制约,而对其作出非科学的解释。

神、鬼观念,由来已久。据《尚书·舜典》载,舜继承君位,即祭祀上帝及山川百神,是知自然崇拜,历史悠远。文献表明,虞夏的信仰已不是单纯的自然信仰,而是多神的鬼神信仰。陈梦家《殷墟卜辞综述》将殷人的神灵观念分为三类,即天神、地示、人鬼,较之夏人的宗教观,殷人已经有了最高神"帝",而以"帝"为核心,众神灵组成具有上下统属秩序的神灵王国;不过,殷人的宗教信仰本质上属于"自然宗教"形态,而尚未进入所谓"伦理宗教"状态。而周人的宗教观念中,已注入伦理、道德的因素,据《周书·召诰》《周书·多士》等可知,天神崇拜思想与伦理道德交织为一体,且以伦理规定天的神性;天神之外,周人亦祭地示,主要对象是物神与自然神;而祭人鬼亦为周人宗教信仰之重要组成部分,上至天子,下至庶民,各有所祭,各得所祭。可以说,自然崇拜、天帝崇拜、鬼神崇拜、祖先崇拜等长期流行于世,成为魏晋南北朝志怪小说兴起、流传的重要因素。[1] 显然,神、鬼,是特定历史时期人们头脑中幻想的产物;换言之,神、鬼乃是人们主观虚构出来的,而非客观存在。

万物可变思想起源很早。在《夏小正》《礼记·月令》《吕氏春秋》《淮南子》《逸周书》等涉及物候知识的典籍中,往往记载这样的说法:"虾蟆为鹑""雀为蜄蛤""田鼠化为駕""腐草化为蚈"

---

[1] 详见拙著《魏晋南北朝志怪小说通论》第二章《魏晋南北朝古代宗教志怪小说研究》,首都师范大学出版社2000年版。

等,甚至有"牛哀化虎食其兄"的传说;对于这类说法,任继愈先生指出:"这一类还不能说是神学迷信,也不是原始巫术的说法,而是关于自然界的知识。这些知识中的错误,主要是观察粗略造成的。这些知识使人形成了这样的观念:生物是可以由此变彼的。'腐草化蚜',也使人们会意识到:非生物也会变成生物。"又指出:"今天看来,这些知识不少是错误的,但也不全是凭空捏造。一个昆虫,从卵到蛹到幼虫、成虫的发育,是人们常见的自然现象。当人们只看到生物链条中的两个点,而对中间环节尚不了解的情况下,往往会把两个点直接联系起来。而物种由此达彼的化育过程往往最难被观察到,在这里发生错误可以说是不可避免的。一旦这些知识被人们所接受,思维就会把人带到更开阔的境界。"[1]这种由于认知错误而导致的"思维""把人带到更开阔的境界"表现于多方面,其中之一是人通过服食金丹等可以长生,以至于成仙,之二是物老成精可以变化为人形。先谈第一点,魏伯阳《周易参同契》曰:"巨胜尚延年,还丹可入口。金性不败朽,故为万家宝。术士服食之,寿命得长久。"这就道出服食金丹何以长生的理论依据:即人们通过服食,把金的"不败朽"的性质转移到自己身上。正是基于这样的理论,人们不但服食金,还服食玉、云母,甚至硫磺、砒霜等;人们相信,通过服食这些金丹大药,不仅可以长生,且可得道成仙;职是之故,炼丹术兴起,神仙之说风行一时。对此,任继

---

[1] 任继愈主编《中国哲学发展史》(秦汉)之《汉代自然科学与哲学的关系》,人民出版社 1985 年版,第 626 页。

愈先生指出:"炼丹术是在追求长生成仙的虚幻目的下产生的。"[1]因而,魏晋时期喧嚣一时的神仙之说是非科学的,那些所谓得道成仙的传闻故事是臆造的、杜撰的,而非客观存在。其二,关于物老成精问题。王充《论衡·订鬼》称:"夫物之老者,其精为人;亦有未老,性能变化,象人之形。"这说明,物之老者——或未老者,其精可变化为人形的观念,在王充的时代已在社会上流行。——这自然是由万物可变的思想衍生出来的,并由此衍生出各种动、植物,乃至非生物精魅变化故事;以今日科学的观点看,这些形形色色的精魅变化故事,乃是人们幻想出来的,是当时人信仰观念的产物,也非客观存在。当然,从另一个角度看,正是《搜神记》所展现的幻想力、想象力,正是干宝所描绘的鬼神世界、仙人奇术、精魅变化故事等,滋养着一代又一代作家,《搜神记》因而成为后世文学取之不竭的活水源头。

至于干宝所称"怪异非常之事",其中有些故事我们可以作出合理的、科学的解释。譬如,《搜神记》所载"洛阳女子"条:

> 汉光和二年,洛阳上西门外女子生儿,两头异肩,四臂共胸,面俱相向。自是之后,朝廷霣乱,政在私门,两头之象也。后董卓杀太后,被以不孝之名,废天子又害之,汉元以来,祸莫大焉。[2]

---

[1] 任继愈主编《中国哲学发展史》(秦汉)之《汉代自然科学与哲学的关系》,人民出版社1985年版,第632页。
[2] 干宝撰,李剑国辑校《新辑搜神记》,中华书局2007年版,第198页。

以今日医学科学角度言，东汉光和二年（179）洛阳女子生儿"两头异肩"，实为连体婴儿。现代医学认为，同一个受精卵分裂成两个胚胎细胞时没有完全分裂开就会形成连体双胞胎；古人对此现象不能作出科学的解释，遂将"两头之象"，与当时的"政在私门"联系起来，并比附于董卓乱政之事，实为牵强附会之谈。再如，《搜神记》所载"任侨妻"条：

> 建兴四年，西都倾覆，元皇帝始为晋王，四海宅心。其年十月二十二日，新蔡县吏任侨妻胡氏，年二十五，产二女，相向，腹心合，自胸以上脐以下分。此盖天下未壹之妖也。时内史吕会上言："案《瑞应图》云：'异根同体，谓之连理；异亩同颖，谓之嘉禾。'草木之异，犹以为瑞，今二人同心，天垂灵象。故《易》云：'二人同心，其利断金。'休显见生于陕东之国，斯盖四海同心之瑞，不胜喜跃，谨画图上。"时有识者哂之……[1]

建兴四年（316）十月任侨妻胡氏"产二女，相向，腹心合"，也是一个连体婴儿；内史吕会将其视为祥瑞之兆固然荒唐，而干宝将其解释为"天下未壹之妖"，也同样荒谬。因而，《搜神记》中不少所谓"怪异非常之事"，其实是由于当时科学欠发达，遂导致诸多唯心主义的阐释；这正如任继愈先生所说，"科学达不到的地方，就

---

[1] 干宝撰，李剑国辑校《新辑搜神记》，中华书局2007年版，第237—238页。

可能是神学迷信的领地"[1]。

当然，也有一些所谓"怪异非常之事"，本来是现实中常见的寻常之事，而言阴阳五行天人感应者则将其与社会政治联系起来，从而人为地"赋予"此类"怪异之事"以政治内容。譬如，《搜神记》所载"九蛇绕柱"条：

> 鲁定公元年秋，有九蛇绕柱。占以为九世庙不祀，乃立炀宫。[2]

蛇类有群居的习性，因而九蛇绕柱，本属寻常之事，不足为怪；然而在言阴阳五行天人感应者看来，这就是"蛇孽"了；遂认为鲁定公元年（前509）发生的九蛇绕柱之事，是"九世庙不祀"之象。——如此强行"赋予"九蛇绕柱以政治性内涵，自然只能说是神学呓语了！

因此，对于《搜神记》所载"古今神祇灵异人物变化"，我们应秉持历史唯物主义的科学态度，作客观冷静的分析、判断、阐释，肯定其中科学的、进步的因子，否定其迷信的、神学的糟粕。显然，所谓神、鬼、仙、精魅之属，是特定历史时期人们头脑中幻想的产物，而非客观存在；而诸多"古今怪异非常之事"，被罩上"神道"的光环，从而作了唯心主义的、神学的解释。当然，作

---

[1] 任继愈主编《中国哲学发展史》（秦汉）之《汉代自然科学与哲学的关系》，人民出版社1985年版，第632页。

[2] 干宝撰，李剑国辑校《新辑搜神记》，中华书局2007年版，第173页。

为史家，干宝"会聚散逸""博访知之者"(《请纸表》)，《搜神记》乃保留了大量珍贵的文献资料，拨开其"神道"的光环，我们依然可以洞见那一特定历史时期社会政治、宗教、文化、民俗等诸多方面的风貌；因而，《搜神记》具有多方面的价值：史学的、哲学的、宗教学的、文学的、民俗学的，等等。

那么，从文学的角度言，《搜神记》在中国古代小说史上颇具时代特质，即干宝本人在当时并无"作小说"的意识，[1]接受者们在较长的历史时期也未将《搜神记》视为小说；因而，理解、阐释《搜神记》，应充分考虑当时人的思想意识、信仰观念等。干宝撰《搜神记》意在"明神道之不诬"，尤其关注现实政治，这就使《搜神记》在反映社会现实政治方面带着鲜明的时代烙印；我们关注《搜神记》对于鬼神怪异之事的政治阐释，不是相信其唯心主义的说教，而是借此认识中国古代小说史、文化史上这一独特的风景线。《搜神记》之叙事，四库馆臣誉之"叙事多古雅"，对后世小说叙事影响甚远；尤其值得关注的是，《搜神记》叙事所表现出的异于历史叙事的新方向，直接影响了唐代传奇小说之发展。所以，《搜神记》在中国古代小说发展史上具有重要地位。

---

[1] 魏晋南北朝志怪书编撰者未有"作小说"意识，并非表示魏晋南北朝未进入"自觉作小说的时代"；因为此一时期产生了殷芸《小说》，《隋书·经籍志》又著录《小说》五卷，《旧唐书·经籍志》著录《小说》十卷（刘义庆撰），意味着进入作家"自觉作小说"的时代，此一问题所涉较广，拟撰文申述。

二

《中国小说史略》第五篇题曰《六朝之鬼神志怪书（上）》，第六篇题曰《六朝之鬼神志怪书（下）》，题"志怪书"而不称"志怪小说"，这是别有考虑的；因为如《搜神记》《幽明录》《冥祥记》之属，撰述者们当时并不视之为"小说"，鲁迅称"非有意为小说"是合乎实情的。干宝自称《搜神记》"足以演八略之旨"，"八略"一词，自是承"七略"而来，《七略》乃汉代刘歆撰目录著作，其中包括《辑略》《六艺略》《诸子略》《诗赋略》《兵书略》《术数略》《方技略》，而《诸子略》中即含小说家；干宝既将《搜神记》视为《七略》之外的一"略"，说明他对《搜神记》的性质有独特的认识，——显然不是将《搜神记》视为"小说家"类。《隋书·经籍志》将《搜神记》置于史部杂传类，刘知几在《史通》中多次论及《搜神记》，也往往以史的标准评判之（以史之标准苛求之，自然不乏贬抑之辞）；之所以如此，自然与《搜神记》自身的特质有关——即《搜神记》与正史、史传有着难以割舍的关系；也正因此，范晔撰《后汉书》，时采《搜神记》之载述，而唐人修撰《晋书》，亦间采《搜神记》之内容。[1]因而，解读《搜神记》，应充分

---

[1] 关于史书应该载述哪些内容，干宝有明确表述，《史通·书事》载干宝之语："体国经野之言则书之，用兵征伐之权则书之，忠臣烈士孝子贞妇之节则书之，文诰专对之辞则书之，才力技艺殊异则书之。"刘知几著，（转下页）

认识到《搜神记》的时代特点。

关于魏晋南北朝志怪兴起原因,胡应麟《少室山房笔丛》卷二九《九流绪论下》曰:

> 魏、晋好长生,故多灵变之说;齐、梁弘释典,故多因果之谈。

关于六朝志怪之撰述状态,尤其与唐传奇之区别,《少室山房笔丛》卷三六《二酉缀遗中》称:

> 凡变异之谈,盛于六朝,然多是传录舛讹,未必尽幻设语。至唐人乃作意好奇,假小说以寄笔端。

鲁迅对六朝志怪产生原因及其撰述状态,论述更周详。《中国小说史略》第五篇《六朝之鬼神志怪书(上)》称:

> 中国本信巫,秦汉以降,神仙之说盛行,汉末又大畅巫风,而鬼道愈炽;会小乘佛教亦入中土,渐见流传。凡此,皆张皇鬼神,称道灵异,故自晋讫隋,特多鬼神志怪之书。……盖当时以为幽明虽殊途,而人鬼乃皆实有,故其叙述异事,与记载人间常事,自视固无诚妄之别矣。

(接上页)浦起龙通释,王煦华整理《史通通释》,上海古籍出版社2009年版,第212页。干宝自称《搜神记》所载"古今怪异非常之事",显然与史书有别,说明干宝对《搜神记》之性质有独特认识:既与史有关,又与史有别。

胡应麟、鲁迅之论述，为学界广泛接受。但毋庸讳言，胡应麟、鲁迅均未明言阴阳五行天人感应思想对志怪兴起之影响，这不能不说是一大缺憾；[1]因为如《列异传》《博物志》《搜神记》《灵鬼志》《续搜神记》《异苑》《述异记》等志怪书，其中内容均不乏阴阳五行天人感应思想，尤以《搜神记》最突出。——当然，从《搜神记》佚文可以看出，干宝对于流行于世的鬼神信仰，道教神仙说，毫不怀疑其可信性。整体而言，秦汉以来社会上久已流行的自然崇拜、天帝崇拜、鬼神崇拜、祖先崇拜等观念，汉代大行于世的阴阳五行天人感应说，汉末兴起的道教与汉代传入中土的佛教，直接引发魏晋南北朝志怪之兴起与发展。

诚如鲁迅所言，当时人认为"幽明虽殊途，而人鬼乃皆实有"，因而"叙述异事，与记载人间常事，自视固无诚妄之别"；这一点，可从志怪书之撰述者与接受者两方面考察。

首先，从志怪书撰述者方面看，撰述者对于所载述的鬼神怪异之事并不怀疑，认为是曾经发生的事实；甚者有些鬼神怪异之事，志怪书载述之，正史亦载述之，恰反映出当时人的信仰观念。譬如，关于鬼之存在问题，《礼记·祭法》云："大凡生于天地之间者皆曰命，其万物死皆曰折，人死曰鬼，此五代之所不变也。"据此言之，人死为鬼的观念由来已久。[2]那么，人死后究竟归于何处？

---

[1] 关于阴阳五行天人感应思想对魏晋南北朝志怪小说之影响，详见拙作《论汉代神学思想对魏晋南北朝志怪小说之影响》，刊于《中国古代小说研究》（第三辑），2007年10月。

[2] 《三国志》卷六十三《吴书·吴范刘惇赵达传》注曰："《抱朴子》……又曰：吴景帝有疾，求觋视者，得一人。景帝欲试之，乃杀鹅而埋于苑中，（转下页）

罗振玉《贞松堂集古遗文》卷十五录汉代镇墓文曰:"生属长安,死属泰山。死生异处,不得相防(妨)。"这表明泰山治鬼,汉世已流行。《后汉书》卷八十二下《方术列传·许曼传》载"自云少尝笃病,三年不愈,乃谒泰山请命",注曰:"泰山主人生死,故诣请命也。"汉乐府《蒿里》曰:"蒿里谁家地?聚敛魂魄无贤愚。鬼伯一何相催促?人命不得少踟蹰。"亦反映出人死归泰山信仰。《三国志》卷二十九《魏书·方技传》载管辂于高贵乡公正元二年(255)对其弟管辰慨叹"但恐至泰山治鬼,不得治生人"[1],亦道出泰山治鬼之俗。而《太平御览》卷八八六引《博物志》载:"太山天帝孙也,主召人魂。"反映出魏晋人的信仰观。应该说,对于鬼之存在,汉代人是不怀疑的。[2]魏晋时期虽偶有倡无鬼论者,如阮瞻、阮修等,但这种声音毕竟极微弱;相信鬼之存在,是当时普遍的观念,故志怪书撰述者记载鬼事乃属正常。如《搜神记》载苏韶事:

> 故中牟令苏韶,有才识,咸宁中卒。乃昼现形于其家,

(接上页)架小屋,施床几,以妇人屦履服物著其上,乃使觋视之。告曰:'若能说此冢中鬼妇人形状者,当加赏而即信矣。'竟日尽夕无言,帝推问之急,乃曰:'实不见有鬼,但见一头白鹅立墓上,所以不即白之,疑是鬼神变化作此相,当候其真形而定。无复移易,不知何故,不敢不以实上闻。'景帝乃厚赐之。然则鹅死亦有鬼也。"以葛洪此论,则动物死亦有鬼,而非限于人。

[1] 陈寿撰,裴松之注《三国志》,中华书局1959年版,第826页。
[2] 汉晋人对于鬼神之认识或有不同,王充《论衡·论死篇》谓:"世谓人死为鬼,有知,能害人。试以物类验之,人死不为鬼,无知,不能害人。"而《论衡·订鬼篇》称:"故凡间所谓妖祥,所谓鬼神者,皆太阳之气为之也。"因而王充最终肯定妖祥、鬼神之存在。

> 诸亲故知友闻之，并问集。饮啖言笑，不异于人。或有问者："中牟在生，多诸赋述，言出难寻。请叙死生之事，可得闻耶？"韶曰："何得有隐。"索纸笔，著《死生篇》，其词曰："运精气兮离故形，神眇眇兮爽玄冥。归北帝兮造酆京，崇墉郁兮廓峥嵘。升凤阙兮谒帝庭，迩卜商兮室颜生。亲大圣兮项良成，希吴季兮慕婴明。抗清论兮风英英，敷华藻兮文璨荣。庶擢身兮登昆瀛，受祚福兮享千龄。"余多不尽录。初见其词，若存若亡。[1]

苏韶事大约在当时颇流传，而王隐《晋书》亦载之。《太平广记》卷第三百一十九引王隐《晋书》：

> 苏韶，字孝先。安平人也。仕至中牟令，卒。韶伯父承，为南中郎军司而亡。诸子迎丧还，到襄城。第九子节，夜梦见卤簿，行列甚肃。见韶，使呼节曰："卿犯卤簿，罪应髡刑。"节俯受剃。髡觉摸头，即得断发。明暮，与人共寝，梦见韶曰："卿髡头未竟。"即复剃如前夕。其日暮，自备甚谨，明灯火，设符刻。复梦见韶，髡之如前夕者五。节素美发，五夕而尽。间六七日，不复梦见。后节在车上，昼日，韶自外入。乘马，著黑介帻，黄练单衣，白袜幽履，凭节车辕。节谓其兄弟曰："中牟在此。"兄弟皆愕视，无所见。问韶："君何由来？"韶曰："吾欲改葬。"即求去，曰："吾当更来。"出

---

[1] 干宝撰，李剑国辑校《新辑搜神记》，中华书局2007年版，第368页。

门不见。数日又来,兄弟遂与韶坐。节曰:"若必改葬,别自救儿。"韶曰:"吾将为书。"节授笔,韶不肯,曰:"死者书与生者异。"为节作其字,像胡书也,乃笑,即唤节为书曰:"古昔魏武侯,浮于西河,而下中流,顾谓吴起曰:'美哉!河山之固,此魏国之宝也。'吾性爱好京洛,每往来出入,瞻视邙上,乐哉!万世之墓也。北背孟津,洋洋之河。南望天邑,济济之盛。此志虽未言,铭之于心矣。不图奄忽,所怀未果。前去十月,便速改葬。在军司墓次,买数亩地,便足矣。"节与韶语,徒见其口动,亮气高声,终不为傍人所闻。延韶入室,设坐祀之,不肯坐。又无所飨,谓韶曰:"中牟平生好酒鱼,可少饮。"韶手执杯饮尽,曰:"佳酒也。"节视杯空。既去,杯酒乃如故。前后三十余来,兄弟狎玩。节问所疑,韶曰:"言天上与地下事,亦不能悉知也。颜渊、卜商,今见在为修文郎。修文郎凡有八人。鬼之圣者,今项梁成;贤者,吴季子。"节问:"死何如生?"韶曰:"无异。而死者虚,生者实,此其异也。"节曰:"死者何不归尸体?"韶曰:"譬如断卿一臂以投地,就削剥之,于卿有患不?死之去尸骸,如此也。"节曰:"厚葬以坟垄,死者乐此否?"韶曰:"无在也。"节曰:"若无在,何故改葬?"韶曰:"今我诚无所在,但欲述生时意耳。"弟曰:"儿尚小,嫂少,门户坎坷,君顾念否?"韶曰:"我无复情耳。"节曰:"有寿命否?"韶曰:"各有。"节曰:"节等寿命,君知之否?"曰:"知语卿也。"节曰:"今年大疫病何?"韶曰:"刘孔才为泰山公,欲反,擅取人以为徒众。北帝知孔才如此,今已诛灭矣。"节曰:"前梦君剪发,君之卤簿导谁也?"韶曰:"济南王也。卿当死,吾念护卿,故以刑论卿。"节曰:"能益生人否?"韶曰:"死者时自发意念生,则吾所益卿也。若此自无情,而生人祭祀以求福,无益也。"节曰:"前梦见君,岂实相见否?"韶曰:"夫生者梦见亡者,亡者见之也。"节曰:"生时仇怨,能复害之否?"韶曰:"鬼重杀,不得自从。"节下车,韶大笑节短,云:"似赵麟舒。"赵麟舒短小,是韶妇兄弟也。韶欲去,节留之,闭门下锁钥,韶为之少住。韶去,节见门故闭。韶已去矣。韶与节别曰:"吾今见为修文郎,守职不得来也。"节执手,手软弱。捉觉之,乃别。自是遂绝。

据《晋书》卷八十二《王隐传》载,"太兴初,典章稍备,乃召隐及郭璞俱为著作郎,令撰晋史",显然,上述"俱为著作郎"系误书,因为此时著作郎是干宝,王隐与郭璞俱为佐著作郎;王隐后来受著作郎虞预排挤,"预既豪族,交结权贵,共为朋党,以斥隐,竟以谤免,黜归于家";王隐因贫无资用,书遂不就,乃依征西将军庾亮,"亮供其纸笔,书乃得成",——是知王隐《晋书》成书晚于干宝《晋纪》。[1] 不过,史家对王隐《晋书》评价不高,称"隐虽好著述,而文辞鄙拙,芜舛不伦","其书次第可观者,皆其父所撰,文体混漫义不可解者,隐之作也"。[2] 那么,从上述所引苏韶事

---

[1]《史通》卷十二《古今正史》载王隐撰《晋书》凡八十六卷,"咸康六年,始诣阙奏上"。咸康六年,即340年。

[2]《晋书·王隐传》。

迹看，王隐对苏韶亡后现形与家人言谈、饮酒，尤其论及生死异同及泰山冥府之事，叙述颇详密，而文辞或不免"鄙拙"。《史通》卷十二《古今正史》论晋史，首列王隐《晋书》，次列干宝《晋纪》；正史中如此载述人鬼之交流、共处，足见当时"以为幽明虽殊途，而人鬼乃皆实有"，"叙述异事，与记载人间常事，自视固无诚妄之别"之情状。[1]

当然，也有一些神异之事，《搜神记》载述之，干宝《晋纪》亦载之。譬如，《艺文类聚》卷四四引《搜神记》载：

> 永嘉中，有神见兖州，自号樊道基。有姬，号成夫人。夫人好音乐，能弹箜篌，闻人歌弦辄起舞。

而《太平御览》卷三五九引干宝《晋纪》载：

> 晋永嘉初，有神见兖州甄城民家，免奴为主簿，自号为樊道基。有姬，号成夫人。欲迎致，便载车行，当得此免奴

---

[1] 苏韶事，萧方等撰《三十国春秋》亦载："是年，天台令苏韶卒。卒后，韶从弟节见韶乘马昼日而行，着黑介帻黄采单衣，节问曰：'兄何由来？'韶曰：'欲改葬。'节因问幽冥之事。韶曰：'死者为鬼，俱行天地之中，在人间而不与生者接，颜回、卜商今见为修文郎。死之与生，略无有异，死虚生实，此有异尔。'节曰：'死者何故不复归其尸乎？'对曰：'譬若断兄一臂以投地，就削削之，兄有患否？死者尸骸亦如此也。'节曰：'厚葬爽垲，死者乐乎？'韶曰：'何乐之有？'节曰：'若然，兄何故改葬？'韶曰：'述生时事耳。'言终而不见。"其中所载，与王隐《晋书》大致同。

主簿从行为译，以宣所宜。汝南梅赜[1]字仲真，去邺，来经兖州。闻其然，因结羊世茂、阮士公诸宾往观之。成夫人便遣主簿出，当与贵客语。主簿死不肯避，成夫人因大嗔，索士公马鞭，脱主簿鞭之。

则同一事，《搜神记》《晋纪》并书之，《晋纪》既为正史而载之，且信而不疑，正说明干宝"叙述异事，与记载人间常事，自视固无诚妄之别"。——而当时其他正史，亦不乏鬼神怪异之载述。譬如，《三国志》卷十六《魏书·任苏杜郑仓传》注引《魏氏春秋》载：

> 初，（杜）畿尝见童子谓之曰："司命使我召子。"畿固请之，童子曰："今将为君求相代者。君其慎勿言！"言卒，忽然不见。至此二十年矣，畿乃言之。其日而卒，时年六十二。[2]

《魏氏春秋》乃东晋史学家孙盛撰，见《晋书》卷八十二《孙盛传》。[3]《史通》卷十二《古今正史》论魏蜀吴三国史书，其中即列孙盛撰《魏氏春秋》、王隐撰《蜀记》、张勃撰《吴录》，肯定其史学价值与历史地位。上述关于杜畿之传闻，反映了当时人普遍存在的定命论，认为人的生死由司命掌管。[4]——如干宝《晋纪》，王隐

---

[1] 梅赜，当作梅颐，《世说新语·方正》及注作梅颐。
[2] 陈寿撰，裴松之注《三国志》，中华书局1959年版，第497页。
[3] 何法盛《晋中兴书》载"孙盛以秘书监领著作"。见汤球辑《九家旧晋书辑本》。
[4] 《抱朴子内篇·微旨》载："按《易内戒》及《赤松子经》及《河图记命符》皆云，天地有司过之神，随人所犯轻重，以夺其算，算减则人贫耗疾病，屡逢忧患，算尽则人死。"乃当时流行观念之一。

《晋书》及孙盛《魏氏春秋》中不乏鬼神怪异之谈，正见出当时人们信仰观念如此，史家自亦难免。

神仙之说，《汉书·艺文志》已载之。作为博学家，张华对神仙问题的态度颇具代表性，足以反映当时人的认识水平与信仰观念。《博物志》载魏王所集方士：上党王真，陇西封君达，甘陵甘始、鲁女生，谯国华佗字元化、东郭延年、唐雪、冷寿光，河南卜式、张貂、蓟子训，汝南费长房、鲜奴辜，魏国军吏河南赵圣卿，阳城郄俭字孟节，庐江左慈字元放；称"皆能断谷不食，分形隐没，出入不由门户"，"左慈能变形，幻人视听，厌刻鬼魅，皆此类也"；"《周礼》所谓怪民，《王制》称挟左道者也"。[1] 张华对于汉末方士道徒所修方术，是相信其有效的，其中载：

> 皇甫隆遇青牛道士姓封名君达，其余养性法即可放用，大略云："体欲常少劳无过虚，食去肥浓，节酸咸，减思虑，损喜怒，除驰逐，慎房室。施泻，秋冬闭藏。"别篇，武帝行之有效。[2]

以曹操修行封君达所授之法，且行之有效，说明方士道徒宣扬的方术并非无稽之谈，而是有效、可征验的。对于仙人之实有，张华也以事实为据：

---

[1] 张华撰，范宁校证《博物志校证》，中华书局1980年版，第61—62页。
[2] 同上注，第62页。

> 颖川陈元方、韩元长,时之通才者。所以并信有仙者,其父时所传闻,河南密县有成公,其人出行,不知所至,复来还,语其家云:"我得仙。"因与家人辞诀而去,其步渐高,良久乃没而不见。至今密县传其仙去。二君以信有仙,盖由此也。[1]

陈元方、韩元长,乃汉代名士,张华誉之为"通才",其二人并信神仙实有,依据即是密县成公得仙事,而非道听途说。《抱朴子内篇·至理》亦载此事,成公作"卜成",而葛洪称"此则又有仙之一证也"。[2]《博物志》又载:

> 近魏明帝时,河东有焦生者,裸而不衣,处火不燋,入水不冻。杜恕为太守,亲所呼见,皆有实事。[3]

处火不燋,入水不冻,乃是仙人区别于常人之处。焦生,即焦先,皇甫谧《高士传》已载:"世莫知焦先所出。野火烧其庐,先因露寝,冬雪大至,先祖卧不移,人以为死,就视如故。"[4]虽曰"高士",事迹似仙人,葛洪《神仙传》则载焦先修道成仙事迹。张华

---

[1] 张华撰,范宁校证《博物志校证》,中华书局1980年版,第63页。
[2] 王明《抱朴子内篇校释》,中华书局1985年版,第115页。
[3] 张华撰,范宁校证《博物志校证》,中华书局1980年版,第63页。
[4] 《太平御览》卷一二。

称"皆有实事",意味着焦生异于常人之事迹不虚,自是得道者。[1]
而作为道教理论家,葛洪在新的历史环境下从理论上阐述了"长生
之可得,仙人之无种"[2];《神仙传》即意在证神仙之实有,仙道之
可学。[3] 值得注意的是,《神仙传》所载神仙,并非不食人间烟火,
游离于人世之外,其中不少仙人就生活于芸芸众生间。譬如,《三
国志》卷三十二《蜀书·先帝传》注引葛洪《神仙传》载:

    仙人李意其,蜀人也。传世见之,云是汉文帝时人。先

---

[1] 关于焦先事迹,《三国志》卷十一《魏书·袁张凉国田王邴管传》注引《魏略》载焦先事迹,与《博物志》《神仙传》不同,其中载焦先"其行不践邪径,必循阡陌","及其捃拾,不取大穗","饥不苟食,寒不苟衣,结草以为裳,科头徒跣","自作一瓜牛庐,净扫其中","营木为床,布草褥其上","饥则出为人客作,饱食而已,不取其值","又出于道中,邂逅与人相遇,辄下道藏匿","或问其故,常言'茅草之人,与狐兔同群'"云云。关于焦先事迹之风化变质问题,参见拙著《魏晋南北朝志怪小说通论》第三章《魏晋南北朝道教志怪小说研究》,首都师范大学出版社2000年版。

[2] 《抱朴子内篇·至理》。王明《抱朴子内篇校释》,中华书局1985年版,第110页。

[3] 葛洪之所以笃信神仙可致,也有其理论逻辑。《三国志》卷四十八《吴书·三嗣主传》注:"葛洪《抱朴子》曰:吴景帝时,戍将于广陵掘诸冢,取版以治城,所坏甚多。复发一大冢,内有重阁,户扇皆枢转可开闭,四周为徼道通车,其高可以乘马。又铸铜人数十枚,长五尺,皆大冠朱衣,执剑列侍灵座,皆刻铜人背后石壁,言殿中将军,或言侍郎、常侍。似公主之冢。破其棺,棺中有人,发已斑白,衣冠鲜明,面体如生人。棺中云母厚尺许,以白玉璧三十枚藉尸。兵人辈共举出死人,以倚冢壁。有一玉长一尺许,形似冬瓜,从死人怀中透出坠地。两耳及鼻孔中,皆有黄金如枣许大,此则骸骨有假物而不朽之效也。"正是因为相信人可以"假物而不朽",所以方士道徒炼丹、服食,以为可以延年,乃至长生不死。

主欲伐吴，遣人迎意其。意其到，先主礼敬之，问以吉凶。意其不答而求纸笔，画作兵马器仗数十纸已，便一一以手裂坏之，又画作一大人，掘地埋之，便径去。先主大不喜。而自出军征吴，大败还，忿耻发病死，众人乃知其意。其画作大人而埋之者，即是言先主死意。

李意其所为，毋宁说更像一个智者，说他早已预知刘备伐吴之结局，自然亦无可厚非。——因为综合蜀汉、东吴之国力及两军主帅之优缺点与两军素质判断，蜀军"大败还"并非偶然。又如，《三国志》卷四十九《吴书·刘繇太史慈士燮传》注引葛洪《神仙传》载：

（士）燮尝病死，已三日，仙人董奉以一丸药与服，以水含之，捧起头摇消之。食顷，即开目动手，颜色渐复，半日能起坐，四日复能语，遂复常。奉字君异，候官人也。

董奉所为，仿佛如济世救民的良医，只不过他的那丸药具有起死回生之功，非一般丸药可比；葛洪特意交代董奉籍贯、名字，意味着其人班班可考，足以令人相信。据《抱朴子外篇·自叙》，"撰俗所不列者为《神仙传》十卷"，"至建武中，乃定"。[1] 那么，作为葛洪同僚，干宝应该见到《神仙传》，《搜神记》中一类内容名曰"神化"，或许受到葛洪或《神仙传》影响。李剑国辑校《新辑搜神记》卷一、卷二、卷三为"神化篇"，辑校45则佚文，其中所涉叶令

---

[1] 杨明照《抱朴子外篇校笺》，中华书局1991年版，第697—698页。

王乔、左慈、管辂、徐登、赵炳、费长房、蓟子训等,范晔列之入《后汉书·方术列传》。干宝对于"神化篇"内容所取的态度,可借一例说明。《法苑珠林》卷六二引《搜神记》载:

> 彭祖者,殷时大夫也。历夏而至商末,号七百。常食桂芝。历阳有彭祖仙室。前世云:祷请风云,莫不辄应。常有两虎在祠左右。今日祠之讫,地则有两虎迹也。

李剑国辑校《新辑搜神记》将其归于"神化篇",检旧题刘向撰《列仙传》,其卷上即载彭祖,是知前人已将彭祖视为神仙;葛洪《神仙传》亦载彭祖,《抱朴子内篇·极言》引《彭祖经》,亦将彭祖视为神仙。按,《史记·楚世家》载,彭祖乃颛顼之来孙,并载:

> 吴回生陆终。陆终生子六人,坼剖而产焉。其长一曰昆吾;二曰参胡;三曰彭祖……

关于彭祖等乃坼剖而产问题,裴骃集解曰:

> 干宝曰:"先儒学士多疑此事。谯允南通才达学,精核数理者也,作《古史考》,以为作者妄记,废而不论。余亦尤其生之异也。然按六子之世,子孙有国,升降六代,数千年间,迭至霸王。天将兴之,必有尤物乎?若夫前志所传,修己背坼而生禹,简狄胸剖而生契,历代久远,莫足相证。近魏黄初五年,汝南屈雍妻王氏生男儿从右胳下水腹上出,而平和

自若，数月创合，母子无恙，斯盖近事之信也。以今况古，固知注记者之不妄也。天地云为，阴阳变化，安可守之一端，概以常理乎？诗云'不坼不副，无灾无害'。原诗人之旨，明古之妇人尝有坼副而产者矣。又有因产而遇灾害者，故美其无害也。"[1]

对于谯周等认为陆终生六子，坼剖而产为"妄记"，干宝深不以为然；干宝强调"阴阳变化，安可守之一端，概以常理？"并以今况古，证明"注记""不妄"。这种不"守之一端"的态度，使得干宝能够接受"先儒学士"每每怀疑的事物。据此而言之，"神化篇"所载内容，干宝自然是信其实有，而不以为虚妄的。

精怪，是魏晋南北朝志怪书载述的重要内容。关于精怪问题，汉晋人记载颇多。应劭《风俗通义·怪神》载：

> 世间多有精物妖怪百端
> 谨按鲁相右扶风臧仲英为侍御史，家人作食设案，欻有不清尘土投污之。炊临熟，不知釜处。兵弩自行，火从箧簏中起，衣物烧尽，而簏故完。妇女婢使悉亡其镜，数日，堂下掷庭中，有人声言"女镜"。女孙年三四岁亡之，求不能得，二三日乃于清中粪下啼。若此非一。
> 汝南有许季山者，素善卜卦，言家当有老青狗物，内中婉御者益喜与为之。诚欲绝，杀此狗，遣益喜归乡里。皆如

---

[1] 司马迁《史记》，中华书局1959年版，第1690页。

其言，因断无纤介，仲英迁太尉长史。

许季山是汉代有名的术士，《后汉书》卷八十二下《方术列传·许曼传》有载述。据许季山言，臧仲英家中发生的一系列怪异之事，乃是老青狗精与益喜所为，故杀狗遣益喜，家中遂安宁；此事《搜神记》亦载之，而文字稍异。应劭又载：

> 汝南汝阳西门习武亭有鬼魅，宾客宿止多死亡，其厉厌者皆亡发失精。寻问其故，云先时颇已有物怪。其后郡侍奉掾宜禄郑奇来，去亭六七里，有一端正妇人，乞得奇载。奇初难之，然后上车，入亭，趋至楼下，吏卒檄白："楼不可上。"奇云："我不恶也。"时亦昏冥，遂上楼，与妇人栖宿。未明，发去，亭卒上楼扫除，见死妇，大惊，走白亭长。亭长击鼓会诸庐吏，共集诊之，乃亭西北八里吴氏妇。新亡，以夜临殡，火灭；火至，失之，家即持去。奇发行数里，腹痛，到南顿利阳亭加剧物故，楼遂无敢复上。
>
> 谨按北部督邮西平郅伯夷年三十所，大有才决，长沙太守郅君章孙也。日晡时到亭，敕前导入。录事掾白："今尚早，可至前亭。"曰："欲作文书。"便留，吏卒惶怖，言当解去。传云："督邮欲于楼上观望，亟扫除。"须臾便上。未冥，楼镫阶下复有火。敕："我思道，不可见火，灭去。"吏知必有变，当用赴照，但藏置壶中耳。既冥，整服坐诵《六甲》《孝经》《易本》讫，卧。有顷，更转东首，以帻巾结两足帻冠之，密拔剑解带。夜时，有正黑者四五尺，稍高，走至柱

屋，因覆伯夷。伯夷持被掩，足跣脱，几失再三，徐以剑带击魅脚，呼下火上照视，老狸正赤，略无衣毛，持下烧杀。明旦发楼屋，得所髡人结百余，因从此绝。伯夷举孝廉，益阳长。[1]

则老狸为魅，为害汝南地方。应劭是汝南郡南顿县人，上述所载即是发生于汝南汝阳、南顿一带的传闻。[2]又载：

> 世间多有伐木血出以为怪者
> 谨按桂阳太守江夏张辽叔高去鄢令家居，买田，田中有大树十余围，扶疏盖数亩地，播不生谷，遣客伐之，木中血出。客惊怖，归，以其事白叔高。叔高大怒，曰："老树汁出，此何等血。"因自严行复斫之，血大流洒。叔高使先斫其枝，上有一空处，白头公可长四五尺，忽出往赴叔高，叔高乃逆格之，凡杀四头。左右皆怖伏地，而叔高恬如也。徐熟视，非人非兽也，遂伐其木。其年司空辟侍御史，后为兖州刺史，

---

[1] 应劭撰，吴树平校释《风俗通义校释》，天津人民出版社1980年版，第353—354页。
[2]《抱朴子内篇·登涉》载："林虑山下有一亭，其中有鬼，每有宿者，或死或病，常夜有数十人，衣色或黄或白或黑，或男或女。后郅伯夷者过之宿，明灯烛而坐诵经，夜半有十余人来，与伯夷对坐，自共樗蒲博戏，伯夷密以镜照，乃是群犬也。伯夷乃执烛起，佯误以烛烬爇其衣，乃作燋毛气。伯夷怀小刀，因捉一人而刺之，初作人叫，死而成犬，余犬悉走，于是遂绝，乃镜之力也。"则葛洪所记郅伯夷传闻，显然与道教修炼有关，而与应劭所载不同。

以二千石之尊，过乡里，荐祝祖考。白日绣衣，荣羡如此，其祸安居？《春秋国语》曰："木石之怪夔，魍魉。"物恶能害人乎！[1]

所叙乃木怪传闻。又载"世间多有狗作变怪""世间多有蛇作怪者""世间人家多有见赤白光为变怪者"等，意在探究精魅对人之影响，与人之关系等。[2]《后汉书》卷四十八《杨李翟应霍爰徐传》称应劭"撰《风俗通》，以辩物类名号，释时俗嫌疑。文虽不典，后世服其洽闻"。张华《博物志》载：

水石之怪为龙罔象，木之怪为夔罔两，土之怪为獖羊，火之怪为宋无忌。[3]

与应劭所引《春秋国语》所载"木石之怪"大致同，反映了对木石之怪认识的一脉相承。郭璞《玄中记》载：

---

[1] 应劭撰，吴树平校释《风俗通义校释》，天津人民出版社1980年版，第358页。

[2] 关于《风俗通义》之产生，刘知几谓："民者，冥也，冥然罔知，率彼愚蒙，墙面而视。或讹言鄙句，莫究本源，或守株膠柱，动多拘忌，故应劭《风俗通》生焉。"见《史通·自叙》，刘知几著，浦起龙通释，王煦华整理《史通通释》，上海古籍出版社2009年版，第270页。

[3] 张华撰，范宁校证《博物志校证》，中华书局1980年版，第105页。按，《史记》卷四十七《孔子世家》载："季桓子穿井得土缶，中若羊，问仲尼云'得狗'。仲尼曰：'以丘所闻，羊也。丘闻之，木石之怪夔、罔阆，水之怪龙、罔象，土之怪坟羊。'"与张华所载或稍有异。

千岁之树，枝中央下，四边高。百岁之树，其汁赤如血。[1]

千岁树精为青羊，万岁树精为青牛，多出游人间。

狐五十岁能变化为妇人。百岁为美女，为神巫；或为丈夫，与女人交接；能知千里外事，善蛊魅，使人迷惑失智。千岁即与天通，为天狐。

百岁鼠化为神。

百岁之鼠，化为蝙蝠。

百岁伏翼，其色赤，止则倒悬；得而服之，使人神仙。千岁伏翼，色白；得食之，寿万岁。

千岁之鹤，随时鸣。

千岁之燕，户北向。

千岁之鼋，能与人语。

千岁之龟，能与人语。

千岁蟾蜍，头生角；得而食之，寿千岁。又能食山精。

山精如人，一足长三四尺，食山蟹，夜出昼藏，人不能见，夜闻其声；千岁蟾蜍食之。

玉精为白虎。金精为车马。铜精为僮奴。铅精为老妇。

松脂沦入地中，千岁为琥珀。

---

[1] 鲁迅《古小说钩沉》，《鲁迅辑录古籍丛编》（第一卷），人民文学出版社1999年版。下引文同。

等等。郭璞"博学有高才"[1],上述有关动、植物成精成魅之载述,乃是作为"可信的"知识流行于世的。而《抱朴子内篇·登涉》亦载:

> 万物之老者,其精悉能假托人形,以眩惑人目而常试人,唯不能于镜中易其真形耳。……昔张盖蹹及偶高成二人,并精思于蜀云台山石室中,忽有一人著黄练单衣葛巾,往到其前曰:"劳乎道士,乃辛苦幽隐!"于是二人顾视镜中,乃是鹿也。因问之曰:"汝是山中老鹿,何敢诈为人形。"言未绝,而来人即成鹿而走去。

葛洪又称:

> 抱朴子曰:"山中有大树,有能语者,非树能语也,其精名曰云阳,呼之则吉。……山中夜见胡人者,铜铁之精。见秦者,百岁木之精。……山中寅日,有自称虞吏者,虎也。称当路君者,狼也。称令长者,老狸也。卯日称丈人者,兔也。称东王父者,麋也。称西王母者,鹿也。辰日称雨师者,龙也。称河伯者,鱼也。称无肠公子者,蟹也。巳日称寡人者,社中蛇也。称时君者,龟也。午日称三公者,马也。称仙人者,老树也。未日称主人者,羊也。称吏者,獐也。申日称人君者,猴也。称九卿者,猿也。酉日称将军者,老鸡

---

[1] 房玄龄等撰《晋书》卷七十二《郭璞传》,中华书局1974年版,第1899页。

也。称捕贼者，雉也。戌日称人姓字者，犬也。称成阳公者，狐也。亥日称神君者，猪也。称妇人者，金玉也。子日称舍君者，鼠也。称神人者，伏翼也。丑日称书生者，牛也。"[1]

郭璞、葛洪之流，乃是当时知识阶层的精英人物，他们关于精魅问题的见解，反映出那一时代人的认识水平与信仰观念。而干宝对于精魅之认识，与应劭、张华、郭璞、葛洪等并无二致，[2]《法苑珠林》卷三十一载干宝所谓"妖怪者，盖是精气之依物者也"、卷三十二载干宝所谓"天有五气，万物化成"云云，某种意义言，乃是干宝试图从理论上探究"古今怪异非常之事"发生之成因。当然，《搜神记》佚文中，也不乏有关怪异之事成因之载述，譬如，《法苑珠林》卷三十二引《搜神记》：

> 孔子厄于陈，弦歌于馆中。夜有一人，长九尺余，著皂衣，高冠，大咤，声动左右。子贡进问："何人耶？"便提子贡而挟之。子路引出，与战于庭，有顷未胜。孔子察之，见其甲车间时时开如掌。孔子曰："何不探其甲车，引而奋之？"子路如之，没手仆于地，乃是大鳀鱼也，长九尺余。孔子叹曰："此物也，何为来哉？吾闻物老则群精依之，因衰而至。此其来也，岂以吾遇厄绝粮，从者病乎？夫六畜之物及龟蛇鱼鳖草木久者，神皆依凭，能为妖怪，故谓之五酉。五酉者，

---

[1] 王明《抱朴子内篇校释》，中华书局1985年版，第304页。
[2] 据《搜神记》佚文可以见出，有些内容，乃采自《风俗通义》。

五行之方，皆有其物；酉者老也，故物老则为怪矣。杀之则已，夫何患焉！或者天之未丧斯文，以是系予之命乎？不然，何为至于斯也？"弦歌不辍。子路烹之，其味滋，病者兴。明日遂行。

上述传闻中孔子所谓"物老则群精依之""物老则为怪矣"，也是对精怪何以产生的解释，这与干宝所谓"妖怪者，盖是精气之依物者也"实一致，反映了当时流行的信仰观念。——据此而言之，志怪书撰述者们以记实态度载述精魅传闻故事也就不难理解了。

那么，从接受者方面考察，那一时期的接受者们也将志怪书中载述的鬼神怪异之事视为曾经发生过的事实，信其实有。譬如，《三国志》卷十三《魏书·钟繇华歆王朗传》注引《列异传》载：

（华）歆为诸生时，尝宿人门外。主人妇夜产。有顷，两吏诣门，便辟易却，相谓曰："公在此。"踌躇良久，一吏曰："籍当定，奈何得往？"乃前向歆拜，相将入。出并行。共语曰："当与几岁？"一人曰："当三岁。"天明，歆去。后欲验其事，至三岁，故往问儿消息，果已死。歆乃自知当为公。

裴松之于其后加按语：

臣松之按《晋阳秋》说魏舒少时寄宿事，亦如之。以为理无二人俱有此事,将由传者不同。今宁信《列异》。[1]

《晋阳秋》乃孙盛撰,《晋书》本传称"《晋阳秋》词直而理正,咸称良史焉"[2],誉之颇高。据裴松之注,《晋阳秋》载魏舒少时寄宿事,与《列异传》载华歆事同,亦乃命中注定为公传闻,这说明《晋阳秋》中亦不乏鬼神怪异之谈;而裴氏"宁信《列异》"的态度,又说明他对《列异传》所载内容之真实性并不怀疑,信《列异》甚至胜过"咸称良史"的《晋阳秋》。

又如,于吉(或作干吉)是汉末著名道士,琅邪人;[3]《三国志》卷四十六《吴书·孙破虏讨逆传》载孙策杀于吉事,裴松之注引《江表传》载:

> 时有道士琅邪于吉,先寓居东方,往来吴会,立精舍,烧香读道书,制作符水以治病,吴会人多事之。策尝于郡城

---

[1] 陈寿撰,裴松之注《三国志》,中华书局1959年版,第405页。
[2] 房玄龄等撰《晋书》,中华书局1974年版,第2148页。
[3] 《三国志》卷四十六《吴书·孙破虏讨逆传》注引《志林》曰:"初顺帝时,琅邪宫崇诣阙上师于吉所得神书于曲阳泉水上,号《太平青领道》,凡百余卷。顺帝至建安中,五六十岁,吉是时近已百岁,年在耄悼,礼不加刑……"中华书局1959年版,第1110页。而《后汉书》卷三十下《襄楷传》载:"初,顺帝时,琅邪宫崇诣阙,上其师干吉于曲阳泉水上所得神书百七十卷,皆缥白素朱介青首朱目,号《太平青领书》,其言以阴阳五行为家,而多巫觋杂语。有司奏崇所上妖妄不经,乃收藏之。后张角颇有其书焉。"李贤等注曰:"神书,即今道家《太平经》也。其经以甲、乙、丙、丁、午、己、庚、辛、壬、癸为部,每部一十七卷也。"范晔撰,李贤等注《后汉书》,中华书局1965年版,第1084、1080页。

门楼上，集会诸将宾客，吉乃盛服杖小函，漆画之，名为仙人铧，趋度门下。诸将宾客三分之二下楼迎拜之，掌宾者禁呵不能止。策即令收之。诸事之者，悉使妇女入见策母，请救之。母谓策曰："于先生亦助军作福，医护将士，不可杀之。"策曰："此子妖妄，能幻惑众心，远使诸将不复相顾君臣之礼，尽委策下楼拜之，不可不除也。"诸将复连名通白事陈乞之，策曰："昔南阳张津为交州刺史，舍前圣典训，废汉家法律，曾著绛帕头，鼓琴烧香，读邪俗道书，云以助化，卒为南夷所杀。此甚无益，诸君但未悟耳。今此子已在鬼录，勿复费纸笔也。"即催斩之，悬首于市。诸事之者，尚不谓其死而云尸解焉。复祭祀求福。

裴松之复引《搜神记》注：

策欲渡江袭许，与吉俱行。时大旱，所在熇厉。策催诸将士使速引船，或身自早出督切，见将吏多在吉许，策因此激怒，言："我为不如于吉邪，而先趋务之？"便使收吉。至，呵问之曰："天旱不雨，道途艰涩，不时得过，故自早出，而卿不同忧戚，安坐船中作鬼物态，败吾部伍，今当相除。"令人缚置地上暴之，使请雨，若能感天日中雨者，当原赦，不尔行诛。俄而云气上烝，肤寸而合，比至日中，大雨总至，溪涧盈溢。将士喜悦，以为吉必见原，并往庆慰，策遂杀之。将士哀惜，共藏其尸。天夜，忽更兴云覆之；明日往视，不知所在。

陈寅恪先生指出:"江表传所言与时代不合,虽未可尽信,而天师道起自东方,传于吴会,似为史实,亦不尽诬妄。"[1]作为吴地人,干宝对于吉事迹传闻,当不陌生,孙策使于吉请雨事,流行于吴地,故干宝载述之。《搜神记》关于于吉被诛的载述,实反映出孙策对方士、道徒,甚或对早期道教的态度;即孙策不能容忍于吉于兹传道授徒,危及孙氏经略江东,遂借故杀之。那么,于吉被杀,上述两种记载孰是孰非?裴松之曰:

案《江表传》《搜神记》于吉事不同,未详孰是。[2]

如此按语,显然示意着在裴松之看来,《江表传》《搜神记》具有同等的史料价值,因裴氏难断是非,遂两存之。

关于孙策之死,《三国志》卷四十六《吴书·孙破虏讨逆传》载:

建安五年,曹公与袁绍相拒于官渡,策阴欲袭许,迎汉帝,密治兵,部署诸将。未发,会为故吴郡太守许贡客所杀。先是,策杀贡,贡小子与客亡匿江边。策单骑出,卒与客遇,客击伤策。创甚,请张昭等谓曰……呼权佩以印绶,谓曰……至夜卒,时年二十六。

---

[1] 陈寅恪《金明馆丛稿初编》,生活·读书·新知三联书店2001年版,第3页。
[2] 陈寿撰,裴松之注《三国志》,中华书局1959年版,第1111页。

据陈寿载述，孙策为许贡客所伤而致死；"至夜卒"一语，说明孙策伤之重、卒之速。对于陈寿的载述，作为史官的干宝当是熟知的，而裴松之注引《搜神记》载：

> 策既杀于吉，每独坐，仿佛见吉在左右，意深恶之，颇有失常。后治创方差，而引镜自照，见吉在镜中，顾而弗见，如是再三，因扑镜大叫，创皆崩裂，须臾而死。[1]

所谓"后治创方差"，显然与陈寿所载"至夜卒"相距甚远；更重要的，《搜神记》将孙策之死与于吉联系起来，甚或将孙策之死归之于于吉，意在彰显"神道之不诬"。而裴松之注又引《吴历》载：

> 策既被创，医言可治，当好自将护，百日勿动。策引镜自照，谓左右曰："面如此，尚可复建功立业乎？"椎几大奋，创皆分裂，其夜卒。[2]

裴松之对《吴历》《搜神记》所载孙策之死详情，未加按语说明，这就意味着，他对《搜神记》所载孙策之死的真实性亦不怀疑。——裴松之对《搜神记》等志怪书的态度，颇具代表性，反映

---

[1] 陈寿撰，裴松之注《三国志》，中华书局1959年版，第1112页。
[2] 同上。

出当时人对于《搜神记》之类志怪书以及鬼神怪异之事的看法。[1]裴松之以后,南朝梁刘孝标注《世说新语》,广采前代典籍,其中不乏志怪之作。[2]而与刘孝标生年相近、生活于北方的郦道元在为《水经》作注时,也征引《搜神记》等志怪书作为补阙、拾遗的资料,将其作为可信的资料采纳之。

当然,裴松之对于神仙之事,持谨慎的态度。《三国志》卷六十三《吴书·吴范刘惇赵达传》注引葛洪《神仙传》曰:

> 仙人介象,字元则,会稽人,有诸方术。吴主闻之,征象到武昌,甚敬贵之,称为介君。为起宅,以御帐给之,赐遗前后累千金。从象学蔽形之术。试还后宫,及出殿门,莫有见者。又使象作变化,种瓜菜百果,皆立生可食。吴主共论脍鱼何者最美,象曰:"鲻鱼为上。"吴主曰:"论近道鱼耳,此出海中,安可得邪?"象曰:"可得耳。"乃令人于殿庭中作方坎,汲水满之,并求钩。象起饵之,垂纶于坎中。须臾,果得鲻鱼。吴主惊喜,问象曰:"可食不?"象曰:"故

---

[1] 刘知几对裴松之注《三国志》多有非难。《史通·补注》称:"榷其得失,求其利害,少期集注《国志》,以广承祚所遗,而喜聚异同,不加刊定,恣其击难,坐长烦芜。观其书成表献,自比蜜蜂兼采,但甘苦不分,难以味同萍实者矣。"刘知几著,浦起龙通释,王煦华整理《史通通释》,上海古籍出版社2009年版,第123页。

[2] 刘知几对刘孝标注《世说新语》既有肯定,又加指责。《史通·补注》称:"孝标善于攻缪,博而且精,固以察及泉鱼,辨穷河豕。嗟乎!以峻之才识,足堪远大,而不能探赜彪、峤,网罗班、马,方复留情于委巷小说,锐思于流俗短书。可谓劳而无功,费而无当者矣。"同上。

为陛下取以作生脍,安敢取不可食之物!"乃使厨下切之。吴主曰:"闻蜀使来,得蜀姜作齑甚好,恨尔时无此。"象曰:"蜀姜岂不易得,愿差所使者,并付直。"吴主指左右一人,以钱五十付之。象书一符,以著青竹杖中,使行人闭目骑杖,杖止,便买姜讫,复闭目。此人承其言骑杖,须臾止,已至成都,不知是何处,问人,人言是蜀市中,乃买姜。于时吴使张温先在蜀,既于市中相识,甚惊,便作书寄其家。此人买姜毕,捉书负姜,骑杖闭目,须臾已还到吴,厨下切脍适了。

对于葛洪上述记载,裴松之曰:

> 臣松之以为葛洪所记,近为惑众,其书文颇行世,故撮取数事,载之篇末也。神仙之术,讵可测量,臣之臆断,以为惑众,所谓夏虫不知冷冰耳。[1]

裴松之对神仙之说,实并未完全否定,仅是认为不可知而已;所谓"夏虫不知冷冰",言外之意,以为神仙之说难以验证,故而采谨慎的态度。自然,也有如裴氏般谨慎,却因目睹或者听信有关神仙之事,遂对神仙之说不再怀疑。《法苑珠林》卷五引《搜神记》载:

> 魏济北郡从事掾弦超,字义起。以嘉平中夜独宿,梦有

---

[1] 陈寿撰,裴松之注《三国志》,中华书局1959年版,第1428页。

神女来从之,自称天玉女,东郡人,姓成公,字知琼。早失父母,天帝哀其孤苦,遣令下嫁从夫。当其梦也,精爽感寤,嘉其美异,非常人之容。觉寤钦想,若存若亡。如此三四夕,显然来游。驾辎軿,从八婢,服绫罗绮绣之衣,姿颜容体,状如飞仙。自言年七十,视之如十五六女。车上有壶榼,清白琉璃五具,饮啖奇异,馔具。遂下酒啖,与义起共饮食。谓义起曰:"我天上玉女,见遣下嫁,故来从君。不谓君德宿时感运,宜为夫妇。不能有益,亦不为损。然行来常可驾轻车,乘肥马,饮食常得远味异膳,缯素可得充用不乏。然我神人,不为君子,亦无妒忌之性,不害君婚姻之义。"遂为夫妇。赠其诗一篇,其文曰:"飘飘浮勃述,敖曹云石滋。芝英不须润,至德与时期。神仙岂虚降,应运来相之。纳我荣五族,逆我致祸灾。"此其诗之大较。其文二百余言,不能悉录。兼注《易》七卷,占卜吉凶等。义起皆通其旨。作夫妇经七八年,父母为义起娶妇之后,分日而嫌,分夕而寝。夜来晨去,倏忽若飞。唯义起见之,余人不见。虽居暗室,辄闻人声,常见踪迹,然不睹其形。后人怪问,漏泄其事。玉女遂便求去,云:"我神人也。虽与君交,不愿人见。而君性疏漏,我往与君积年交结,恩义不轻,一旦分别,岂不怆恨?势不得久,各努力。"呼侍御人下酒啖食,发籐取织成裙衫两腰,赐与义起。又赠诗一首,把臂告辞,涕零流离,肃然升车,去若飞讯。义起忧感积日,殆至委顿。后到济北鱼山陌上西行,遥望曲道头有一马车,似知琼。驰前到,果是玉女也。遂披帷相见,前悲后喜。控左授接,同乘至洛,遂为室家,克复旧好。生于太康中犹在，但不日日往来。每于三月三日、五月五日、七月七日、九月九日、旦十五日，辄下往来，经宿而去。张茂先为作《神女赋》。

证之《艺文类聚》，则上述所称张茂先，乃张敏。《艺文类聚》卷七十九：

> 晋张敏《神女赋》曰：世之言神仙者多矣，然未之或验。至如弦氏之妇，则近信而有征者。夫鬼魅之下人也，无不羸病损瘦。今义起平安无恙，而与神女饮宴寝处，纵情极意，岂不异哉！余览其歌诗，词旨清伟，故为之作赋。

关于张敏，《晋书》卷五十五《张载传》载其晋武帝时为益州刺史。又，《太平广记》卷六十一载"成公智琼"，注出《集仙录》，其中称"张茂先为之赋神女，其序曰"，序如下：

> 世之言神仙者多矣，然未之或验。如弦氏之妇，则近信而有征者。甘露中，河济间往来京师者，颇说其事，闻之常以鬼魅之妖耳。及游东土，论者洋洋，异人同辞，犹以流俗小人，好传浮伪之事，直谓讹谣，未遑考核。会见济北刘长史，其人明察清信之士也，亲见义起，受其所言，读其文章，见其衣服赠遗之物，自非义起凡下陋才所能构合也。又推问左右知识之者，云：当神女之来，咸闻香薰之气，言语之声，此即非义起淫惑梦想明矣。又人见义起强甚，雨行大泽中而

不沾濡，益怪之。鬼魅之近人也，无不羸病损瘦。今义起平安无恙，而与神人饮燕寝处，纵情兼欲，岂不异哉！

此序可与《艺文类聚》所引序互补。据序可知，张敏以为世之言神仙者多，然未有征验，而神女成公智琼下降弦超一事，乃"近信而有征者"，于是相信神仙之说。那么，张敏所谓"信而有征"，主要依据二点：一是张敏见到济北刘长史，刘长史称其亲见弦超，听其所言，读到神女之文，见到神女之赠物，——而刘长史是"明察清信之士"，足可信赖；二是人见弦超身体强壮，且雨行大泽中而不沾濡，非常人可比；此二点可谓人证、物证皆备，足以令人信服。成公智琼下降弦超事，轰动一时，所谓"论者洋洋，异人同辞"，正道出在当时影响颇大，张敏遂作《神女赋》，而干宝亦记载神女下降之事，[1]自然也是信其实有的。

不可否认，汉末以来也不乏否定神仙说的声音。譬如，《三国志》卷二十九《魏书·方技传》注引东阿王曹植《辩道论》曰：

世有方士，吾王悉所招致，甘陵有甘始，庐江有左慈，

---

[1]《太平御览》卷七二八引《智琼传》曰："弦超为神女所降，论者以为神仙，或以为鬼魅，不可得正也。著作郎干宝以《周易》筮之……郭璞曰：……此仙人之卦也。"对此，李剑国先生以为："《御览》卷三九九引《智琼传》，文句与《珠林》、《集仙录》全合，当取《搜神记》……《智琼传》盖从《搜神记》中抄出，而改易称谓。"见《新辑搜神记》，中华书局2007年版，第130页。然《智琼传》是否从《搜神记》中抄出，我颇怀疑，成公智琼下降弦超，轰动一时，是否因此而有人撰《智琼传》或其他名目的传记，似不可完全否认；且魏晋南北朝时期，仙人、真人传记颇多。此一问题，有待进一步研究。

阳城有郄俭。始能行气导引,慈晓房中之术,俭善辟谷,悉号三百岁。卒所以集之于魏国者,诚恐斯人之徒,接奸宄以欺众,行妖慝以惑民,岂复欲观神仙于瀛洲,求安期于海岛,释金辂而履云舆,弃六骥而羡飞龙哉?自家王与太子及余兄弟咸以为调笑,不信之矣。

那么,曹操、曹丕等对神仙方术是否如曹植所言"不信之矣"?情况似乎并不一致。先看曹操,曹操《与皇甫隆令》曰:

闻卿年出百岁,而体力不衰,耳目聪明,颜色和悦,此盛事也。所服食施行导引,可得闻乎?若有可传,想可密示封内。[1]

听说皇甫隆年逾百岁而体力不衰,曹操乃写信求取秘方——服食导引,这正是方士道徒宣扬的成仙方术。[2] 而《博物志》载:

魏武帝好养性法,亦解方药,招引四方之术士如左元放、华佗之徒无不毕至。[3]

---

[1] 严可均校辑《全上古三代秦汉三国六朝文》,中华书局1958年版,第1068页。
[2] 《博物志》载:"皇甫隆遇青牛道士姓封名君达,其余养性法即可放用,大略云:'体欲常少劳无过虚,食去肥浓,节酸咸,减思虑,损喜怒,除驰逐,慎房室。施泻,秋冬闭藏。'别篇,武帝行之有效。"张华撰,范宁校证《博物志校证》,中华书局1980年版,第62页。则皇甫隆之养性法与封君达有关,曹操也确从皇甫隆处得到养性法。
[3] 同上注,第61页。

是知曹操颇迷恋方术。曹丕则对神仙方术予以排斥,《典论》称:

> 刘向惑于《鸿宝》之说,君游眩于子政之言,古今愚谬,岂唯一人哉![1]

是知曹丕对神仙方术持批评态度。因而,曹氏父子对于神仙方术态度不一。曹植言曹操"不信之",自有为尊者讳之意。毋庸讳言,曹丕、曹植否定、排斥神仙方术,实有深层政治原因。东汉末年的黄巾起义,本质上是一次披着宗教外衣的农民起义,其结果与历史上其他农民起义一样,成为统治者改朝换代的工具。黄巾起义被镇压,太平道从此衰落;而张鲁后来投降曹操,大批五斗米道教民被强行迁徙北方,民间道教受到重创。无疑,黄巾起义摧枯拉朽的力量是不言而喻的;那么,出于对黄巾起义的恐惧,害怕下层民众利用宗教形式组织大规模起义,曹操遂将当时知名的方士、道徒,汇集到自己身边,以便于控制;而曹丕、曹植则在公开的文字中,表明他们对于道教修炼的否定态度,——这种态度,与曹操取缔、镇压民间道教的政策实一致(曹丕后来执政,依然推行对民间道教以至民间"淫祀"的高压政策),这是他们作为统治者的身份与地位决定的。民间道教活动受到遏制之时,适合于门阀士族阶层需求的神仙道教迅速兴起,一大批方术之士活跃于社会不同阶层,从而形成师徒相承的神仙道教团体;而五斗米道传播到社会上层,不少门阀士族成为天师道(五斗米道)世家,从而将门阀士族的阶级意识

---

[1] 陈寿撰,裴松之注《三国志》,中华书局1959年版,第805页。

带入天师道，并最终促使道教性质发生变化——由民间道教转向士族神仙道教。明乎此，就不难理解，尽管曹丕、曹植对道教修炼、神仙方术"不信之"，然而在曹氏父子周围，依然不乏狂热的修道之举。《典论》载：

> 颖川郤俭能辟谷，饵伏苓。甘陵甘始亦善行气，老有少容。庐江左慈知补导之术。并为军吏。初，俭之至，市伏苓价暴数倍。议郎安平李覃学其辟谷，餐伏苓，饮寒水，中泄利，殆至殒命。后始来，众人无不鸱视狼顾，呼吸吐纳。军谋祭酒弘农董芬为之过差，闭气不通，良久乃苏。左慈到，又竟受其补导之术，至寺人严峻，往从问受。阉竖真无事于斯术也，人之逐声，乃至于是。[1]

据此可以窥见曹操周围一些臣僚的修道行为。其实，曹植也不否认方术修炼之奇异效果，《辩道论》称：

> 余尝试郤俭绝谷百日，躬与之寝处，步行起居自若也。夫人不食七日则死，而俭乃如是。[2]

曹植亲试郤俭，俭绝谷百日而步行起居自若，这就使得曹植不得不承认方术之神异效果。而曹丕则馈大臣以菊，以助长生、致仙之修

---

[1] 陈寿撰，裴松之注《三国志》，中华书局1959年版，第805页。
[2] 同上。

炼,《艺文类聚》卷四载曹丕与钟繇书:

> 岁往月来,忽复九月九日。九为阳数,而日月并应。俗嘉其名,以为宜于长久,故以享宴高会。是月律中无射,言群木庶草,无有射而生。至于芳菊,纷然独荣。非夫含乾坤之纯和,体芬芳之淑气,孰能如此?故屈平悲冉冉之将老,思餐秋菊之落英。辅体延年,莫斯之贵。谨奉一束,以助彭祖之术。[1]

菊,乃服食之佳品,《艺文类聚》卷八十一引《神仙传》载:

> 康风子,服甘菊花柏实散得仙。

又引《抱朴子》曰:

> 刘生丹法:用白菊花汁莲汁樗汁,和丹蒸之,服一年,寿五百岁。[2]

足见方士、道徒乃将服食菊花作为致仙之良方了。钟繇是汉末迄于曹魏时期的重要历史人物,文献表明,他迷恋神仙方术;曹丕信中所谓"以助彭祖之术",说明钟繇是修炼彭祖之术的,而彭祖之术

---

[1] 欧阳询撰,汪绍楹校《艺文类聚》,上海古籍出版社1965年版,第84页。
[2] 同上注,第1391页。

就是房中术。[1]当时一些方士、道徒将房中术视为长生、致仙之一途,《博物志》载:

> 王仲统云:甘始、左元放、东郭延年、行容成御妇人法,并为丞相所录。间行其术,亦得其验。[2]

可知曹操身边的方士、道徒中不乏行房中术者。那么,从曹丕与钟繇书可知,曹丕对钟繇修炼房中术未有任何微辞,且遗菊"以助彭祖之术",这与《典论》所谓"愚谬"之讥大相径庭。事实上,随着道教由民间道教转向士族神仙道教,门阀士族对道教进行改造、改革,道教最终蜕变为以仙道为中心的官方化新道教。[3]胡应麟谓"魏、晋好长生,故多灵变之说",道出神仙道教风行一时,而灵变之说弥漫于世;服食、炼丹、导引、行气、房中、符箓压胜、存思守一等,为一些门阀士族渲染、神化,狂热乃至荒唐的修炼之举背后,凸显出当时人对于成仙的渴望与躁动。

以今日眼光看,《搜神记》及魏晋南北朝其他志怪书所载鬼神怪异之事,无疑带有虚构因素。那么,问题的关键是:如何理解、认识魏晋南北朝志怪书中的虚构问题?笔者以为,魏晋南北朝志怪书中载述的鬼神怪异之事,难以说是编纂者个人"虚构"、杜撰出

---

[1] 关于钟繇修炼房中之术事,参见拙著《陆氏〈异林〉之钟繇与女鬼相合事考论》,人民文学出版社 2008 年版。

[2] 张华撰,范宁校证《博物志校证》,中华书局 1980 年版,第 65 页。

[3] 参见任继愈主编《中国道教史》之第一编,上海人民出版社 1990 年版;卿希泰主编《中国道教史》(第一卷),四川人民出版社 1996 年版。

来的。——这些传闻故事,乃是基于当时普遍存在的信仰观念而产生的。兹举一例,以作说明。《三国志》卷四十八《吴书·三嗣主传第三》裴松之注引《搜神记》载:

> 吴以草创之国,信不坚固,边屯守将,皆质其妻子,名曰保质。童子少年,以类相与嬉游者,日有十数。永安二年三月,有一异儿,长四寸余,年可六七岁,衣青衣,来从群儿戏,诸儿莫之识也。皆问曰:"尔谁家小儿,今日忽来?"答曰:"见尔群戏乐,故来耳。"详而视之,眼有光芒,爓爓外射。诸儿畏之,重问其故。儿乃答曰:"尔恶我乎?我非人也,乃荧惑星也。将有以告儿:三公锄,司马如。"诸儿大惊,或走告大人,大人驰往观之。儿曰:"舍尔去乎!"竦身而跃,即以化矣。仰面视之,若引一匹练以登天。大人来者,犹及见焉,飘飘渐高,有顷而没。时吴政峻急,莫敢宣也。后五年而蜀亡,六年而晋兴,至是而吴灭,司马如矣。

"三公锄,司马如",乃是预言司马氏取代曹魏政权,灭蜀、吴而一统天下的谣谶。说荧惑星变为小儿到世间传授孩童谣歌,今人看来何其荒诞!但上述传闻,难以说是干宝个人虚构出来的。荧惑星,亦称火星,本系古代五星之一,但是在古人视域中,荧惑星的出现,总是与兵祸、饥馑,乃至国家的败乱相联系。《淮南子·天文训》称:

> 荧惑常以十月入太微,受制而出行列宿,司无道之国,

为贼为乱,为疾为丧,为饥为兵,出入无常,辩变其色,时见时匿。

《史记》卷二十七《天官书》称:

> 礼失,罚出荧惑,荧惑失行是也。出则有兵,入则兵散。以其舍命国。荧惑为勃乱,残贼、疾、丧、饥、兵。反道二舍以上,居之,三月有殃,五月受兵,七月半亡地,九月太半亡地。因与俱出入,国绝祀。

《汉书》卷二十六《天文志》称:

> 荧惑曰南方夏火,礼也,视也。礼亏视失,逆夏令,伤火气,罚见荧惑。逆行一舍二舍为不祥,居之三月国有殃,五月受兵,七月国半亡地,九月地太半亡。因与俱出入,国绝祀。荧惑为乱为贼,为疾为丧,为饥为兵,所居之宿国受殃。

足见荧惑星的出现,总是与人间之丧乱与灾难有关。那么,荧惑星幻化为小儿下教世间群童、昭告天意之观念始于何时,难以考究;不过,王充《论衡·订鬼篇》已称:

> 世谓童谣,荧惑使之,彼言有所见也。

此一载述,表明童谣乃"荧惑使之"的观念,在王充时代即已流行。[1]今日看来,称荧惑星化为小儿下教群童谣歌,何其虚妄!但当时人对此并不怀疑。——干宝是坚信不疑的,沈约也深信不疑,故《宋书》卷三十一《五行二》收录《搜神记》所载"三公锄,司马如"谣谶。唐李淳风修撰《晋书》之《天文志》乃称:

> 凡五星盈缩失位,其精降于地为人。岁星降为贵臣;荧惑降为童儿,歌谣嬉戏;填星降为老人妇女;太白降为壮夫,处于林麓;辰星降为妇人。吉凶之应,随其象告。

足见汉唐以来,荧惑星化为小儿下教群童谣歌、以昭告上天旨意的观念何其深入人心!——这里反映出的问题的本质是:魏晋南北朝志怪书中存在的虚构因素,往往是集体的、宗教的,而非编撰者个人的。

---

[1] 当然,荧惑星出现,乃昭示上天降灾祸的观念,不自汉始。《吕氏春秋·制乐篇》已载:"宋景公之时,荧惑在心。公惧,召子韦而问焉。曰:'荧惑在心,何也?'子韦曰:'荧惑者,天罚也。心者,宋之分野也。祸当于君。虽然,可移于宰相。'公曰:'宰相,所与治国家也,而移死焉,不祥。'子韦曰:'可移于民。'公曰:'民死,寡人将谁为君乎?宁独死。'子韦曰:'可移于岁。'公曰:'岁害则民饥,民饥必死。为人君而杀其民以自活也,其谁以我为君乎?是寡人之命固尽已,子无复言矣。'子韦还走,北面载拜曰:'臣敢贺君!天之处高而听卑,君有至德之言三,天必三赏君。今昔荧惑其徙三舍,君延年二十一岁。'公曰:'子何以知之?'对曰:'有三善言,必有三赏,荧惑必三徙舍,舍行七星,星一徙当七年,三七二十一,臣故曰君延年二十一岁矣。臣请伏于陛下以伺候之,荧惑不徙,臣请死。'公曰:'可。'是昔荧惑果徙三舍。"

三

解读《搜神记》及魏晋南北朝其他志怪书,应注意志怪书所叙怪异之谈与现实政治的密切关系。今日看似荒诞、怪异的人与事(有些仅是传闻而已),依据阴阳五行天人感应说,在当日则"包含"厚重的现实意蕴与政治内容。第二章关于干宝"性好阴阳术数"考、第五章关于"明神道之不诬"所作论述,已见一斑。以下试撮取数例,进一步申述、阐发。

干宝称《搜神记》所载乃"古今怪异非常之事",其中一些"怪异非常之事"与当时现实政治有密切关系。先看干宝所谓"今"之事,——即发生于晋代之事。据《开元占经》卷一一七引《搜神记》载:

> 元帝大兴中,割晋陵郡封少子,以嗣太傅东海王。俄而世子母石婕好疾病。使郭璞筮之,遇"明夷"之"既济",曰:"世子不宜裂土封国,以致患悔。母子华贵之咎也。法,所以封内当有牛生一子两头者。见此物则疾瘳矣。"其七月,曲阿县有牛生子两头,郡县图其形而上之。元帝以示石氏。石氏见而有间。或问其故,曰:"晋陵主上所受命之邦也。凡物莫能两大,使世子并封,方其气焰以取之,故致两头之妖,以为警也。"

晋陵郡，原为毗陵郡，《宋书》卷二十七《符瑞上》载：

> 愍帝之立也，改毗陵为晋陵，时元帝始霸江、扬，而戎翟称制，西都微弱。干宝以为晋将灭于西而兴于东之符也。

干宝认为，毗陵改为晋陵，乃是晋"兴于东之符"；换言之，乃是晋中兴之符瑞。司马睿永嘉初渡江，本是受东海王司马越所遣——其中也有裴妃之意，所以司马越、裴妃是有恩于司马睿的。司马睿即位后，也没有忘记司马越、裴妃的恩德。据《晋书》卷五十九《东海王越传》载：

> 初，元帝镇建邺，裴妃之意也，帝深德之，数幸其第，以第三子冲奉越后。

又，《晋书》卷六十四《元四王传》载：

> 元帝以东海王越世子毗没于石勒，不知存亡，乃以冲继毗后，称东海世子，以毗陵郡增本封邑万户……

《搜神记》所谓"割晋陵郡封少子，以嗣太傅东海王"即指此事。司马睿以少子司马冲嗣东海王司马越，且割晋陵以封之，当时不少人——包括干宝本人认为是不妥的。为什么呢？"晋陵，主上所受命之邦也"，故不宜分割以封东海王世子。封东海王世子，极有可能埋下政治隐患，——因为司马绍（元帝司马睿长子）和司马冲虽然是同父异母的兄弟，但在统胤上却不同：一出琅邪、一绍东海；因而元帝割晋陵以封东海王世子冲，此事背后潜在的危机，干宝及当时一些人是敏锐地预感到了。而王敦于太宁二年（324）第二次起兵时，钱凤等问王敦："事克之日，天子云何？"王敦曰："尚未南郊，何得称天子！便尽卿兵势，保护东海王及裴妃而已。"[1]可见东海王司马冲及裴妃在王敦心目中的重要性（当然，即使立东海王冲，大约也只能做王敦的傀儡而已）。所以，在干宝看来，曲阿县牛生子而两头，乃是分封东海王世子可能导致危机的预兆。再看一则发生于太兴元年的怪异之事，《初学记》卷二十九引干宝《搜神记》载：

> 晋太兴元年，武陵太守王凉有牛生子，一头八足，两尾而共一腹者也。

《太平御览》卷九百亦引之，"武陵"作"武阳"。那么，牛生子一头八足云云，其现实政治意蕴何在？按《宋书》卷三十四《五行五》载：

> 元帝太兴元年，武昌太守王凉牛生子，两头八足两尾共一腹。三年后死。又有牛生一足三尾，皆生而死。按司马彪说，两头者，政在私门，上下无别之象也。京房《易传》曰：

---

[1]《晋书》卷九十八《王敦传》。房玄龄等撰《晋书》，中华书局1974年版，第2563页。

"足多者，所任邪也。足少者，下不胜任也。"其后皆有此应。

沈约所载，与干宝所记不尽相同，然均发生于太守王凉家，当是同一事而流传中产生差异。据沈约所载，则太兴元年王凉牛生子两头八足之事，似有不同解释：按照司马彪之说，两头，乃"政在私门""上下无别之象"，这当指东晋初君弱臣强，门阀士族——尤其如王敦者专权朝廷；而据京房《易传》之义解释，则似指元帝司马睿"所任邪也"，也就是司马睿任用刘隗、刁协等而失人心；刘隗太兴初"长兼侍中"，寻为丹杨尹，"与尚书令刁协并为元帝所宠"，"诸刻碎之政，皆云隗、协所建"，而刻碎之政导致门阀士族以及豪门对朝廷不满。[1]据《晋中兴书》载：

> 永昌元年十月辛卯，日中有黑子。是时中宗宠幸刘隗，擅耀威福，有伤君道。王敦因之托晋阳之兵，逼都辇，祸及忠贤，故日有瑕也。[2]

《晋中兴书》对中宗司马睿宠幸刘隗乃有微辞，谓之"有伤君道"；这与《宋书》谓司马睿"所任邪也"态度基本一致。那么，沈约如何看待王凉牛生子一事呢？沈约称"其后皆有此应"，意谓司马彪之说、京房《易传》之说皆应验，也就是说对司马彪、京房之说均认同。——从干宝维护皇权的论述看，他大约倾向于司马彪之说。

---

[1] 房玄龄等撰《晋书》，中华书局1974年版，第1837页。
[2] 据汤球辑《九家旧晋书辑本》。

上述所论，乃是发生于东晋初年的怪异非常之事，再看发生于西晋时期的怪异非常之事。据《法苑珠林》卷七十五引《搜神记》载：

> 晋武帝世，河间郡有男女相悦，许相配适。既而男从军积年，父母以女别适人，无几而忧死。男还悲痛，乃至冢所，始欲哭之，叙哀而已。不胜其情，遂发冢开棺，即时苏活。因负还家，将养数日，平复。其夫乃往求之，其人不还，曰："卿妇已死，天下岂闻死人可复活耶？此天赐我，非卿妇也。"于是相讼。郡县不能决，以谳廷尉。廷尉奏以精诚之至，感于天地，故死而更生。在常理之外，非礼之所处，刑之所裁，断以还开冢者。

那么，这一非常之事的现实政治意蕴何在？《宋书》卷三十四《五行五》载述了一个与之类似的事件，可谓同质同构，曰：

> 晋惠帝世，梁国女子许嫁，已受礼娉，寻而其夫戍长安，经年不归。女家更以适人，女不乐行，其父母逼强，不得已而去，寻得病亡。后其夫还，问女所在，其家具说之。其夫径至女墓，不胜哀情，便发冢开棺，女遂活，因与俱归。后婿闻之，诣官争之，所在不能决。秘书郎王导议曰："此是非常事，不得以常理断之，宜还前夫。"朝廷从其议。

两相比较，一发生于武帝世，一发生于惠帝世，何其相似奈尔！沈约将发生于惠帝世非常之事列入"人痾"类，那么，发生于武帝世非常之事自然也当属于此类，而此类事件乃预示人君"不极""不建"，或"至阴为阳，下人为上"之行将发生。就现存《搜神记》佚文看，武帝世发生的怪异之事颇多，譬如，《太平广记》卷第四百五十六引《搜神记》载：

> 晋咸宁中，魏舒为司徒。府中有蛇二，其长十丈，屋厅事平脊之上，止之数年，而人不知。但怪府中数失小儿及鸡犬之属。后一蛇夜出，经柱侧，伤于刃，病不能登。于是觉之。发徒数百，共攻击移时，然得杀之。视所居，骨骸盈宇之间。于是毁府舍，更立之。

那么，干宝所载司徒府蛇孽之现实意蕴何在？且看沈约之解释，《宋书》卷三十四《五行五》载：

> 晋武帝咸宁中，司徒府中有二大蛇，长十许丈，居厅事平橑上，数年而人不知，但怪府中数失小儿及猪犬之属。后一蛇夜出，伤于刃，不能去，乃觉之。发徒攻击，移时乃死。夫司徒五教之府，此皇极不建，故蛇孽见之。汉灵帝时，蛇见御座，杨赐以为帝溺于色之应也。魏氏宫人猥多，晋又过之，宴游是湎，此其孽也。诗云："惟虺惟蛇，女子之祥。"

沈约所载，与干宝所载当是一事，沈约将此事列入"龙蛇之孽"；按照阴阳五行天人感应说，"皇之不极，是谓不建。……时则有龙蛇之孽"，故沈约称"此皇极不建，故蛇孽见之"[1]。然沈约又不止于此，而以汉灵帝时蛇见御座，杨赐以为灵帝溺于声色之应为据，进而言及魏氏宫人猥多，而晋又过之，从而认为司徒府蛇孽亦是武帝溺于色，"宴游是湎"之应。关于晋武帝溺于色之事，史家载述颇多。《资治通鉴》卷第八十载：

（泰始九年）诏选公卿以下女备六宫，有蔽匿者以不敬论。采择未毕，权禁天下嫁娶。帝使杨后择之，后惟取洁白长大而舍其美者。帝爱卞氏女，欲留之。后曰："卞氏三世后族，不可屈以卑位。"帝怒，乃自择之，中选者以绛纱系臂，公卿之女为三夫人、九嫔，二千石、将、校女补良人以下。

（泰始十年）诏又取良家及小将吏女五千余人入宫选之，母子号哭于宫中，声闻于外。

卷第八十一载：

（太康二年）春，三月，诏选孙皓宫人五千人入宫。帝既平吴，颇事游宴，怠于政事，掖庭殆将万人。常乘羊车，恣其所之，至便宴寝。宫人竞以竹叶插户，盐汁洒地，以引帝车。

卷第八十二载：

---

[1] 沈约《宋书》，中华书局 1974 年版，第 999 页。

> （太康十年）帝极意声色，遂至成疾。

等等。作为史官，干宝自然洞悉武帝溺于色、宴游是湎之行止，也熟知杨赐以蛇见御座为灵帝溺于色之应之史实；因而，《搜神记》载述魏舒司徒府蛇孽，其现实意蕴指向当与沈约相近。

当然，涉及东吴、曹魏，乃至汉代时期的怪异非常之事也不少。先看发生于吴末帝孙皓时期的"怪异非常之事"，《法苑珠林》卷三二引《搜神记》载：

> 吴宝鼎元年六月晦日，丹阳宣骞母，年八十六矣，亦因池浴化为鼋，其状如黄氏（案：前文叙汉灵帝时江夏黄氏之母浴，化为鼋）。骞兄弟四人，闭户卫之，掘堂上作大坑泻水，其鼋入水中游戏。一二日间，恒延颈出亦望，伺户小开，便轮转自跃，入于深渊，遂不复还。

宝鼎元年，即266年，此时蜀汉已被曹魏所灭，而魏元帝曹奂则于此前一年被迫禅位于司马炎，曹魏亦亡。孙皓于吴景帝永安七年（264）即位，据《江表传》载：

> 皓初立，发优诏，恤士民，开仓廪，振贫乏，科出宫女以配无妻，禽兽扰于苑者皆放之。当时翕然称为明主。[1]

---

[1] 陈寿撰，裴松之注《三国志》，中华书局1959年版，第1163页。

然孙皓毕竟不是明主，粉饰卸去，其凶顽、残暴之真面目很快暴露无遗。据《三国志》卷四十八《吴书·三嗣主传》载：

> 皓既得志，粗暴骄盈，多忌讳，好酒色，大小失望。

元兴元年（264）九月贬太后为景皇后，十一月诛丞相濮阳兴、骠骑将军张布，夷三族；甘露元年（265）三月杀徐绍、徙其家属建安，七月逼杀景皇后，迁景帝四子于吴，寻又杀其长者二人；宝鼎元年（266）杀散骑常侍王蕃……[1]史臣慨叹"皓之淫刑所滥，陨毙流黜者，盖不可胜数"[2]！而宝鼎元年六月晦日，发生宣骞母化为鼋这一怪异之事；那么，此事之现实意蕴何在？据《宋书》卷三十四《五行五》载：

> 吴孙皓宝鼎元年，丹阳宣骞母，年八十，因浴化为鼋。兄弟闭户卫之，掘堂上作大坎，实水其中。鼋入坎戏一二日，恒延颈外望，伺户小开，便轮转自跃，入于远潭，遂不复还。与汉灵帝时黄氏母事同。吴亡之象也。

依据沈约载述，宝鼎元年六月发生的宣骞母化为鼋一事，乃是"吴亡之象也"！从《搜神记》先叙汉灵帝时江夏黄氏之母化为鼋，次叙此事看，两事并列，性质无二，则沈约之阐释，完全契合干宝之

---

[1] 参见《资治通鉴》卷第七十九。
[2] 陈寿撰，裴松之注《三国志》，中华书局1959年版，第1178页。

意。而曹魏一朝,怪异非常之事亦不少,兹举一例。《搜神记》载:

> 中山王周南,正始中为襄邑长。有鼠从穴出,在厅事上,语曰:"周南,尔以某月某日当死。"周南急往不应,鼠还穴。后至期复出,更冠帻皂衣而语曰:"周南,汝日中当死。"周南复不应,鼠复入穴。斯须复出,语曰:"向日适欲中。"鼠入复出,出复入,转行数语如前。日适中,鼠复曰:"周南,汝不应,我复何道?"言讫,颠蹶而死,即失衣冠。周南使卒取视,俱如常鼠。[1]

发生于正始年间的鼠怪——鼠冠帻皂衣而与人语,其现实意蕴何在?《宋书》卷三十四《五行志五》曰:

> 魏齐王正始中,中山王周南为襄邑长。有鼠从穴出,语曰:"王周南,尔以某日死。"南不应。鼠还穴。后至期,更冠帻皂衣出,语曰:"周南,汝日中当死。"又不应。鼠复入,斯须更出,语如向日。适欲日中,鼠入复出,出复入,转更数语如前。日适中,鼠曰:"周南,汝不应我,复何道。"言绝,颠蹶而死,即失衣冠。取视,俱如常鼠。案班固说,此黄祥也。是时曹爽秉政,竞为比周,故鼠作变也。

---

[1] 据《新辑搜神记》。按,此一传闻《太平御览》卷八百八十五、九百十一亦载,称"《列异传》曰",然事在正始间,则非为曹丕撰可知。

据沈约载述，正始年间鼠怪乃是曹爽秉政，竟为比周之应！按照阴阳五行天人感应说，鼠作变乃属黄祥；《五行传》称"思心不睿，是谓不圣……时则有黄眚、黄祥"[1]。那么，史家以为鼠怪乃是曹爽秉政，竟为比周之应，其史实如何呢？据史载，正始八年（247），"时尚书何晏等朋服曹爽，好变法度"；又称，"大将军爽用何晏、邓飏、丁谧之谋，迁太后于永宁宫；专擅朝政，多树亲党，屡改制度"。[2]而嘉平元年（249）太傅司马懿奏曹爽等罪恶，其中即称："内则僭拟，外则专权，破坏诸营，尽据禁兵，群官要职，皆置所亲，殿中宿卫，易以私人，根据槃互，纵恣日甚……天下汹汹，人怀危惧……"[3]是知曹爽秉政，多树亲党、竟为比周，并非虚言。——那么，干宝载述正始年间鼠怪之现实意蕴，亦当与沈约所论类似。两汉怪异非常之事，《搜神记》载之颇多，兹举一例，据《法苑珠林》卷九十七引《搜神记言》（当即《搜神记》）载：

> 汉哀帝建平四年四月，山阳方与女子天无啬孕。未生二月，儿啼腹中。及生不举，葬之陌上。三日有人过，闻儿啼声，母掘养之。

汉哀帝建平四年，即公元前3年。建平元年，"待诏夏贺良等言赤

---

[1] 沈约《宋书》，中华书局1974年版，第979页。
[2] 《资治通鉴》卷第七十五。司马光编撰《资治通鉴》（附考异），上海古籍出版社1997年版，第657页。
[3] 同上注，第658页。

精子之谶,汉家历运中衰,当再受命,宜改元易号"[1];这实意味着西汉统治面临危机,已濒于崩溃的边缘。当时社会危机之具体情状,谏大夫鲍宣于建平四年之上书可见一斑:

> 窃见孝成皇帝时,外亲持权,人人牵引所私以充塞朝廷,妨贤人路,浊乱天下,奢泰亡度,穷困百姓,是以日食且十,彗星四起。危亡之征,陛下所亲见也,今奈何反覆剧于前乎!
>
> 今民有七亡:阴阳不和,水旱为灾,一亡也;县官重责,更赋租税,二亡也;贪吏并公,受取不已,三亡也;豪强大姓,蚕食亡厌,四亡也;苛吏繇役,失农桑时,五亡也;部落鼓鸣,男女遮列,六亡也;盗贼劫略,取民财物,七亡也。七亡尚可,又有七死:酷吏殴杀,一死也;治狱深刻,二死也;冤陷亡辜,三死也;盗贼横发,四死也;怨仇相残,五死也;岁恶饥饿,六死也;时气疾疫,七死也。民有七亡而无一得,欲望国安,诚难;民有七死而无一生,欲望刑措,诚难。此非公卿、守相贪残成化之所致邪?群臣幸得居尊官,食重禄,岂有肯加恻隐于细民,助陛下流教化者邪?志但在营私家,称宾客,为奸利而已。以苟容曲从为贤,以拱默尸禄为智,谓如臣宣等为愚……
>
> ……今贫民菜食不厌,衣又穿空,父子夫妇不能相保,诚可谓酸鼻。陛下不救,将安所归命乎?奈何独私养外亲与

---

[1]《汉书》卷十一《哀帝纪》。班固撰,颜师古注《汉书》,中华书局1962年版,第340页。

> 幸臣董贤，多赏赐，以大万数，使奴从、宾客，浆酒藿肉，苍头庐儿，皆用致富？非天意也。及汝昌侯傅商，亡功而封。夫官爵非陛下之官爵，乃天下之官爵也。陛下取非其官，官非其人，而望天说民服，岂不难哉……[1]

则是时西汉王朝危亡之征灼然可见！干宝所载山阳方与女子天无啬生子死而复生事，当采自《汉书》，《汉书》卷二十七下之上《五行志第七下之上》载：

> 汉哀帝建平四年四月，山阳方与女子天无啬生子。先未生二月，儿啼腹中，及生，不举，葬之陌上，三日，人过闻啼声，母掘取养。

据阴阳五行天人感应学说，史家将再生之事视为"人疴"，认为是人君"不极""不建"，或"至阴为阳，下人为上"行将发生之征兆；那么，《搜神记》所载汉哀帝建平四年发生的山阳方与女子天无啬生子死而复生事，当是西汉将亡、王莽崛起而篡汉之征兆！

要之，从上述考察可以见出，《搜神记》所载古今怪异非常之事，往往与当时现实政治有密切关系；今日看似荒诞的鬼神怪异之谈，在当日乃有厚重的现实意蕴；《搜神记》如此，魏晋南北朝其他志怪小说亦如此，这是我们理解、阐释魏晋南北朝志怪小说不可

---

[1]《资治通鉴》卷第三十四。司马光编撰《资治通鉴》（附考异），上海古籍出版社1997年版，第287—288页。

忽略的一点。自然，我们考察《搜神记》及其他志怪小说所载怪异非常之事与社会现实政治的密切关系，并不是相信其唯心主义的说教，而是了解这一时期志怪小说的时代特征，认识中国古代小说史、文化史上这一独特的风景线。

当然，我们也应该意识到，《搜神记》及魏晋南北朝其他志怪书中载述的鬼神怪异之事，有一些仅是民间传说、道听途说，与军国无关，与兴亡无涉。事实上，班固《汉书》、陈寿《三国志》、干宝《晋纪》、王隐《晋书》、范晔《后汉书》、沈约《宋书》等史书中不乏鬼神怪异非常之谈。那么，哪些鬼神怪异非常之事可以载入国史？据刘知几之论，进入国史的鬼神怪异非常之事是有限度的。《史通·书事》曰：

> 抑又闻之，怪力乱神，仲尼不语；而事鬼求福，墨生所信。故圣人于其间，若存若亡而已。若吞燕卵而商生，启龙漦而周灭，厉坏门以祸晋，鬼谋社而亡曹，江使返璧于秦皇，圯桥授书于汉相，此则事关军国，理涉兴亡，有而书之，以彰灵验，可也。[1]

《史通·书志》曰：

> 窃以国史所书，宜述当时之事。必为志而论天象也，但

---

[1] 刘知几著，浦起龙通释，王煦华整理《史通通释》，上海古籍出版社2009年版，第214页。

载其时彗孛氛祲、薄食晦明、神灶、梓慎之所占、京房、李郃之所候。至如荧惑退舍，宋公延龄，中台告坼，晋相速祸，星集颍川而贤人聚，月犯少微而处士亡，如斯之类，志之可也。若乃体分濛澒，色著青苍，丹曦、素魄之躔次，黄道、紫宫之分野，既不预于人事，辄编之于策书，故曰刊之国史，施于何代不可也。[1]

又曰：

洎汉兴，儒者乃考《洪范》以释阴阳。其事也如江璧传于郑客，远应始皇；卧柳植于上林，近符宣帝。门枢白发，元后之祥；桂树黄雀，新都之谶。举夫一二，良有可称。至于蚩蜮蠓螽，震食崩坼，陨霜雨雹，大水无冰，其所证明，实皆迂阔。[2]

等等。据刘知几之见，进入国史的鬼神怪异非常之事须"事关军国，理涉兴亡"，"预于人事"。对于王隐《晋书》、何法盛《晋中兴书》载述一些"不预于人事"、与军国大事无关、与兴亡之理无涉的鬼神之事，刘知几予以批评，《史通·书事》曰：

王隐、何法盛之徒所撰晋史，乃专访州闾细事，委巷琐

---

[1] 刘知几著，浦起龙通释，王煦华整理《史通通释》，上海古籍出版社2009年版，第53—54页。
[2] 同上注，第58页。

言,聚而编之,目为鬼神传录,其事非要,其言不经。异乎三史之所书,五经之所载也。[1]

刘知几批评王隐、何法盛于国史中载述州闾细事、委巷琐言,指出这些鬼神之事"其事非要""其言不经",自当拒之于史之外。刘知几上述论断,某种意义上揭示了史家与小说家叙事之分野:即史家所述,乃军国大事,"记功书过,彰善瘅恶"[2];而小说家所述,乃街谈巷语、道听途说,亦即委巷琐言而已。清乾隆年间纂修《四库全书》,四库馆臣在论及杂史与小说之区别时,即参酌刘知几之论,《四库全书总目》子部小说家类二按语:

> 纪录杂事之书,小说与杂史最易相淆。诸家著录,亦往往牵混。今以述朝政军国者入杂史。其参以里巷闲谈、词章细故者则均隶此门。[3]

《四库全书总目》史部杂史类序:

> 大抵取其事系庙堂,语关军国;或但具一事之始末,非一代之全编;或但述一时之见闻,祇一家之私记;要期遗文旧事,足以存掌故,资考证,备读史者之参稽云尔。若夫语

---

[1] 刘知几著,浦起龙通释,王煦华整理《史通通释》,上海古籍出版社2009年版,第214页。
[2] 《史通·书事》,同上。
[3] 永瑢等撰《四库全书总目》,中华书局1965年版,第1204页。

神怪,供诙啁,里巷琐言,稗官所述,则别有杂家、小说家存焉。[1]

至此,杂史、杂家、小说家之疆域,乃大致划定。

四

历史叙事,贵在简要。《史通·叙事》称:

> 夫国史之美者,以叙事为工,而叙事之工者,以简(要)为主。简之时义大矣哉![2]

那么,如何做到简要?这就对叙事语言、叙事法则等提出高标准要求。《史通·鉴识》称:

> 夫史之叙事也,当辩而不华,质而不俚,其文直,其事核,若斯而已可也。[3]

---

[1] 永瑢等撰《四库全书总目》,中华书局1965年版,第460页。
[2] 刘知几著,浦起龙通释,王煦华整理《史通通释》,上海古籍出版社2009年版,第156页。
[3] 同上注,第191页。

作为史家,干宝对史书叙事,自深谙个中三昧;对于前代史书,干宝独称赏《左传》,将其誉为著作之良模。《史通·烦省》称:

> 昔荀卿有云:远略近详。则知史之详略不均,其为辨者久矣。及干令升《史议》,历诋诸家,而独归美《左传》,云:"丘明能以三十卷之约,括囊二百四十年之事,靡有孑遗。斯盖立言之高标,著作之良模也。"[1]

干宝称《左传》为"立言之高标",主要是推重其叙事之简,当然也包括叙述中的"春秋"笔法;而干宝撰《晋纪》,也力求模拟《左传》写法。《史通·摸拟》指出:

> 盖左氏为书,叙事之最。自晋以降,景慕者多,有类效颦,弥益其丑。然求诸偶中,亦可言焉。盖君父见害,臣子所耻,义当略说,不忍斥言。故《左传》叙桓公在齐遇害,而云"彭生乘公,公薨于车"。如干宝《晋纪》叙愍帝殁于平阳,而云:"晋人见者多哭,贼惧,帝崩。"以此而拟左氏,所谓貌异而心同也。[2]

---

[1] 刘知几著,浦起龙通释,王煦华整理《史通通释》,上海古籍出版社2009年版,第244页。
[2] 同上注,第206页。

史家称《晋纪》"其书简略,直而能婉,咸称良史"[1],显然与干宝追踪《左传》有关。《晋纪》叙事如此,那么,《搜神记》叙事又如何呢?

《搜神记》叙事,首先是其"简略"的一面,这与干宝《晋纪》叙事实有相通之处;当然,就《搜神记》佚文看,《搜神记》之叙事,也不失"直而能婉"之处;因而,四库馆臣誉之甚高,《四库全书总目》评《搜神记》曰"叙事多古雅"[2],正道出《搜神记》在中国古代文言小说叙事方面堪为标杆。事实上,《搜神记》之叙事,确为后世作家所追踪、模拟;眼界甚高的纪昀撰《阅微草堂笔记》,尚雅洁,重质实,其追踪的重要对象之一即《搜神记》。关于这一点,学界论述颇多,已成共识。本书要强调的是,《搜神记》在叙事方面,实已呈现出异于历史叙事的新趋向。以下试撮取数例,以作说明。《后汉书》志第十七《五行五》注引干宝《搜神记》载:

> 武陵充县女子李娥,年六十余,病死,埋于城外,已十四日。娥比舍有蔡仲,闻娥富,谓殡当有金宝,盗发冢剖棺。斧数下,娥于棺中言曰:"蔡仲,汝护我头。"惊遽,便出走。会为吏所见,遂收治,依法当弃市。娥儿闻,来迎出娥将去。武陵太守闻娥死复生,召见问事状。娥对曰:"闻谬

---

[1]《晋书》卷八十二《干宝传》。房玄龄等撰《晋书》,中华书局1974年版,第2150页。

[2] 永瑢等撰《四库全书总目》,中华书局1965年版,第1207页。

为司命所召，到得遣出，过西门，适见外兄刘伯文，为相劳问，涕泣悲哀，娥语曰：'伯文，一日误召见，今得遣归，既不知道，又不能独行，为我得一伴不？又我见召在此，已十余日，形体又当见埋葬，归当那得自出？'伯文曰：'当为问之。'即遣门卒与户曹问：'司命一日误召武陵大女李娥，今得遣还。娥在此积日，尸丧又当殡殓，当作何等得出？又女弱独行，岂当有伴邪？是吾外妹，幸为别安之。'答曰：'今武陵西男民李黑，亦得遣还，便可为伴。'辄令黑过，敕娥比舍蔡仲，令发出娥也。于是娥遂得出，与伯文别。伯文曰：'书一封以与儿佗。'娥遂与黑俱归，事状如此。"太守慨然叹曰："天下事真不可知也！"乃表以为"蔡仲虽发冢，为鬼神所使，虽欲无发，势不得已。宜加宽宥"。诏书报可。太守欲验语虚实，即遣马吏于西界推问李黑得之。黑语协，乃致伯文书与佗。佗识其纸，乃是父亡时送箱中文书也。表文字犹在也，而书不可晓。乃请费长房读之，曰："告佗：当从府君出案行，当以八月八日日中时，武陵城南沟水畔顿，汝是时必往。"到期，悉将大小于城南待之。须臾果至，但闻人马隐隐之声，诣沟水，便闻有呼声曰："佗来！汝得我所寄李娥书不邪？"曰："即得之，故来至此。"伯文以次呼家中大小问之，悲伤断绝。曰："死生异路，不能数得汝消息。吾亡后，儿孙乃尔许人！"良久谓佗曰："来春大病，与此一丸药，以涂门户，则辟来年妖厉矣。"言讫忽去，竟不得见其形。至前春，武陵果大病，白日见鬼，唯伯文之家，鬼不敢向。费长房视药曰:"此方相临也。"[1]

依据阴阳五行天人感应说,建安四年发生的李娥复生事件乃是汉之将亡、曹操崛起之征兆;此事在当时影响颇大,故早于干宝的司马彪已载之。《后汉书》志第十七《五行五》曰:

> 建安四年二月,武陵充县女子李娥,年六十余,物故,以其家杉木槥敛,瘗于城外数里上,已十四日,有行闻其冢中有声,便语其家。家往视闻声,便发出,遂活。[2]

司马彪记载李娥复生事用六十字,《搜神记》则用六百余字,简繁不言而喻;由此一端,可以见出《搜神记》叙事与史书叙事之差别。应该说,司马彪载述,已将时间、地点、人物、事件始末勾勒清楚,足以使人知晓历史上发生过此事。至于"闻其冢中有声"之行者是谁?行者告知了李娥的哪位家人?家人如何往视闻声,如何发出?均不影响李娥复生事件之现实政治意蕴,司马彪亦均未交代。那么,从东汉末之政治情势考量,曹魏取代炎汉已不可逆转;据阴阳五行天人感应说,自当有"下人伐上之疴"发生,即李娥复生事件或此类性质事件之发生带有必然性;而司马彪之叙事,"有行闻其冢中有声",似是行者偶然经李娥冢,听到冢中有声,遂告知其家人,家人发出,李娥遂活;倘我们进一步追问:若无行者经

---

[1] 司马彪撰,刘昭注补《后汉书志》,中华书局1965年版,第3348—3349页。
[2] 同上注,第3348页。

过李娥冢，其家人又不知，则李娥如何被"发出"？——这似乎意味着将李娥复生的关键一环系于偶然经过的行者身上，不免使得复生事件带有偶然性、不确定性。而《搜神记》之叙事显然从逻辑上更合理：邻居蔡仲因知李娥富，以为殡当有金宝，遂于娥葬后十四日盗发冢剖棺；这种叙述，合乎生活常理，作为邻居，蔡仲自然知晓李娥家产厚薄，李娥既富，死后当有金宝随葬，此属常情；出于贪心、私欲，蔡仲乃有盗发冢之举，这是从蔡仲个人主观方面言。另一方面，蔡仲盗发冢又有隐情，即鬼使神差：李娥谬为司命所召，当遣还，然已葬十余日，如何得出？鬼神乃敕娥邻居蔡仲，令发冢出娥，这是蔡仲发冢的另一原因；——这一原因是蔡仲所不知的，是复生后的李娥向武陵太守道出的。那么，何以验证李娥所言不妄？武陵太守遣马吏至武陵西界推问与李娥一同被遣还的李黑，李黑之语与李娥所言相合，二是有李娥自冥府带来的其外兄刘伯文给儿子刘佗的书信可证。当然，这一来自冥府的书信非世间常人所能识得，只有费长房这样的方术之士才通晓：书信称随泰山府君案行，八月八日日中时暂止于武陵城南沟水畔，嘱刘佗前往。至期，佗及家人果于城南沟水畔与伯文相晤，悲伤不已，然闻其言而不见其形；临别，伯文与佗一丸药，称来春大病，此药可辟妖厉。至时，武陵果大病，惟佗家幸免；费长房识此药，称是方相临。较之司马彪所载，《搜神记》叙李娥复生事曲折、细致，尤其是李娥在冥府尴尬而举步维艰的处境：误被召、得遣还而"既不知道，又不能独行"的无奈，担心"形体又当见埋葬""归当那得自出"的焦虑，合乎情理；幸得刘伯文于冥府为其奔波、上下通融，始得发出，并由此引发为伯文传书，伯文与家人相见等情节，——而此一

系列事件乃通过费长房介入而予以证实,证明其不妄。《中国小说史略》第八篇《唐之传奇文(上)》称:

> 小说亦如诗,至唐代而一变,虽尚不离于搜奇记逸,然叙述宛转,文辞华艳,与六朝之粗陈梗概者较,演进之迹甚明。

就魏晋南北朝小说撰述整体状况而言,志怪小说叙鬼神怪异之事,多处于粗陈梗概状态;然又不能否认其中一些鬼神怪异之事之叙述,已呈现出"叙述宛转"之态势,上述《搜神记》叙李娥复生事,即见出一斑。——而更重要的是,如李娥复生事一般"叙述宛转"之例,现存《搜神记》佚文中并不乏见。

胡母班是汉末名士,他为太山府君传书事颇流行于世。[1]《太平广记》卷第二百九十三引《搜神记》载:

> 胡母班曾至太山之侧,忽于树间逢一绛衣驺,呼班云:"太山府君召。"母班惊愕,逡巡未答。复有一驺出呼之,遂随行。数十步,驺请母班暂瞑。少顷,便见宫室,威仪甚严。母班乃入阁拜谒。主为设食,语母班曰:"欲见君无他,欲附书与女婿耳。"母班问:"女郎何在?"曰:"女为河伯妇。"母班曰:"辄当奉书,不知何缘得达?"答曰:"今适河中流,便

---

[1]《太平御览》卷六百九十七引《列异传》载:"胡母班为太山府君赍书请河伯,贻其青丝履,甚精巧也。"叙事较简略,亦不完整。

扣舟呼青衣,当自有取书者。"母班乃辞出。其驺复令闭目。有顷,忽如故道。遂西行,如神言而呼青衣。须臾,果有一女仆出,取书而没。少顷复出云:"河伯欲暂见君。"婢亦请瞑目,遂拜谒河伯。河伯乃大设酒食,词旨殷勤。临别,谓母班曰:"感君远为致书,无物相奉。"于是命左右:"取吾青丝履来。"以贻母班。母班出,瞑然忽得还舟。遂于长安经年而还,至太山侧,不敢潜过,遂扣树,自称姓名:"从长安还,欲启消息。"须臾,昔驺出,引母班如向法而进,因致书焉。府君谓曰:"当别遣报。"母班语讫,如厕,忽见其父著械徒作,此辈数百人。母班进拜流涕,问:"大人何因及此?"父云:"吾死不幸,见谴三年,今已二年矣,困苦不可处。知汝今为明府所识,可为吾陈之,乞免此役,便欲得社公耳。"母班乃依教,叩头陈乞。府君曰:"死生异路,不可相近,身无所惜。"母班苦请,方许之,于是辞出。还家岁余,儿子死亡略尽。母班惶惧,复诣太山,扣树求见,昔驺遂迎之而见。母班乃自说:"昔辞旷拙,及还家,儿死亡至尽。今恐祸故未已,辄来启白,幸蒙哀救。"府君拊掌大笑曰:"昔语君'生死异路,不可相近'故也。"即敕外召母班父,须臾至庭中。问之:"昔求还里社,当为门户作福,而孙息死亡至尽,何也?"答云:"久别乡里,自忻得还,又遇酒食充足,实念诸孙,召而食之耳。"于是代之,父涕泣而出。母班遂还。后有儿皆无恙。

《汉末名士录》称：

> 班字季皮，太山人，少与山阳度尚、东平张邈等八人并轻财赴义，振济人士，世谓之八厨。[1]

据谢承《后汉书》载，"董卓使班奉诏到河内，解释义兵"，王匡（胡母班乃王匡之妹夫）受袁绍旨意，收班系狱，班死狱中。[2] 胡母班见太山府君事，盛传乃广，裴松之注《三国志》亦称引此事：

> 班尝见太山府君及河伯，事在《搜神记》，语多不载。[3]

裴氏并不怀疑胡母班见太山府君与河伯事的真实性，且指出《搜神记》载述胡母班见太山府君"语多"的问题；——"语多"实与史书叙事贵"简要"的要求不符，说明裴氏已意识到《搜神记》中有些鬼神怪异之叙述异于史书之叙事。的确，《搜神记》叙胡母班见太山府君较为详密，一见是被动的，为府君所召，令其传书，由此引出见河伯及河伯赠青丝履事；二见是传书毕，自长安返，至太山侧，不敢潜过，乃见府君陈其致书情形，由此引出于冥府见其亡父、为亡父求社公事；三见是因还家后岁余，儿子竟死亡略尽，惶恐不已，乃见府君，以求息祸，——原来是为社公的父

---

[1] 《三国志》卷六《魏书·董二袁刘传》注引。陈寿撰，裴松之注《三国志》，中华书局 1959 年版，第 192 页。

[2] 同上注，第 193 页。

[3] 同上。

亲遇酒食充足，念及诸孙，竟召而食之，遂至孙息死亡。值得留意的是，《搜神记》对于鬼神情感风姿的展示饶有意味：河伯感胡母班传书，赠以精巧青丝履，颇具温情与人情；胡母班亡父疼爱孙子，反致孙息死亡略尽，其心良苦；而太山府君"拊掌大笑"之风姿，令人遐思不已。尤值得关注的是，《搜神记》重细节描写，胡母班被太山府君召见，是于树间逢绛衣驺，宣府君之意；胡母班二见、三见太山府君，均有"扣树"细节；可以说，扣树成为胡母班交通太山府君的必要环节。——而人神交通，依树为媒介，又非偶然；因为在古人观念中，社为土神，而以树为社祠。《世说新语·方正》载：

> 阮宣子伐社树，有人止之。宣子曰："社而为树，伐树则社亡；树而为社，伐树则社移矣。"

刘孝标注曰：

> 《风俗通》曰："《孝经》称社者，土也。广博不可备敬，故封土以为社而祀之报功也。"[1]

《通典》卷一百二十一礼八十一引《开元礼纂》类"诸里祭社稷"曰：

---

[1] 刘义庆著，刘孝标注，余嘉锡笺疏，周祖谟等整理《世说新语笺疏》，上海古籍出版社1993年版，第303页。

> 前一日，社正及诸社人应祭者各清斋一日于家正寝。应设馔之家先修治树神之下。又为瘗坎于神树之北方，深取足容物，掌事者设社正位于稷座西北十步，东面；诸社人位于其后。东面南上设祝，奉皿豆位于瘗坎之北，南向。祭器之数，每座樽酒二并，勺一，以巾覆之；俎一、笾二、豆二、爵二、簠二、簋二。祭日未明，烹牲于厨；夙兴，掌馔者实祭器，掌事者以席入，社神之席设于神树下，稷神之席设于神树西，俱东上南向……

是知古代社神依树为祀，那么胡母班所扣之树，或是社树了。而后世小说叙人神交通，亦每有"扣树"情节；如《太平广记》卷四百一十九"柳毅"叙柳毅为洞庭龙君小女寄书，其中龙女云：

> 洞庭之阴，有大橘树焉，乡人谓之社橘。君当解去兹带，束以他物，然后叩树三发，当有应者。[1]

柳毅叩社橘而得见洞庭君，与胡母班叩树得见太山府君正一脉相承。需强调的是，细节描写，史书叙事中亦不乏见，然史书叙事毕竟以简要为工，——实际上是在力求避免历史事件的细节描写；而小说叙事，尤其描摹人物心理，表现人物情感，刻画人物性格，塑造人物形象，往往借细节描写而取胜。

叙鬼神之事，实有难言之隐，即叙述者既非鬼神，安知鬼神

---

[1]《太平广记》卷四百一十九注出《异闻集》。

之情状、隐情?《搜神记》乃采鬼神自道叙事方式,以取信于人。《太平御览》卷八八四引《搜神记》载:

> 汉九江何敞为交趾刺史,行部到苍梧,暮宿鹄奔亭。夜未半,有一女子从楼下呼曰:"妾本居广信县,修里人。早失父母,无兄弟,嫁与同县施氏,薄命先死。有杂缯百二十匹,及婢致富一人。妾孤穷羸弱,不能自振,欲之傍县卖缯。从同县男子王伯赁车牛一乘,载缯,妾乘车,致富执辔,乃以前年四月到亭外。时日暮,行人断绝,不敢复进,因止。致富暴得腹痛,妾之亭长舍乞浆火,而亭长龚寿操刀戟,来至车傍,问妾曰:'夫人何从来?车上所载?丈夫何在?何故独行?'妾应曰:'何问之?'寿持妾臂曰:'年少爱有色,冀可乐也。'妾惧怖不应,寿即持刀刺胁下,一疮立死。又刺致富,亦死。寿掘楼下合埋,妾在下,婢在上。取财物而去,杀牛烧车,车釭及牛骨贮在亭东空井中。妾既冤死,痛感皇天,无所告诉,故来自归于明使君。"敞曰:"今欲发之,汝何以为验?"女子曰:"妾上下着白衣,青丝履,皆未朽也。妾姓苏,名娥。愿访乡里,以散骨归死夫。"敞乃驰还,令吏捕寿,考问具服。问广信县,与娥语合。寿父母兄弟皆捕系狱。敞表:"寿常律杀人,不至于族。然寿为恶,隐密经年,王法自所不免。今鬼神诉者,千载无一。请皆斩之,以明鬼神,以助阴教。"

干宝所载,实有所本,《文选》卷第三十九江文通《诣建平王上书》

曰:"鹄亭之鬼,无恨于灰骨。"注称:

> 谢承《后汉书》曰:苍梧广信女子苏娥,行宿高安鹊巢亭,为亭长龚寿所杀,及婢致富,取其财物,埋致楼下。交趾刺史周敞行部宿亭,觉寿奸罪,奏之,杀寿。《列异传》曰:鹄奔亭。

《搜神记》所载,与《后汉书》所载乃是同一事;而稍有不同:一称九江何敞为交趾刺史、一称交趾刺史周敞,[1]一称鹄奔亭、一称鹊巢亭,——《列异传》亦载此事,称鹄奔亭。比较谢承《后汉书》与《搜神记》所叙苏娥被害及周敞、何敞断狱事,不难发现,《后汉书》叙述苏娥被害及周敞断狱之事,合于史家叙事之惯例,而《搜神记》叙述苏娥被害及何敞断狱之事,则异于史书叙事之惯例。《后汉书》仅称"交趾刺史周敞行部宿亭,觉寿奸罪",可谓简

---

[1]《后汉书》卷四十三《朱乐何列传》载何敞"扶风平陵人",迁汝南太守,"敞疾文俗吏以苛刻求当时名誉,故在职以宽和为政。立春日,常召督邮迁府,分遣儒术大吏案行属县,显孝悌有义行者。及举冤狱,以《春秋》义断之。是以郡中无怨声,百姓化其恩体"。则何敞有举冤狱之事,然何敞非九江人,史书亦未载为交趾刺史;故《搜神记》所述何敞,或以周敞为是。而据《晋书》卷十五《地理下》载:"顺帝永和九年,交趾太守周敞求立为州,朝议不许,即拜敞为交趾刺史。"是知周敞确为交趾刺史,时在汉顺帝永和年间(136—141)。永和终于六年,《晋书》称九年,误;《晋书》"校勘记"疑"九"为"六"之误。见房玄龄等撰《晋书》,中华书局1974年版,第471页。倘如此,则周敞为交趾刺史在永和六年(141),断苏娥冤案当在是年或之后。

要，至于周敞何以"觉"寿奸罪？谢承未有交代。而《搜神记》叙述重点乃在被害人苏娥自叙其身世及遇害始末：夜未半而现形，其沉冤三载，渴望昭雪之急迫心情隐现；早失父母，又无兄弟，丈夫薄命早亡，苏娥之身世令人同情；为卖杂缯，赁车牛一乘，生活之艰辛可知；躬自乘车，婢执辔，去傍县卖缯，孤穷之情状可以想见；婢暴得腹痛，不得前行，苏娥乃乞浆火于亭长龚寿，不意龚寿贪色图财，竟因苏娥不应而杀之，并杀婢，埋于楼下。那么，何以让何敞相信、验证苏娥所言不诬？苏娥道出一个只有当事人才知晓的细节，即上下着白衣，青丝履，皆未腐烂；可以说，何敞是在鬼魂指引下，揭开了一桩隐密三年的罪恶。《搜神记》采苏娥自叙方式述其身世与遇害始末，强化了叙述的可信性，且条理清晰，逻辑严密；毋庸讳言，《搜神记》之苏娥自叙效果，是谢承《后汉书》难以企及的。——而后世文学中亦每有鬼魂自叙冤情情节，譬如，《窦娥冤》第四折，已为鬼魂三年的窦娥，向身为两淮提刑肃政廉访使的父亲窦天章自诉冤枉，实与苏娥鬼魂诉冤相类，见出这种自叙方式深得文人之心。

值得注意的是，《搜神记》之叙述宛转，非为偶然，因为魏晋南北朝其他志怪书中有些叙事也呈现出同样的趋向。兹以《列异传》《幽明录》为例，加以说明。《三国志》卷十四《魏书·程郭董刘蒋刘传》注引《列异传》载：

（蒋）济为领军，其妇梦见亡儿涕泣曰："死生异路，我生时为卿相子孙，今在地下为泰山伍伯，憔悴困辱，不可复言。今太庙西讴士孙阿，今见召为泰山令，愿母为白侯，属阿令转我得乐处。"言讫,母忽然惊寤。明日以白济。济曰:"梦为尔耳,不足怪也。"明日暮,复梦曰:"我来迎新君,止在庙下。未发之顷,暂得来归。新君明日日中当发,临发多事,不复得归,永辞于此。侯气疆(强),难感悟,故自诉于母,愿重启侯,何惜不一试验之?"遂道阿之形状,言甚备悉。天明,母重启侯:"虽云梦不足怪,此何太适?适亦何惜不一验之?"济乃遣人诣太庙下,推问孙阿,果得之,形状证验悉如儿言。济涕泣曰:"几负吾儿!"于是乃见孙阿,具语其事。阿不惧当死,而喜得为泰山令,惟恐济言不信也。曰:"若如节下言,阿之愿也。不知贤子欲得何职?"济曰:"随地下乐者与之。"阿曰:"辄当奉教。"乃厚赏之,言讫遣还。济欲速知其验,从领军门至庙下,十步安一人,以传阿消息。辰时传阿心痛,巳时传阿剧,日中传阿亡。济泣曰:"虽哀吾儿之不幸,且喜亡者有知。"后月余,儿复来语母曰:"已得转为录事矣。"

《隋书·经籍志》著录《列异传》三卷,魏文帝撰。胡应麟称:"魏文与济同时,当是济自语魏文者。"[1]考蒋济为领军将军,乃在齐王芳即位以后,[2]因而上述蒋济亡儿传闻,非蒋济语魏文者,亦非曹

---

[1] 胡应麟《少室山房笔丛》,上海书店出版社2001年版,第365页。
[2] 见《三国志》卷十四《魏书·程郭董刘蒋刘传》。

丕撰。[1]有鬼论者认为，亡者有知，灵魂不灭，故人鬼可往来。[2]然死生异路，阴阳两隔，人鬼交通乃有诸多禁忌。那么，蒋济亡儿传闻叙人鬼交通，则采托梦方式：生时为卿相子孙，处荣华富贵中，

---

[1] 关于蒋济亡儿传闻旨意，李剑国先生谓："蒋济儿生时为卿相子孙，死后托老子的门路，由给泰山阴君执杖开路的皂隶一变而为录事，继续享乐，这个鬼走'后门'的故事反映出当时大官僚的特权。"见《唐前志怪小说史》，南开大学出版社1984年版，第251页。侯忠义先生谓："作者公然鼓吹人死后有阴间，鬼魂托能梦，生死有定数，人鬼能相通等迷信说教，但是我们通过这个故事，却可以体会到官场的弊端。蒋济凭借他的地位和权势，托人情，馈金银，就可以使儿子在阴间更换个好职务，继续享乐，这个阴间不就是人间的影子吗？"见《中国文言小说史稿》，北京大学出版社1990年版，第42页。吴志达先生谓："蒋济为魏领军，位居权要。他的儿子'生时为卿相子孙'，死后'在地下为泰山伍伯，憔悴困辱'，于是想借重父亲权势，走阴间的'后门'，找一个清闲快乐的美差。身居高位的蒋济，为了改变儿子的困境，只好屈尊祈求即将到阴间赴任的孙阿，予以'厚赏'；果然，不久他的儿子由役卒'转为录事'。真如俗话所说'有钱能使鬼推磨'，有钱有势的活人，可以贿赂阴间当权鬼官，达到不可告人的目的。阴间地府的权力机构及其黑暗内幕，也正是现实社会的投影。"见《中国文言小说史》，齐鲁书社1994年版，第143页。据《三国志》卷十四《魏书·程郭董刘蒋刘传》载，蒋济担任领军之前，曾任护军将军；而护军将军一职，乃主管武官选举；蒋济利用手中这一权力，大肆卖官鬻爵，此事《三国志》卷九《魏书·诸夏侯曹传》注引《魏略》载之颇详，因而笔者疑蒋济亡儿传闻与此有关，而此一传闻背后或与当时残酷的政治斗争有关。详见拙著《陆氏〈异林〉之钟繇与女鬼相合事考论》，人民文学出版社2008年版，第6—9页。

[2] 据《三国志》卷六《魏书·董二袁刘传》注引《典论》载："（袁）谭长而惠，（袁）尚少而美。（袁）绍妻刘氏爱尚，数称其才，绍亦奇其貌，欲以为后，未显而绍死。刘氏性酷妒，绍死，僵尸未殡，宠妾五人，刘尽杀之。以为死者有知，当复见绍于地下，乃髡头墨面以毁其形。尚又为尽杀死者之家。"《典论》乃曹丕撰，所谓"以为死者有知"，与蒋济所称"亡者有知"一致，乃当时人普遍信仰观念。"死者有知"，遂衍生出人鬼往来之传闻。

死后为泰山伍伯，陷憔悴困辱地，天壤之别，苦不堪言；蒋济亡儿遂托梦其母亲，希望转告蒋济，嘱托将任泰山令的讴士孙阿将其转得乐处。蒋济未在意其妻所言之梦，遂有其亡儿第二次托梦事：不仅告知孙阿死之时辰，且道其形状，恳求其母重启蒋济，并称"何惜不一试验之"；蒋济遣人推问，果得孙阿，形状正符，济遂见孙阿，为亡儿求"地下乐者"之职，孙阿欣然答应，济乃厚赏之。那么，如期而死的孙阿是否兑现生时对蒋济的承诺？乃有其亡儿第三次托梦：已得转为录事矣。人与鬼，冥府与人世，冥间之事与人间之事，通过梦联结起来；真与幻，虚与实，交织而互证；如是叙事，近乎浑然天成，看似波澜不惊，而又宛转有致；这种叙事方式，显然与史书叙事有别。自然，蒋济亡儿传闻，客观上反映出汉以来有关泰山冥府信仰问题；而随着佛教在中土传播，佛家之因果报应说亦渐次影响人们的精神世界，佛教之地狱观乃与泰山冥府信仰合流。譬如，赵泰传闻故事，《幽明录》载之：

> 赵泰字文和，清河贝邱人，公府辟不就，精进典籍，乡党称名。年三十五，宋太始五年七月十三日夜半，忽心痛而死，心上微暖，身体屈伸。停尸十日，气从咽喉如雷鸣，眼开，索水饮，饮讫便起。说：初死时，有二人乘黄马，从兵二人，但言捉将去，二人扶两腋东行，不知几里，便见大城如锡铁崔嵬。从城西门入，见官府舍，有二重黑门；数十梁瓦屋，男女当五六十，主吏著皂单衫。将泰名在第三十，须臾将入，府君西坐，断勘姓名，复将南入黑门。一人绛衣，坐大屋下，以次呼名前，问生时所行事，有何罪故，行何功

德,作何善行,言者各各不同。主者言:"许汝等辞,恒遣六师督录使者,常在人间,疏记人所作善恶,以相检校。人死有三恶道,杀生祷祠最重,奉佛持五戒十善,慈心布施,生在福舍,安稳无为。"泰答:"一无所为,上不犯恶。"断问都竟,使为水官监作吏,将千余人接沙著岸上,昼夜勤苦,啼泣悔言:"生时不作善,今堕在此处。"后转水官都督,总知诸狱事,给马,东到地狱按行,复到泥犁地狱,男子六千人,有火树,纵广五十余步,高千丈,四边皆有剑,树上燃火,其下十十五五,堕火剑上,贯其身体,云:"此人咒诅骂詈,夺人财物,假伤良善。"泰见父母及一弟在此狱中涕泣。见二人赍文书来,敕狱吏,言有三人,其家事佛,为有寺中悬幡盖烧香,转《法华经》,咒愿救解生时罪过,出就福舍。已见自然衣服,往诣一门,云"开光大舍",有三重门,皆白壁赤柱,此三人即入门。见大殿珍宝耀日,堂前有二狮子并伏象,一金玉床,云名"狮子之座"。见一大人,身可长丈余,姿颜金色,项有日光,坐此床上,沙门立侍甚众,四座名真人菩萨,见泰山府君来作礼,泰问吏:"何人?"吏曰:"此名佛,天上天下,度人之师。"便闻佛言:"今欲度此恶道中及诸地狱人。"皆令出应,时云有万九千人,一时得出地狱,即时见呼十人,当上升天,有车马迎之,升虚空而去。复见一城,云纵广二百里,名为"受变形城",云生来不闻道法,而地狱考治已毕者,当于此城受更变报。入北门,见数千百土屋,中央有瓦屋,广五十余步,下有五百余吏,对录人名作善恶事状,受是变身形之路,从其所趋去。杀者云当作蜉蝣虫,朝生夕死,若为人,常短命;偷盗者作猪羊身,屠肉偿人;淫逸者作鹜鹜蛇身,恶舌者作鸱鹗鹎鹎,恶声人闻,皆咒令死;抵债者为驴马牛鱼鳖之属。大屋下有地房北向,一户南向,呼从北户,又出南户者,皆变身形作鸟兽。又见一城,纵广百里,其瓦屋,安居快乐。云生时不作恶,亦不为善,当在鬼趣,千岁得出为人。又见一城,广有五千余步,名为地中罚谪者不堪苦痛,男女五六万,皆裸形无服,饥困相扶,见泰扣头啼哭。泰按行毕还,主者问:"地狱如法否?卿无罪,故相浼为水官都督;不尔,与狱中人无异。"泰问:"人生何以为乐?"主者言:"唯奉佛弟子,精进,不犯禁戒为乐耳!"又问:"未奉佛时罪过山积,今奉佛法,其过得除否?"曰:"皆除。"主者又召都录使者,问:"赵泰何故死?"来使开縢检年纪之籍,云:"有算三十年,横为恶鬼所取,今遣还家。"由是大小发意奉佛,为祖及弟悬幡盖,诵《法华经》作福也。[1]

上文系《古小说钩沉》辑录佚文。按,《隋书·经籍志》著录《幽明录》二十卷,刘义庆撰;刘义庆卒于宋文帝元嘉二十一年(444)春正月戊午,见《宋书》卷五《文帝本纪》;而上述赵泰传闻所谓"宋太始五年七月十三日"云云,泰始,乃宋明帝刘彧年号,宋泰始五年即469年,是时刘义庆早已作古,因而上述赵泰传闻所称时间显然存在疑点。检王琰《冥祥记》,亦载赵泰传闻,时间是

---

[1] 鲁迅《鲁迅辑录古籍丛编》(第一卷),人民文学出版社1999年版,第255—258页。

"晋太始五年七月十三日也"[1]，晋武帝司马炎所用年号之一为泰始（265—274），晋泰始五年即269年，故赵泰传闻所涉时间，当以《冥祥记》所载为是。《幽明录》叙赵泰游冥府地狱之经历，详细而有序，尤其对所谓生时不作善、坠入地狱受酷刑者之描述，惊心动魄；而对于受变形城之叙述，亦颇周详，作恶不同，受变形不一，足见报应不爽。至于刘义庆何以如此叙述地狱、报应之事，显然是基于现实之需要。佛教徒宣扬善恶报应之说，质疑、反对者则往往以古代圣贤不言、典籍不载，现实中未有征验为口实，非难之，否定之。如《弘明集》卷第十二收录谯王尚之《与张新安论孔释书》：

> 佛教以罪福因果，有若影响，圣言明审，令人寒心。然自上古帝皇文武周孔，典谟训诰，靡不周备，未有述三世显叙报应者也。彼众圣皆穷理尽性，照晓物缘，何得忍视陷溺莫肯援接，曾无一言示其津迳。且钓而不网，弋不射宿，博硕肥腯，上帝是享。以此观之，盖所难了，想二三子扬榷而陈，使划然有证，袪其惑焉。[2]

严可均以为此谯王乃刘宋之刘义宣，而非晋之司马尚之，张新安乃张镜（见《全宋文》十二），[3]此观点已为学界接受。据《宋书》卷

---

[1] 鲁迅《鲁迅辑录古籍丛编》（第一卷），人民文学出版社1999年版，第320页。
[2] 《弘明集》卷第十二。
[3] 严可均谓："盖以为晋之嗣谯王也，其实非也。刘义宣封竟陵王，改封南谯王，固辞。谯王即义宣矣。张新安者，张镜也，僧祐未考出。"见严可均校辑《全上古三代秦汉三国六朝文》，中华书局1958年版，第2505页。

六十八《刘义宣传》，刘义宣"改封南谯王"在元嘉十年（433），从《与张新安论孔释书》看，刘义宣站在儒家的立场，以先王圣贤不言、典谟训诰不载为据，质疑佛教宣扬的三世轮回、因果报应之说。而衡阳太守何承天则否定因果报应说，其《报应问》举例言："夫鹅之为禽，浮清池，咀春草，众生蠢动，弗之犯也；而庖人执焉，鲜有得免刀俎者。燕翻翔求食，唯飞虫是甘，而人皆爱之，虽巢幕而不惧。非直鹅燕也，群生万有，往往如之。是知：杀生者无恶报，为福者无善应。所以为训者如彼，所以示世者如此，余甚惑之。"[1]既否定报应之说，又批评宣扬因果报应说者。那么，《幽明录》如此细密、有致叙述赵泰目睹冥府地狱之事，无疑是以"事实"昭告世人：报应不爽，轮回不虚。——需要指出的是，赵泰游历冥府地狱之事，乃是安置在复生框架下叙述的，即传闻故事由赵泰"忽心痛而死"始，十日后复生，乃自道入冥府地狱见闻，并由此发愿信佛；这种叙事方式，自然有别于史书之叙事。而如前所述，依据阴阳五行天人感应学说，复生事件乃有独特而厚重的现实政治内容；那么，在《幽明录》中，复生者乃成为生死轮回、因果报应的见证人，并最终成为宣扬佛法的代言人；宗教意趣置换了政治意蕴，这是我们不得不关注的。[2]

---

[1]《广弘明集》卷第十八。何承天撰《报应问》，在元嘉十年前后，与刘义宣撰《与张新安论孔释书》大约同时，均与当时思想界"白黑论之争"有关。此一问题拟撰文详论之。

[2] 事实上，魏晋南北朝时期，社会上还曾流行另一类复生传闻故事，这类传闻故事大致包括如下要素：(1) 传闻故事的男主人公是世间男子，(2) 传闻故事的女主人公是死去的女子——女鬼，(3) 世间男子与女鬼相合，(4) 女鬼通过与世间男子相合，获得再生或曰复生，——当然，也有因为在（转下页）

概而言之，《搜神记》"叙事多古雅"，堪称中国古代文言小说叙事之标杆。尤值得注意的是，《搜神记》叙事已表现出异于历史叙事的新趋向：叙述宛转，时采鬼神自道叙事方式，注重细节描写，借动作、心理描摹以展现人物性格、情感、思想等；而唐代传奇小说，正是沿着这一方向发展的。——于此一斑，亦见出《搜神记》在中国古代小说发展中之作用。

（接上页）复生过程中触犯某种禁忌，导致女鬼复生失败。此类复生传闻故事乃涉及汉晋之际道教房中修炼，在早期道教发展中，曾经流行教徒从事群交式的性修炼，目的乃在"消灾祸""度厄延年"（见《广弘明集》卷八释道安《二教论》、卷九甄鸾《笑道论》、卷一三释法琳《辨正论》）。寇谦之改革道教，内容之一就是摒弃"男女合气之术"（《魏书·释老传》），说明道教性修炼至此依然流行。方士、道徒之所以认定性修炼可以延年，乃至长生、成仙，是因为他们相信性修炼可以"度厄延年""还精补脑"（见《抱朴子内篇·释滞》）；而另一方面，女子也可修炼房中术，"以阳养阴"，延年益寿，乃至登仙，《玉房秘诀》（《隋书·经籍志》著录，显系唐前著作）即有相关载述，由此衍生出死去女子借房中之术而再生的传闻故事。详见拙作《陆氏〈异林〉之钟繇与女鬼相合事新论》，《文学遗产》2008年第1期。又，拙著《陆氏〈异林〉之钟繇与女鬼相合事考论》论之较详，人民文学出版社2008年版。

主要参考文献

B

班固撰，颜师古注.汉书.北京：中华书局，1962

C

曹道衡.中古文学史论文集.北京：中华书局，1986
曹道衡、沈玉成.中古文学史料丛考.北京：中华书局，2003
常璩.华阳国志.丛书集成初编本
陈国符.道藏源流考.北京：中华书局，1949
陈立.白虎通疏证.北京：中华书局，1994
陈美东.中国古代天文学思想.北京：中国科学技术出版社，2008
陈寿撰，裴松之注.三国志.北京：中华书局，1959
陈文新.中国笔记小说史.台北：台湾志一出版社，1995
陈寅恪.金明馆丛稿初编.北京：生活·读书·新知三联书店，2001
陈寅恪.金明馆丛稿二编.北京：生活·读书·新知三联书店，2001
陈垣.中国佛教史籍概论.上海：上海书店出版社，1999
程荣纂辑.汉魏丛书.长春：吉林大学出版社，1992

D

杜佑.通典.北京：中华书局，1988
杜预集解.春秋经传集解.上海：上海古籍出版社，1978
段熙仲.春秋公羊学讲疏.南京：南京师范大学出版社，2002

F

范晔撰，李贤等注.后汉书.北京：中华书局，1965

方立天.魏晋南北朝佛教.北京：中国人民大学出版社，2006

方立天.中国佛教哲学要义.北京：中国人民大学出版社，2012

房玄龄等.晋书.北京：中华书局，1974

冯友兰.中国哲学史.北京：中华书局，1961

G

干宝.搜神记.上海：上海古籍出版社，1991

干宝撰，汪绍楹校注.搜神记.北京：中华书局，1979

干氏宗谱.浙江省海盐县博物馆藏

郭朋.中国佛教思想史.福州：福建人民出版社，1994

郭璞注.山海经（外二十六种）.上海：上海古籍出版社，1991

H

洪迈撰，何卓点校.夷坚志.北京：中华书局，1981

洪兴祖.楚辞补注.北京：中华书局，1983

侯外庐等.中国思想通史（第二卷）.北京：人民出版社，1957

侯忠义.中国文言小说史稿（上册）.北京：北京大学出版社，1990

胡应麟.少室山房笔丛.上海：上海书店出版社，2001

黄晖.论衡校释.北京：中华书局，1990

黄霖等.中国小说研究史.杭州：浙江古籍出版社，2002

J

贾谊.贾谊集.上海：上海人民出版社，1976

金涛声点校.陆机集.北京：中华书局，1982

L

郦道元注，杨守敬、熊会贞疏，段熙仲点校，陈桥驿复校.水经注疏.南京：江苏古籍出版社，1989

李昉等编.太平广记.北京：中华书局，1961

李昉等.太平御览.北京：中华书局，1960

李剑国.古稗斗筲录.天津：南开大学出版社，2004

李剑国辑校.新辑搜神记 新辑搜神后记.北京：中华书局，2007

李零.中国方术考（修订本）.北京：东方出版社，2001

列维-布留尔著，丁由译.原始思维.北京：商务印书馆，1995

林辰.神怪小说史.杭州：浙江古籍出版社，1998

林学勤.中国家谱的编纂.石家庄：河北人民出版社，2012

刘操南.古代天文历法释证.杭州：浙江大学出版社，2009

刘敬叔.异苑.上海：上海古籍出版社，1996

刘文典.淮南鸿烈集解.北京：中华书局，1989

刘向.列仙传.正统道藏本

刘昫等.旧唐书.北京：中华书局，1975

刘叶秋.魏晋南北朝小说.北京：中华书局，1962

刘义庆著，刘孝标注，余嘉锡笺疏，周祖谟等整理.世说新语笺疏.上海：上海古籍出版社，1993

刘知几著，浦起龙通释，王煦华整理.史通通释.上海：上海古籍出版社，2009

陆侃如.中古文学系年.北京：人民文学出版社，1985

鲁迅.鲁迅辑录古籍丛编（第一卷）.北京：人民文学出版社，1999

鲁迅.鲁迅全集（第九卷）.北京：人民文学出版社，1981

罗新、叶炜. 新出魏晋南北朝墓志疏证. 北京：中华书局，2005
罗振玉编纂. 鸣沙石室佚书正续编. 北京：北京图书馆出版社，2004
罗宗强. 玄学与魏晋士人心态. 天津：南开大学出版社，2003

M

马国翰辑. 玉函山房辑佚书. 扬州：广陵书社，2004
穆彰阿、潘锡恩等纂修. 大清一统志. 上海：上海古籍出版社，2008

N

宁宗一主编. 中国小说学通论. 合肥：安徽教育出版社，1995

O

欧阳修、宋祁. 新唐书. 北京：中华书局，1975
欧阳询撰，汪绍楹校. 艺文类聚. 上海：上海古籍出版社，1965

P

蒲松龄著，张友鹤辑校. 聊斋志异（会校会注会评本）. 上海：上海古籍出版社，1986

Q

钱钟书. 管锥编. 北京：中华书局，1979
卿希泰主编. 中国道教史（第一卷）. 成都：四川人民出版社，1996

R

饶宗颐. 中国史学上之正统论. 上海：上海远东出版社，1996
任继愈主编. 中国哲学发展史（秦汉）. 北京：人民出版社，1985

任继愈主编. 中国哲学发展史（魏晋南北朝）. 北京：人民出版社，1988

阮元校刻. 十三经注疏. 北京：中华书局，1980

S

沈约. 宋书. 北京：中华书局，1974

石昌渝主编. 中国古代小说总目（文言卷）. 太原：山西教育出版社，2004

石昌渝. 中国小说源流论. 北京：生活·读书·新知三联书店，1994

释道世撰，周叔迦、苏晋仁校注. 法苑珠林校注. 北京：中华书局，2003

释慧皎撰，汤用彤校注，汤一玄整理. 高僧传. 北京：中华书局，1992

石峻等编. 中国佛教思想资料选编（第一卷）. 北京：中华书局，1981

司马光编撰. 资治通鉴（附考异）. 上海：上海古籍出版社，1997

司马迁. 史记. 北京：中华书局，1959

宋濂等撰. 元史. 北京：中华书局，1976

孙星衍撰，陈抗、盛冬铃点校. 尚书今古文注疏. 北京：中华书局，1986

T

唐长孺. 魏晋南北朝史论丛. 石家庄：河北教育出版社，2000

汤球辑. 晋阳秋辑本. 北京：中华书局，1985

汤球辑. 九家旧晋书辑本. 北京：中华书局，1985

汤一介. 佛教与中国文化. 北京：宗教文化出版社，1999

汤用彤. 汉魏两晋南北朝佛教史. 北京：北京大学出版社，1997

陶潜撰，汪绍楹校注. 搜神后记. 北京：中华书局，1981

田余庆. 东晋门阀政治. 北京：北京大学出版社，2005

陶潜. 搜神后记. 上海：上海古籍出版社，1991

W

王国良.魏晋南北朝志怪小说研究.台北：文史哲出版社，1984

王鹤鸣、王澄.中国家谱史图志.合肥：安徽科学技术出版社，2012

王鹤鸣.中国家谱通论.上海：上海古籍出版社，2010

王鹤鸣主编.中国家谱总目.上海：上海古籍出版社，2009

王尽忠.干宝研究全书.郑州：中州古籍出版社，2009

王利器.颜氏家训集解.北京：中华书局，1993

王明.抱朴子内篇校释.北京：中华书局，1985

王明编.太平经合校.北京：中华书局，1960

王琰.冥祥记.古小说钩沉本.北京：人民文学出版社，1999

魏收.魏书.北京：中华书局，1974

危素编次.金华黄先生文集.四部丛刊

魏徵等.隋书.北京：中华书局，1973

乌丙安.中国民间信仰.上海：上海人民出版社，1996

吴志达.中国文言小说史.济南：齐鲁书社，1994

X

小南一郎著，孙昌武译.中国的神话传说与古小说.北京：中华书局，1993

萧统编，李善注.文选.上海：上海古籍出版社，1986

徐坚等.初学记.北京：中华书局，1962

许嵩撰，张忱石点校.建康实录.北京：中华书局，1986

许维遹.吕氏春秋集释.北京：中国书店，1985

Y

严耕望.中国地方行政制度史：秦汉地方行政制度.上海：上海古籍出版社，2007

严可均校辑.全上古三代秦汉三国六朝文.北京：中华书局，1958

阎若璩.尚书古文疏证.上海：上海古籍出版社，1987

颜之推.颜氏家训.长春：吉林大学出版社，1992

杨明照.抱朴子外篇校笺.北京：中华书局，1991

应劭.风俗通义.钦定四库全书.台北：商务印书馆，1983—1985

永瑢等.四库全书总目.北京：中华书局，1965

余嘉锡.四库提要辨证.昆明：云南人民出版社，2004

乐史.太平寰宇记.光绪八年金陵书局刻本

Z

詹·乔·弗雷泽著，刘魁立编.金枝精要——巫术与宗教之研究.上海：上海文艺出版社，2001

张华撰，范宁校证.博物志校证.北京：中华书局，1980

张君房编.云笈七签.北京：书目文献出版社，1992

张可礼.东晋文艺系年.济南：山东教育出版社，1992

张庆民.魏晋南北朝志怪小说通论.北京：首都师范大学出版社，2000

张庆民.陆氏《异林》之钟繇与女鬼相合事考论.北京：人民文学出版社，2008

张廷玉等.明史.北京：中华书局，1974

殷芸编纂，周楞伽辑注.殷芸小说.上海：上海古籍出版社，1984

周一良.魏晋南北朝史札记.北京：中华书局，1985

附录一：干宝生平事迹及主要相关资料

一、南朝刘宋何法盛《晋中兴书》

（一）干宝，字令升。新蔡人。祖正，吴奋武将军。父莹，丹阳丞。宝少以博学才器著称，历散骑常侍。(《世说新语·排调》"干宝向刘真长叙其《搜神记》"条注引《中兴书》)

（二）干宝，字令升。新蔡人。始以尚书郎领国史，迁散骑常侍，卒。撰《晋纪》，起宣帝迄愍，五十三年，评论切中，咸称善之。(《文选》卷四十九《晋纪论晋武帝革命》李善注引何法盛《晋书》。《晋书》即《晋中兴书》)

二、唐房玄龄等撰《晋书》卷八十二《干宝传》(《晋书》乃据南朝萧齐臧荣绪《晋书》所载)

干宝字令升，新蔡人也。祖统，吴奋武将军、都亭侯。父莹，丹杨丞。宝少勤学，博览书记，以才器召为著作郎。平杜弢有功，赐爵关内侯。

中兴草创，未置史官，中书监王导上疏曰："夫帝王之迹，莫不必书，著为令典，垂之无穷。宣皇帝廓定四海，武皇帝受禅于魏，至德大勋，等踪上圣，而纪传不存于王府，德音未被乎管弦。陛下圣明，当中兴之盛，宜建立国史，撰集帝纪，上敷祖宗之烈，下纪佐命之勋，务以实录，为后代之准，厌率土之望，悦人神之心，斯诚雍熙之至美，王者之弘基也。宜备史官，敕佐著作郎干宝等渐就撰集。"元帝纳焉。宝于是始领国史。以家贫，求补山阴令，迁始安太守。王导请为司徒右长史，迁散骑常侍。著《晋纪》，自宣帝迄于愍帝五十三年，凡二十卷，奏之。其书简略，直而能婉,咸称良史。

性好阴阳术数,留思京房、夏侯胜等传。宝父先有所宠侍婢,母甚妒忌,及父亡,母乃生推婢于墓中。宝兄弟年小,不之审也。后十余年,母丧,开墓,而婢伏棺如生,载还,经日乃苏。言其父常取饮食与之,恩情如生。在家中吉凶辄语之,考校悉验,地中亦不觉为恶。既而嫁之,生子。又宝兄尝病气绝,积日不冷,后遂悟,云见天地间鬼神事,如梦觉,不自知死。宝以此遂撰集古今神祇灵异人物变化,名为《搜神记》,凡三十卷。以示刘惔,惔曰:"卿可谓鬼之董狐。"宝既博采异同,遂混虚实,因作序以陈其志曰:

> 虽考先志于载籍,收遗逸于当时,盖非一耳一目之所亲闻睹也,亦安敢谓无失实者哉!卫朔失国,二传互其所闻;吕望事周,子长存其两说,若此比类,往往有焉。从此观之,闻见之难一,由来尚矣。夫书赴告之定辞,据国史之方策,尤尚若兹,况仰述千载之前,记殊俗之表,缀片言于残缺,访行事于故老,将使事不二迹,言无异途,然后为信者,固亦前史之所病。然而国家不废注记之官,学者不绝诵览之业,岂不以其所失者小,所存者大乎!今之所集,设有承于前载者,则非余之罪也。若使采访近世之事,苟有虚错,愿与先贤前儒分其讥谤。及其著述,亦足以明神道之不诬也。
>
> 群言百家不可胜览,耳目所受不可胜载,今粗取足以演八略之旨,成其微说而已。幸将来好事之士录其根体,有以游心寓目而无尤焉。

宝又为《春秋左氏义外传》,注《周易》《周官》凡数十篇,及杂文集皆行于世。

三、《晋书》卷五十二《华谭传》

建兴初,元帝命为镇东军谘祭酒。谭博学多通,在府无事,乃著书三十卷,名曰《辨道》,上笺进之,帝亲自览焉。转丞相军谘祭酒,领郡大中正。谭荐干宝、范珧于朝,乃上笺求退曰:"谭闻霸主远听,以求才为务;僚属量才,以审己为分。故疏广告老,汉宣不违其志;干木偃息,文侯就式其庐。谭无古人之贤,窃有怀远之慕。自登清显,出入二载,执笔无赞事之功,拾遗无补阙之绩;过在纳言,暗于举善;狂寇未宾,复乏谋策。年向七十,志力日衰,素餐无劳,实宜辞退。谨奉还所假左丞相军谘祭酒版。"

四、《晋书》卷六十一《华轶传》

时天子孤危,四方瓦解,轶有匡天下之志,每遣贡献入洛,不失臣节。谓使者曰:"若洛都道断,可输之琅邪王,以明吾之为司马氏也。"轶自以受洛京所遣,而为寿春所督,时洛京尚存,不能祗承元帝教命,郡县多谏之,轶不纳,曰:"吾欲见诏书耳。"时帝遣扬烈将军周访率众屯彭泽以备轶,访过姑孰,著作郎干宝见而问之。访曰:"大府受分,令屯彭泽,彭泽,江州西门也。华彦夏有忧天下之诚,而不欲碌碌受人控御,顷来纷纭,粗有嫌疑。今又无故以兵守其门,将成其衅。吾当屯寻阳故县,既在江西,可以捍御北方,又无嫌于相逼也。"

五、《晋书》卷七十二《郭璞传》

顷之,迁尚书郎。数言便宜,多所匡益。明帝之在东宫,与温峤、庾亮并有布衣之好,璞亦以才学见重,埒于峤、亮,论者美之。然性轻易,不修威仪,嗜酒好色,时或过度。著作郎干宝常诫之曰:"此非适性之道也。"璞曰:"吾所受有本限,用之恒恐不得尽,卿乃忧酒色之为患乎!"

六、《晋书》卷七十二《葛洪传》

咸和初，司徒导召补州主簿，转司徒掾，迁谘议参军。干宝深相亲友，荐洪才堪国史，选为散骑常侍，领大著作，洪固辞不就。

七、《晋书》卷九十五《韩友传》

友卜占神效甚多，而消殃转祸，无不皆验。干宝问其故，友曰："筮卦用五行相生杀，如案方投药，以冷热相救。其差与不差，不可必也。"

八、《王昌前母服议》

《晋书》卷二十《礼志中》

太兴初，著作郎干宝论之曰："礼有经有变有权，王毖之事，有为为之也。有不可责以始终之义，不可求以循常之文，何群议之纷错！同产者无嫡侧之别，而先生为兄；诸侯同爵无等级之差，而先封为长。今二妻之人，无贵贱之礼，则宜以先后为秩，顺序义也。今生而同室者寡，死而同庙者众，及其神位，固有上下也。故《春秋》贤赵姬遭礼之变而得礼情也。且夫吉凶哀乐，动乎情者也，五礼之制，所以叙情而即事也。今二母者，本他人也，以名来亲，而恩否于时，敬不及生，爱不及丧，夫何追服之道哉！张恽、刘卞，得其先后之节，齐王、卫恒，通于服绝之制，可以断矣。朝廷于此，宜导之以赵姬，齐之以诏命，使先妻恢含容之德，后妻崇卑让之道，室人达长幼之序，百姓见变礼之中。若此，可以居生，又况于死乎！古之王者，有以师友之礼待其臣，而臣不敢自尊。今令先妻以一体接后，而后妻不敢抗，及其子孙交相为服，礼之善物也。然则王昌兄弟相得之日，盖宜祫祭二母，等其礼馈，序其先后，配以左右，兄弟肃雍，交酬奏献，上以恕先父之志，中以高二母之德，下以齐兄弟之好，使义风弘于王教，慈让洽乎急难，不亦得礼之本乎！"

按：王昌前母服议，事在太兴初年（318）。据《晋书》卷二十《礼志中》载：

> 太康元年，东平王楙上言，相王昌父毖，本居长沙，有妻息，汉末使入中国，值吴叛，仕魏为黄门郎，与前妻息死生隔绝，更娶昌母。今江表一统，昌闻前母久丧，言疾求平议。

东平王相王昌当时疑惑的问题是：他是否该为其父王毖前妻服丧？此事在当时引起争议。一种意见认为王昌应该服丧，以守博士谢衡（谢安祖父）为代表。谢衡认为：

> 虽有二妻，盖有故而然，不为害于道，议宜更相为服。[1]

另一种意见则认为王昌不应服，以守博士许猛为代表。许猛以为：

> 地绝，又无前母之制，正以在前非没则绝故也。前母虽在，犹不应服。[2]

支持谢衡、许猛者遂分为两派，各引经据典，为己辨说，一时议论纷纷。此事最终由晋武帝司马炎下令解决：

> 制曰："凡事有非常，当依准旧典，为之立断。今议此事，称引赵姬、叔隗者粗是也。然后狄与晋和，故姬氏得迎叔隗而下之。吴寇隔塞，毖与前妻，终始永绝。必义无两嫡，则赵衰可以专制隗氏。昌为

---

[1]《晋书》卷二十《礼志中》。
[2] 同上。

人子,岂得擅替其母。且愍二妻并以绝亡,其子犹后母之子耳,昌故不应制服也。"[1]

由于此前一些人称引春秋时期赵姬、叔隗事以况王昌事,故武帝制如此开头。赵姬、叔隗事见《左传》僖公二十四年:

> 狄人归季隗于晋而请其二子。文公妻赵衰,生原同、屏括、楼婴。赵姬请逆盾与其母,子馀辞。姬曰:"得宠而忘旧,何以使人?必逆之。"固请,许之,来,以盾为才,固请于公以为嫡子,而使其三子下之,以叔隗为内子而己下之。[2]

内子,乃卿大夫之嫡妻也。赵姬劝诫赵衰不要忘旧,且主动请求迎狄女叔隗为嫡妻而己下之,以叔隗之子赵盾为嫡子而己之子下之,这确是很难得的,故《春秋》不讥,《左传》美之。但是,赵姬下叔隗事,只能作特例罢了,而难于以之作为准的而断后来此类事;所以,武帝最终判定"愍与前妻,终始永绝",故王昌"不应制服也"。

干宝于太兴初重议王昌事,大约与此时特殊的政治环境有关。干宝当然不能公开说武帝制书不妥,故称要"齐之以诏命",但这不过是虚晃一枪而已。干宝强调,"礼有经有变有权",所以不必固守教条。他认为,王愍二妻"无贵贱之礼","宜以先后为秩",二妻子孙当"交相为服"。因而,王昌兄弟"宜袷祭二母,等其礼馈,序其先后,配以左右";如此,则"兄弟肃雍,交酬奏献,上以恕先父之志,中以高二母之德,下以齐兄弟之好",这才"得礼之本"。——由此见出,干宝论礼,强调发挥礼的现

---

[1]《晋书》卷二十《礼志中》。
[2] 叔隗为嫡妻而赵姬下之事非在此年,因是年狄人归季隗,故叙及叔隗事。

实功能,而不重在其干瘪的教义。史臣对干宝之王昌前母服论是肯定的,《礼志中》载:

> 是时,沛国刘仲武先娶毋丘氏,生子正舒、正则二人。毋丘俭反败,仲武出其妻,娶王氏,生陶,仲武为毋丘氏别舍而不告绝。及毋丘氏卒,正舒求祔葬焉,而陶不许。舒不释服,讼于上下,泣血露骨,缞裳缀络,数十年弗得从,以至死亡。
> 时吴国朱某娶妻陈氏,生子东伯。入晋,晋赐妻某氏,生子绥伯。太康之中,某已亡,绥伯将母以归邦族,兄弟交爱敬之道,二母笃先后之序,雍雍人间焉。及其终也,二子交相为服,君子以为贤。

史臣以当时发生的实例为据,说明干宝之论的合理性。《礼记》曰:

> 凡礼之大体,体天地,法四时,则阴阳,顺人情,故谓之礼。[1]

"体天地,法四时,则阴阳"云,那是虚语,"顺人情"才是关键。——由是言之,干宝可谓得"礼之大体"。

九、《宋书》卷二十七《符瑞上》

愍帝之立也,改毗陵为晋陵,时元帝始霸江、扬,而戎翟称制,西都微弱。干宝以为晋将灭于西而兴于东之符也。

---

[1]《礼记·丧服四制第四十九》,阮元校刻《十三经注疏》,中华书局1980年版,第1694页。

十、《宋书》卷三十《五行一》

王敦在武昌，铃下仪仗生花如莲花状，五六日而萎落。此木失其性而为变也。干宝曰："铃阁，尊贵者之仪；铃下，主威仪之官。今狂花生于枯木，又在铃阁之间，言威仪之富，荣华之盛，皆如狂花之发，不可久也。"其后终以逆命，没又加戮，是其应也。一说此花孽也，于《周易》为"枯杨生华"。

魏武帝以天下凶荒，资财乏匮，始拟古皮弁，裁缣帛为白帢，以易旧服。傅玄曰："白乃军容，非国容也。"干宝以为缟素，凶丧之象，帢，毁辱之言也。盖革代之后，攻杀之妖也。

孙休后，衣服之制，上长下短，又积领五六而裳居一二。干宝曰："上饶奢，下俭逼，上有余下不足之妖也。"至孙皓，果奢暴恣情于上，而百姓凋困于下，卒以亡国。是其应也。

晋兴后，衣服上俭下丰，著衣者皆厌禳盖裙。君衰弱，臣放纵，下掩上之象也。陵迟至元康末，妇人出两裆，加乎胫之上，此内出外也。为车乘者，苟贵轻细，又数变易其形，皆以白篾为纯，古丧车之遗象。乘者，君子之器，盖君子立心无恒，事不崇实也。干宝曰："及晋之祸，天子失柄，权制宠臣，下掩上之应也。永嘉末，六宫才人，流徙戎、翟，内出外之应也。及天下乱扰，宰辅方伯，多负其任，又数改易，不崇实之应也。"

晋武帝泰始后，中国相尚用胡床、貊盘，及为羌煮、貊炙。贵人富室，必置其器，吉享嘉会，皆此为先。太康中，天下又以毡为帢头及络带、衿口。百姓相戏曰，中国必为胡所破也。毡产于胡，而天下以为帢头、带身、衿口，胡既三制之矣，能无败乎。干宝曰："元康中，氐、羌反，至于永嘉，刘渊、石勒遂有中都。自后四夷迭居华土，是其应也。"

晋武帝太康后，天下为家者，移妇人于东方，空莱北庭，以为园囿。干宝曰："夫王朝南向，正阳也；后北宫，位太阴也；世子居东宫，位少阳也。今居内于东，是与外俱南面也。亢阳无阴，妇人失位而于少阳之象也。贾后淫戮愍怀，俄而祸败亦及。"

晋惠帝元康中，妇人之饰有五兵佩，又以金、银、玳瑁之属为斧、钺、戈、戟，以当笄□。干宝曰："男女之别，国之大节，故服物异等，贽币不同。今妇人而以兵器为饰，又妖之大也。遂有贾后之事，终以兵亡天下。"

元康末至太安间，江、淮之域，有败编自聚于道，多者或至四五十量。干宝尝使人散而去之，或投林草，或投坑谷。明日视之，悉复如故。民或云见狸衔而聚之，亦未察也。宝说曰："夫编者，人之贱服，最处于下，而当劳辱，下民之象也。败者，疲毙之象也。道者，地理四方，所以交通王命所由往来也。故今败编聚于道者，象下民疲病，将相聚为乱，绝四方而雍王命之象也。在位者莫察。太安中，发壬午兵，百姓嗟怨。江夏男子张昌遂首乱荆楚，从之者如流。于是兵革岁起，天下因之，遂大破坏。此近服妖也。"

晋司马道子于府北园内为酒炉列肆，使姬人酤鬻酒肴，如裨贩者，数游其中，身自买易，因醉寓寝，动连日夜。汉灵帝尝若此。干宝曰："君将失位，降在皂隶之象也。"

按：干宝当论过汉灵帝作列肆、著估服事，因司马道子事与汉灵帝事相类,故后人以干宝之论推及之。

魏明帝景初二年,廷尉府中有雌鸡变为雄,不鸣不将。干宝曰:"是岁,晋宣帝平辽东,百姓始有与能之议,此其象也。"然晋三后并以人臣终,不鸣不将,又天意也。

十一、《宋书》卷三十一《五行二》

晋元帝永昌元年,宁州刺史王逊遣子澄入质,将渝、濮杂夷数百人。京邑民忽讹言宁州人大食人家小儿,亲有见其蒸煮满釜甑中者。又云失儿皆有主名,妇人寻道,拊心而哭。于是百姓各禁录小儿,不得出门。寻又言已得食人之主,官当大航头大杖考竟。而日有四五百人晨聚航头,以待观行刑。朝廷之士相问者,皆曰信然,或言郡县文书已上。王澄大惧,检测之,事了无形,民家亦未尝有失小儿者,然后知其讹言也。此二事,干宝云"未之能论"。

晋愍帝建武元年六月,扬州旱。去年十二月,淳于伯冤死,其年即旱,而太兴元年六月又旱。干宝曰"杀伯之后旱三年"是也。案前汉杀孝妇则旱,后汉有囚亦旱,见谢见理,并获雨澍,此其类也。

孙休永安二年,将守质子群聚嬉戏,有异小子忽来,言曰:"三公锄,司马如。"又曰:"我非人,荧惑星也。"言毕上升,仰视若曳一匹练,有顷没。干宝曰,后四年而蜀亡,六年而魏废,二十一年而吴平,于是九服归晋。魏与吴、蜀,并为战国,"三公锄,司马如"之谓也。

晋武帝太康后,江南童谣曰:"局缩肉,数横目,中国当败吴当复。"又曰:"宫门柱,且莫朽,吴当复,在三十年后。"又曰:"鸡鸣不拊翼,吴复不用刀。"于时吴人皆谓在孙氏子孙,故窃发乱者相继。按横目者"四"字,自吴亡至晋元帝兴,几四十年,皆如童谣之言。元帝懦而少断,局缩肉,直斥之也。干宝云"不知所斥",讳之也。

晋武帝太康六年,南阳送两足虎,此毛虫之孽也。识者为其文曰:"武形有亏,金虎失仪,圣主应天,斯异何为。"言非乱也。京房《易传》曰:"足少者,下不胜任也。"干宝曰:"虎者阴精,而居于阳。金兽也。南阳,火名也。金精入火,而失其形,王室乱之妖也。六,水数,言水数既极,火慝得作,而金受其败也。至元康九年,始杀太子,距此十四年。二七十四,火始终相乘之数也。自帝受命,至愍怀之废,凡三十五年。"

吴孙亮五凤二年五月,阳羡县离里山大石自立。按京房《易传》曰:"庶士为天子之祥也。"其说曰:"石立于山,同姓。平地,异姓。"干宝以为孙皓承废故之家得位,其应也。或曰孙休见立之祥也。

晋惠帝太安元年,丹阳湖熟县夏架湖有大石浮二百步而登岸。民惊噪相告曰:"石来!"干宝曰:"寻有石冰入建业。"

十二、《宋书》卷三十二《五行三》

元康八年十一月,高原陵火。是时贾后凶恣,贾谧擅朝,恶积罪稔,宜见诛绝。天戒若曰,臣妾之不可者,虽亲贵莫比,犹宜忍而诛之,如吾燔高原陵也。帝既眊弱,而张华又不纳裴颁、刘卞之谋,故后遂与谧诬杀太子也。干宝云:"高原陵火,太子废,其应也。汉武帝世,高园便殿火,董仲舒对与此占同。"

晋元帝太兴中,王敦镇武昌。武昌火起,兴众救之。救于此而发于彼，东西南北数十处俱应，数日不绝。班固所谓滥炎妄起，虽兴师不能救之之谓也。干宝曰："此臣而君行，亢阳失节之灾也。"

吴孙皓天纪三年八月，建业有鬼目菜生工黄狗家，依缘枣树，长丈余，茎广四寸，厚三分。又有荬菜生工吴平家，高四尺，如枇杷形，上圆径一尺八寸，下茎广五寸，两边生叶绿色。东观案图，名鬼目作芝草，荬菜作平虑。遂以狗为侍芝郎，平为平虑郎，皆银印青绶。干宝曰："明年晋平吴，王濬止船，正得平渚，姓名显然，指事之征也。黄狗者，吴以土运承汉，故初有黄龙之瑞，及其季年，而有鬼目之妖，托黄狗之家，黄称不改，而贵贱大殊。天道精微之应也。"

晋惠帝元康五年三月，吕县有流血，东西百余步。此赤祥也。元康末，穷凶极乱，僵尸流血之应也。干宝以为后八载而封云乱徐州，杀伤数万人，是其应也。

晋愍帝建兴四年十二月丙寅，丞相府斩督运令史淳于伯，血逆流上柱二丈三尺。此赤祥也。是时后将军褚裒镇广陵，丞相扬声北伐，伯以督运稽留及役使臧罪，依征军法戮之。其息诉称："伯督运事讫，无所稽乏，受贿役使，罪不及死。兵家之势，先声后实，实是屯戍，非为征军。自四年以来，运漕稽停，皆不以军兴法论。"僚佐莫之理。及有此变，司直弹劾众官，元帝又无所问。于是频旱三年。干宝以为冤气之应也。郭景纯曰："血者水类，同属于《坎》，《坎》为法家。水平润下，不宜逆流。此政有咎失之征也。"

十三、《宋书》卷三十三《五行四》

魏齐王嘉平四年五月，有二鱼集于武库屋上，此鱼孽也。王肃曰："鱼生于渊,而亢于屋,介鳞之物,失其所也。边将其殆有弃甲之变乎。"后果有东关之败。干宝又以为高贵乡公兵祸之应。二说皆与班固旨同。

晋武帝太康中,有鲤鱼二见武库屋上。干宝曰:"武库兵府,鱼有鳞甲,亦兵类也。鱼既极阴,屋上太阳,鱼见屋上,象至阴以兵革之祸干太阳也。"至惠帝初,诛杨骏,废太后,矢交馆阁。元康末,贾后谤杀太子,寻以诛废。十年间,母后之难再兴,是其应也。自是祸乱构矣。

十四、《宋书》卷三十四《五行五》

晋元帝太兴元年四月,西平地震,涌水出;十二月,庐陵、豫章、武昌、西陵地震,山崩。干宝曰:"王敦陵上之应。"

魏明帝青龙元年正月甲申,青龙见郑之摩陂井中。凡瑞兴非时,则为妖孽,况困于井,非嘉祥矣。魏以改年,非也。晋武不贺,是也。干宝曰:"自明帝终魏世,青龙黄龙见者,皆其主废兴之应也。魏土运,青,木色也,而不胜于金,黄得位,青失位之象也。青龙多见者,君德国运内相剋伐也。故高贵乡公卒败于兵。案刘向说:'龙贵象,而困井中,诸侯将有幽执之祸也。'魏世龙莫不在井,此居上者逼制之应。高贵乡公著《潜龙诗》,即此旨也。"

吴孙休永安四年,安吴民陈焦死七日,复穿冢出。干宝曰:"此与汉宣帝同事。乌程侯皓承废故之家,得位之祥也。"

晋惠帝太安元年四月癸酉,有人自云龙门入殿前,北面再拜曰:"我当作中书监。"即收斩之。干宝曰:"夫禁庭,尊秘之处,今贱人径入,而门卫不觉者,宫室将虚,而下人逾之之妖也。"是后帝北迁邺,又西迁长安,盗贼蹈藉宫阙，遂亡天下。

十五、《通典》卷一百三收干宝《驳招魂葬议》

时有招魂，考之经传，则无闻焉。近太尉公既属寇乱，尸柩不返，时奕议招魂葬。东海国学官今鲁国周生以为宜尔，盛陈其议，皆多无证。宝以为人死神浮归天，形沉归地，故为宗庙，以宾其神，衣衾以表其形，棺周于衣，椁周于棺。今失形于彼，穿冢于此，知亡者不可以假存，而无者独可以伪有哉！未若之遭祸之地，备迎神之礼，宗庙以安之，哀敬以尽之。周生议云："魂堂几筵，设于窆寝，岂惟敛尸，亦以宁神也。"答者曰："古人有言：夫礼者，其事可陈也，其义难知也。是以君子重于义礼。夫别嫌明疑，原情得旨者，不亦微乎？故其为制，有以顺鬼神之性，有以达生者之情。然则冢圹之间有馈席，本施骸骨，未为有魂神也。若乃钉魂于棺，闭神于椁，居浮精于沉魄之域，匿游气于壅塞之室，岂顺鬼神之性，而合圣人之意乎？则葬魂之名亦几于迂矣。"周生又云："昔黄帝体仙登遐，其臣抚微等敛其衣冠，殡而葬焉，则其证也。"答曰："孔子论黄帝曰：'生而人利其化百年，死而人畏其神百年，亡而人用其教百年。'此黄帝亦死，言仙谬也。就使必仙，何议于葬？"

十六、《郭璞别传》

璞奇博多通，文藻粲丽，才学赏豫，足参上流。其诗赋诔颂，并传于世，而讷于言。造次咏语，常人无异。又不持仪检，形质颓索，纵情嫚惰，时有醉饱之失。友人干令升戒之曰："此伐性之斧也。"璞曰："吾所受有分，恒恐用之不尽，岂酒色之能害！"（《世说新语·文学》"郭景纯诗云"条注引《璞别传》）

十七、唐许嵩《建康实录》卷七

（咸康二年）三月，散骑常侍干宝卒。宝字令升，新蔡人。少好学。中宗即位，以领国史，累迁散骑常侍。修《晋纪》，上自宣帝，迄于建兴，凡五十三年，成二十卷。辞简理要，直而能婉，世称良史。初，父亡有所幸婢，母忌之，乃殉葬。后十余年，母丧，开冢合葬，殉婢仍活，取嫁之。因问幽冥，考校吉凶悉验。遂著《搜神记》三十卷。将示刘惔，惔曰："卿可谓鬼之董狐也。"

十八、唐释道宣《续高僧传》卷一三《唐京师大庄严寺释慧因传》

释慧因，俗姓于（干）氏，吴郡海盐人也。晋太常宝之后胤。祖朴，梁散骑常侍。父元显，梁中书舍人。并硕学英才，世济其美。

十九、唐林宝《元和姓纂》

干犨之后。晋丹阳丞干莹，生宝，著《晋纪》及《搜神记》。

二十、南宋王象之《舆地纪胜》卷三《嘉兴府·古迹》

干莹墓，干宝之父也。墓在海盐。

二一、元徐硕《至元嘉禾志》卷一三《冢墓·海盐县》

干莹墓，在县西南四十里，高一丈二尺，周回四十步。

二二、明李贤等撰《大明一统志》卷三九《嘉兴府·陵墓·干莹墓》

在海盐县西南四十里。莹，吴散骑常侍宝之父也。宝尝著《无鬼论》。莹卒，以幸婢殉。后十年妻死合葬，婢犹存。宝始悟幽冥之理，撰《搜神记》三十卷。

二三、明樊维城、胡震亨等修《海盐县图经》卷三《方域篇》

干莹墓,县西南四十里。(注:莹字明叔,宝之父,仕吴为立节都尉。)

二四、明董榖《碧里杂存》

干宝者,即于宝也。本姓干,后人讹为于字。海盐人也。按《武原古志》云其墓县西南四十里。今海宁灵泉乡真如寺乃其宅基,载在县志,盖古地属海盐也。旧图经云宝父名莹,仕吴为立节都尉。

二五、清战鲁村《海宁州志》卷六《古迹》

干宝故居,《咸淳志》:真如禅院在县东南七十里黄湾,本晋干宝宅。《府志》:菩提山麓真如寺即其故址,周显德二年改寺。

二六、清方溶《澉水新志》卷七《名胜下·古迹》

干莹墓,在金牛山南。莹字明叔,宝之父,仕吴为立节都尉。

二七、《大清一统志·杭州府二·古迹》

张九成读书台,在海宁州东菩提山上,相近有晋干宝故居。

二八、《大清一统志·杭州府二·寺观》

真如寺,在海宁州东黄湾菩提山,晋干宝舍宅为寺,宋治平初赐今额。

二九、《大清一统志·嘉兴府·陵墓》

晋干莹墓,在海盐县西南四十里。

附录二:《搜神记》著录及主要相关资料

一、唐魏徵等撰《隋书》卷三十三《经籍二》史部杂传类

干宝《搜神记》三十卷。

二、后晋刘昫等撰《旧唐书》卷四十六《经籍上》乙部杂传类

干宝《搜神记》三十卷。

三、宋欧阳修、宋祁撰《新唐书》卷五十九《艺文三》小说家类

干宝《搜神记》三十卷。

四、宋王尧臣等编次《崇文总目》小说类

《搜神总记》十卷,不著撰人名氏,或题干宝撰,非也。(见《玉海·艺文类》)

五、宋尤袤《遂初堂书目》小说类

《搜神摭记》。

六、元脱脱等撰《宋史》卷二百六《艺文五》

干宝《搜神总记》十卷。

七、沈士龙、胡震亨《搜神记引》

余得《搜神记》及《搜神后记》读之,乃知晋德不胜怪而底于亡也。

何者？令升虽始自前载，晋实半之；元亮则晋十九矣。何东西百五十年间，天孽人变，骇人耳目，若斯多也？岂司马家以两世凶黠，奸有神器，其阴画秘算，默为天地之害者，不得不借此开泄，用为非德受命者鉴耶？若令升所载，皆出前史及诸杂记，故晋、宋《五行志》往往采之。惟《晋书》本传称兄气绝复苏，而不名。道书《吴猛传》谓宝兄西安令干庆，而本记第称西安令干庆，而绝不谓兄，亦可疑也。至于《后记》，多后人附益，绝非元亮本书。如元亮卒于宋元嘉四年，而有十四、十六等年事。《陶集》多不称宋代年号，以干支代之，何得书永初、元嘉。又诸葛长民与宋武，比肩晋臣也，陶必不谓伏诛。凡此数事，皆不可不与海内淹赡辨之也。绣水沈士龙识。

令升遘门闱之异，爰摭史传杂说，参所知见，冀扩人于耳目之外。顾世局故常，适以说怪视之。不知刘昭《补汉志》、沈约《宋志》与《晋志》《五行》，皆取录于此。盖以其尝为史官，即怪亦可证信耳。第所载秦闵王女一段，则嬴秦无谥闵者。惟晋武帝子秦献王无嗣，愍帝尝以吴王晏子出嗣秦王，岂即愍帝也？然愍帝时，秦为虏境，秦妃安得在秦而有二十三年之久？至谓"今之国婿，亦为驸马都尉"。此政晋事耳。又有谢镇西之称。按谢尚于穆帝永和间始加镇西将军。宝书成，尝示刘惔。惔卒于明帝太宁间，则镇西之号，去书成时，尚后二十余年，安得预称此？殊不可晓。若渊明《后记》，梁皎法师称其"傍出《高僧》，叙其风素"。王曼颖报书亦云："高僧行迹，糅在元亮之说。"今记中仅佛图澄、耆游二人，应散佚不少。其载桓温老尼及见简文帝山陵，岂以之况宋武耶？海盐胡震亨识。

八、毛晋《搜神记跋》

子不语神，亦近于怪也。顾宇宙之大，何所不有，令升感圹婢一事，信记载不诬，采录宜矣。元亮悠悠忘世，饮酒赋诗之外，绝少著述，而顾为令升嚆矢耶？语云："扣盆拊瓴，相和而歌。"自以为乐矣，尝试为之击建鼓,撞巨钟,乃性乃乃然,知其盆瓴之足羞也。囿于耳目之常者,请作是观。湖南毛晋识。

九、《四库全书提要》及余嘉锡《四库全书提要辨证》

【提要】《搜神记》二十卷,旧题晋干宝撰。史称宝感父婢再生事,遂撰集古今灵异神祇人物变化为此书。其自序一篇,亦载于传内。《隋志》、新旧《唐志》俱著录三十卷。《宋志》作《搜神总记》十卷,亦云宝撰。《崇文总目》则云:"《搜神总记》十卷,不著撰人名氏。或云干宝撰,非也。"(原注云:按此条见《玉海》)此本为胡震亨《秘册汇函》所刻,后以其版归毛晋,编入《津逮秘书》者。考《太平广记》所引,一一与此本相同。以古书所引证之:裴松之《三国志注》《魏志·明帝纪》引其《柳谷石》一条,《齐王芳纪》引其《火浣布》一条,《蜀志·麋竺传》引其《妇人寄载》一条,《吴志·孙策传》引其《于吉》一条,《吴夫人传》引其《梦月》一条,《朱妇人传》引其《朱主》一条,皆俱在此本中。刘孝标《世说新语注》引其《卢充金碗》一条;刘昭《续汉志注》《五行志》"荆州童谣"条下引其《华容女子》一条,"建安四年武陵充县女子重生"条下引其《李娥》一条,"桓帝延熹七年"条下引其《大蛇见德阳殿》一条,《郡国志》"马邑"条下引其《秦人筑城》一条,"故道"条下引其《旄头骑》一条;李善注王粲《赠文叔良诗》引其《文颖字叔良》一条,注《思玄赋》引其《张车子》一条,注鲍照《拟古》诗引其《太康帕头》一条;刘知几《史通》引其《王乔飞舄》一条,亦皆俱在此本中。似乎此本即宝原书。惟《太平寰宇记》"青陵台"条下,引其《韩凭化蛱蝶》一条,此本乃作化鸳鸯;郭忠恕《佩觿》上篇,称干宝《搜神记》以"琵琶"为"频婆"。此本《吴赤乌三年豫章民杨度》一条,凡三见"琵琶"字;《安阳城南亭》一条,亦有"琵琶"字,均不作"频婆"。又《续汉志注》《地理志》"缑氏"条下引其《延寿亭》一条,"巴郡"条下引其《泽中有龙鸣鼓则雨》一条；《五行志》"建安七年醴陵山鸣"条下引其《论山鸣》一条；李善《蜀都赋》注引其《澹台子羽》一条，陆机《皇太子宴玄圃》诗引其《程猗说石图》一条，此本亦皆无之。

【辨证】嘉锡按：此书《晋书》干宝本传作二十卷。《隋志》、《旧唐志》皆在传记类，《新唐志》改入小说类，并作三十卷。《崇文总目》二十八及《中兴书目》（据《玉海》卷五十七引），只有《搜神总记》十卷。《崇文总目》且谓非干宝所撰（《中兴书目》只引《崇文目》，则其意亦同）。《遂初堂书目》作《搜神摭记》，不著卷数及撰人，不知是否一书。《宋志》云："干宝《搜神总记》十卷，《宝椟记》十卷，并不知作者。"上云干宝，下云不知作者，则亦未定是干宝书也。晁、陈书目皆不著录。则宝书在南宋似已不传。今本卷数与本传合，与史志皆不同。诸家所引，又或不见于今书。《谢尚》一条，时代复不合（《提要》说见后）。可见其非干宝原书，《提要》疑之，是也。特其所据以证其伪者，殊多未确。如据《寰宇记》引"韩凭化蛱蝶"，以证今本作"鸳鸯"之非。考《寰宇记》卷十四"郓城县青陵台"条下，并未引《搜神记》。惟其后别有一条云："韩凭冢。《搜神记》云：'宋大夫韩凭，娶妻美。宋康王夺之。凭怒王，自杀。妻阴腐其衣，与王登台，自投台下，左右揽之，著手化为蝶。'"（今本作"衣不中手而死"）又云："凭与妻各葬，相望。冢树自然交柯。有鸳鸯栖其上，交颈悲鸣。"虽其间有化蝶字，与今本不合。然其下文仍作化鸳鸯。盖化蝶者，韩凭妻所著之衣也；化鸳鸯者，凭夫妇之精魂也。不知何家村俗类书，于"青陵台"下引《寰宇记》，截去其后数语，《提要》遂据之以驳今本，而不考之《寰宇记》本书，可谓率而操觚矣。余又考之唐欧阳询《艺文类聚》卷四十、释道世《法苑珠林》卷二十七、刘恂《岭南录异》卷中、段公路《北户录》卷三及宋李昉《太平御览》卷五百五十九、《太平广记》卷四百六十三（自《岭南录异》转引）、卷九百二十五引此书，皆化作鸳鸯。其"左右揽之"、"衣不着手而死"二句，亦与今本略同（有无"而死"

二字者，有作"衣不胜手"者），并无化蝶之事。足见今本与唐、宋人所见者并合。《珠林》卷三十一引此书《安阳城南亭》一条，"琵琶"作"髀婆"。与《佩觿》谓作"频婆"者小异。今本作"琵琶"，是特传本有不同。若其文，则固原书所有，非杜撰也。《提要》此篇，征引群书，不可谓不详。然《法苑珠林》引此书至一百四条。又有失注书名而其文实见于此书者三条（卷六十一引《永嘉中天竺胡人》一条；五十六引《京兆长安张氏》一条；又《博陵刘伯祖》一条）；引《搜神续记》而文实见于此者四条（卷六十二引《鄮县吴望子》一条；七十五引《卢充》一条，皆与今本《搜神记》合，而较《后记》加详。又卷三十二引《黄初中宋士宗母》一条，不见于《后记》，而其文具在此书，疑书名传写有误）。合之凡得一百一十一条，几及全书四分之一。余尝取以相校，字句或有不同，而文义大致相合，亦互有得失。然则此书，固有所本，绝非向壁虚造矣。《提要》徒据诸书所引三数条，以相参较，而置《珠林》不引，考证未为周密也。至《提要》谓《续汉志注》、《文选注》引此书有为今本所无者，其说诚是。然《澹台子羽》一条，是《吴都赋》注，非《蜀都赋》。《续汉·五行志》引《论山鸣》一条，称"干宝曰"，不言《搜神记》。宝所著《晋纪》本传言自宣帝迄愍帝五十三年。以年数推之，当起于武帝太始元年。然既托始宣帝，则当兼有汉、魏之事（诸书所引《晋纪》，多及魏代事）。史言五十三年者，专记晋年耳。今《晋书·宣帝纪》记事始于建安六年。"山鸣"之事，在建安七、八年，安知不出于《晋纪》（本传言"性好阴阳术数，留思京房、夏侯胜等传"，故宝著书喜言灾异）。必谓是本书逸文，终嫌无据也。

【提要】至于六卷、七卷，全录两《汉书·五行志》。司马彪虽在宝前，《续汉书》宝应及见，似决无连篇抄录，一字不更之理，殊为可疑。然其书叙事多古雅，而书中诸论，亦非六朝人不能作，与他伪书不同。疑其即诸书所引，缀合残文，傅以他说。亦与《博物志》《述异记》等。但辑二书者耳目隘陋，故罅漏百出。辑此书者则多见古籍，颇明体例，故其文斐然可观。非细核之，不能辨耳。观书中《谢尚无子》一条，《太平广记》三百二十二卷引之，注曰："出《志怪录》。"是则捃拾之明证。胡震亨跋，但称谢尚为镇西将军，在穆帝永和中。宝此书尝示刘惔，惔卒于明帝太宁中，则书在尚加镇西将军之前二十余年，疑为后人所附。益犹未考此条之非本书也。

【辨证】按：本书卷六，凡七十七条，除首一条小序外，其记三代、两汉事者，才六十六条。卷末自《建安二十五年（本条云："是岁为魏黄初元年。"）魏武王在洛阳起建始殿》以下凡十条，皆三国事。卷七首一条，记魏事（所记为张掖郡柳谷事，以其为晋有天下之兆。且中有晋泰始三年张掖太守焦胜上言。故置之此卷之首）。以后全为两晋时事。《提要》乃谓六卷、七卷全录两《汉书·五行志》。不知三国、两晋之事何缘录入两《汉书》也？书中所言三代、前汉灾异，亦非全录班志。今亦不暇缕数，姑就其记后汉事者考之。自《章帝元和元年代郡乌生子》条起，至《建安初荆州童谣》条止，凡二十一条。其事不见于《续汉书·五行志》者四条（《章帝元和元年代郡乌生子》一条；《桓帝即位大蛇见德阳殿》一条；《桓帝延熹五年临沅牛生鸡》一条；《汉时宾婚嘉会》一条。其《蛇见》一条，刘昭注引此书；《宾婚》一条，与昭注引《风俗通》合）；事见《续志》而文全异者一条（《光和四年南宫中黄门》一条，与志"光和元年五月壬午何人白衣欲入德阳门"条事略同，而文大异，却与刘昭所引《风俗通》全合。昭注云："按劭所述，与志或有不同。年月舛异，故俱载焉。"）；事虽同《续志》而文加评者三条（《灵帝数游戏于西园》条，与志末二句微异，而别有论说将三百字；《灵帝建宁三年春河内有妇食夫》条，有说八十余字；《建安初荆州童谣》条，多叙"华容女子"事九十余字。皆志所无。"华容女子"事，刘昭注引之）。又有合《续志》两三事为一者二条（《灵帝熹平三年右校别作两樗树》一条，合三事为一。《灵帝中平元年洛阳男子刘仓》一条，合二事为一）。然则文之同于《续志》者，仅得其半耳。安得谓"连篇抄录，一字不更"耶？此二十一条中，《珠林》引其九条，皆与今本略同。知原本如此，非由后人抄《五行志》以足卷帙也。司马彪既在宝前，则宝引用其文，固亦事理所有。况彪以晋人作《续汉书》，自是纂辑前人典籍，非所自撰。《续·五行志》篇首云："故泰山太守应劭、给事中董巴、散骑常侍谯周并撰建武以来灾异，今合而论之，以续前志。"则知《搜神》所记后汉事，不尽同于《续志》者，盖两书皆采应劭诸人之说，去取各有不同耳。而顾谓其抄录《续志》，不亦诬乎？若其书中诸论，亦皆见于《珠林》。《提要》谓为"非六朝人不能作"，可谓知言，惜尚未能寻得证据耳。《谢尚无子》一条，时代实不合（本书卷七《晋明帝太宁初》一条，称明帝之谥，亦刘惔所不及见），《太平广记》又引为《志怪录》，故自可疑。然古人著书，有随时增补者。古书流传既久，亦有后人复益者。类书之体，往往有一事数书并见，随手引用者。似不得便为作伪之据也。余谓此书似出后人缀辑，但十之八九出于干宝原书（此但约略就其可考者言之）。若取唐、宋以前诸书所引，一一检寻，尚可得其出处；与他书之出于伪撰者不同。而张之洞《书目答问》，信《提要》之说，遂谓《搜神记》为伪书之近古者。不知《提要》所言，初无确据。且缀辑古书，亦不得谓之作伪也。

【提要】胡应麟《甲乙剩言》曰："姚叔祥见余家藏书目有干宝《搜神记》，大骇，曰：'果有是书耶？'余应之曰：'此不过从《法苑》、《御览》、《艺文》、《初学》、《书钞》诸书中录出耳。岂从金函石匮、幽岩土窟掘得耶？'大抵后出异书，皆此类也。"斯言允矣。

【辨证】按：姚士粦（即叔祥）《见只编》卷中曰："江南藏书，胡元瑞（即应麟）号为最富，余尝见其书目，有《搜神记》。欣然索看。胡云：'不敢以诒知者，率从《法苑珠林》及诸类书钞出者。'"其语与《甲乙剩言》正合。又按：胡氏谓此书为自诸书录出，较《提要》疑为伪者为得其平。考《晋书》本传载宝自序云："虽考先志于载籍，收遗逸于当时，盖非一耳一目之所亲闻睹也"云云。第一句自"虽"字起，无此文法。此其上必尚有一段文字为史臣所删去，而今本自序，一同本传，其非全篇可知。唐无名氏《文选集注》江文通《拟郭弘农游仙诗》注引雷居士《豫章记》云："猛（吴猛也），豫章建宁人。干庆为豫章建宁令，死已三日。猛曰：'明府算历未应尽，似是误耳。今为参之。'乃沐浴衣裳，复死于庆侧。经一宿，果相与俱生。庆云：'见猛天曹中论诉之。'庆即干宝之兄。宝因之作《搜神记》。故其序云：'建武中，所有感起，是用发愤焉。'"（此条亦见《御览》卷八百八十七、《广记》卷三百七十八引《幽明录》。惟详略不同。且不云是干宝之兄）按《晋书》本传曰："宝兄尝病气绝，积日不冷。后遂悟，云见天地间鬼神事，如梦觉，不自知死。宝以此遂撰集古今神祇灵异人物变化为《搜神记》。"正谓此也（本传载宝父婢及兄再生两事，《提要》仅言史称宝感父婢再生事，遂撰此书，非也）。然今本自序竟无《豫章记》所引之语，是以为史臣所删。因《文选集注》乃久佚之书，为辑《搜神记》者所未见故也。又《岭表录异》"韩朋鸟"条下，引此书《韩凭妻》一条，末云："又有鸟如鸳鸯（《珠林》及今本均作'又有鸳鸯，雌雄各一'），恒栖其树，朝暮悲鸣。南人谓此禽即韩朋夫妇之精魂。"《法苑珠林》卷二十七引无"南人"句。此乃刘恂之语。凡恂书中所谓南人，皆指岭南人言之。而今本亦有此句，几于不去葛龚。惟"韩朋"作"韩凭"，此可为自诸书录出之证，而《提要》顾未之及。胡氏所谓《法苑》，即指《法苑珠林》。使《提要》取其书一加考核，则不至横生误会，如前之所陈矣。

附录三：关于《干氏宗谱》[1]

据浙江省海盐县博物馆载，现存《干氏宗谱》为清嘉庆十六年（1811）抄本，著者为干凤墀（原题"六部墩德三公支下裔孙凤墀谨抄"）；宗谱不分卷，半页行数不等，每行字数不等，无板框，有图，线装，开本尺寸（高×宽）为：330mm×192mm，此其基本情况。笔者曾致函海盐县博物馆，询问博物馆收藏《干氏宗谱》的具体时间和征集经过，海盐县博物馆方面表示"不详"。

《干氏宗谱》基本内容，依次如下：《续修干氏宗谱例言》《家训八箴》《武原干氏宗枝始末考》，《灵泉乡真如寺碑亭记》署"天监三十五年三月廿九日""盐官六世孙朴拜手稽首撰"，《志书采略》未署时间，《御制神道碑》署"永和七年九月日"，《赐爵关内侯制诰》署"大兴改元二月日"，《梁帝允请还宫诏》署"天监二十八年九月日"，《封袭胜骧卫中尉敕命》署"皇明洪武三十年二月日"，《合谱叙》署"宋乾道四年乙酉春南雍同门社弟括苍刘勉之撰"，《宗谱源流考辨》署"大元延祐五年七月赐进士第授翰林学士吴澄拜书"，阙题署"宋乾道二年丙戌秋朝请郎浙东路安抚使司参议官赐绯鱼袋闻人符撰"，《盐官肇宗纪略》署"万历丙午三月日""邑人胡震亨记"，《干氏谱序》署"万历己酉秋同邑进士授水部主政汝南刑宪副使沈孝征"，《续修干氏家谱序》署"崇祯甲戌夏三十八世孙大行续修并

---

[1] 本部分所涉文献以藏于浙江省海盐县博物馆《干氏宗谱》胶片照片为据，衷心感谢海盐县博物馆，衷心感谢梅新林教授、竺青教授热忱相助。鉴于《干氏宗谱》未公开刊行，因而有关部分仅引宗谱之目，而略其文，《荣（荥）阳列仕源流》《干氏流芳集》等亦仅列部分内容，以见一斑。

序"，《续修干氏家谱后序》署"崇祯甲戌冬第三十九世孙鼎识"，《续修干氏谱叙》署"崇祯乙亥阳生月长至日赐进士第嘉兴魏浣初序"，《干氏宗谱序》署"康熙己巳仲夏提督浙江学政左春坊左赞善兼翰林院检讨周清原书于嘉禾官舍"，《家乘后跋》署"皇清康熙三十五年季秋日四十世裔孙钦昊谨跋"，《干氏谱序纪次》署"皇清康熙三十二年梅溪迈人王庭拜撰"，《干氏续修谱跋》署"康熙甲戌仲夏赐进士及第翰林院编修年姻家查嗣韩跋干氏续修谱后"，《宋乾道四年续修图》，《明崇祯甲戌续修干莹墓后图》，皇清康熙丁丑修集盐官裔孙钦昊临摹"吴立节都尉干莹遗像""东晋尚书省郎干宝朝仪遗像""梁散骑常侍干朴遗像""梁中书舍人干元显遗像""元礼部尚书干文传遗像""明都御史干桂遗像""明胜骧卫中尉干寰均遗像""奉山公小像"，《荣（荥）阳列仕源流》《干氏流芳集》等；后列东大支世次：计第三十二世、三十三世、三十四世、三十五世、三十六世、三十七世、三十八世、三十九世、四十世、四十一世、四十二世、四十三世、四十四世、四十五世、四十六世、四十七世、四十八世之谱系。《干氏宗谱》既列干宝至于四十八世孙之谱系，当是有其宗族世代承传之谱系可据，尽管这一谱系非常简略。

关于《干氏宗谱》之修纂与传承，《干氏宗谱》所收王庭撰《干氏谱序纪次》如是载：

> 甲戌仲夏，余以垂暮待尽梅溪故里。杜门谢客，消老丘园。俄闻端其郑表叩扃而至，茗谈间语及其外父干宗菴，七旬初度，乞予作诗奉祝，出笺箑并嘱书之。余稔知宗菴耽于史学，盖晋贤干宝后也。宝始居盐官，其仕迹、世系，垂为家乘，历唐宋至明代有表章。今宗菴将有事于续修，因端其请序于予。予检读其往牒，自东晋太兴而起至唐贞观间而谱始辑，少师萧瑀有（序）；元和间再辑，枢密院李德裕有序。于宋乾道间一辑，白水先生刘勉之、浙东安抚使闻人符有序；

咸淳间一辑,丞相文天祥有序。于元延祐间一辑,翰林学士吴澄有序。至明崇祯间一辑,同邑进士沈孝征、南畿(案:当为畿)进士魏浣初并有序。观所序次分支辨流,井井条秩。然其中不无郭公夏五之疑。如晋太兴至唐贞观间,孙绳已九世矣。然其系载之邑乘,源流可考。贞观至元和历年犹未甚远,谱可详也。至宋乾道间,则残唐之于南宋,相距二百余年,其所遗落者不既多乎。宋咸淳至元延祐,历年犹未甚远,谱可详也。至明崇祯间,距元延祐亦二百余年,其所遗落者不又多乎。大约族中之超特者,问其名号娶嗣,虽隔十世犹将记之;降在等夷者,不有宗谱,越一二世而茫然矣。于其可知者载之,于不可知者阙之;则虽曰有谱,亦仅存什一;于千百俾子孙无紊其世系云尔。

时皇清康熙三十二年梅溪迈人王庭拜撰。

王庭字监卿,号言远,又号迈人,浙江嘉兴人。生于明万历三十五年(1607)。崇祯九年(1636)举人。清顺治六年(1649)进士,授广州知府,擢广西左江道按察副使,转川北道布政使,晋四川按察使,迁江西右布政使,补山西布政使。康熙七年(1668)致仕,归故里讲于希圣堂二十余年,康熙三十二年(1693)卒。[1]《四库全书总目》子部儒家类存目存其《理学辨》一卷,提要称之"过于自用,往往不醇"[2];集部别集类存目存其《漫馀草》一卷。甲戌,乃康熙三十三年(1694),时王庭已卒,不知何以有此谬误?[3]题"时皇清康熙三十二年"为是。王庭依据干氏"往牒",称干氏"自东晋太兴而起至唐贞观间而谱始辑",或当有据。现存《干氏宗

---

[1] 参阅南京大学中国语言文学系《全清词》编纂委员会编《全清词》(顺康卷)第一册有关王庭说明,中华书局 2002 年版。
[2] 永瑢等撰《四库全书总目》,中华书局 1965 年版,第 824 页。
[3] 有学者据此以为王庭《干氏谱序纪次》系伪托之作,似不足据,姑存疑。

谱》收录宋乾道二年（1166）丙戌秋闻人符序，宋乾道四年（1168）乙酉（按：乙酉为乾道元年，四年为戊子）春刘勉之撰《合谱叙》，元延祐五年（1318）七月吴澄撰《宗谱源流考辨》（《吴文正集》未见此序），明万历己酉（1609）沈孝征撰《干氏谱序》，明崇祯乙亥（1635）魏浣初撰《续修干氏宗谱叙》；但不见萧瑀、李德裕序，亦不见文天祥序（《文山先生全集》未见有关干氏谱序）。从《干氏宗谱》保存的署为宋、元、明、清时代之序与宗谱源流考之类文献，大致可以见出《干氏宗谱》之修撰与传承情况。《干氏宗谱》存康熙甲戌仲夏查嗣韩为干氏续修谱作跋，是知《干氏宗谱》最后一次修订在康熙三十三年前后，这与王庭记载相合。综合相关信息看，最后一次续修《干氏宗谱》大约始于康熙三十二年，完成似在康熙三十五年（1696）至三十六年（1697），因为干宝四十世裔孙干钦昊所作《家乘后跋》署时间是"皇清康熙三十五年季秋日"，而干钦昊临摹吴立节都尉干莹遗像、东晋尚书省郎干宝遗像、梁散骑常侍干朴遗像、元礼部尚书干文传遗像等均署康熙丁丑（1697），《题奉山公行寔调寄满庭芳》及奉山公小像称"皇清康熙丁丑岁季春闰三月立夏后一日重摹并录"，临摹遗像大约是修谱最后的工作。

检读《干氏宗谱》，诚如王庭所言"虽曰有谱，亦仅存什一"，《荣（荥）阳列仕源流》《干氏流芳集》所存者自然是"族中之超特者"。譬如，黄溍撰《嘉议大夫礼部尚书致仕干公神道碑》载干文传世系：

其后有家于汴而仕于宋，至武显大夫者曰思义，于公为六世祖。武显之子曰信，于公为五世祖；建炎初，与其弟武节大夫恭扈跸南渡，侨居平江，子孙因占籍焉。高祖讳振，曾祖讳拱辰，皆弗仕。祖讳宗显，承信郎，今赠亚中大夫、镇江路总管、轻车都尉、追封颍川郡侯，祖妣追封颍川郡夫人。考讳雷龙，乡贡进士，入皇朝终于饶之慈湖书院山长，今赠嘉议大夫、兵部尚书、上轻车尉、追封颍川郡侯，妣吴氏、顾氏、所生母陆氏并追封颍川郡夫人。……有子男三人：长旟，用公致仕，泽为忠翊校尉，河南府路同知陕州事；次旌，建宁路医学正；次城，国子生。[1]

《元史》卷一百八十五《干文传传》载：

干文传字寿道，平江人。祖宗显，宋承信郎。父雷龙，乡贡进士。宗显之先世以武弁入官，而力教其子以文易武，故雷龙两举进士，宋亡，不及仕。及生文传，乃名今名以期之。[2]

据《荣（荥）阳列仕源流》，干文传列为三十世，其父、高祖、曾祖、子，皆不载于谱中，仅祖宗显载其中；《荣（荥）阳列仕源流》如是载："二十八世宗显经义科进士，累官承信郎，增奉直大夫。（注：详见《统谱》）"[3]——上述事实充分说明，只有"族中之超特者"，方有资格入谱。《荣（荥）阳列仕源流》追溯干氏源起，自周始，迄于明末，以干宝为始祖，凡四十世，自周至明末清初载入者仅115人；《干氏流芳集》之"忠贤"收录16人，"孝友"收录13人，"高行"收录12人，足见王庭所谓"虽曰有谱，亦仅存什一"之语不妄。据《干氏宗谱》所存序、《荣（荥）阳列仕源流》注等所述可以见出，干氏宗族原有统谱、枝谱之属，干氏宗族之所以能够从干宝至于清康熙年间历约一千四百余年存留这一宗族的"超特者"、足以"流芳"者，绵延不断，当赖有世代相传，且不断重修的宗谱为据。——也正因此，对于宗谱中所载之内容，不宜轻易否定，而应予以尊重。

---

[1]《金华黄先生文集》卷第二十七。
[2] 宋濂等撰《元史》，中华书局1976年版，第4253页。
[3] 见《干氏宗谱》。

当然，尊重宗谱，并不意味着完全信从其中所载内容。王庭《干氏谱序纪次》称"其中不无郭公夏五之疑"，"郭公夏五"，典出《春秋》：

（庄公）二十有四年……冬，戎侵曹。曹羁出奔陈。赤归于曹。郭公。

（桓公）十有四年春正月，公会郑伯于曹。无冰。夏五。郑伯使其弟语来盟。[1]

显然，"郭公"下缺事，"夏五"后缺"月"字，故后世以"郭公夏五"言文字脱漏。事实上，现存《干氏宗谱》不仅有文字脱漏的问题，甚或有误书情况，因而需要辨析、甄别。譬如，《干氏宗谱》之《荣（荥）阳列仕源流》载干宝三十世孙干文传（1276—1353）"元祐二年进士，官至吏部尚书"，而《干氏宗谱》之"元礼部尚书干文传遗像"后称"元仁宗延祐五年中书堂会试十三名进士"，前后不一致。考诸元十一帝，均无"元祐"年号；检黄溍撰《嘉议大夫礼部尚书致仕干公神道碑》，其中云："公首以江浙乡贡会试京师，登延祐二年乙科，被旨赐进士出身。"[2]而《元史》卷一百八十五《干文传传》亦载："仁宗诏举进士，文传首登延祐二年乙科，授同知昌国州事……"[3]延祐，乃元仁宗奇渥温爱育黎拔力八达所用年号之一，延祐二年，即1315年。——是知《荣（荥）阳列仕源流》所载干文传"元祐二年进士"之误，亦见出"元礼部尚书干文传遗像"之后所题"延祐五年"错误，等等。凡此之类讹误，《干氏宗谱》中多有，因而需审核、考订。

值得注意的是，《干氏宗谱》中收录的一些文献不见于其他载述，如

---

[1] 杜预集解《春秋经传集解》，上海古籍出版社1978年版，第188、114页。
[2] 《金华黄先生文集》卷第二十七。
[3] 宋濂等撰《元史》，中华书局1976年版，第4253页。

《赐爵关内侯制诰》《灵泉乡真如寺碑亭记》《御制神道碑》《梁帝允请还宫诏》等,这些文献中的一些内容,与史书所载不合或者不尽相合。那么,如何看待这些文献?它们是否为后人伪托?考虑到宗族家谱世代不断重修、不断增益的特点,因而对于其中不合于史书载述者应格外谨慎。金涛声先生校《陆机集》,收录《晋平西将军孝侯周处碑》,其中云:"……元康九年,回灰增加,奄捐馆舍,春秋六十有二。天子以大臣之葬,师傅之礼,亲临殡壤。建武元年冬十一月甲子,追赠平西将军,封清流亭侯,谥曰孝,礼也。……以太兴二年岁在己卯正月十日,葬于义兴旧原……"[1]上述涉及周处生平事,显然与《晋书》载述不同,因而关于碑文真伪问题,引起学界争议。金涛声校勘记引诸家之辨识:

> 顾炎武《金石文字记》云:"张燮编次《陆士衡集》,收入此篇,谓其中多讹谬,文理不接,且孝侯战没而云'旧疾增加,奄捐馆舍',明是不读史者伪作。按士衡、逸少既不同时,而晋以前碑亦未有署某人书者,其文对偶平仄全是唐人,可定其为伪。"
>
> 赵绍祖《金石文抄》云:"周处碑文托之士衡,书托之羲之,其最缪者,孝侯以永平七年战没,而碑云'元康九年,旧疾增加,爰捐馆舍';陆士衡以太安二年为司马颖所杀,而文中有建武元年、太兴二年之文。"又云:"文中有'来吴事予厥弟'之言,与史处师本陆云相合,则真若出于士衡之口者。窃意士衡本有是碑,至从谏重树时,已漫漶残阙,而周代子孙无识,零星补辏,不无增添,而未敢没其旧名,故载之于前,而又列名于后如此。"又云:"叙孝侯在吴事而云朝廷谥宁……知其以失次之文而妄为联属,任意增加尔。"
>
> 姜亮夫《陆平原年谱》云:"机集有《晋平西将军孝侯周处碑》。

---

[1] 金涛声点校《陆机集》,中华书局1982年版,第144页。

机、云兄弟与处至厚,又吴时旧人,则死而为之碑,宜也。文中叙事皆与《晋书》合,且多有《晋书》所不载者,非后人所得伪。然孝侯之谥在元帝建武元年,去机之死已十四年;其葬在太兴二年,去机之死已十六年,则此文恐为后人伪托。故严可均《全晋文·机集》不录此篇,不为无见。然六朝以来碑文,本有后人就死时原作追补事迹之例,作者主名,仍本旧题,则此文主要部分,固不妨仍为机笔。至题名,则编辑机文者所加,不足为考据是非真伪之辨也。然文中误讹庸俗之句,亦时杂见,如称齐万年为吴人,事'遇绝地'之语不辞,'射兽刺蚊'应置涉猎之后,于文为不次。处以力战而死,而此文言'奄捐馆舍'等皆是。则文为后人删削者多矣。"[1]

顾炎武之说,自有其理由;然正如赵氏、姜氏所述,碑文存在后世补镂、增添的问题,因而"不足为考据是非真伪之辨也"。——而宗族家谱之属,因为世代不断重修,故补镂、增添乃属常情、常态。正因如此,对于《干氏宗谱》中一些文献——尤其是与史书所载不合的文献,应谨慎对待,似不宜以假托、伪造之语轻易否定之。另一方面,径据《干氏宗谱》相关载述而否定现存相关文献载述,亦不足取,使用《干氏宗谱》宜谨慎,需要辨析、考订。在没有其他文献佐证的情况下,《干氏宗谱》谱系以外的有关记载,难以确证,姑存疑。

一、《武原干氏宗枝始末考》

干宝晋时新蔡人(新蔡即今河南汝宁府沛梁之地),以父莹为盐官州判官,遂家焉。其宅基在海宁县灵泉乡,真如寺基即其故址。其墓在海盐西南四十里。盖古志海宁属海盐也,事详县志与董榖《碧里

---

[1] 金涛声点校《陆机集》,中华书局1982年版,第145页。

内集》。至三世迁梅园，星铃一枝迁越州，星誉一枝迁甪里堰北。至第五世，梁武帝即位之始，招纳士民，四方多往从之，一枝遂迁于建业（即今南京）。至十三世，又因黄巢乱，所在兵火，人各离析，往往有随巢流入山东者。武陵为华州刺史，又依李德裕居杜曲（即今陕西）。止有朴之一脉仍在海盐。叔度、叔权、尔龄流汴梁，松年、柏年流燕地。至二十三世，又徙。宋高宗南渡，迁泗州。后又徙泗州、徙武林郡之灵芝里。又未及，徙钱塘之南良里。至二十七世，元兵南攻，复间归海盐之。至三十一世，秀一之孙寰均为明太祖御营掌马监，后护跸迁都尉，世袭胜骧尉都尉，居北京。秀二在梅园。至三十一世，秀二之孙廷均又赘于永宁乡陆德荣为婿，家于宋坡縻荡之东北。秀三一枝在半逻，又有在嘉兴，今之北干桥一带及干沈材与干窑村是也。秀四一枝仍在甪里堰北，今之朱王庙族居是也。

按：武原，此干氏宗枝始末考大致述自晋以来干氏宗枝之迁徙、繁衍情形，颇为简略，此宗枝始末考当是干氏宗族世代相传本宗族之发展历史，与《荣（荥）阳列仕源流》可互补。

二、《灵泉乡真如寺碑亭记》

永嘉元年，荥阳高皇祖令升公初仕晋为盐官州别驾。明年，胡汉主刘渊起兵称帝。又五年，汉主聪将兵寇洛阳，而河南诸郡皆为分据。荥阳之故里，不可复问矣。遂家于盐之灵泉乡，卜宅于兹地。宅之后园西偏列植寒香百种，花开芬郁。皇祖每从官署告假之余，婆娑其下，指其处而言曰："此地若作佳城，可令魂魄俱香。"因作小丘，凿池蓄水引流以灌树。既而典午东渡，累官尚书省散骑侍郎。谒先太祖茔于盐之青山。归而表其宅里为书府。府后宅园旁筑精舍，意如菟裘之官以终老。临没，即卜葬于后园。延老僧憨山上人修斋奉佛，扫石焚香以供朝夕。继因苏峻之乱，兵散为盗寇掠其第。列祖偕诸昆族徙居于澉湖，近都尉之墓。或散处海滨梅园里。兹地旷为鬼蜮。是时憨山之徒日以附益，列祖体皇祖之意，旋舍为僧寮之所。历宋、齐两代，僧徒益重。值今天子崇尚浮屠，舍身同泰寺。适紫峰禅师往来于同泰寺中，识余面，偕同事诸公乞余布施旧宅，更新廊庑作梵宇规制；于是琳宫珠阙，巍焉！焕焉！标其额曰"真如寺"。忆此宅第，昔为桑梓之区，而转为风木之地。始为故家之阀阅，而改作舍利之祇园。海桑陵谷，代有变迁。历世殿遥，岂能无改。余从侍朝休假，一上先人之墓，因访高祖之故墟；吊梅花树下，低佪以思，自今以往，能令后世子孙世守勿绝者乎？览其景物，睹其山川，为之慨然而兴悲。师即乞余作文，请勒石以志不朽，爰筑亭以覆之。

天监三十五年三月廿九日。

盐官六世孙朴拜手稽首撰[1]

按：此碑亭记不见其他文献载述，亦未见相关文物。此碑亭记疑点颇多。其一，所谓"仕晋为盐官州别驾"，不合史书载述。别驾为州之佐吏，《晋书》卷二十四《职官志》：

> 州置刺史，别驾、治中从事、诸曹从事等员。……凡吏四十一人，卒二十人。

《通典》卷三十二"总论州佐"：

> 别驾从事史一人，从刺史行部，别乘传车，故谓之别驾，汉制

---

[1] 录自《干氏宗谱》。

也。历代皆有。

别驾职任甚重,《庾亮集·答郭豫书》云:

> 别驾,旧与刺史别乘同流,宣王化于万里,其任居刺史之半。[1]

严耕望先生指出:

> 汉世,别驾治中于州吏中最为重职。至魏、晋以下,仍为州之上纲,位处群僚之右。[2]

别驾既为州之上纲,自然为世所重。而据《宋书》卷三十五《州郡一》载:

> 扬州刺史,前汉刺史未有所治,后汉始治历阳,魏、晋治寿春,晋平吴治建业。

可知平吴之后扬州治所在建业,亦即建康。据《通典》卷一百八十一《州郡十一》"古扬州上"载:

> 武帝置十三州,此为扬州。领郡六。后汉因之。理历阳。汉末移理寿春。刘繇又移理区阿……三国时,淮南属魏,而江南属吴也。魏晋亦置扬州。理寿春。平吴,领郡十八,理建业……元帝渡江,扬州遂为王畿,领江

---

[1]《通典》卷三十二《职官》十四引。
[2] 严耕望《中国地方行政制度史:秦汉地方行政制度》,上海古籍出版社 2007 年版,第 140 页。

东、浙江地。

此载述同《宋书》。据《晋书》卷十五《地理志下》："扬州合统郡十八，县一百七十三"；十八郡中有吴郡，吴郡统县十一，其中之一即盐官。那么，盐官当属扬州无疑，而扬州治所在建业，或曰建康，则干宝何以任"盐官州别驾"？这是存有问题的——因为盐官仅是县而已，所以"盐官州别驾"之说是不合史实的。从西晋士人初仕情况看，为州、郡、县所辟，出任州、郡、县佐吏是正常的；那么，所谓干宝"初仕晋为盐官州别驾"之说，是否存在这样一种可能：即干宝初仕任盐官县佐吏，干宝后人溢美之，称之"州别驾"——在大讲门地阀阅的南朝，这种溢美之辞似乎可以理解，——然迄今并未发现可佐证干宝初仕盐官县佐吏的文献。

疑点之二是，所谓"天监三十五年"，与史实不合。齐和帝萧宝融中兴二年（502）被迫禅位于萧衍，齐亡，萧梁立；萧衍即位改元天监（502—519），仅十八年，因而不存在"天监三十五年"。

《干氏宗谱》收录署名胡震亨《盐官肇宗纪略》——大约是据《灵泉乡真如寺碑亭记》所载——乃称"宝初仕晋为盐官州判，父莹迎养在任，适因刘聪、石勒之乱，割据荥阳；新蔡者，荥阳之属邑也，势不可归，遂家于盐"[1]；据此说法，干莹在吴亡后似回到新蔡，干宝初仕后乃迎干莹于任所，因刘聪、石勒之乱，新蔡不可回，遂家于盐官；——然此说又与《灵泉乡真如寺碑亭记》不尽相符。王尽忠先生或许接受《盐官肇宗纪略》的说法，称"吴亡后，干莹带领全家返回故里新蔡"；干宝"生于新蔡，并在此度过他的青少年时代"。[2] 细究起来，《盐官肇宗纪略》所述存有疑点：其一，《盐官肇宗纪略》对《干氏宗谱》中存在的疑点并未考究，

---

[1] 录自《干氏宗谱》。
[2]《干宝年谱》，见王尽忠《干宝研究全书》，中州古籍出版社2009年版，第38页。

称干宝初仕为"盐官州判"——因宋代州之通判,职任与晋之州别驾相似;但盐官并非州,因而不存在盐官州判问题。其二,对于晋代籍贯与仕宦之关系,未加深究。关于籍贯与仕宦之关系问题,严耕望先生指出:

> 汉代制度,地方长官,必用非本籍人。至晋,此种限制废弃无遗。……州郡县之属吏,汉世必用本境人为之。……魏晋南朝,此制尚存而未废。[1]

按这一制度,若干宝"青少年时代"在新蔡度过;据《晋书》卷十四《地理志上》新蔡属于汝阴郡,汝阴郡统于豫州,——则干宝初仕应当在此地域,而非盐官。那么,有没有"非本境人"任州郡县属吏的"例外"情况?有,严先生指出:

> 汉制惟京畿州郡县之属吏可例外用非本境人。此制至南朝仍存。[2]

西晋都洛阳,海盐自非"京畿州郡县"之地,故不当在"属吏可例外用非本境人"之列。关于汉代至魏晋南朝官吏籍贯制度的变迁,严先生指出:

> 汉世地方官吏籍贯限制之制度,至此时或保存或废弃。而皆与地方豪族势力有关。废弃者,长官不能用本籍人。此时中央政权脆弱,地方豪族势力庞大。有时地方不安,更藉豪族为之镇摄,故常用当地豪族为地方长官,是以汉制此条势不能保存。而汉制属吏必用本籍人,此乃地方豪族之特权,故不致放弃,是以此制亦终南朝不改。至

---

[1] 严耕望《中国地方行政制度史:秦汉地方行政制度》,上海古籍出版社2007年版,第382—383页。

[2] 同上注,第384页。

于京畿尤异之制所以特为盛行者,则四方士人侨寓者众之所致也。故此种籍贯制度之或存或废,实与当时之政治社会情势相互关属。[1]

那么,按照汉以来官吏籍贯限制制度,干宝若出生于新蔡,青少年时代在新蔡度过,则初仕似不当在盐官。严先生又指出:

所谓籍贯,通常皆指原籍而言。然亦有谓侨寓世居者。如《晋书·刘毅传》,东莱掖人,侨居平阳,太守杜恕请为功曹。……此皆以侨寓世居为本籍之证。[2]

因而若干宝果真初仕盐官,则吴亡后干莹似居盐官,而未必返新蔡。东吴亡后,吴人被迫迁徙者多有。《晋书》卷三《武帝纪》载:

(太康元年)五月辛亥,封孙皓为归命侯,拜其太子为中郎,诸子为郎中。吴之旧望,随才擢叙。孙氏大将战亡之家徙于寿阳。

对此,曹道衡、沈玉成二先生分析:"新朝君主,惧亡国之臣伺机变乱,自植根之土徙而之它,历朝多见。平蜀后即徙诸葛亮、蒋琬、费祎等子孙入中畿……"[3]而检阅《晋书》,其中有不少吴亡后迁徙之载述,如《晋书》卷七十八《孔愉传》载:"孔愉字敬康,会稽山阴人也。……吴平,愉迁于洛。"《晋书》卷六十六《陶侃传》载:"陶侃字士行,本鄱阳人也。吴平,徙家庐江之寻阳。"《晋书》卷六十八《纪瞻传》载:"纪瞻字思远,丹

---

[1] 严耕望《中国地方行政制度史:秦汉地方行政制度》,上海古籍出版社2007年版,第385页。
[2] 同上注,第386页。
[3] 曹道衡、沈玉成《中古文学史料丛考》,中华书局2003年版,第132页。

阳秣陵人也。……吴平，徙家历阳郡。"《晋书》卷八十一《朱伺传》载："朱伺字仲文，安陆人。少为吴牙门将陶丹给使。吴平，内徙江夏。"等等。干宝祖统为奋武将军，都亭侯；《通典》未载东吴官秩，魏官置九品，奋武将军列第四品，"诸亭侯爵"列第五品。[1] 干莹为丹阳丞，严耕望先生称："郡丞，自汉世已是闲职，魏、晋亦然。"[2] 则干莹在东吴仕任非为重职，晋封立节都尉，《通典》卷三十七"晋官品"列"奉车、驸马、骑等都尉"为第六品。干统为吴将军，何时、何因而卒，未见载述；不过，西晋统治者对于"孙氏大将战亡之家"采取的措施，说明"新朝君主"对吴人的防范并未放松。那么，在此情形下，干莹既被封为立节都尉，受制于新朝，是否可以自由地返还故里新蔡，是可疑的；况且，倘若干宝初仕盐官属实，则说明干氏不当生活于新蔡。

《大清一统志·杭州府二·寺观》载："真如寺，在海宁州东黄湾菩提山，晋干宝舍宅为寺。"或许与此文献有关。

至于《灵泉乡真如寺碑亭记》载苏峻之乱前后干宝及诸兄在灵泉乡一事，不见其他载述，姑存疑。

三、《志书采略》

按《海盐志》：干宝字令升，少勤学博览，以才器召为著作郎。平杜弢有功，赐爵关内侯。中兴草创，未置史官，中书监王导以宝请；于是以尚书领国史，著《晋记》；自宣帝逮愍帝五十三年，凡二十卷；直而能婉，称良史焉。历始安太守，散骑常侍。所著有《春秋左氏义外传》，注《周易》《周官》凡数十篇，文集四卷。性好阴阳术数，留思京房、夏侯胜等业，以有所感起撰集古今神祇灵异人物变化之事为

---

[1]《通典》卷三十六。
[2] 严耕望《中国地方行政制度史：秦汉地方行政制度》，上海古籍出版社2007年版，第268页。

《搜神记》二十卷,并行于世。(《搜神记》详《县志·杂识篇》)

按徐泰《志》:《晋史》,干宝新蔡人。《一统志》云:宝自新蔡徙嘉兴,与父莹葬海盐。《五行志》载宝为海盐人。则南渡徙居,寔自莹始,宝固海盐人无疑也。泰所援引如此。今再考释道宣《续高僧·慧因传》,内附载宝后裔名帙甚祥,并系藉海盐。此书唐人所撰,去古不远,尤为宝海盐人之确证,可补徐《志》所未备云。又干庆乃宝之兄,事长宁县令,事详县志。《杂识篇》:干新沐、干朴,散骑常侍;干元显,中书舍人,三人皆宝之后也。又宝父名莹,字明叔,号无暇。有宠婢,母妒之甚;及父亡,母乃生推婢于墓中,宝兄弟不知审也。后十余年,母丧,开墓合葬,而婢伏棺如生。载还,经日乃苏。言其父常取饮食与之,恩情如生。家中吉凶辄与语,校之悉验,地中亦不觉为恶。平复数年后方卒。宝之兄讳庆,字源长,死时气绝,积日不冷,后遂寤。云见天地间鬼神事,如梦觉,不自知死,宝以此作《搜神记》。常语刘惔(惔字真长),惔曰:"卿可谓鬼之董狐。"(事详《志怪录》)庆为江西武宁令,炎暑坐衙,一日无病而死。时有术士吴猛语庆之子曰:"侯算未穷,我为试请命,未可殡殓。"尸静卧室,惟心下稍暖。居七日,猛晨至,以水洒之。日中许,庆苏焉。渐遂张目开口,尚未发声,合门悲喜。猛又令以水含噀,乃起,吐血数升,并能言语。三日平复。言初见十数人来执缚,桎捁到狱,同辈十余人以次至对。未几,俄见吴君北面陈释,阴司王遂敕释械令归。所经官府皆见迎接,吴君与之抗礼,但不知吴为何神也。吴君字世云,江西南昌府分宁人。幼时遇异人丁义,精道术。尝渡江,风涛大作,猛以白羽扇画水(而渡。见者骇之。时大仙人许逊上升,猛亦未几驾鹿车乘云而去)

按：此杂采方志、传记、志怪书等有关干宝及其父兄事，亦涉《搜神记》撰述传闻，真伪互陈。

四、《御制神道碑》

国家鼎分，汉祚历数十年战争未息。世祖武皇帝统一海内，呼吸风雷，万方臣黎，莫不震服。继而罢州郡兵，废弛武备。致戎马生于畿甸，系南楼于旷原。宗庙之重器委诸草莽，园陵之抔土鞠为蹴场。凶丑匪茹，罔知愧畏。朕高祖元皇帝渡江奋起率公卿大夫维系苞桑，分列布治。爰暨尔侯，驱除祸乱，休整纲纪。侯乃循其旧职，勉厥新猷，辅弼四朝，振举百度。平大憝而武略以彰，修国史而文谟以定，详《春秋》之义而王道以明，注《易》象之解而天心以阐。是上而朝廷，下而风俗，无不经谋殚力以匡扶国运。忧礼教之崩驰，惧宫箴之凌替，实赖尔侯为中流砥柱。胡旻天之不吊于一人，而侯遂以告薨。余仰体天意，不徒显侯于生前，而欲申赐于身后。兹尔原任尚书省散骑侍郎，宜特加尚书令，从祀学宫，以表一代之儒猷，昭千秋之经，令世世子孙享公之德，永钦其令式。毋忽！

永和七年九月日。

昭德殿制文[1]

按：此神道碑不见其他文献载述，亦未见相关文物。据《建康实录》载干宝卒于晋成帝司马衍咸康二年（336）三月，而此神道碑署晋穆帝司马聃永和七年（351），相距15年。一般而言，许嵩的记载当有前代文献史料为据，故学界研究者多信从干宝卒于咸康二年的说法，张可礼著《东晋

---

[1] 录自《干氏宗谱》。

文艺系年》,[1]刘世德主编《中国古代小说百科全书》之"干宝"条,[2]李剑国撰《干宝考》,[3]曹道衡、沈玉成撰《干宝事迹》[4]等,均采许嵩之说。而《御制神道碑》署永和七年九月,王尽忠著《干宝研究全书》据此断定干宝卒年为永和七年。

《御制神道碑》所载干宝事迹,大致与《晋书》相合,亦有相左之处——如称干宝"原任尚书省散骑侍郎",与《晋书》称干宝为"散骑常侍"不同。然如姜亮夫先生所言,"六朝以来碑文,本有后人就死时原作追补事迹之例","讹误庸俗之句,亦时杂见",故存有相左处亦不足奇。

《御制神道碑》称"侯乃循其旧职,勉厥新猷。辅弼四朝,振举百度",王尽忠先生解释"辅弼四朝""当为元、明、成、康四帝";《御制神道碑》曰"胡旻天之不吊于一人",王先生解释"旻天"为"秋天",并据此推断干宝卒于永和七年秋;[5]《御制神道碑》曰"兹尔原任尚书省散骑侍郎,宜特加尚书令",王先生解释"兹尔原任"称"此四字说明干宝卒前早已离任";[6]——而干宝"辞官归隐"的时间,王先生推测在晋康帝建元二年(344),依据即是上文所谓"辅弼四朝"之语,认为"穆帝已是东晋第五朝,干宝就未再'辅弼'了"。[7]王先生的上述解释,自然可为一家之言,然亦有可商榷处。其一,关于"四朝"问题。干宝若永嘉元年入仕,是时在位者乃怀帝司马炽,之后又历经愍帝司马邺,西晋遂亡;后又经东晋元

---

[1] 见《东晋文艺系年》,山东教育出版社1992年版,第189页。
[2] 见《中国古代小说百科全书》,中国大百科全书出版社1998年版,第103页。
[3] 发表于《文学遗产》2001年第2期,后收录《古稗斗筲录》,南开大学出版社2004年版。
[4] 见《中古文学史料丛考》,中华书局2003年版,第185—186页。
[5] 《干宝生平略考》,见《干宝研究全书》,中州古籍出版社2009年版,第6页。
[6] 同上注,第17页。
[7] 《干宝年谱》,见《干宝研究全书》,中州古籍出版社2009年版,第41页。

帝司马睿，明帝司马绍，成帝司马衍；如是算来，则干宝仕历至成帝时已至"五朝"，而不止于"四朝"了。那么，"四朝"何以"当为元、明、成、康四帝"呢？初仕西晋之时何以不计算在内呢？既言"侯乃循其旧职，勉厥新猷"，这"旧职"似应该从西晋入仕时算起。因而，"四朝"似不应简单地理解为四帝。《通典》卷七十五《礼三十五》"天子朝位"：

> 周制，天子有四朝。一曰外朝。……二曰中朝。……三曰内朝，亦谓路寝之朝。……四曰询事之朝……

此或是《御制神道碑》之"四朝"所本。所谓"辅弼四朝"，当是赞干宝入仕以来一直忠于朝廷，倾心辅佐王室；与之对应的"振举百度"之"百度"，犹言"百事"，也指各种制度；——自然，"百度"之"百"，也不是实指，正如"四朝"之"四"不是实指具体的四帝一样。其二，关于"胡旻天之不吊于一人"之"旻天"如何理解问题。"旻天"有二义，一泛指天，如《书·大禹谟》："帝初于历山，往于田。日号泣于旻天。"传曰："仁覆愍下谓之旻天。"[1]实即泛指上天。又如《诗·小雅·小旻》："旻天疾威，敷于下土。"此旻天亦泛指天。二指秋天，如王逸《九思·伤时》曰："旻天兮清凉，玄气兮高朗。"此旻天乃指秋天。[2] 那么，《御制神道碑》之"旻天"作何解释？"胡旻天之不吊于一人"一语，或本自鲁哀公诔孔子文。《史记》卷四十七《孔子世家》载：

> 哀公诔之曰："旻天不吊，不慭遗一老，俾屏余一人在位，茕茕余在疚。呜呼哀哉……"

---

[1]《尚书正义》卷四，见《十三经注疏》，中华书局1980年版，第137页。
[2] 参见洪兴祖《楚辞补注》，中华书局1983年版，第325页。

吊,善也;所谓"旻天不吊"云云,意为上天(苍天)不善,不留下这样一位老人(指孔子)……哀公所谓"旻天"乃指(苍)天或上天,——孔子非卒于秋天。据《孔子世家》:

孔子年七十三,以鲁哀公十六年四月己丑卒。

因而,《御制神道碑》所谓"胡旻天之不吊于一人"意近鲁哀公所谓"旻天不吊"云云,故将《御制神道碑》中"旻天"理解为上天或(苍)天似更合理。——如此,就难以断定干宝卒于永和七年秋。其三,关于干宝卒年问题。《御制神道碑》所署时间与干宝卒年是两个问题,二者不能混为一谈。《御制神道碑》称"兹尔原任尚书省散骑侍郎",所谓"原任",表明非"现任",因而仅据《御制神道碑》署时间为穆帝永和七年九月,似不足以断定干宝卒于是年;而"胡旻天之不吊于一人"一语,似亦难以推断干宝卒于是年秋。《建康实录》明确载干宝卒于咸康二年三月,在未有其他新材料佐证的情况下,仅据《御制神道碑》所署时间,似不足以推翻《建康实录》之说。因此,关于干宝卒年,在没有其他文献资料佐证的情况下,当以《建康实录》为据为妥。

题曰"御制神道碑",然与存世之晋代墓志差异较大,譬如刘宝墓志:
【志额】
晋故
【志文】
侍中、使持节、安北大将／军、领护乌丸校尉、都督／幽并州诸军事、关内侯、／高平刘公之铭表。／公讳宝,字道真,／永康二年正月丁巳朔／廿九日□□□[1]

---

[1] 罗新、叶炜《新出魏晋南北朝墓志疏证》,中华书局2005年版,第5页。

据罗新、叶炜疏证，刘宝碑形墓志，1974年出土于山东邹县郭里乡独山村。刘宝事迹，散见于史。

又如温峤墓志：

【志文】

祖济南太守恭，字仲让，夫人太原／郭氏。／父河东太守襜，字少卿，夫人颍川／陈氏，夫人清河崔氏。／使持节、侍中、大将军、始安忠武公／并州太原祁县都乡仁义里温峤，／字泰真，年卌二。夫人高平李氏，夫／人琅耶王氏，夫人庐江何氏。息放／之，字弘祖；息式之，字穆祖；息女／膽；／息女光。[1]

据罗新、叶炜疏证，温峤砖质墓志，2001年2月出土于江苏省南京市下关区郭家山。温峤事迹，见《晋书》卷六七《温峤传》。

题曰"御制神道碑"，而体式、内容等均异于现存晋代墓志，姑存疑。

五、《赐爵关内侯制诰》

奉天承运，皇帝诏曰：朕膺先绪，遘西京之丧乱，集东土之流离。怀、愍相继惨于蒙尘，武、惠创承黯焉坠地。上辱于祖宗，下愧于黎庶。藐予菲躬，伤心痛悼！爰东渡南来，兢兢求旧，寔先朝遗直，复振雛喈；毗予一人，崛起在位。往者逆孽肆乱，海内瞰张。一夫不率，合境罹殃；一境不宁，普天致扰。咨！尔原任始安太守干宝，总督淮扬军旅；运筹帷幄之中，维持廊庙之上。区画方夏，江左以宁，尔之力也。前勋未报，后效奐申，用著旂常，宜加褒秩。特赐

---

[1] 罗新、叶炜《新出魏晋南北朝墓志疏证》，中华书局2005年版，第11页。

尔爵关内侯，仍领秘书监事，纂修国史。嘉其旧迹，懋其新功。呜呼！竭数十载捧日之心，炳千百年悬星之笔；纪烈祖之成宪昭然在目，俾知可法而可传；详嗣后之谷原炯鉴厥心，使知予懲而予毖。自今以往，股肱元臣，比义协德；爪牙将士，戮力同心；庶几制治于未乱，保邦于未危。旧染污俗，咸与维新。播乃功名，与之更始尔，尔其钦哉！

大兴改元二月日。

制诰之宝[1]

按：此制诰未见其他文献载述，亦未见相关文物。因《赐爵关内侯制诰》非为文物原件，"奉天承运，皇帝诏曰"之属，后世修家谱者可随时增补，"不足为考据是非真伪之辨"。然此制诰在时间上存有疑点，据干宝《晋纪》载：

太兴元年三月，奉愍帝凶问，晋王即位改元，谥曰愍皇帝。[2]

晋王即司马睿，是知司马睿改元即帝位在太兴元年三月，——而非如制诰所谓"二月"。关于司马睿即位改元的时间，《晋书》《资治通鉴》载之更详。据《晋书》卷六《元帝纪》：

（太兴元年）三月癸丑，愍帝崩问至，帝斩缞居庐。丙辰，百僚上尊号。令曰："孤以不德，当厄运之极……今宗庙废绝，亿兆无系，群官庶尹，咸勉之以大政，亦何敢辞，辄敬从所执。"是日，即皇帝

---

[1] 录自《干氏宗谱》。
[2] 见汤球辑《晋纪辑本》。

位。诏曰……于是大赦，改元，文武增位二等。

《资治通鉴》卷九十亦载：

（大兴元年）三月，癸丑，愍帝凶问至建康，王斩缞居庐。百官请上尊号，王不许。纪瞻曰……王犹不许，使殿中将军韩绩彻去御座。瞻叱绩曰："帝坐上应列星，敢动者斩！"王为之改容。……

丙辰，王即皇帝位。……大赦，改元，文武增位二等。

《晋书》《资治通鉴》所载甚明，晋王司马睿于三月丙辰即皇帝位，改元，所以不当有"大兴改元二月日"（"大"通"太"）之说。

《赐爵关内侯制诰》称干宝"仍领秘书监事，纂修国史"，"领秘书监事"，不见《晋中兴书》《晋书》《建康实录》等记载，据《宋书》卷四十《百官志下》，秘书监为第三品，而据《晋书》卷二十四《职官志》，著作郎隶属秘书省。据《建康实录》卷第五载："（建武元年）十一月……初置史官，立太学，以干宝、王隐领国史。"《册府元龟》卷五五四《国史部·选任》载："干宝为著作郎。时中兴草创，未置史官，中书监王导上疏曰……元帝纳焉。宝于是始领国史。"同书卷五五五《国史部·采撰》亦载："干宝为著作郎，始领国史。"可知干宝以著作郎领国史，时间在建武元年（317）十一月，——与《赐爵关内侯制诰》所谓"仍领秘书监事，纂修国史"不同。《晋书·干宝传》载："宝于是始领国史。以家贫，求补山阴令，迁始安太守。"显然，干宝补山阴令在建武元年十一月领国史之后，以常理推，他任山阴令当要有一段时间，之后乃任始安太守。而署时间为"大兴改元二月日"的《赐爵关内侯制诰》则称"尔原任始安太守干宝"，这就意味着太兴元年（318）二月干宝早已任始安太守了；——可见

《赐爵关内侯制诰》所叙干宝仕历在时间上亦与《晋书》相左。

要之,《赐爵关内侯制诰》与《晋书》所载,既有相合之处,又有抵牾,所署时间有疑点,所述"仍领秘书监事"不见其他载述,且干宝任始安太守时间与《晋书》等相左,姑存疑。

六、《梁帝允请还宫诏》(略)

按:《梁帝允请还宫诏》未见其他文献载述,亦未见相关文物。此诏中称"今尔尚书省中书舍人干元显",称干元显为中书舍人,此不见于史书;释道宣《续高僧传》卷一三《唐京师大庄严寺释慧因传》称释慧因"晋太常宝之后胤。……父元显,梁中书舍人"。此诏署时间"天监二十六年月日",与史不合。天监(502—519)乃梁武帝萧衍所用年号之一,仅十八年,因而"天监二十六年"之说显然有误。《梁帝允请还宫诏》似与梁武帝"舍身"有关,其中云:"今尔尚书省中书舍人干元显祈请甚笃,暨百僚乡士同辞哀恳,勉为允答,暂尔还宫。蠲亿万之金钱,聊以报慈悲寸衷……"据《梁书·武帝纪》载,梁武帝三次"舍身",《南史·梁纪中·武帝纪》载梁武帝四次"舍身",而均不在天监年间。《梁书》载梁武帝"舍身"事:

> 大通元年,三月辛未,舆驾幸同泰寺,舍身。甲戌,还宫,赦天下,改元大通……
>
> 中大通元年,秋九月癸巳,舆驾幸同泰寺,设四部无遮大会,因舍身。公卿以下,以钱一亿万奉赎。
>
> 太清元年,三月庚子,高祖幸同泰寺,设无遮大会,舍身。公卿等以钱一亿万奉赎。……夏四月丁亥,舆驾还宫,大赦天下……

《南史》载上述梁武帝三次舍身外,又载其"舍身":

中大同元年，三月庚戌，幸同泰寺……仍舍身。夏四月丙戌，皇太子以下奉赎，仍于同泰寺……设法会，大赦……是夜，同泰寺灾。

是知《梁帝允请还宫诏》所述有误，姑存疑。

七、《合谱叙》

《合谱叙》者何？大抵天下自二帝蒙尘，胡骑充斥，战争无宁日。士民汹汹忽忽，朝不谋夕，父子兄弟离散不忍言。迄于高宗南渡，人攀辕遮马，翕然从之，北郡遂空。嗣后，名公巨室莫能寻其原本，咸推南渡某为始祖，盖风会一变之秋也。社兄共之念始祖干宝自晋以来系藉武原殆久，厥后屡遭变乱，迁徙无常，徒来枝谱岁久简蠹，存失几半。然去古虽遥远，犹得收其余烬。及考老遗言，自晋尚书公干宝以来，凡疑者阙之，置诸无考；信者必详其始末，辨其昭穆。向之为泗州、为汴梁、为建业者皆推原而合注之，以成一家之书。大都乱世略，平世详；南渡前略，以后详。千年间经纬脉络，灿然具修。可谓上祀之苦心，垂绪之洪猷矣。

时宋乾道四年乙酉春南雍同门社弟括苍刘勉之撰。

按：《荣（荥）阳列仕源流》中提到"统谱"，则干氏谱或有"统谱"，然不知统谱成于何时。此所谓"合谱"，乃将分散泗州、汴梁、建业各地各宗支之"枝谱"合之，为会通谱、统宗谱。刘勉之（1091—1149），字致中，南宋建州崇安人。自幼强学，日诵数千言。逾冠，以乡举诣太学。时蔡京用事，禁止毋得挟元祐书，自是伊、洛之学不行。勉之求得其书，每深夜，同舍生皆寐，乃潜抄而默诵之。谯定至京师，勉之闻其从程颐游，遂《易》学，乃师事之。已而厌科举业，揖诸生归，见刘安世、杨时，皆请业焉。绍兴间，吕本中疏其行义志业以闻，特召诣阙。秦桧方主和，虑勉之见上持正论，乃不引见，但令策试后省给札而已。勉之知不与桧合，谢病归。杜门十余年，学者踵至，随其材品，为说圣贤教学之门及前言往行之懿。所居有白水，人号曰白水先生。其友朱松卒，属以后事，且戒其子熹受学。勉之经理其家，而诲熹如子侄。熹之得道，自勉之始。绍兴十九年（1149），卒，年五十九。见《宋史》卷四百五十九《刘勉之传》。

《合谱叙》是《干氏宗谱》现存最早的谱叙，颇值得注意。其一，《合谱叙》所述北宋末社会变迁，合于载籍。其二，南宋私修家谱盛行，干氏欲合谱，正见当时风气一端。其三，《合谱叙》称"始祖干宝自晋以来系藉武原殆久，厥后屡遭变乱，迁徙无常，徙来枝谱岁久简蠹，存失几半。然去古虽遥远，犹得收其余烬。及考老遗言，自晋尚书公干宝以来，凡疑者阙之，置诸无考；信者必详其始末，辨其昭穆"，知当时及之前存在"枝谱"，然亦"存失几半"；所谓"及考老遗言"，知其宗谱之承传，一定程度上赖"考老遗言"；而"疑者阙之""信者必详其始末"云云，乃是修谱必循的原则。而所谓"大都乱世略，平世详；南渡前略，以后详"，见出此时干氏谱即详略不一，尤其是南渡前略问题，说明此时干氏宗谱对于南渡以前之谱系情况亦有不得而知，或者不得尽知的情况，因而不得已遂略之。要之，《合谱叙》对于我们了解干氏谱系之承传问题，了解南宋及此前干氏谱系状貌，颇为重要。

据《干氏宗谱》，干宝二十四世孙干彦晖太学生，迁上舍，署陈州教授。据世次推断，干彦晖生活的时间与刘勉之大致同。刘勉之叙所谓"社兄"，不知是否指其人？

宋乾道四年，即1168年；乙酉，乃乾道元年，即1165年，显系误讹。而无论乾道元年或四年，刘勉之已卒，故此谱叙存疑。

八、《宗谱源流考辨》

谱牒之来，自古尚之。上自轩辕、尧舜以迄春秋卿大夫，名号继统，姓有所乘，或以赐，或以居，或以王孙公族之爵，或以巫医陶冶之事，观之古史，可稽也，且详著之谱。晋成帝咸康丙申，诏尚书著作郎袁彦叔索谱，魏司空清河崔琳、贾贽等亦纂集图谱上之。唐贞观戊戌，吏部尚书高士廉、韦挺，中书令岑文本，秘书令令狐德棻，中书舍人徐令言等列唐贞观录重编之，合二百九十三姓，千二百五十一家，为九等，号《氏族志》。高宗永徽间，许敬宗以不叙武后世望，请改之；乃命孔志约、吕才等刊定二百九十三姓，千六百八十七家，为九等；显庆己未，书成，号《姓氏录》。中宗景隆中，复修其书，侍郎魏元中、萧至忠、徐坚、吴兢等修之。玄宗开元初，诏柳冲、薛南金复加刊纂，定二十六姓为国之柱，十六姓为国之梁。而知干氏望出荥阳，始自新蔡，仕吴以迄典午之世，如将军、都尉、县令以至省郎，后先接踵。至萧梁而仕宦益显，历唐宋簪缨不绝。要皆聚族而居，其世次易辨。厥后，支分派处，甚至更名易姓。建炎中否，金兵入汴，避难而行，各父其父，或至子父不相保焉。间（问？）宗族年家翼经干公修《宋史》，愀然悯之。每见世禄之家凡所序次，徒夸其族之盛；观于兹谱，凡所修辑，兢兢焉，惟惧其族之衰，故属予作考辨叙于编次，俾子子孙孙无忘其所自始，则作谱之意于斯见之。时大元延祐五年七月赐进士第授翰林学士吴澄拜书。

按：此《宗谱源流考辨》所叙北宋末之社会动荡实情，与《合谱叙》乃有承接之处。元延祐五年，即1318年。吴澄字幼清，元抚州崇仁人。学者称草庐先生。至大元年（1308），召为国子监丞；皇庆元年（1312），升司业。英宗即位,超迁翰林学士,进阶太中大夫。通经传,著《孝经章句》,校定《易》《书》《诗》《礼仪》《春秋》及大、小《礼记》。校定《皇极经世书》,又校定《老子》《庄子》《太玄经》《乐律》及《八阵图》《郭璞葬书》等。见《元史》一百七十一《吴澄传》。

《元史》本传称"英宗即位,超迁翰林学士",英宗即位在延祐七年,即1320年;而《宗谱源流考辨》称"大元延祐五年七月赐进士第授翰林学士吴澄拜书",显然与史不合。

上述《宗谱源流考辨》,《吴文正集》未收录。

而检《济阳江氏族谱序》:

> 谱牒之来尚矣!自轩辕、尧舜以来,至春秋卿大夫,名号继统,姓有所承,或以赐,或以字,或以齐鲁吴越之国,或以文武成宣之谥,或以王侯公卿之爵,或以巫医陶冶之术,或以东西南北之居,或以三岛六麓之志是也。国家公侯族姓,亦奚所自出焉。汉魏间,世系多至十二三世,少亦六七世,观之古史可稽也。详阅诸谱,晋成帝咸康丙申,诏尚书著作郎袁彦叔等索谱,以魏司空清河崔琳、贾贽等书上;唐贞观戊戌,吏部尚书高士廉、常挺,中书令岑文本、秘书丞令狐德棻、中书舍人徐令言等,重编其谱,合二百九十三姓,千六百五十一家,为九等,号《姓氏录》。至高宗永徽间,许敬宗以不叙武后氏世,(臣壬)请改之,乃命孔忠约、吕才等,删定二百三十五姓,千三百八十七家,为九等。显庆丙辰书成,号《姓氏录》。中宗景龙中,柳冲复修其书,侍郎魏元忠、萧至忠、徐坚、吴竞等及冲修之。会魏元忠至,玄宗先天时复诏柳冲、侍中魏知古、陆象先、刘子玄讨缀,书始成,号《姓系录》。开元初,复诏柳冲及薛南金复加刊窜,考定二十六姓,以十姓为国之柱,十六姓为国之梁,而济阳江在焉。

署"嘉熙四年（1240）正月上浣之吉赐进士金紫光禄大夫卫国公左丞相郑清之德源书于西湖之养鱼庄"。比较《济阳江氏族谱序》与《干氏宗谱》所谓吴澄撰《宗谱源流考辨》，则诸多表述何其相似奈尔！

九、《盐官肇宗纪略》

吾观邑乘所载，而知干氏之著于盐（者）邑者，其始终本末皆有可考。盖谱之由来其荒远者不可妄述，必取其近实者而纪之。按《路史》所载，少昊之母干嫘氏，爰名嫘祖；干之衍为族姓，厥有所自，然莫可详也。至春秋时，宋有大夫干犨（事见《左传》），陈有行人干徵师（事见经文），姓氏始彰。迄于战国，干将为吴王剑师，铸剑于松吴山中，因名其山为干山，方舆地志并详其事。东汉干长与陈蕃同郡，蕃为尚书，而卒以受祸。长为京兆尹，惩十常侍之肆横，遂弃官归隐；辞征辟，不就；其德行与太丘长陈寔相并。世居颍川，所著有《颍川集》三十卷行世（情），其书失传。按陈、宋封国，其地皆在中州，长为陈、宋大夫之流裔可知也。汝宁府汉为颍川，故干与陈姓俱称颍川郡。新蔡氏族由来远矣，然其世系则殚悉。余本盐人，详溯干氏之肇宗，历历可纪，则断以寔在盐官者为始祖，故旧谍所传必宗干宝；垂为家乘，其世系源流与郡县所志适相符合。俱云：宝之祖先寔本新蔡，宝初仕晋为盐官州判。宝之父莹迎养在任，适因刘聪、石勒之乱割据荣（荥）阳；新蔡者，荣（荥）阳之属邑也；势不可归，遂家于盐。莹卒，乃葬之于盐之青山。荣（莹）初仕吴为丹阳丞，进封立节都尉。宝之祖正，仕吴为奋武将军。兄庆，仕晋为江西武宁县令。从兄瓒，亦晋将军；松为合城太守。斯时尚未居盐，故概不纂入。莹之墓在盐，徙家虽从父志，而显姓海隅寔由于宝；矧乡贤崇祀，炳列学官千载不移。若沐、若朴、若元显，皆其后起者。其为盐官之肇宗，固无疑也。余因修纂邑志，得见《干氏宗谱》。与樊邑侯、姚叔祥论及之。时万历丙午三月日。

邑人胡震亨记。[1]

按：胡震亨（1569—1645），海盐人。原字君鬯，后改字孝辕；自号赤城山人，学者称赤城先生，晚年自号遁叟。因官至兵部职方司员外郎，故人称"胡职方"。明神宗万历十四年（1586），应童子试，成为秀才。万历二十五年（1597），中浙榜举人。万历二十六年（1598），与姚士粦刻《秘册汇函》，胡氏有序。万历三十一年（1603），与藏书家、刻书家毛晋共同校定十九种罕见之书，刻成《秘册汇函》。万历三十五年（1607），选授故城县教谕。熹宗天启二年（1622），与姚士粦同修《海盐县图经》成。天启五年（1625），开始编定《唐音统签》。崇祯三年（1630），助毛晋刻成《津逮秘书》《宋六十名家词》等。崇祯八年（1635），《唐音统签》成书。崇祯九年（1636），《李杜诗通》初稿成。崇祯十年（1637），以荐补定州知州。崇祯十五年（1642），于编定《唐音统签》后写定《李杜诗通》。清顺治二年（1645），死于避难途中。[2]

《盐官肇宗纪略》称万历丙午，即万历三十四年（1606），言"余因修纂邑志，得见《干氏宗谱》。与樊邑侯、姚叔祥论及之"，存有疑点。胡震亨与姚士粦同修《海盐县图经》成，在天启二年（1622），朱国祚序云："今上之初元……海盐令樊亢宗氏实先一岁有邑乘事，至是适且告成。"则知修《海盐县图经》大致始于万历四十七年（1619）。樊维城（亢宗）天启二年序称："幸邑有名贤胡孝辕者，抱经济之长才，作文章之巨手。概夫久轶，裒辑旧闻，偕姚生叔祥共摘铅槧。姚故罗九邱之富，安一壑之贫，

---

[1] 录自《干氏宗谱》。
[2] 参见周本淳《胡震亨的家世生平及其著述考略》，载《杭州大学学报》1979年第4期。

方理藉壮游，闻言停驾。二贤同愿，此志遂成。"樊维城言之凿凿，则《海盐县图经》成于天启二年无疑，此役始于万历四十七年（1619），至此历约四年而成。那么，上述所谓"余因修纂邑志，得见《干氏宗谱》。与樊邑侯、姚叔祥论及之。时万历丙午三月日"，殊可怀疑。因而所谓胡震亨撰《盐官肇宗纪略》，存有疑点，姑存疑。

十、《续修干氏谱叙》（略）

署"崇祯乙亥阳生月长至日赐进士第嘉兴魏浣初序"。

按：崇祯乙亥，乃崇祯八年，即1635年。魏浣初，字仲雪，常熟人。万历丙辰（1616）进士。官至布政司参政。

上述《续修干氏谱叙》，未见其他文献载述。

十一、《干氏宗谱序》（略）

署"康熙己巳仲夏提督浙江学政左春坊左赞善兼翰林院检讨周清原书于嘉禾官舍"。

按：康熙己巳，乃康熙二十八年，即1689年。周清原，江南武进人，字雅桿。[1] 性至孝。康熙己未（1679），试博学鸿词，授翰林院检讨。历浙江提督学政、迁副都御使、工部侍郎，命修《历代纪事年表》，未竟卒。[2]

《干氏宗谱序》未见其他文献载述。

---

[1] 法式善《清秘述闻》卷十《学政类二·浙江省》载："周清原字稚桿，江南武进人。"

[2] 周清原生年，陆勇强据毛奇龄语周氏与其同龄载述，推断周清原或生于泰昌元年（1620），或生于天启三年（1623）。见陆勇强《此"周清原"非彼"周清原"——〈西湖二集〉作者问题考辨》，载《明清小说研究》2012年第1期。

十二、《干氏谱序纪次》（前文引）

署"时皇清康熙三十二年梅溪迈人王庭拜撰"。

按：王庭卒于康熙三十二年（1693）。[1]《干氏谱序纪次》称"甲戌仲夏，余以垂暮待尽梅溪故里"，甲戌，乃康熙三十三年（1694），时王庭已卒，不知何以如是。显然有误。

上述《干氏谱序纪次》，未见其他文献载述。

十三、《干氏宗谱》图像

（一）宋乾道四年续修图（略）

　　干莹桓氏墓，干庆魏氏墓，干宝墓等。

（二）明崇祯甲戌续修图（略）

　　干莹墓后图，干宝宅址等。

（三）吴立节都尉干莹遗像（略）

　　宝父莹，字明叔，又号无暇。初仕吴为丹阳丞，晋封立节都尉。从新蔡徙居盐官，卒，葬于澉湖青山之阳，真君庙后。有殉婢复生事，故其墓载《广舆记》，府志、县志俱详。

（四）东晋尚书省郎干宝朝仪遗像（略）

　　宝字令升，河南汝宁府新蔡人。始仕晋为盐官州判，遂家于盐。初，居盐之灵泉乡，以后舍宅为真如寺。因葬父于盐之青山，其子孙遂世以盐为桑梓区。

（五）梁散骑常侍干朴遗像、梁中书舍人干元显遗像（略）

　　朴字质卿，梁天监初进士，官散骑常侍。与侄元显同参军国大

---

[1] 参阅南京大学中国语言文学系《全清词》编纂研究室编《全清词》（顺康卷）第一册，中华书局2002年版。

事,谏筑淮堰,有先见之明。

(六)元礼部尚书干文传遗像(略)

　　文传字翼经,元仁宗延祐五年中书堂会试十三名进士。同知昌国州后,知吴州。廉平有声,治行为诸州最。召为集贤待制,以礼部尚书致仕。

(七)明都御史干桂遗像(略)

　　桂字德芳,正德间顺天中式进士,历官都御史。为政严明,所在豪右敛迹。字载统谱。

(八)明胜骧卫中卫干寰均遗像(略)

　　寰均,父康成,皆有武艺。明太祖兵至江东,率义兵从之。所向无不利。洪武三十年分封诸藩,袭胜骧卫中卫指挥,世领军校,同锦衣卫仪例。居北京。

十四、《荥(荥)阳列仕源流》(选录)

周

犨仕宋国为大夫(事见《春秋左传》,亦见《字汇》《通考》)
徵师仕陈国为行人(事详《春秋》经文)

汉

长仕汉为蜀郡守(详《洪武正韵》)

三国

正仕吴为奋武将军(宝之祖)
莹仕吴为丹阳丞,晋封立节都尉(宝之父)

晋(西晋五十二年,东晋一百四年)

庆仕晋为长宁县令，又为西安令（宝之兄，以上事俱详《县志·杂识篇》）

赞为晋将军

松为合城太守（以上俱载《统谱》）

始祖宝仕晋为著作郎，累迁尚书省散骑常侍

二世琦太学生，署王府行军长史

二世琎以孝秀补试授谯王府录事（俱宝子）

三世星丽为乡举中正

四世新沐晋散骑常侍

  新濯宋举儒学博士

五世朴仕梁为散骑常侍（详《县志》）

六世元显仕梁为中书舍人

  元炅国学生，署州学教谕（以下俱依盐官《旧谱》）

……

十三世栾太常博士

  学增徐泗节度使参军

……

十七世凝显德间进士

  撂彩吴越王记室参军

  斯保、斯戬俱吴越王将佐

  纯修宋初判太常博士

……

二十五世奕萧山儒学教授

  鲁絜国子监丞

  晋枝

  六俊

  鹏 三人俱岳飞部将

……

二十八世宗显经义科进士，累官丞信郎，赠奉直大夫（详见《统谱》）

   铨潭州防御使

   祖芳为公田分司平江诸路

   培颖官德州司马，赠中宪大夫

   挺国子监丞，署宝钞司

   仕信岁贡儒吏，补中书掾史

二十九世仕登江南提举司

   醪国子司业，迁光禄寺丞

   有纯宝祐四年进士，与文天祥同榜

三十世文传元祐二年进士，官至礼部尚书

三十一世桂懋元延祐五年为勤农提督官

   君庸萧县判官

……

三十九世应师应试崇祯壬午科同榜举人

四十世炅兵部侍郎，奉使为撤藩大人

十五、《干氏流芳集》（选录）

忠贤

犨佐

长辞征辟不就，以德行著称。有《颖川集》行世。（详《汉书》）

宝著《晋纪》，称良史。经学湛深，崇祀海盐学宫。（详郡县志）

朴谏梁主，筑淮堰，有忠说先识。（详郡县志）

尔龄（仕唐）天宝末讽太子勤王，谏两不听，遂致仕。

晋枝、六俊（为宋将）御金师，父子俱效死于军中。

……

有纯（宋末）同文天祥举义兵御元师，被执，骂贼不屈死节。

……

桂仕明为都御史，为政严明，豪右敛迹。

孝友

……

秀二，时当元末，竭诚尽孝。母病，妻姚氏割股奉之。亲友宗党有不足者，悉以家资损给。

……

得仁、得信（宋末时）兄弟相为友爱，不求闻达，惟以尽孝为事。

高行

星铃慕谢安东山之乐，安未仕时结为布衣交。安既出，荐为海州刺史，不就。

……

淞放舟湖山，与林和靖为诗友，每经月而忘返。

……

遵之卖薪为业，而道不拾遗。

敬之身虽佣耕，颇知礼法。妻虽椎结，而相敬如宾。族中有此，诚足以风浮伪。

金枢，究河洛之理，闭户潜修。历元至正间，三十六年皆不就试。明兴方应召。

后 记

本著作为国家社科基金项目"干宝及其《搜神记》研究"（12BZW022）结项成果。

对于干宝及其《搜神记》，关注已久，其中一些成果已发表：《〈搜神记〉研究二题》，发表于《文学遗产》2008年4期；《干宝生平事迹新考》，发表于《文学遗产》2009年5期；《〈搜神记序〉初探》，发表于《文学遗产》2013年6期。此一研究内容，2012年获国家社科基金立项，2019年结项，今大致以结项面貌出版。

现藏于浙江省海盐县博物馆的《干氏宗谱》，近年受到学界关注，其中有涉及干宝生平的文献；衷心感谢浙江工业大学梅新林教授、中国社会科学院文学研究所竺青教授热忱相助；感谢海盐县博物馆惠赠《干氏宗谱》，并提供相关文献信息。

本著作出版得到中华书局周绚隆先生，商务印书馆李平先生、李智初先生等热情帮助，责编李娜女士认真、严谨，提出宝贵修改意见，谨致衷心感谢！

本著作获得首都师范大学文学院资助出版，衷心感谢文学院诸领导、同仁厚爱！

2021年4月

于首都师范大学